앤을 좀 더 알고 싶어하는

온 세계 소녀들에게

최순영
연세대학교 영어영문학과·국어국문학과 졸업. 옮긴 책으로 데이비드 그레이버《가능성들》(공역), 이철수 판화집《네가 그 봄꽃 소식 해라》, Prime Dharma Master Kyongsan《The Shore of Freedom》,《The Path to Awaken to and Cultivate the Mind》, 메리 E. 윌킨스 프리먼《뉴잉글랜드 수녀》 등이 있다.

앤3
프린스에드워드섬의 앤

지은이	루시 모드 몽고메리
옮긴이	최순영
디자인	홍동원 김도형
발행일	1판 1쇄 2025. 6. 1
펴낸이	고윤주
펴낸곳	동서문화사
창업	1956. 12. 12. 등록 16-3799
주소	서울 중구 마른내로 144 동서빌딩 3층
홈페이지	www.dongsuhbook.com
전화	546-0331~2 팩스 545-0331
ISBN	978-89-497-1974-0 04840
	978-89-497-1971-9(전8권)

이 책은 저작권법에 의해 보호를 받는 저작물이므로 무단전재와 무단복제를 금합니다.
잘못된 책은 구입하신 서점에서 바꿔 드립니다. 책값은 뒤표지에 있습니다.

앤 ANNE
3
Anne of the Island
프린스에드워드섬의 앤
루시 모드 몽고메리 / 최순영 옮김

모든 소중한 것들은 이를 찾는 이들에게는
늦게라도 그 모습을 드러내기 마련이다.
결국 사랑이 운명과 손을 맞잡고
감추어진 소중한 것들의 베일을 걷어 올리기 때문이다.

―테니슨*

---

*영국 빅토리아 시대의 계관시인 앨프리드 테니슨 경(1809~1892)의 시 〈도래〉에서 따옴.

차례

변화의 그림자 … 13
가을 꽃장식 … 26
출발 … 37
4월의 숙녀 … 45
고향에서 온 편지 … 63
산의 고독함에 휩싸여 … 74
그린게이블즈로 … 84
청혼 … 96
달갑잖은 구혼자와 반가운 친구 … 103
패티의 집 … 114
인생의 참모습 … 125
애버릴의 속죄 … 137
사악한 자의 길 … 148
떠나가는 벗 … 163

꿈의 끝 … 175
서열 정리 … 182
데이비의 편지 … 197
조지핀 배리의 크리스마스 선물 … 202
막간의 이야기 … 210
길버트, 입을 열다 … 216
어제의 장미 … 224
다시 그린게이블즈로 … 230
'메아리집' 사람들 … 236
조너스 등장 … 242
꿈속의 왕자 등장 … 250
크리스틴 등장 … 259
고백 … 264
6월의 황혼 … 272

다이애나의 결혼식…279

어떤 로맨스…284

앤이 필리파에게…290

차 한잔…294

20년 세월의 길…301

잔혹한 거짓말…306

레드먼드의 마지막 해…314

가드너 부인과 그 딸들…324

학사 학위…332

거짓 사랑…340

결혼식의 모습들…349

묵시록…360

사랑이 삶의 모래시계를 손에 쥐다…367

프린스에드워드섬의 앤

변화의 그림자

"추수할 때가 다하고 여름은 가버렸도다."

앤 셜리는 성서의 한 구절[1]을 읊듯이 중얼거리며 가을걷이가 끝난 밭을 꿈꾸듯 바라보았다.

그린게이블즈 과수원에서 사과를 따던 앤과 다이애나 배리는 양지바른 곳에 앉아 한숨을 돌리는 참이었다. 엉겅퀴의 솜털 군대들이 두둥실 실려 오는 바람의 날개 위에는 '도깨비숲'의 풀고사리 내음이 깃들어 황홀했던 지난여름의 뜨거운 여운이 아직도 감돌고 있었다.

그러나 두 사람을 둘러싼 풍경은 가을을 속삭이고 있었다. 먼 바다는 공허한 소리를 울부짖고, 벌거벗은 들판은 메말라 겨우 노란 미역취만 모닥모닥 피어 있을 뿐이었다. 그린게이블즈 아래쪽 시냇가에는 연보랏빛 과꽃이 자잘하게 피었고, '반짝이는 윤슬의 호수'의 물은 온통 푸르디푸른 빛깔이었다. 순간순간 달라지는 봄의 파릇함이나 여름의 여린 파란빛이 아니었다. 가을 호수는 마치 온갖 기분과 감정의 흐라이 이미 저 아래 가라앉고 이젠 변덕스런 꿈에 흔들리지 않는 차분함에 이른 듯 맑고 변함없는, 그런 푸른빛이었다.

---

[1] 《구약성서》〈예레미야서〉 8장 20절의 "추수할 때가 지나고 여름이 다하였으나 우리는 구원을 얻지 못한다 하는도다" 참고.

"멋진 여름이었어."

다이애나는 왼손에 낀 새 반지를 만지작거리면서 수줍게 웃고는 덧붙였다.

"그리고 미스 라벤더 결혼식이 그 절정이었던 것 같아. 지금쯤 어빙 부부는 아마 태평양 연안 어딘가에 가 있겠지."

앤은 한숨을 내쉬며 말했다.

"그분들이 가버린 뒤, 지구를 한 바퀴 돌 만큼 오랜 세월이 지난 것 같은 기분이야. 그 두 분이 결혼한 지 아직 1주일밖에 안 됐다니 믿어지지 않아. 모든 게 다 바뀌어버렸는데.

미스 라벤더와 앨런 목사님 부부는 떠나시고, 목사관에는 덧문이 모두 닫혀 있으니 정말 쓸쓸해 보이더라! 어젯밤 그 옆을 지나갔는데 마치 그곳에 살던 사람들이 모두 죽어버린 듯 싸늘한 느낌이었어."

다이애나는 비관적으로 말했다.

"앨런 목사님 같은 훌륭한 목사님은 두 번 다시 바랄 수 없을 거야. 올겨울에는 여러 대리 목사님이 올 테고 설교 같은 건 전혀 들을 수 없는 일요일이 절반은 되겠지. 게다가 너와 길버트도 가버리고. 지겹도록 따분해질 거야."

"프레드가 있잖니?"

앤은 짓궂게 샐쭉 미소 지으며 놀렸다.

다이애나는 앤의 말이 전혀 들리지 않은 체하며 물었다.

"린드 아주머니는 언제 온다고 했지?"

"내일이야. 아주머니가 오시기로 해서 정말 기뻐. 이것도 작은 변화 가운데 하나지. 어제 마릴라와 둘이서 손님용 침실의 가구를 모두 들어냈는데, 나는 그게 무척 싫었어. 물론 터무니없는 감상이라고는 여기지만, 그래도 마치 신성 모독을 저지르는 듯한 기분이었어. 그 낡은 손님용 침실은 내게는 언제나 신전과도 같았거든. 어렸을 적에는 온 세상에서 가장 훌륭한 방이라고 생각했었으니까.

너는 기억하지? 어릴 적 손님방 침대에서 한번 자보는 게 내 간절한 바람이었던 거. 하지만 그린게이블즈의 손님방은 아니었어. 아, 감히 바랄 수도 없는 일이야! 그곳은 너무 황송해서 두렵고 떨려서 아마 한잠도 잘 수 없었을 거야. 마릴라의 심부름으로 그 방에 들어갈 때도 나는 한 번도 그 방 안을 성큼성큼 걸어본 적이 없어. 정말이야. 마치 거룩한 교회에 있는 것처럼 숨죽이고 발소리가 나지 않도록 발끝으로 살금살금 걷다가 밖으로 나오면 안도의 한숨을 내쉬었지.

그 방 안에 들어가면 거울 양쪽에 조지 화이트필드[2]와 웰링턴 공작[3]의 그림 액자가 걸려 있었는데, 그 방에 있는 동안 내내 무서운 얼굴로 나를 노려보았어. 그 거울이 집 안에서 내 얼굴을 조금도 일그러지지 않게 보여주는 단 하나의 거울이라 나도 모르게 들여다보노라면 더욱더 무서운 얼굴을 하는 거야.

마릴라는 용케도 그 방 청소를 하는구나, 하고 나는 언제나 감탄했었어. 그런데 지금은 청소뿐만 아니라 모든 것을 다 떼어내고 들어내버려 아무것도 없는 텅 빈 방이 되고 말았어. 화이트필드도 웰링턴 공작도 2층 거실로 추방당하는 처분을 받은 거지. '이 세상의 영화(榮華) 또한 그렇게 덧없이 사라져가도다.'[4]"

그러면서 앤은 애써 밝게 웃었으나 그 웃음에는 희미한 애수가 담겨 있었다.
"이미 지나날 애착을 가졌던 낡은 신전에 더는 흥미를 느끼지 않는 나이가

---

[2] 영국의 종교가. 1714~1770.
[3] 영국의 정치가. 1769~1852.
[4] 유명한 라틴어 경구 "Sic transit gloria mundi."에서 따옴.

되었어도 그 변하는 모습을 보는 것은 유쾌하지 않더라."

"네가 가버리면 나는 쓸쓸해서 견딜 수 없을 거야. 게다가 그게 벌써 다음 주라니!"

다이애나는 이로써 백 번째 한숨을 내쉬었다.

앤이 기운차게 말했다.

"우리는 아직 이렇게 함께 있으니까 다음 주에 헤어질 일을 생각하며 이번 주의 즐거움을 망쳐 버려선 안 돼. 떠난다고 생각하면 나도 물론 싫어. 지금까지 그린게이블즈와 나는 더없이 사이좋게 지내온걸. 외롭다고 슬퍼할 사람은 오히려 나야. 너는 언제라도 만날 수 있는 많은 옛 친구들이 여기에 있잖니. 그리고 프레드도 있고! 그런데 나는 아는 사람 하나 없는 낯선 타인들 틈으로 혼자 가야 해!"

다이애나가 앤의 말투와 빈정거림을 흉내 내어 말했다.

"길버트가 있잖아. 게다가 찰리 슬론도 있고."

"분명 찰리 슬론이 많은 위로가 되겠지."

앤이 장난스러운 투로 다이애나의 말에 동의하자 두 소녀는 참지 못하고 풋웃음을 터뜨렸다.

앤이 찰리 슬론을 어떻게 생각하고 있는지 다이애나는 분명히 알 수 있었다. 그러나 온갖 자질구레한 이야기를 털놓고 나누는데도 앤이 길버트 블라이드를 어떻게 여기는지는 짐작할 수 없었다. 그도 그럴 것이 앤 자신도 자기 마음을 몰랐다.

앤이 말했다.

"남자아이들은 킹스포트 변두리에서 하숙할 것 같아. 나는 레드먼드 대학에 가게 되어 기쁘고, 또 어느 정도 시간이 지나면 아마 그곳이 좋아지리라 생각해. 하지만 처음 2, 3주일 동안은 그렇지 못하리라는 걸 알고 있어. 퀸즈아카데미 때처럼 주말이면 집으로 돌아간다고 즐거운 마음으로 기대할 수도 없고. 크리스마스가 천년 뒤의 일처럼 까마득하게 느껴질 거야."

다이애나는 슬픈 듯이 말했다.

"모든 것이 다 변해…… 아니면 변하려 하고 있어. 두 번 다시 예전과 같은 시절은 오지 않을 거라는 기분이 들어, 앤."

앤은 생각에 잠기며 말했다.

"우리는 갈림길에 이른 게 아닐까. 언젠가는 반드시 거쳐야 하는 갈림길. 다이애나, 우리가 어릴 때는 어서 커서 어른이 되고 싶었지만, 어른이 된다는 게 정말 그때 생각했던 것만큼 좋은 일일까?"

"모르겠어…… 좋은 점도 좀 있기는 하지만."

다시금 다이애나는 희미한 미소를 지으며 반지를 어루만졌다. 그 미소를 볼 때면 앤은 언제나 갑자기 홀로 남겨진 것 같은 기분이 들었다. 마치 다이애나 혼자만 앤은 아직 겪어보지 못한 뭔가를 알고 있는 듯했다.

"어쨌든 혼란스러운 일도 아주 많아. 때로는 어른이 되는 게 두렵기도 해서 그런 때면 다시 아이로 돌아갈 수 있다면 뭐든 주고 싶어."

앤이 쾌활하게 말했다.

"머지않아 어른이 되는 데도 익숙해질 거야. 놀라는 일도 차츰 없어지겠지. 하기야 놀라운 일이 없다면 인생을 살아가는 재미가 없을 거라는 생각은 들지만.

우리는 18살이야, 다이애나. 앞으로 2년 뒤면 20살이야. 10살 때는 20살이면 꽤 늙은 사람이라고 생각했었잖니. 이제 곧 너는 안정된 주부가 될 테고 나는 나이 먹은 독신자 앤 이모가 돼서 휴가 때면 너네 집에 놀러 올 거야. 언제나 나를 위해 자리를 조금쯤 비워주겠지, 다이애나?

물론 손님용 침실은 바라지 않아. 노처녀에게 손님용 침실은 너무 과분해. 난 디킨스의 《데이비드 코퍼필드》 속 유라이어 히프처럼 변변찮은 신세일 테니까 현관 위나 응접실에 딸린 작은 반침이면 충분히 만족해."

다이애나는 웃었다.

"무슨 그런 바보 같은 말을 하는 거야, 앤. 너는 틀림없이 멋들어지고 돈 많은 미남과 결혼할 거야. 그렇게 되면 애번리에 있는 어떤 손님용 침실도 너를 모시기엔 그 호화로움이 절반도 못 미칠걸. 그리고 너는 어렸을 적 친구들에게 콧대를 세우게 될 테지."

앤은 그 오똑한 코를 쓰다듬으며 말했다.

"그런 일이 있다면 참 유감일 것 같아. 내 코는 꽤 예쁘지만, 콧대를 세웠다가는 망쳐버릴 거야. 난 이목구비가 괜찮은 데가 그다지 없어서 그나마 있는 걸 망칠 수는 없어. 그러니 내가 행여 '식인종 섬'[5]의 왕과 결혼하더라도 네 앞에서 콧대를 세우는 일은 없을 것이라고 굳게 약속해두겠어, 다이애나."

다시금 쾌활하게 웃음을 터뜨리며 두 아가씨들은 헤어져서, 다이애나는 그녀의 집인 '언덕의 과수원'으로 돌아가고 앤은 우체국으로 걸어갔다. 우체국에서는 편지 한 통이 앤을 기다리고 있었다. '반짝이는 윤슬의 호수'에 걸린 다리 위로 길버트 블라이드가 뒤따라왔을 때 앤은 편지 내용으로 흥분하고 있었.

앤이 외쳤다.

"프리실라 그랜트도 레드먼드에 입학한대. 정말 잘됐지? 프리실라도 왔으면

---

[5] 스코틀랜드 작가 R.M. 밸런타인(1825~1894)이, 소위 대항해시대의 끝자락에 태평양, 뉴질랜드, 오스트레일리아, 남극 등을 탐험하며 영국의 식민지 개척에 크게 기여한 유명한 탐험가이자 지도 제작자 및 해군 장교인 제임스 쿡의 전기적 삶을 소재로 해서 쓴 소설 제목.

좋겠다고 생각은 했지만 프리실라의 아버지가 승낙하지 않을 것 같다고 했었거든. 그런데 허락하셔서 난 프리실라랑 함께 하숙하게 됐어. 이제 깃발을 높이 쳐든 군대가 달려들든, 온 레드먼드의 모든 교수가 한데 뭉쳐 방진(方陣)을 치고 맹렬히 공격해오든 프리실라 같은 좋은 친구가 곁에 있다면 맞서 싸울 수 있을 것 같아."

"우리는 모두 킹스포트를 좋아하게 될 거야. 멋있는 옛날 요새도시라고들 하고 세계에서 가장 아름다운 자연공원이 있대. 그 공원의 풍경이 참으로 장대하다던걸."

"여기보다 아름다울까…… 그럴 리 있을까 싶어."

앤은 비록 타향의 별 아래 더 아름다운 곳이 있다 해도 '고향'보다 좋은 곳은 있을 리 없다고 믿는 이의 그윽한 눈길로 주위를 둘러보았다.

두 사람은 오래된 못의 다리에 기대어 차츰차츰 어두워져 가는 황혼의 매력에 취해 있었다. 그곳은 마침 캐멀롯성으로 떠내려가는 공주 일레인을 연기했던 앤이 물속으로 가라앉아가는 거룻배에서 가까스로 기어 올라온 곳이었다. 저녁놀이 서쪽 하늘을 아직 엷은 보랏빛으로 물들이고 있었으나, 달이 천천히 떠올라 그 빛을 받은 호수는 커다란 은빛 꿈처럼 조용히 가로놓여 있었다. 지난날의 추억은 젊은 두 사람에게 감미롭고 무어라 말할 수 없는 마법의 주문을 걸었다.

마침내 길버트가 입을 열었다.

"오늘 말이 없네, 앤."

앤은 속삭였다.

"나는 침묵을 깨뜨리면 이 멋진 아름다움이 사라져버리지 않을까 싶어서 말을 할 수도, 꼼짝할 수도 없어."

길버트는 별안간 다리 난간에 놓인 앤의 갸름하고 흰 손에 자기 손을 얹었다. 담갈색 눈이 깊은 빛을 띠고, 아직까지 소년의 모습을 간직한 입술을 열어, 가슴 두근거리는 꿈과 희망의 한 자락을 말하려 했다. 그러나 앤은 손을 확 빼내고 재빨리 몸을 돌렸다. 앤을 사로잡고 있던 황혼의 마법이 깨졌던 것이다.

앤은 좀 과할 만큼 무심한 목소리로 외쳤다.

"이제 집에 가야 해. 오늘 오후 마릴라가 머리가 아프다고 했는데 지금쯤 쌍둥이들이 엉뚱한 장난을 쳐서 더 골머리를 앓고 있을 거야. 정말이지 이렇게 오래 집을 비워서는 안 되었는데."

앤이 그린게이블즈의 오솔길에 닿을 때까지 두서없는 이야기를 쉴 새 없이 재잘거려 가엾은 길버트는 한마디도 입을 열 틈이 없었다. 두 사람이 헤어졌을 때 앤은 비로소 마음이 놓였다. '메아리집' 뜰에서 그 한순간, 자신의 감정을 얼핏 들여다본 앤은 마음속으로 길버트에 대해 이제까지 알지 못했던 은밀한 부담을 느끼고 있었다. 옛날 학창 시절의 동지애에, 그 순수한 우정을 위협하는 낯선 무언가가 끼어들었기 때문이다.

"길버트와 헤어지는 것을 기쁘게 여긴 적은 여태껏 한 번도 없었는데."

앤은 혼자 오솔길을 걸으면서 원망스럽기도 하고 슬프기도 한 감정을 느꼈다.

"길버트가 계속 이런 식으로 어리석게 군다면 우리 우정은 엉망이 되어버릴 거야. 그렇게 돼서는 안 돼. 우정을 반드시 지키겠어. 아, 남자애들은 어째서 이렇게 분별심이 없는 걸까!"

말은 그렇게 했지만 앤은 아주 잠깐 동안 자기 손 위에 포개졌던 길버트의 손의 온기가 지금도 느껴지는 듯했고, 그런 느낌도 엄밀히 말해 '분별심 있는' 일은 아니지 않을까 싶어 마음이 영 석연치 않았다. 게다가 더욱 이해할 수 없는 일은 그 감각이 전혀 불쾌하지 않았던 것이다. 사흘 전 밤 화이트샌즈의 파티에서 춤을 추지 않고 있을 때 옆에 있던 찰리 슬론이 그 비슷한 행동을 한 데 대한 감정과는 전혀 달랐다. 앤은 그날의 불쾌한 기억을 떠올리고 몸을 부들부들 떨었다. 그러나 사랑에 애태우는 시골 젊은이들의 열정에 얽힌 문제 따위는 감상적인 것과 거리가 먼, 소박한 일상생활의 배경이 되는 그린게이블즈 부엌에 들어선 순간 앤의 마음에서 깨끗이 밀려나버렸다. 부엌에는 8살 된 소년이 소파 위에서 엉엉 울고 있었다.

앤은 소년을 안아 올리며 물었다.

"왜 그러니, 데이비? 도라랑 마릴라 아줌마는 어디 있고?"

"마릴라 아줌마는 도라를 재워주고 있어."

데이비는 흐느끼며 대답했다.

"내가 우는 건, 도라가 밖의 지하실 층계에서 머리부터 데굴데굴 굴러떨어져서 콧잔등이 홀랑 까지고, 그리고……."

"그래그래, 괜찮아. 이제 그만 울어, 착하지. 물론 도라가 가엾겠지. 하지만 운다고 해서 도라에게 조금도 도움이 되지는 않아. 내일이면 괜찮아질 거야. 울어도 아무 소용 없어, 데이비. 게다가……."

그러자 데이비는 더욱더 비통한 눈물을 흘리면서 앤의 설교를 가로막았다.

"에잇, 도라가 계단에서 굴러서 우는 게 아니야. 도라가 굴러떨어지는 장면을 보지 못해서 우는 거야. 난 왜 꼭 재미있는 일은 언제나 놓치고 마는 걸까?"

앤은 불경하게도 큰 소리로 웃고 싶은 것을 가까스로 참았다.

"어머나, 데이비. 너는 가엾은 도라가 층계에서 굴러 다치는 것을 보는 게 재미있다는 거니?"

데이비는 도전하듯 고개를 빳빳이 들고 말했다.

"'많이' 안 다쳤는걸, 뭐. 만일 도라가 죽었다면 물론 나도 정말로 슬프겠지,

누나. 하지만 키스 집안 사람은 블뤼엣네 사람들만큼이나 쉽사리 죽지 않아.

 허브 블뤼엣이 지난 수요일에 건초 다락에서 떨어져 순무를 나르는 통로를 타고 마구간 안으로 떨어졌어. 안에는 무시무시하게 힘세고 성질이 사나운 말이 있었는데, 그 다리 밑으로 굴러떨어진 거야. 그런데도 허브는 뼈만 겨우 세 군데 부러지고, 죽지 않고 살았어. 도끼로 쳐도 죽지 않는 사람이 더러 있다고 린드 아줌마가 말했어. 린드 아줌마는 내일 이사 오는 거야, 앤 누나?"

 "그래, 데이비. 그러니까 너는 이제부터 아주 말도 잘 듣고 아줌마에게 잘해드려야 해."

 "응, 말도 잘 듣고 잘해드릴 테야. 그런데 아줌마도 밤에 나를 재워줄까, 누나?"

 "그렇겠지. 왜 그러는데?"

 데이비는 딱 잘라 말했다.

 "만일 그렇다면 아줌마 앞에서는 누나 앞에서처럼 절대로 기도는 하지 않겠어."

 "어째서?"

 "잘 모르는 사람이 있는 데서 하느님께 이야기하는 것은 좋은 일이 아니라고 생각하니까. 도라는 린드 아줌마한테 기도하고 싶으면 하라지. 하지만 난 싫어. 아줌마가 갈 때까지 기다렸다가 그다음에 기도할 테야. 그래도 되지, 누나?"

 "그래도 되지. 네가 잊지 않고 기도를 하기만 한다면, 데이비."

 "아, 절대로 잊지 않아. 기도하는 건 아주 재미있으니까. 하지만 누나가 없는 곳에서 혼자 기도하는 건 누나가 듣는 데서 기도하는 것보단 재미없을 거야. 누나가 계속 집에 있으면 좋을 텐데. 왜 누나는 우리를 버리고 가고 싶어하는지 모르겠어."

"가고 싶어하는 건 아니야, 데이비. 가야 한다고 생각하기 때문이야."

"가고 싶지 않으면 안 가면 될 것 아냐. 누나는 어른이잖아. 내가 어른이 되면 나는 하고 싶지 않은 일은 한 가지도 안 할 거야."

"데이비, 살다 보면 하고 싶지 않은 일도 참고 해야 한다는 걸 너도 알게 될 거야."

그러나 데이비는 말 한마디로 물리쳤다.

"난 안 할 테야. 두고 봐! 지금은 싫은 일이라도 억지로 해야만 해. 그렇지 않으면 아줌마와 누나가 나를 침대에서 꼼짝도 못 하게 하니까. 하지만 내가 어른이 되면 아줌마도 누나도 나한테 그런 벌을 줄 수 없잖아. 내게 안 된다고 말할 사람은 아무도 없게 될걸. 어서 빨리 그렇게 되면 좋겠다!

그런데 있잖아, 앤 누나, 누나가 대학에 가는 건 어떻게든 남자를 하나 잡기 위해서야? 밀티 볼터네 엄마가 그렇게 말했대. 정말이야, 누나? 가르쳐줘."

한순간 앤은 화가 울컥 치밀었으나, 이윽고 웃음을 쿡 터뜨렸다. 볼터 부인의 천박하고 통속적인 사고방식이나 말이 자기에게 상처를 줄 수는 없다는 것을 깨달았기 때문이다.

"아니야, 데이비, 그렇지 않아. 나는 공부를 하고 성숙한 어른이 되려고, 여러 가지 것들을 배우러 가는 거야."

"어떤 것들?"

앤은 어느 책 속의 시구를 인용하여 대답했다.

"'구두와 배외 봉랍(封蠟)과
양배추와 임금님 등등.'[6]"

---

6) 루이스 캐럴(1832~1898)이라는 필명을 쓴 영국 작가 찰스 럿위지 도지슨의 《거울 나라의 앨리스》에 나온 '바다코끼리와 목수'라는 이야기시의 일부.

"하지만 만약 진짜로 남자를 잡고 싶어지면 어떻게 해서 잡을 건데? 가르쳐줘."

데이비는 아무래도 이 문제에 흥미를 느껴 집요하게 물었다.

앤은 가볍게 대답했다.

"볼터 아줌마에게 물어보렴. 그건 나보다도 그 아줌마가 더 잘 알고 있을 테니까."

데이비는 진지하게 말했다.

"다음번에 만나면 꼭 물어볼게."

앤은 자신의 실수를 깨닫고 놀라 소리쳤다.

"데이비! 그러면 못써!"

데이비는 못마땅한 표정을 지었다.

"누나가 방금 그러라고 했잖아."

앤은 이 궁지에서 벗어나기 위해 명령했다.

"이제 그만 잠자리에 들어야 할 시간이야."

데이비가 잠자리에 들고 나자 앤은 천천히 '빅토리아섬'으로 걸어가 엷은 장막을 드리워놓은 것 같은 은은한 달빛에 에워싸인 어스름 속에 혼자 다소곳이 앉아 있었다. 속살거리며 흐르는 시냇물과 흩날리는 바람이 연주하는 이중주가 잔잔히 들려오고 있었다. 앤은 늘 이 시냇물이 좋았다. 지난 세월, 이 반짝이는 물 위에 수많은 꿈을 올올이 짜내곤 했던 것이다.

앤은 사랑에 애태우는 젊은이들에 대한 일이며, 천박한 이웃 사람들의 쓸데없는 말이나, 새로운 삶을 향해 발을 내딛는 자신이 안고 있는 고민 등을 모두 잊었다. 그녀의 공상은 초저녁 어둠별의 안내로 지금은 물에 잠긴 잃어버린 아틀란티스와 엘리시움[7]이 있는 곳, '머나먼 요정 나라'[8]의 반짝이는 해변에 가서 부딪는 전설 속 바다를 건너 '마음에 그리는 나라[9]'로 항해를 떠났다. 꿈속의 앤은 현실에서보다 훨씬 풍요로웠다. 왜냐하면 눈에 보이는 것은 사라지지만, 눈에 보이지 않는 것은 영원하기 때문이다.

---

7) 그리스 신화에서 선인(善人)이 죽은 다음에 간다는 낙원.
8) 영국의 대표적인 낭만주의 시인 존 키츠(1795~1821)의 시 〈나이팅게일에게 바치는 송가〉에서 따옴.
9) 아일랜드 시인·극작가 윌리엄 버틀러 예이츠(1865~1939)의 동명의 희곡.

가을 꽃장식

 그다음 주는 앤의 이른바 '막바지 정리'로 쏜살같이 지나가버렸다. 사람들에게 떠난다는 인사를 하러 다니거나, 인사를 하기 위해 찾아온 사람들을 맞아야 했다. 방문할 때도 방문받을 때도, 진심으로 앤의 앞날에 박수를 보내는 사람이 있는가 하면, '대학에 간다고 너무 기세등등하니 콧대를 좀 꺾어줄 필요가 있다'면서 샘내는 사람도 있어서 유쾌하기도 하고 불쾌해지기도 했다.
 어느 날 밤, 애번리 마을개선회에서는 앤과 길버트를 위한 환송회를 조지 파이네에서 열었다. 그곳으로 정한 것은 파이 씨네 집이 넓어 편리한 탓이기도 했지만, 자기 집에서 하면 좋겠다고 조지와 그 자매들이 먼저 말을 꺼냈기 때문이다. 그리고 만약 그 제안을 거절했다가는 그들이 토라져 이 모임에 아예 나오지 않을까 봐 퍽 걱정스러워서이기도 했다.
 짧은 한때였지만 모임은 아주 즐거웠다. 파이 집안 자매는 여느 때와 달리 예의를 차려 그 자리의 분위기를 망쳐버리는 말이나 행동을 하지 않았다. 그녀들로서는 아주 드문 일이었다. 조지는 전에 없이 붙임성 있는 태도로 크게 선심이라도 쓰듯 앤에게 이런 말까지 했을 정도였다.
 "오늘 입은 새 옷은 썩 잘 어울린다, 앤. 그걸 입으니까 정말로 조금은 예뻐 보이기조차 하는구나."

"칭찬해줘서 영광이야."

앤은 재미있다는 듯 눈을 빛내며 대답했다. 이제는 유머 감각이 제법 생긴 터라 14살 때였다면 마음 상했을 말을 들어도 지금은 그저 가볍게 웃어넘길 수 있었다.

조지는 앤의 그 짓궂은 눈이 자기를 비웃는 듯이 느꼈지만, 아래층으로 내려가면서 거티에게 속닥속닥 귓속말하는 것으로 만족했다.

"앤 셜리는 대학에 가면 분명 지금보다 콧대가 더 높아질 거야. 두고 보라지!"

'옛 친구들'이 오랜만에 다 모여 명랑하고 들뜬 기분으로 잔뜩 흥분해 있었다. 장밋빛 볼에 보조개가 파인 다이애나 배리 옆에는 듬직한 프레드가 그림자처럼 붙어 있었고, 제인 앤드루스는 수수하고 깨끔하고 단정한 모습이었다. 루비 길리스는 크림빛 비단 블라우스 차림에 빨간 제라늄을 금발에 꽂아 눈부시도록 아름다웠다. 길버트 블라이드와 찰리 슬론은 둘 다 마음을 알 수 없는 앤 곁에 어떻게든 붙어 있으려고 기를 썼다.

캐리 슬론이 파리한 얼굴로 우울하게 앉아 있는 것은 그녀의 아버지가 올리버 킴벌을 가까이 오지 못하게 했기 때문이라는 소문이 자자했다. 무디 스퍼전 맥퍼슨의 동그란 얼굴은 더욱 보름달 같고, 거슬릴 만큼 옆으로 툭 튀어나온 귀는 더욱더 거슬렸다. 파티 내내 구석에 앉아 있던 빌리 앤드루스는 누군가가 이야기를 걸 때만 쿡쿡 웃고, 그 외에는 주근깨투성이인 커다란 얼굴에 기분 좋은 듯 히죽대는 미소를 띤 채 앤 셜리를 지켜보고 있었다.

앤과 길버드는 개선회의 창설자라 하여 회원들로부터 감사의 말과 더불어 기념품으로 앤에게는 셰익스피어 희곡집, 길버트에게는 만년필이 주어졌다. 앤은 이 환송회에 대해서는 미리 알고 있었지만, 미처 예상하지 못했던 뜻밖의 선물에는 놀랐다. 특히 무디 스퍼전이 목사님처럼 엄숙한 말투로 읽은 감사의 말 가운데 쑥스러워질 만한 칭찬에 감동하여 커다란 잿빛 눈의 반짝임마저 눈물에 잠겨버릴 정도였다.

개선회를 위해 진심을 다해 성실히 일해온 앤은 회원들이 자기가 애쓴 것을 이렇게 알아주는 것에 마음이 따뜻해졌다. 모두가 하나같이 친절하고 다정하고 유쾌했다. 심지어 파이 집안 자매들에게도 고마운 마음이 들었다. 그 순간 앤은 분명 온 세상을 사랑할 수 있었다.

앤은 그날 저녁을 더없이 즐겼는데, 모임이 끝날 무렵 모든 것을 송두리째 망쳐 버리는 일이 일어났다. 달빛을 받으며 베란다에서 저녁 식사를 하는 동안 길버트가 또다시 조심성 없이 앤에게 감상적인 고백 비슷한 말을 했던 것이다. 그래서 앤은 그 벌로 일부러 찰리 슬론에게 더 상냥하게 대하며 집까지 바래다주는 것까지 허락했다.

그러나 이 복수로 인해 누구보다도 상처를 받은 것은 그렇게 한 자기 자신이었음을 앤은 깨달았다. 길버트는 기분 나쁜 기색도 없이 루비 길리스와 함께 돌아갔으며, 차분한 가을 저녁의 상쾌한 공기를 가르며 유쾌하게 웃고 이야기하는 두 사람의 목소리가 앤에게 똑똑히 들려왔다. 두 사람이 더없이 즐거워 보이는 데 비해 앤은 지루하기 짝이 없는 찰리에게 몹시 진저리를 내고 있었다. 찰리는 잠시도 쉬지 않고 떠들어댔지만, 조금이라도 들을 만한 가치가 있는 말은 어쩌다 실수로라도 한마디도 하지 않았다. 앤은 이따금 '그래.'나 '아닌데.'로 건성건성 대답했을 뿐 머릿속으로는 오늘 밤 루비가 정말 아름다워 보였고 달빛 아래 보이는 찰리의 퉁방울눈이 유독 뒤룩거리게—햇살 아래에서 볼 때보다 한층 더 그렇게—보인다고 생각했다. 그리고 이 세상도 어쩐지 아까 느낀 것만큼 그렇게 멋진 곳이 아니라는 쓸쓸한 마음이 들었다.

자기 방에 혼자 있게 되자 한숨 돌리며 앤은 생각했다.

'피곤해서 그런 거야. 그게 틀림없어.'

그러면서 진심으로 그렇게 믿었다. 그런데 다음 날 저녁 언제나처럼 경쾌한 걸음걸이로 빠르게 '도깨비숲'을 지나 오래된 통나무다리를 건너오는 길버트를 보았을 때, 별안간 앤의 가슴속 어딘가에 남이 알지 못하게 감춰져 있던 샘에서 작은 기쁨의 샘물이 퐁퐁 솟아올랐다. 길버트는 애번리에서의 마지막 저녁을 루비 길리스와 함께 보낼 생각이 아닌 것이다!

길버트는 앤에게 말했다.

"피곤해 보이네."

"몸이 지치기도 했지만 아마 마음이 울적해서 그런가 봐. 피곤한 건 온종일 트렁크에 짐을 싸서 넣고 바느질을 한 탓이지만, 울적한 건 오늘 나에게 작별 인사를 하러 온 아주머니들 여섯 분이 하나같이 우울하고 울적한 말만 하면서 내 인생에서 아름다운 장밋빛 미래를 지워버리고 11월 아침처럼 잿빛으로 칠해놓고 갔기 때문이야."

"못된 할멈들!"

이것이 점잖은 길버트가 할 수 있는 최대치의 비난의 말이었다.

그러나 앤은 정색하고 말했다.

"어머나, 그렇지 않아. 그게 바로 난처한 점이야. 그분들이 못된 할멈들이라면 그런 이야기에 마음 쓰지도 않지. 하지만 모두들 어머니 같은 마음으로 나를 아껴주고 좋아하는 친절한 사람들뿐이야. 나도 그분들을 좋아하고. 그래서 그분들이 대놓고 했던 은연중에 한 말이든 이토록 어이없을 만큼 내 마음에 남는 거야.

그분들은 내가 문학사 학위를 따겠다고 레드먼드에 가는 건 미친 짓이라고 생각한다는 것을 내게 알려주셨어. 그 말을 듣고 난 뒤부터 정말로 그런 건 아닐까 하고 아까부터 줄곧 고민하고 있었어.

　피터 슬론 부인은 한숨을 쉬면서 '졸업할 때까지 네 건강이 버텨줘야 할 텐데.'라고 하시더라. 그랬더니 곧바로 3학년 말에 손쓸 수조차 없을 만큼 신경쇠약에 걸린 내 모습이 눈앞에 떠오르는 거야. 에빈 라이트 부인이 "4년이나 레드먼드에 학비를 내려면 굉장한 돈을 쏟아붓게 생겼네."라고 하는 말을 들으니까 갑자기 이런 어리석은 일에 마릴라의 돈과 내 돈을 헛되이 써버리는 것은 용서할 수 없는 일이다 싶더라.

　어떤 사람들처럼 대학에 가서 성격 버리는 일이 나에게는 없었으면 좋겠다는 재스퍼 벨 부인의 말을 들었을 때는 레드먼드에서 4년을 보내고 나면 내가 차마 눈 뜨고 볼 수 없는 밉상이 돼서 뭐든 다 아는 체하는 얼굴로 애번리 사람이나 이곳에서 벌어지는 모든 것을 얕보게 되겠구나 싶었어. 엘리샤 라이트 부인은 레드먼드의 여학생, 특히 킹스포트에서 자란 여자는 멋 부리는 걸 좋아하고 거만하다던데, 내가 과연 그 속에 껴서 적응을 하겠느냐고 했어. 그랬더니 레드먼드의 고풍스러운 강의실들에 어울리지 않는 볼품없는 구두를 신고 덜그럭거리며 걷다가 따가운 눈총을 받는 시골 아가씨인 내 모습이 눈에 선히 보이는 거야."

　앤은 웃음과 한숨을 섞어가며 말을 끝냈다.

　감수성 여린 앤은 비판적인 말을 들으면 생선 가시가 목에 걸린 것같이 마음에 걸렸다. 그리 존경하지 않는 사람의 입에서 나온 말도 마찬가지였다. 그 순간 인생이 무미건조해지고 높은 포부는 꺼진 촛불처럼 홀연히 연기가 되어 사라져버리고 말았다.

　길버트가 나서서 반박했다.

　"그 사람들이 한 말에 마음 쓸 것 없어. 좋은 사람들임에는 틀림없지만 그들의 인생을 보는 시야가 얼마나 좁은지 잘 알고 있잖아. 자기들이 해 본 적 없는 일을 누군가가 용기 내서 하면 마치 신에게 버림받아 마땅한 짓이라도 한 것처럼 도저히 용납을 못 하는 거지. 앤은 애번리에서 처음으로 대학에 가는 여학생이야. 모든 선구자는 광인(狂人) 취급을 받는다는 거 알지?"

"응, 잘 알아. 하지만 느끼는 것과 아는 것은 전혀 달라. 내 이성은 방금 길버트가 한 말을 모두 인정하지만 이따금 그 이성이 내게 아무런 힘도 발휘하지 않을 때가 있어. 말도 안 되는 상식이 오히려 나의 마음을 점령해버리지. 실제로 엘리샤 부인이 돌아간 뒤엔 짐을 마저 쌀 힘조차 없어져버렸다니까."

"지쳐서 그런 거뿐이야, 앤. 자, 그런 일은 깨끗이 잊어버리고 나하고 같이 산책이나 하러 가자. 늪 저쪽 숲에 가면 내가 앤에게 보여주고 싶어하던 것이 있을 거야."

"있을 거라니? 그럼 있는지 어떤지 확실히 모르는 거야?"

"응, 그렇게밖에 말할 수 없어. 지난봄 거기서 우연히 보아서 지금도 있을 거라고 짐작만 할 뿐이야. 가자. 우리 둘 다 다시 어린아이로 돌아가서, 바람이 가는 것처럼 가보자."

둘은 들뜬 마음으로 나섰다. 어젯밤의 불쾌한 경험을 떠올리고 앤은 길버트에게 아주 상냥했으며, 길버트도 조금 현명해져서 학교 친구로서 선을 넘지 않도록 조심했다. 그 두 사람의 모습을 린드 부인과 마릴라가 부엌 창문으로 바라보고 있었다.

린드 부인이 호뭇하게 웃으며 말했다.

"저 아이들도 머지않아 결혼하게 되겠군요."

마릴라는 살짝 얼굴을 찌푸렸다. 마음속으로는 그것을 바라고 있다 하더라도, 린드 부인이 꼭 무슨 소문거리처럼 대수롭지 않게 말하는 태도가 마음에 들지 않았기 때문이다.

마릴라는 무뚝뚝하게 대답했다.

"아직 둘 다 어린애들인걸요."

린드 부인은 사람 좋게 웃었다.

"앤은 18살이에요. 나는 저 나이에 결혼을 했어요. 우리 같은 나이 든 사람들은 말이에요, 마릴라, 아이들이 언제까지나 어른이 되지 않을 것처럼 여기죠.

앤은 젊은 아가씨고 길버트는 어엿한 청년이에요. 게다가 길버트가 앤을 숭배한다는 것은 누가 보아도 알 수 있어요. 길버트는 훌륭한 젊은이고, 앤에게 저만한 짝은 없어요. 저 아이가 괜히 레드먼드에서 쓸데없는 낭만 타령이나 하게 되지 않기를 바랄 뿐이에요.

나는 그 남녀공학이라는 건 옛날이나 지금이나 마땅치 않아요. 그런 데서는 남학생, 여학생이 눈이 맞아 시시덕대기나 하는 것 말고는 제대로 하는 일이 없는 법이거든요."

린드 부인은 사뭇 진지하게 결론지었다.

마릴라는 미소를 지으며 말했다.

"공부도 조금은 하겠죠."

린드 부인은 코웃음쳤다.

"손톱만큼은 하겠죠. 물론 앤은 예외겠지만요. 저 아이는 남자애들하고 시시덕거리는 짓은 한 적이 없어요. 하지만 앤은 아직 길버트가 얼마나 괜찮은 청년인지 모르고 있어요, 전혀. 나는 젊은 여자애들의 마음이라는 걸 잘 알죠! 찰리 슬론도 앤에게 열을 올리고 있지만 앤에게 슬론 집안사람과의 결혼은 권하지 않겠어요. 물론 슬론 집안은 정직하고 착실하고 점잖은 사람들이죠. 하지만 어차피 슬론은 슬론이니까요."

마릴라는 고개를 끄덕였다. 애번리 사람이 아닌 사람들은 '어차피 슬론은 슬론'이라는 말을 들어도 무슨 소린지 잘 모르겠지만 마릴라는 알고 있었다. 어느 마을에나 이런 집안은 있게 마련이다. 착하고 정직하며 제 몫을 다하는 사람들이지만, '사람의 방언과 천사의 말을 할지라도'[1] 슬론은 어디까지나 그저 슬론일 뿐이다.

이렇게 자기들의 미래가 린드 부인에 의해 결정되고 있는 줄도 모르고 길버트와 앤은 어둑어둑한 '도깨비숲'을 천천히 거닐고 있었다. 저편 장밋빛과 파란빛 하늘 아래에는 가을걷이가 끝난 언덕의 텅 빈 밭이 호박빛 저녁놀로 물들어 있었다. 멀리 청동색을 띤 가문비나무숲은 덕땅[2]의 목장에 긴 그림자를 늘어뜨렸다. 두 사람 둘레에는 전나무 사이로 산들바람이 불어와 가을 내음이 가득히 감돌고 있었다.

"이 숲도 이제는 정말 도깨비들로 가득해, 옛 추억이라는 도깨비."

앤은 몸을 굽혀 서리가 내려 밀랍처럼 새하얘진 풀고사리를 한 줌 뜯었다.

"어린아이였던 다이애나와 내가 지금도 여기서 놀고 있는 것 같아. 황혼에 둘러싸여 '드리아스의 샘'가에 쪼그리고 앉아 유령과 남모르게 만나고 있는 거야. 나는 저녁때 이 오솔길을 지나려고 하면 어쩐지 그 무렵의 무서움이 아직도 떠올라서 몸이 덜덜 떨려. 우리가 만들어낸 유령 가운데 특별히 무서웠던 게 하나 있는데, 살해된 아이의 유령이 소리 없이 뒤에서 다가와 차디찬 손가락으로 내 손을 덥석 잡는 거야. 사실은 지금도 땅거미 진 뒤에 여기로 올 때면 몰래 다가오는 작은 발소리가 뒤에서 들리는 것 같아 으스스해지다니까. 이제는 '흰옷 입은 여인'이나 '목 없는 남자'나 해골은 더 이상 무섭지 않지만, 그 아이

---

1) 《신약성서》〈고린도전서〉 13장 1절.
2) 둘레의 지형보다 높으면서 평평한 땅.

유령을 상상으로 만들어낸 것만은 지금까지도 후회해. 그 일로 마릴라와 배리 아주머니가 얼마나 화냈었는지 몰라."

앤은 지난 일을 떠올리며 웃었다.

늪 언저리의 숲은 가느다란 거미줄이 촘촘히 둘러쳐진 가운데 보랏빛 풍경으로 펼쳐져 있었다. 뒤틀린 가문비나무가 땋은 머리처럼 서로 얽혀 우거져 있는 음침한 곳과 햇빛의 따사로움이 어른거리는 단풍나무에 둘러싸인 골짜기를 지나서 이윽고 두 사람은 길버트가 있을 거라고 했던 무언가를 발견했다.

길버트는 만족스럽게 말했다.

"아, 여기 있다."

앤은 기뻐하며 외쳤다.

"사과나무네, 이런 깊숙한 곳에!"

"맞아. 열매까지 달려 있는 틀림없는 사과나무야. 제일 가까운 과수원에서도 적어도 1마일(약 1.6킬로미터)은 떨어져 있고, 이렇게 소나무며 너도밤나무가 우거진 속에 덩그러니 서 있는 사과나무 한 그루라니 신기하지 않아? 지난봄에 우연히 여기 왔다가 이 나무가 하얀 꽃을 활짝 피운 것을 봤었어. 그래서 가을에 다시 와서 사과가 진짜 열리는지 확인하려고 마음먹었지. 봐, 주렁주렁 달렸잖아. 맛있어 보이지. 러싯 사과처럼 갈색이 감도는 노란색에 불그스름한 색이 섞여 있어. 대개 야생사과는 시퍼래서 맛없어 보이기 마련인데."

앤은 머나먼 옛날 일을 떠올리듯 꿈꾸는 말투로 말했다.

"틀림없이 몇 해 전 우연히 떨어진 씨에서 자란 것이겠지. 그런데도 낯선 이들만 있는 곳에서 이토록 무럭무럭 잘 자라나 자신을 꿋꿋이 지켜왔어. 참 용감하고 다부진 나무야."

"여기에 이끼가 방석처럼 푹신하게 깔린 쓰러진 나무가 있으니 앉아, 앤. 이 이끼 방석이 숲의 왕좌라고 하자. 나는 나무에 올라가 사과를 따 올게. 모두 높은 곳에 달려 있어. 햇빛을 받으려고 애쓰며 뻗어 올라갔나 봐."

사과는 무척 맛있었다. 황갈색 껍질 속에 군데군데 붉은빛이 살짝 감도는 새하얀 속살이 나왔다. 과수원에서 가꾸어진 사과에서는 맛볼 수 없는 야생적이고 톡 쏘는 듯한 상큼한 풍미가 있었다.

"에덴동산의 치명적인 선악과도 이렇게 맛있진 않았을 거야. 그나저나 이제 돌아가야겠어. 저기 좀 봐, 3분 전까지만 해도 저녁놀이었는데 벌써 달빛이 내리네. 저렇게 바뀌는 순간을 놓쳐서 아쉽다. 하지만 그런 순간은 아무래도 잡을 수 없는 것이겠지."

"늪을 돌아 '연인의 오솔길'을 지나서 가자. 지금도 아까 올 때처럼 기분이 울적하니, 앤?"

"아니, 조금도. 그 사과는 굶주린 영혼에게 신이 주신 만나[3] 같았어. 나는 레드먼드가 아주 좋아지고 거기서 멋진 4년을 보낼 수 있을 것 같아."

"그 4년이 지난 뒤에는……어떻게 할 건데?"

앤은 쾌활하게 대답했다.

"아, 그 시간의 끝에는 또 다른 길모퉁이가 나타나겠지. 모퉁이를 돌았을 때 무엇이 있을지 전혀 짐작되지 않아. 그리고 아직은 알고 싶은 생각도 없어. 모르는 편이 더 멋지니까."

그날 밤 '연인의 오솔길'은 창백한 달빛이 감도는 은밀하고 신비로운 장소였다. 두 사람 다 굳이 무슨 말을 하려고 하지 않았다. 그러면서 친밀한 사람들 사이에 흐르는 기분 좋은 침묵 가운데 천천히 걸어갔다.

---

[3] 이스라엘 백성들이 지도자 모세에게 이끌러 이집트를 떠나 황야를 헤맬 때 하늘에서 내린 빵. 《구약성서》〈출애굽기〉 16장 4절.

앤은 생각했다.

'길버트가 언제나 오늘 밤만 같다면 모든 것이 얼마나 복잡할 것 없이 소박하게 즐거울까.'

길버트는 바로 옆에서 걸어가는 앤을 바라보고 있었다. 가벼운 옷차림을 한 늘씬한 앤의 모습은 흰 붓꽃을 떠오르게 했다.

'앤의 마음속에 내가 들어갈 수 있는 날이 과연 올까?'

길버트는 자신이 없었다. 이내 가슴 깊은 곳에서 아릿한 통증이 느껴졌다.

출발

이튿날인 월요일 아침, 찰리 슬론과 길버트 블라이드와 앤 셜리는 애번리를 떠났다. 앤은 날씨가 맑기를 바랐었다. 다이애나가 역까지 마차로 배웅해주기로 되어 있었기 때문이다. 두 사람은 앞으로 얼마 동안은 마지막이 될 드라이브를 유쾌하게 즐기고 싶었다. 그러나 일요일 밤 앤이 잠자리에 들 무렵부터 샛바람이 요란스럽게 휘몰아쳐서 불길한 예감을 들게 했다.

다음 날 아침, 그 예감은 현실이 되어 눈앞에 나타났다. 앤이 눈을 뜨니 굵은 빗방울이 방 창문을 사정없이 두드리고, 못의 잿빛 수면은 온통 퍼지는 파문으로 뒤덮여 있었다. 언덕과 바다는 안개에 가려져 온 세상이 어두컴컴하고 쓸쓸하게 여겨졌다.

앤은 날이 미처 밝기 전 음울한 잿빛 새벽녘에 얼른 일어나 옷을 갈아입었다. 뱃시간에 맞춰 기차를 타기 위해 일찍 떠나야만 했던 것이다. 앤은 아무리 애써 참으려 해도 고이는 눈물을 온 힘을 다해 억눌렀다. 이렇게도 정든 자신의 사랑스러운 집을 떠나야만 한다 방학 때 쉬러 올 것을 알면서도 이 집을 영원히 떠나는 기분이 들었다. 그 무엇도 두 번 다시 어제와 같지는 않을 것이다. 방학 때 돌아온다 하더라도 지금 여기에 있는 것과는 다르다.

아, 모든 것이 지극히 정답고 사랑스러웠다. 수많은 소녀 시절 꿈이 깃들어 있는 현관 위 이 작고 하얀 방. 창밖의 고목 '눈의 여왕', 골짜기의 시냇물, '드리아스의 샘', '도깨비숲', 그리고 '연인의 오솔길'…… 그러한 헤아릴 수 없이 많은 장소에 지난날의 추억이 깃들어 있는 것이다. 이곳이 아닌 다른 곳에서 자신이 정말로 행복해질 수 있을까?

그날 아침 그린게이블즈의 식탁은 슬픔에 휩싸여 있었다. 데이비는 아마도 난생처음으로 음식이 도저히 넘어가지 않아 오트밀을 앞에 둔 채 부끄러움 따위 다 내던지고 엉엉 소리 내어 울었다. 다른 사람들도 모두 식욕이 그리 없기는 마찬가지였으나 도라만은 달라서 자기 몫을 느긋이 다 먹어치웠다. 세상에는 어떤 일에도 흔들리지 않는 사람이 있게 마련인데 도라도 그 가운데 한 사람이었다. 마치 사랑의 열병을 앓다 미쳐버린 연인이 시신이 되어 나무판자 위에 실려 나가는데도 태연히 '버터 바른 빵을 베어 먹고 있던'[1] 그 차가운 여인 샤를로테와도 같았다. 도라는 아직 8살밖에 되지 않았지만 어지간한 일로는 그 냉정하다시피 한 평온함을 흐트러뜨릴 수 없었다. 물론 앤 언니가 떠나는 것은 슬프지만, 그렇다고 해서 수란을 얹은 맛있는 토스트를 먹어서는 안 될 이유가 있단 말인가? 없다. 그리고 데이비가 먹지 못하는 것을 보자 도라는 데이비 몫까지 깨끗이 먹어치웠다.

시간이 되자 다이애나가 우비 차림에다 장밋빛으로 발갛게 물든 얼굴을 내놓고 마차와 함께 나타났다. 마침내 작별의 인사를 나누지 않으면 안 될 때가 온 것이다. 린드 부인은 방에서 나와 진심으로 앤을 끌어안고 무엇을 하든지 건강 챙겨가며 하라고 주의를 주었다. 마릴라는 눈물도 보이지 않고 무뚝뚝한

---

[1] 독일 작가 괴테(1749~1832)의 소설 《젊은 베르테르의 슬픔》의 엄청난 성공을 보고 영국의 윌리엄 M. 새커리(1811~1863)가 쓴 풍자시 〈베르테르의 슬픔〉의 한 구절에서 따온 것. 샤를로테는 베르테르가 열렬히 사모했으나 사랑을 이루지 못해 그가 비극적 선택을 하게 했던 여인.

얼굴로 앤의 뺨에 가볍게 입 맞추고 자리 잡히면 편지 보내라고 말했다. 무심히 본 사람은 마릴라에게 있어 앤이 떠나가는 건 아무 일도 아닌 모양이라고 여겼을지 모른다. 마릴라의 눈을 자세히 들여다보면 그렇지 않다는 걸 알았을 테지만.

도라는 형식적으로 앤에게 예의 바르게 입을 맞추고 눈물을 품위 있게 찔끔 두 방울 짜냈다. 데이비는 식사가 끝난 뒤 뒷문 층계에 웅크리고 앉아 줄곧 울며 '안녕'이라고 인사하는 것 자체를 거부했다. 앤이 가까이 다가오는 것을 보자 데이비는 발딱 일어나 뒤층계를 달음질쳐 올라가 벽장 안에 숨어 나오려 하지 않았다. 앤이 그린게이블즈를 떠날 때까지도 데이비가 목소리를 죽여 흐느끼는 소리가 여전히 들려오고 있었다.

비는 브라이트리버까지 가는 동안 내내 쏟아졌다. 그 역까지 가야만 하는 것은 카모디에서 출발하는 지선 열차는 배편과 이어지지 않기 때문이었다. 앤이 도착했을 때 찰리와 길버트는 벌써 플랫폼에 나와 있었으며 기차는 길게 기적을 울리고 있었다. 앤은 가까스로 기차표를 사고 트렁크를 실은 뒤 다이애나에게 허둥지둥 황급한 이별을 고하고 기차에 올랐다.

앤은 다이애나와 함께 애번리로 되돌아가고 싶었다. 틀림없이 심한 향수병에 걸려 괴로워할 것이 뻔했다. 아, 하다못해 여름이 가고 기쁨과 이별하는 것을 온 세상이 알고 우는 듯이 퍼붓는 이 슬픈 비라도 멎어준다면! 길버트가 곁에 있다는 사실조차 위로가 되지 못했다. 찰리 슬론도 함께 있었기 때문이다. 너무나도 슬론 집안다운 둔감함을 참을 수 있는 것은 화창한 날뿐이었다. 이렇게 비마저 내리는 날에는 도저히 견딜 수 없었다.

그래도 배가 샬럿타운 항구를 벗어날 무렵부터 상황이 좋아지기 시작했다. 비는 멎고 해가 이따금 구름 사이로 내리비쳐 잿빛 바다를 청동빛으로 반짝이게 했으며, 프린스에드워드섬의 붉은 사암 해변을 가로막았던 안개도 걷혀 맑은 날이 될 것을 예고하는 황금빛에 둘러싸였다. 게다가 찰리 슬론이 곧 심한 뱃멀미 때문에 선실로 내려가야 했으므로 앤과 길버트만 갑판에 남았다.

앤은 무자비한 생각을 했다.

'슬론 집안사람이 모두 배를 타면 금방 멀미를 해서 그나마 다행이야. 찰리가 감상적인 척하고 옆에 서 있었으면 정든 고향 땅에 작별을 고할 마음도 들지 않았을 거야.'

길버트가 담담한 목소리로 말했다.

"드디어 떠나는구나."

앤은 잿빛 눈을 자꾸만 깜박거리며 말했다.

"그래. 나는 바이런의 차일드 해럴드[2]가 된 듯한 기분이야. 다만 내가 바라보고 있는 것이 정말로 내가 태어난 '고향 바닷가'가 아니긴 하겠지. 나는 태어나기는 노바스코샤에서 태어났으니까. 하지만 '고향 바닷가'란 그 사람이 가장 사랑하는 땅을 말하는 것 아니겠어? 그러니 저 정다운 프린스에드워드섬이야말로 내 고향 바닷가야. 내가 여기에서 나고 자라지 않았다는 사실이 믿어지지가 않아. 여기로 오기 전 11년 동안은 그저 하나의 긴 악몽이었던 것만 같아.

스펜서 부인이 호프타운에서 데려와 이 배로 건너온 그날 저녁으로부터 7년이 지났어. 그 흉하고 낡은 윈시[3] 천으로 된 옷을 입고 빛바랜 밀짚모자를 쓰고 기뻐서 어쩔 줄 몰라하며 신기한 듯이 갑판이며 선실을 뛰어다녔던 내 모습이 눈에 선해. 맑게 갠 저녁이었는데 섬의 저 붉은 바닷가가 햇빛에 눈부시게

---

[2] 영국의 낭만주의 시인 조지 고든 바이런(1788~1824)의 장편시 《차일드 해럴드의 순례》의 주인공.
[3] 대체로 날실은 아마사나 면사, 씨실은 양모사를 사용하여 성글고 느슨하게 짠 값싼 직물, 일상에서 실용적인 용도로 입는 일옷, 속옷, 잠옷 등을 만드는 데 주로 쓰였음.

반짝이고 있었어. 그런데 지금 그 해협을 또다시 건너고 있는 거야. 아, 길버트, 레드먼드와 킹스포트를 좋아하게 되기를 바라지만, 그렇게는 안 될 것 같아."

"앤의 그 낙관적인 인생철학은 어디로 가버렸지?"

"외로움과 향수병이라는 큰 파도에 완전히 휩쓸려버렸어. 3년 동안 그토록 간절히 레드먼드에 가고 싶어했는데 막상 이렇게 가게 되니……차라리 지금은 안 가고 싶어.

하지만 괜찮아! 한바탕 울고 나면 다시 기운을 차려 평소 내 인생철학을 되찾게 될 거야. 아무래도 한 번은 울어야겠어. 하지만 그건 오늘 밤 잠자리에 들 때까지 미뤄둘 거야. 과연 하숙집이 어떤 곳인지는 모르겠지만. 그다음에 나는 다시 여느 때의 앤으로 돌아가겠지. 그나저나 데이비는 이제 벽장에서 나왔으려나."

기차가 킹스포트에 닿은 것은 그날 밤 9시로, 세 사람은 파르스름한 전등이 반짝이는 혼잡한 역에 내렸다. 몹시 어리둥절해 있는 앤에게 금세 프리실라가 달려왔다. 프리실라는 토요일 밤 킹스포트에 미리 도착했던 것이다.

"드디어 왔구나, 앤! 내가 토요일 밤 여기에 왔을 때처럼 몹시 지쳐 있겠지?"

"지치기만 했겠니! 프리실라, 완전히 지쳐버리고, 뭐가 뭔지 아무것도 모르겠고, 시골뜨기인 데다 겨우 10살 먹은 어린애가 된 것 같아. 부디 이 쓰러지기 직전인 가엾은 친구를 어디든 쉴 수 있는 곳으로 좀 데려가줘."

"곧장 우리 하숙집으로 모실게. 역 바깥에 마차가 기다리고 있어."

"네가 여기 와줘서 마음이 놓여, 프리실라. 만일 네가 없었다면 이대로 가방을 깔고 앉아 서럽게 울었을 거야. 낯선 사람들만 정신없이 오가는 곳에서 낯익은 얼굴을 만나는 게 이렇게 마음이 든든할 줄이야!"

"저기 있는 사람이 길버트 블라이드니? 지난 1년 동안 몰라보게 변했는걸!

내가 카모디에서 애들을 가르치던 무렵에는 아직 어린 티가 났었는데. 그리고 그 옆에는 물론 찰리 슬론이겠지. 전혀 달라지지 않았네. 하긴 달라질 리 없지! 태어났을 때도 저런 모습이었고, 아마 80살이 되어도 저대로일 거야. 이쪽이야, 앤. 20분이면 집으로 갈 수 있어."

앤은 신음했다.

"집이라고! 어디 우중충한 뒤뜰이 하나 딸린 무시무시한 하숙집 건물 안의 휑뎅그렁한 침실을 말하는 것일 테지."

"무시무시한 곳은 아니야, 앤. 자, 이 마차야. 어서 타. 마부가 트렁크를 가져다줄 거야. 아 참, 하숙집 얘기를 하던 중이었지. 하숙집치고는 생각보다는 아주 좋은 곳이야. 하룻밤 푹 자고 내일 아침 그 우울함이 장밋빛으로 변하고 나면 너도 그렇게 느낄 거야.

크고 예스러운 돌집인데 세인트존 거리에 있어. 레드먼드에서는 기분 좋게 걸어올 만한 거리지. 전에는 돈 많은 사람들이 사는 주택가였지만 세월이 흐르면서 지금은 어느 집이나 모두 옛 시절은 꿈으로만 간직하고 있을 뿐이야.

아무튼 엄청 넓어서 방을 비워두기 아까우니까 하숙을 치는 거래. 집주인들은 틈만 나면 누차 그렇게 강조한단다. 얼마나 재미있는지 몰라."

"집주인들이라니, 몇 사람인데?"

"둘이야. 해나 하비와 에이다 하비. 두 사람은 미혼인데 50년쯤 전에 쌍둥이로 태어났대."

앤은 미소 지었다.

"난 쌍둥이와는 떼려야 뗄 수 없는 운명인가 봐. 가는 곳마다 나타나니 말야."

"어머나, 지금 그 두 사람은 쌍둥이가 아니야, 앤. 서른 살 이후로는 쌍둥이라고 할 수 없게 됐대. 미스 해나는 나이가 들었는데 그리 곱게 나이 들지는 못했고, 미스 에이다는 30살 때 모습 그대로지만 오히려 더 흉하고.

미스 해나가 웃을 줄 아는지 어떤지 통 모르겠어. 웃는 모습을 아직 한 번도 못 봤거든. 반대로 미스 에이다는 시종일관 웃고 있는데, 그건 그것대로 더 이상해. 하지만 두 분 다 친절하고 좋은 사람들이야.

해마다 하숙생을 두 사람씩 받고 있는데, 미스 해나의 경제관념이 '남아도는 방을 비워두는 것'을 용납하지 않기 때문이래. 그렇게 해야 할 필요나 이유가 있는 건 아니라고 미스 에이다가 토요일 밤부터 벌써 일곱 번이나 말했어.

우리 방은 확실히 작긴 작아. 내 방은 뒤뜰 쪽으로 있어. 네 방은 앞쪽이어서 길 건너에 있는 올드세인트존 묘지를 환히 내다볼 수 있어."

앤은 몸을 떨었다.

"어머, 소름 끼치는 얘기인걸. 묘지보다는 뒤뜰 풍경 쪽이 그래도 나을 것 같은데."

"어머나, 그렇지 않아. 가보면 알겠지만 올드세인트존 묘지는 멋진 곳이야. 오래전부터 묘지로 쓰였지만 지금은 킹스포트의 관광지로 유명해. 나는 어제 한 바퀴 산책하고 왔어. 주위에 큰 돌담이 빙 둘러쳐지고 그 둘레를 큰 나무가 한 줄로 에워싸고 있어. 안에는 가는 곳마다 나무가 심어져 있고, 아주 색다르고 고풍스러운 비석에 매력적인 묘비명이 새겨져 있지. 너도 틀림없이 읽고 싶어질 거야.

물론 지금은 아무도 묻히지 않아. 2, 3년 전 크림 전쟁[4]에서 스러진 노바스코샤 출신 병사들을 위해 기념비를 세우긴 했지만. 정문 바로 건너편에 있어 네가 언제나 말하듯 '상상의 여지'가 있는 곳이야.

---

4) 1853년 제정 러시아가 흑해로 진출하기 위하여 튀르키예, 영국, 프랑스, 사르디니아공국 연합군과 크림반도에서 벌인 전쟁.

아, 이제 겨우 네 트렁크가 왔네. 저 친구들이 인사하러 오는구나. 찰리 슬론과 꼭 악수해야만 할까, 앤? 저 사람 손은 항상 차가워서 꼭 물고기를 만지는 느낌이야.

가끔 놀러 오라고 말하지 않으면 기분 나빠하겠지. 미스 해나가 1주일에 이틀 저녁은 '젊은 신사분을 손님으로 초대해도 좋아요. 적당한 시간에 물러간다면 말이에요.' 하고 음산한 얼굴로 말했고, 미스 에이다는 벙글거리며 부디 신사 양반들이 자기의 예쁜 쿠션 위에 앉지 않도록 해달라고 당부했어.

나는 조심하겠다고 약속했지만, 그렇다면 어디에 앉으라는 건지 모르겠어. 마룻바닥밖에는 앉을 데가 없어. 쿠션이 안 놓여 있는 자리가 없거든. 심지어 피아노 위에까지 정성껏 만든 레이스 쿠션을 놓아두었는걸."

앤도 프리실라를 따라 웃고 있었다. 프리실라의 쾌활한 수다가 즐거워 앤은 다시 기운을 차렸다. 잠시나마 향수병은 사라졌으며 자신의 작은 침실에 혼자 있게 되었을 때에도 외로움이 밀물처럼 덮쳐 오지는 않았다. 앤은 창문가로 가서 밖을 바라보았다. 거리는 어둑한 가운데 조용히 잠들어 있었다. 달은 거리 저편 올드세인트존 묘지의 기념비에 얹힌 크고 거무스름한 사자상 바로 뒤에 빼곡히 선 나무들을 비추고 있었다. 앤은 그린게이블즈를 떠나온 것이 오늘 아침이라는 게 믿어지지 않는 심정이었다. 하루 동안 큰 변화를 겪은 데다 긴 여행을 한 때문인지, 여러 날이 훌쩍 지나간 듯 느껴졌다.

"저 달이 지금 그린게이블즈도 내려다보고 있겠지. 하지만 그린게이블즈에 대해서는 생각하지 말아야지. 향수병에 걸리게 될 테니까. 실컷 우는 것도 오늘은 그만두자. 좀 더 적당한 시기가 올 때까지 미뤄둬야지. 지금은 아무 생각하지 말고 침대에 들어가서 자는 게 좋겠어."

4월의 숙녀

킹스포트[1]의 역사는 영국 식민지시대로까지 거슬러 올라간다. 고풍스러운 매력이 있는 유서 깊은 도시로, 그곳을 에워싼 분위기는 고상한 노부인이 젊은 시절 유행하던 의상을 입고 있는 모습을 떠올리게 했다. 여기저기 근대화된 곳도 있지만 그 밑바탕은 옛날과 전혀 달라지지 않았다. 진기한 유적이 많았으며 지난날의 숱한 전설이 후광처럼 빛을 내고 있다. 한때 개척시대에는 황야의 변두리에 위치해 개척자들이 말을 바꿔 타던 곳이었다. 그 무렵 이주자들의 생활은 아메리카 원주민이 단조로운 일상을 깨뜨리고 있었다. 오래지 않아 이곳은 영국과 프랑스 사이에서 벌어진 쟁탈전의 표적이 되어 한번은 영국인에게 점령되다가 그다음번에는 프랑스인에게 점령되는 식이었다. 그때마다 서로의 인장을 새겨 넣으려는 두 나라로부터 상처에 상처를 덧입으면서 매서운 점령시대를 버티어왔다.

공원에는 해안선을 철저히 방비하는 둥근 포탑(砲塔)이, 흔적을 남기고 싶은 여행자들이 가득히 새겨넣은 이름들을 간직한 채, 서 있었다. 도시 건너편 언덕에는 지금은 쓰지 않는 옛 프랑스군 진지가 가로놓여 있고, 광장에는 예스

---

[1] 캐나다 노바스코샤주의 주도인 핼리팩스를 모델로 하여 작가 루시 모드 몽고메리가 만들어낸 허구의 장소.

러운 대포가 몇몇 놓여 있었다. 그 밖에도 호기심 많은 사람들의 눈길을 끄는 사적(史蹟)이 있지만 도시 한복판에 있는 올드세인트존 묘지만큼 옛 모습 그대로 자연스럽고 멋있는 곳은 없었다.

묘지는 도시 중심에 자리 잡고 있었다. 묘지를 둘러싼 거리 가운데 두 면은 옛날 집들이 늘어서 있는 조용한 거리였지만 나머지 두 면은 마차가 오가고 사람들로 북적대는 근대적인 대로였다. 킹스포트 시민은 저마다 올드세인트존 묘지에 대한 자부심을 가슴속에 품고 있다. 조금이라도 이름난 사람이라면 어김없이 그 조상이 이 묘지에 묻혀 있기 때문이었다. 어느 무덤의 머리맡에든—때로는 비스듬하게 기울어져 있기도 하고, 때로는 무덤 전체를 엄호하듯 위에 덮여 있는—묘석이 자리하고 있었다. 묘석에는 죽은 이가 평생에 이룬 주요한 업적들이 하나하나 씌어 있었다.

대체로 이들 해묵은 묘석은 그리 기교를 부리지 않았다. 대개는 그 고장에서 나오는 갈색이나 회색의 자연석을 거칠게 다듬은 정도였고 조금이라도 꾸민 것은 극히 일부였다. 해골과 X자로 엇갈려 놓은 뼈다귀 두 개를 그린 그림을 장식으로 삼은 것도 있고, 그 음침한 조합에 천사의 머리가 등장하는 경우도 이따금 보인다. 대부분은 넘어지고 깨져 있다. 대개 묘석이 시간의 이빨에 파먹혀 새겨진 묘비명이 모조리 지워져버렸거나, 가까스로 읽히는 정도였다. 묘지는 울창한 느릅나무와 버드나무가 그 둘레를 에워싸고 있을 뿐만 아니라 묘지 곳곳에도 늘어서 있어 초록이 무성했다. 망자들은 그 나무 그늘에서 바람소리와 나직한 나뭇잎의 노랫소리를 들으며 돌담 너머에 오가는 사람들 소리에 방해받지 않고 꿈도 꾸지 않은 채 깊이 잠들어 있을 것이다.

다음 날 오후, 앤은 올드세인트존 묘지로 첫발을 내디뎠다. 오전에 프리실라와 레드먼드에 가서 신입생 등록을 마치고 나니 그날은 더 이상 아무 할 일이 없었다. 두 사람은 기뻐하며 달아나듯 서둘러 학교를 빠져나왔다. 낯선 사람들에게 둘러싸여 있어본들 재미있을 리 없었기 때문이었다. 모두들 어디에 끼어야 좋을지 모르겠다는 어리둥절한 이방인 같은 표정으로 옆 사람 표정을 살피고 있었다.

두셋씩 모여선 '여자 신입생'들은 서로 떨어져서 곁눈질로만 보고 있었다. '남자 신입생'은 여자들보다 단결력이 있으므로 정면 홀의 큰 층계에 모여서 진을 치고 크게 환성을 지르고 있었는데, 그것은 전통적 라이벌인 2학년에 대한 일종의 도전이었다. 2학년생 가운데 몇몇은 층계 위의 '건방진 풋내기'를 거만하게 깔보며 왔다 갔다 했다. 길버트와 찰리의 모습은 아무 데도 보이지 않았다.

교정을 가로질러 가며 프리실라가 말했다.

"설마 슬론 집안사람을 보고 싶어하는 날이 올 줄은 몰랐어. 지금이라면 찰리의 그 퉁방울눈을 마주쳐도 무척 반가울 것 같아. 아무튼 낯설지 않은 눈이니까."

앤은 한숨을 쉬었다.

"아, 등록 차례를 기다리면서 저기 서 있을 때 심정은 정말 뭐라 표현할 수 없는 느낌이었어. 커다란 양동이 속에 똑 하고 떨어지는 아주 작은 물방울처럼 나 같은 건 참으로 하찮은 존재로 느껴졌거든.

그것만으로도 충분히 괴로운데, 내가 언제까지나 그런 존재에서 벗어날 수 없으리라는 걸 뼈저리게 느끼게 되는 일은 더더욱 견디기 힘들었어. 그런데 아까 딱 그렇더라.

마치 내가 눈에 보이지 않을 만큼 작은 존재여서 저 2학년생 누군가에게 밟혀버리고 말 것 같았어. 나 같은 것 하나쯤 죽는다 해도 날 위해 울어주거나 덕을 높이 칭송해주거나 찬미가를 불러줄 사람도 아무도 없겠구나 생각했어."

프리실라가 위로했다.

"아, 내년까지만 기다려. 그러면 우리도 저 2학년 선배들처럼 세상이 마냥 따분하다는 듯이, 뭐든지 다 안다는 듯이 거만한 표정을 지을 수 있게 될 테니까.

확실히 하찮은 존재라는 느낌은 좋지 않기는 해. 하지만 나처럼 너무 커서 주체를 못 할 것 같다는 느낌보다는 훨씬 나을걸. 난 꼭 대책 없이 웃자란 몸이 마치 레드먼드 전체를 뒤덮고 있는 것 같은 심정이었다니까. 내 머리가 거기 있던 어떤 사람보다도 2인치(약 5센티미터)는 더 튀어나와 있었으니까. 난 2학년생에게 밟힐 걱정은 없었어. 그 대신 저 사람들이 나를 코끼리로 잘못 알지나 않을까, 아니면 감자만 먹고 웃자란 프린스에드워드섬 사람의 특대품 견본으로 여기지나 않을까 걱정이었지."

앤은 타고난 명랑한 성격과 긍정적인 철학을 열심히 그러모아 벌거벗겨진 듯한 자기의 마음을 잘 덮어보려 했다.

"문제는 퀸즈아카데미가 생각보다 작았던 데 비해 레드먼드 대학은 너무 크다는 데 있어. 퀸즈아카데미를 졸업했을 때 우리는 누구와도 아는 사이였고 저마다 어엿한 자기 자리를 가지고 있었거든. 나도 모르게 그 생활이 레드먼드에서 그대로 이어질 거라 생각했나 봐. 그런데 그게 아니기 때문에 내가 딛고 선 땅이 발밑에서부터 허물어져가는 기분이 드는 거고.

그나마 지금 내 심정을 린드 아주머니나 엘리샤 라이트 부인이 알지 못하고 또 영원히 알지 못하리라는 게 다행이야. 알았다면 '그러게 내가 뭐랬어?' 하고 의기양양해하며 이제 나도 끝장났다고 생각할 게 틀림없어. 사실은 이제 겨우 한고비 넘긴 것뿐인데 말이야."

"맞아. 자, 이제야 앤다워지는구나. 이제 조금만 지나면 이곳에 익숙해져서 친밀감이 느껴질 테고, 모든 일이 잘될 거야.

아, 그나저나 앤, 오전 내내 화장실 입구 쪽에 혼자 서 있던 여학생 너도 혹시 봤니? 다갈색 눈에 입매가 살짝 올라가고 예쁘게 생긴 애 말이야."

"응, 봤어. 유심히 보게 된 건 나처럼 고독함과 쓸쓸함에 젖어 있는 사람은 그 여학생뿐이었기 때문이야. 그래도 나한테는 네가 있지만, 그 애에게는 아무도 없었어."

"나도 그 애가 퍽 외로운 게 아닐까 싶었어. 몇 번이나 우리에게로 올 듯하더니 끝내 오지 않더라. 아주 내성적인가 봐. 다가오면 좋을 텐데, 하고 생각했는데. 내가 아까 말한 코끼리 같은 기분만 들지 않았다면 망설이지 않고 그 애 쪽으로 먼저 갔을 거야. 하지만 층계에서 남학생들이 왁자지껄하게 환성을 지르고 있는데 그 큰 홀을 어슬렁어슬렁 지나갈 수는 없었어.

오늘 본 신입생 가운데 그 애가 제일 예쁘던데. 하지만 레드먼드의 첫날이라 아직 '고운 것도 거짓되고 아름다운 것도 헛된'[2]지도 모르지."

프리실라는 웃으며 말을 맺었다.

앤이 말했다.

"난 오늘 점심 먹고 나서 올드세인트존 묘지에 가볼래. 기분을 돋우는 데 묘지가 알맞은 곳인지 어떤지는 모르지만 나무가 우거진 괜찮은 장소라면 거기밖에 없고, 무엇보다도 나는 지금 나무가 필요해. 오래된 돌 위에 앉아 눈을 감고 애번리 숲에 있는 거라 상상해야지."

그런데 앤은 눈을 감고 있을 수 없었다. 묘지에 흥미로운 것이 많아 눈을 감을 새가 없었던 것이다. 두 사람은 정문으로 들어가 꼭대기에 영국을 상징하는

---

[2] 《구약성서》 〈잠언〉 31장 30절.

거대한 사자상이 얹힌, 소박하지만 육중한 아치형 돌기념비를 지나갔다.
기념비를 보고 기분 좋은 전율을 느낀 앤이 흥얼거렸다.

"'잉케르만[3] 언저리엔 검은딸기 덤불조차 여전히 핏빛으로 물들고,
그리하여 그 황량한 언덕마저 뒷날까지 이야깃거리가 되리라.'[4]"

두 사람이 있는 곳은 그늘지고, 바람이 기분 좋은 고양이처럼 나뭇잎 사이를 가르랑거리며 지나가 서늘하였다. 풀이 우거진 무덤 사잇길을 여기저기 돌아다니며 지금보다 여유가 있었던 시대에 새겨진 고풍스러운 정취가 있는 긴 묘비명을 읽어갔다.
앤은 세월에 닳은 평평한 잿빛 돌에 새겨진 글자를 읽었다.
"여기에 앨버트 크로퍼드 님의 몸이 쉬도다. 오랜 세월에 걸쳐 킹스포트에서 폐하의 병기계(兵器系)를 맡아보았다. 1763년의 강화 성립 때까지 군무에 종사했으며, 건강 악화로 퇴역했다. 용감한 무관이며 좋은 남편이었고 훌륭한 아버지였으며 믿음직한 친구였다. 1792년 10월 29일 세상을 떠나다. 향년 84세.'
아주 멋들어진 묘비명이야, 프리실라. 확실히 '상상의 여지'가 있어. 이런 생애는 얼마나 모험으로 가득 차 있었을까! 그 인품에 대한 찬사로 이 이상은 없다고 생각해. 하지만 이 사람이 살아 있는 동안에도 이런 훌륭한 말을 들은 적이 있었을까?"
프리실라가 말했다.

---

[3] 흑해 북쪽 해안의 항구도시로, 1854년 크림 전쟁에서 연합군이 러시아군을 격파한 곳.
[4] 영국 정치가 로버트 리턴 백작(1831~1891)이 오언 메러디스라는 필명으로 쓴 운문 소설 《루실》에서 따옴.

"여기에도 있어, 앤. 들어봐. '알렉산더 로스를 모시다. 1840년 9월 22일 세상 떠나다. 향년 43세. 27년 동안 충실히 우정을 다하고 온갖 신뢰를 쏟는 벗이었던 고인을 기리는 애정의 표시로 이 비를 세우다.'"

앤은 감동하여 말했다.

"참 좋은 비문이다. 그 이상의 말은 바랄 수 없을 정도로. 우리는 모두 어떤 의미로 종이니까, 우리가 충실했다는 사실만 묘석에 새겨준다면 그 이상 아무것도 덧붙일 필요는 없어.

어머나, 여기에 작은 잿빛 묘석이 슬프게 서 있어, 프리실라. '사랑하는 아들을 여기 묻다.' 그리고 여기에는 '다른 땅에 묻힌 이의 영혼을 위하여 이 비를 세우다.' 다른 땅에 묻혔다는 그 무덤은 어디에 있을까?

정말이지, 프리실라, 요즘 묘지는 이렇게 감동적이지 못할 거야. 네 말이 맞네. 나 앞으로 이따금 여기 올래. 처음부터 아주 마음에 들었어. 어머나, 여기에 우리만 있는 게 아니었네. 이 길 끝에 누군가가 있는 것 같은데."

"그래, 오늘 아침 레드먼드에서 본 그 애가 틀림없어. 나는 벌써 5분 전부터 알아차렸어. 아까부터 여섯 번이나 이쪽으로 오는가 싶더니 여섯 번 다 되돌아가 버렸어.

굉장히 내성적이든가, 아니면 뭔가 마음에 거리끼는 일이 있는가 봐. 우리가 먼저 말을 걸어 보는 게 어떨까? 레드먼드보다는 묘지에서 가까워지기가 더 쉬울 것 같아."

두 사람은 풀이 나 있는 회랑을 따라 걸어가 아직 이름도 모르는 여학생 쪽으로 다가갔다. 그녀는 큰 버드나무 밑 잿빛 돌 위에 앉아 있었다. 그녀는 확실히 매우 아름다웠다. 전형적인 미는 아니어도 강렬한 인상으로 보는 이의 영혼을 사로잡는 듯한 매력이 있었다. 비단같이 윤기가 흐르는 머릿결은 탐스러운 갈색 밤 같았으며 부드러운 볼은 잘 익은 사과처럼 발그레하게 빛나고 있었다. 묘하게 뾰족한 검은 눈썹 밑 큰 눈은 벨벳을 떠올리게 하는 다갈색이었으며 입매가 살짝 올라간 입술은 장미꽃처럼 붉었다. 세련된 갈색 슈트를 입고 그 치맛단 밑으로 최신 유행의 작은 구두코가 빼꼼히 보였다. 황갈색 양귀비꽃을 빙 두른 흐릿한 핑크빛 밀짚모자에는 꼭 집어 말할 수는 없지만 틀림없이 모자를 만드는 전문가의 손끝에서 탄생한 '예술 작품'이라는 분위기가 감돌고 있었다.

프리실라는 갑자기 자기가 쓴 모자가 동네 모자 제작자에게서 만든 것이라는 사실이 마음에 걸리기 시작했다. 앤은 린드 부인에게 본을 떠달라고 하여 자기가 직접 만든 블라우스가 이 낯선 아가씨의 맵시 있는 차림에 비해 너무 촌스럽고 초라해 보이지 않을까 불안해졌다. 한순간 두 사람은 되돌아가고 싶어졌다.

그러나 두 사람은 계속 잿빛 돌 쪽을 향하고 있었다. 되돌아가기엔 이미 늦었다. 왜냐하면 다갈색 눈의 아가씨가 두 사람이 자기에게 말을 걸기 위해 오는 것이라고 확신한 태도였기 때문이다. 그녀는 얼른 일어나 내성적인 성격이나 마음의 거리낌 같은 기색은 조금도 없는 쾌활하고 따뜻한 미소를 지으며 한 손을 내밀고 앞으로 걸어왔다.

그녀는 진심을 담은 목소리로 말했다.

"아, 너희들이 누구인지 아침부터 너무 궁금했어. 오늘 아침 레드먼드에서 너희들을 봤거든. 아까는 정말 너무 힘들어서 차라리 집에 돌아가서 결혼이나 하는 편이 낫겠다고 생각했을 정도야."

이 엉뚱한 마지막 말에 앤도 프리실라도 그만 풋 웃음이 나와버리고 말았다. 다갈색 눈의 아가씨도 따라 웃었다.

"정말로 그렇게 생각했어. 하려고 마음먹으면 할 수 있었으니까. 자, 모두 이 묘석 위에 앉아 서로 통성명을 하는 게 어떠니? 우린 금방 친해질 거야. 서로 좋아하게 되리란 걸 알 수 있어. 오늘 아침 레드먼드에서 너희들을 보고 바로 느꼈지. 너희에게 달려가 끌어안고 싶었다니까."

프리실라가 물었다.

"왜 안 그랬어?"

"결심이 서지 않았기 때문이야. 어떤 일이든지 나는 쉽게 결정을 내릴 수가 없어. 우유부단해서 언제나 고민이지. 이렇게 해야지 하고 결심하면 금방 다시 저렇게 하는 게 낫지 않을까 하는 생각이 드는 거야. 굉장히 불행한 일이지. 하지만 어쩔 수 없어. 그렇게 타고났으니까. 어떤 사람들은 나를 나무라지만 그래봐야 아무 소용 없어. 그래서 그렇게 하고 싶은 마음은 있었는데도 너희들에게 다가가서 말을 걸 용기가 나지 않았어."

앤이 말했다.

"우리는 네가 너무 내성적인가 생각했어."

"천만에. 이 필리파 고든…… 줄여서 그냥 필이라고들 불러…… 아무튼 이 필의 많은 결점—또는 장점—중에 내성적인 성격은 포함되지 않아. 이제부터 나를 필이라고 불러줘. 그럼 너희들 이름은?"

앤이 프리실라를 가리키며 말했다.

"이쪽은 프리실라 그랜트."

이번에는 프리실라가 앤을 가리키며 말했다.

"이쪽은 앤 셜리."

그리고 두 사람은 입을 모아 말했다.

"우리는 프린스에드워드섬에서 왔어."

필리파가 말했다.

"나는 노바스코샤의 볼링브로크에서 왔어."

앤이 소리쳤다.

"볼링브로크라고! 아, 거기는 바로 내가 태어난 곳인데!"

"정말이니? 그럼 너도 노바스코샤의 '파란 코'[5]인 셈이구나."

"아니, 그렇지 않아. 댄 오코널이 그러지 않았던가, 사람이 마구간에서 태어났다고 말이 되지는 않는다고? 나는 뼛속까지 프린스에드워드섬 사람이야."

"아, 아무튼 네가 볼링브로크에서 태어났다니 정말 반가워. 그럼 우리는 이웃사촌인 셈 아니니? 내가 너에게 비밀을 털어놓아도 아무 관계 없는 남에게 이야기하는 것과는 다를 테니 안심이야.

나는 비밀을 말하지 않고는 못 배겨. 아무리 비밀을 지키려 해도 잘 안 돼. 그게 나의 가장 나쁜 결점이야. 그리고 아까 말한 그 우유부단함도.

이 말을 믿을지 모르겠는데, 나 여기에, 그러니까 이 묘지에 오려고 어떤 모자를 쓸까 결정하는 데 30분이나 걸렸어. 처음에는 깃털이 달린 갈색 모자로 할까 했어. 하지만 그걸 쓰니까 금세 챙이 넓은 이 핑크 모자가 훨씬 어울리는 것 같더라. 그래서 이걸 핀으로 고정하고 났더니 이번에는 갈색 모자가 좋을 것 같잖아. 그래서 모자 두 개를 한꺼번에 침대 위에 집어 던지고 눈을 감고서 모자 핀으로 찔러서 결정하기로 했어. 핀이 이 모자를 찔렀기 때문에 이걸 쓰고 오기로 한 거야. 잘 어울리지? 있잖아, 내 외모를 어떻게 생각해? 솔직히 말해줘."

아주 진지한 말투의 천진난만한 질문에 프리실라는 또다시 웃음을 터뜨

---

5) Bluenose. 노바스코샤 사람을 가리키는 별명.

렸다.

그러나 앤은 저도 모르게 필리파의 손을 꼭 잡고 말했다.

"오늘 아침 우리는 레드먼드에서 본 사람들 가운데 네가 가장 예쁘다고 생각했어."

필리파의 입매에 매혹적인 미소가 살짝 퍼지며 새하얗고 가지런한 이가 드러났다.

"나 스스로도 그렇게 생각했단다."

그 말을 듣고 두 사람은 두 번째로 놀랐다.

"하지만 누군가 동의해주기를 바랐지. 나는 어찌나 우유부단한지 내 얼굴이 예쁜지 어떤지조차도 확신할 수가 없거든. 그래도 나름 예쁘다고 생각하자마자 곧 그렇지 않다는 비참한 기분에 빠져.

게다가 나한테는 무척 고약한 고모할머니가 한 분 계시는데, 한숨을 내쉬며 언제나 이렇게 말씀하셔.

'너는 아기 때는 참 예뻤는데…… 아이들이란 자라면서 어째서 이토록 달라지는지 참 모를 일이야.'라고.

난 고모는 아주 좋아하지만 고모할머니는 너무 싫어. 괜찮다면 이따금 나한테 예쁘다고 해줄래? 내가 예쁘다고 믿을 수 있는 편이 훨씬 기분 좋더라고. 또 너희들도 원한다면 나도 기꺼이 그렇게 말해줄게. 양심에 아무 거리낌 없이 그렇게 할 수 있거든."

앤이 활짝 웃었다.

"고마워. 하지만 프리실라와 나는 외모에 충분히 자신이 있어서 일부러 증명해줄 필요는 없어. 그러니 애쓰지 않아도 돼."

"오, 너는 나를 비웃는구나. 나를 끔찍이 허영심이 강하다고 생각하고 있지?

하지만 그렇지 않아. 내게는 정말로 한 조각의 허영심도 없어. 게다가 그럴 만한 사람들에게는 칭찬하면서 조금도 시샘을 느끼지 않아.

너희들을 알게 돼서 무척 기뻐. 나는 토요일에 여기 왔는데, 그새 벌써 향수병에 걸려 죽을 뻔했거든. 그 기분 정말 끔찍하지 않았니? 볼링브로크에서라면 나는 나름 중요한 인물인데 킹스포트에 오니까 이름도 없는 신세지 뭐니! 아주 기가 푹 죽어버린 때도 있었어. 그건 그렇고, 너희들 하숙은 어디니?"

"세인트존 거리 38번지."

"정말 잘됐다. 내가 사는 곳은 거기서 모퉁이만 돌면 바로 있는 월리스 거리야. 내 하숙집은 좋지 않아. 황량하고 아주 쓸쓸한 곳이지. 게다가 내 방에서 보이는 전망이라곤 형편없는 뒤뜰뿐이거든. 이 세상에서 그처럼 흉측한 곳은 없을 거야.

킹스포트 고양이들이—설마 온 킹스포트의 고양이라는 고양이가 밤만 되면 거기에 다 모이는 건 아닐 테지만—확실히 절반은 모여든다고 생각해. 따뜻하게 타오르는 난로 앞 카펫 위에 누워서 졸고 있는 고양이는 나도 좋아해. 하지만 한밤중에 뒤뜰로 모여드는 길고양이는 마치 다른 동물 같아.

여기에 온 첫날 밤에 밤새도록 울었는데, 고양이들도 그랬어. 다음 날 아침에 새빨개진 내 코가 정말 볼만했지. 집을 떠나지 말았어야 했다고 얼마나 후회했는지 몰라!"

프리실라가 재미있어하며 말했다.

"그나저나 네가 정말로 그토록 결단력 없는 사람이라면 어떻게 레드먼드에 올 결심을 했는지, 나는 그게 궁금한데."

"어머나, 내가 아니었어. 나를 여기로 오게 한 사람은 아버지였어. 아버지는 어떻게든 나를 레드먼드에 보내고 싶어하셨거든. 어째서인지 나로선 모르겠어.

내가 학사 학위를 따기 위해 공부를 하다니 그런 우스꽝스러운 일이 또 어디 있니? 내가 공부를 못 따라간다는 뜻은 아니야. 머리는 아주 좋거든."

프리실라가 저도 모르게 감탄사를 뱉었다.

"아아!"

"정말이야. 하지만 머리를 쓰려면 힘이 들잖아. 게다가 학사 학위를 받은 사람이라면 엄청 박식하고 품위 있고 현명하고 또 근엄하잖니? 틀림없이 그럴 거야. 아무튼 그래서 나는 레드먼드에 오고 싶지 않았는데, 단지 아버지 뜻을 따르려고 왔지. 아버지는 정말 좋은 분이거든.

게다가 집에 있으면 결혼해야 되기도 했고. 어머니가 무슨 일이 있더라도 결혼시키고 싶어서 말이야. 어머니는 무슨 일이든 거침없이 결정해버리거든. 하지만 나는 정말이지 앞으로 2, 3년 안에는 결혼하기 싫단 말이지. 자리 잡고 들어앉기 전에 실컷 재미있게 지내보고 싶어.

내가 학사가 되는 것도 우스꽝스럽지만, 결혼해서 유부녀가 되는 건 더욱 말이 안 되지 않니? 나는 이제 겨우 18살밖에 안 됐는데. 그래서 결혼해야 한다면 차라리 레드먼드에 가야겠다고 마음먹었지. 게다가 어떤 사람과 결혼할지 내가 무슨 수로 결정을 하겠니?"

앤이 웃으며 물었다.

"그렇게 상대가 많아?"

"산더미지. 남자들은 나를 무척 좋아해. 정말로. 하지만 결국 결혼할 만한 사람은 달랑 두 사람뿐이었어. 나머지는 모두 너무 어리거나 가난했거든. 나는 부자가 아니면 결혼할 수 없어."

"어째서?"

"그야 내가 가난뱅이의 아내가 된다고는 상상할 수 없잖니? 쓸모 있는 일은 할 줄 아는 게 아무것도 없고 돈 씀씀이가 아주 헤프거든. 내 남편이 될 사람은 넘칠 정도로 돈이 많아야 해. 그러니까 겨우 추려져 두 사람만 남게 된 거야. 나로서는 그 두 명 가운데 결정하는 일도 2백 명 가운데에서 한 명을 선택하는 것만큼이나 간단하지가 않아. 어느 쪽을 고른다 해도 한평생 후회할 게 뻔한걸, 뭐."

앤이 조금 망설이면서 물었다.

"너는…… 저…… 어느 쪽도 사랑하지 않았니?"

앤으로서는 지금 처음 만난 상대에게 인생의 심오한 수수께끼이자 큰 전환점인 사랑에 대한 이야기를 꺼내는 것은 쉬운 일이 아니었다.

"당치도 않아. 나는 남자를 사랑할 수 없어. 내 성격에 맞지 않아. 게다가 그러길 바라지도 않고. 사랑에 빠지면 완전히 노예가 되고 말잖아. 그렇게 되면 남자가 큰 힘을 가지게 돼서 나한테 상처를 줄 수도 있다는 게 난 무서워.

물론 앨릭과 앨런조는 둘 다 좋은 사람들이야. 어느 쪽이 더 좋은지 도무지 판가름할 수 없을 만큼. 그래서 난처했지. 물론 제일 잘생긴 건 앨릭이야. 나는 잘생기지 않은 사람하고 결혼하는 건 아예 상상이 안 돼. 게다가 앨릭은 다정하고, 아름다운 검은 곱슬머리를 하고 있지. 사실 지나치게 완벽해. 나는 너무 완벽해서 결점이 보이지 않는 사람도 남편감으로는 별로일 것 같거든."

프리실라가 진지한 얼굴로 물었다.

"그럼 앨런조와 결혼하면 되는 거 아냐?"

필리파는 우울한 얼굴로 대답했다.

"앨런조라는 이름을 가진 사람과 결혼한다고 생각해봐! 도저히 참을 수 없을 것 같아. 하지만 앨런조는 고전적인 미남의 코를 가졌어. 코가 잘생긴 사람과 결혼해서 대대로 그 코를 물려주는 건 나쁘지 않거든.

내 코 모양은 안심할 수 없어. 아직까지는 고든 집안 모양을 이어받았지만 나이를 먹어가면서 번 집안의 코가 나타나는 게 아닐까 생각해. 걱정스러워서 날마다 살펴보며 아직 고든 집안 모양의 코인지 어떤지 확인한다니까. 어머니는 번 집안 태생인데 누가 봐도 번 집안사람 코를 물려받았어. 나중에 한번 봐.

나는 멋있는 코를 아주 좋아해. 네 코는 아주 멋있어, 앤 셜리. 아무튼 코 덕분에 거의 앨런조 쪽으로 기울 뻔했었지. 하지만 앨런조라는 이름만큼은! 아니야, 나는 결정 못 해. 모자를 고를 때처럼 둘을 나란히 세워두고 눈을 감고서 핀으로 콕 찔러 결정할 수 있다면 그처럼 쉬운 일은 없겠지만 말이야."

프리실라가 물었다.

"네가 여기로 오게 됐을 때 그 두 사람의 반응은 어땠어?"

"아, 둘 다 여전히 희망을 버리지 않고 있어. 내 결심이 설 때까지 기다리라고 했지. 둘 다 기꺼이 기다릴 거야. 모두 나를 추앙하고 있으니까. 두 사람은 기다리게 하고 나는 마음껏 즐길 생각이야. 레드먼드에서도 남자친구를 많이 사귈 거야. 남자친구가 없으면 무슨 재미가 있겠니?

그런데 남자 신입생들 정말 촌스럽다고 생각하지 않았니? 그 가운데 정말 잘생긴 사람은 딱 한 명 보았어. 너희들이 오기 전에 가버렸어. 함께 있던 친구가 그 사람을 길버트라고 부르는 걸 들었어. 그 친구는 눈이 '엄청' 튀어나와 있었고. 어머나, 너희들 벌써 가려는 건 아니지? 부탁이니 아직 가지 마."

앤이 좀 싸늘한 목소리로 말했다.

"이제 그만 가봐야겠어. 시간이 꽤 늦어진 데다, 공부해야 할 것도 있거든."

"둘 다 나를 만나러 와줄 거지?"

필리파는 일어나서 프리실라와 앤 두 사람에게 어깨동무를 했다.

"나도 너희한테 놀러 가게 해줘. 너희들과 사이좋게 지내고 싶어. 너희들이 정말 마음에 들어버렸어. 경박한 내 수다에 벌써 진저리나지는 않았지?"

앤은 웃으면서 진심을 담아 필리파의 손을 꼭 잡았다.

"아직 그 정도는 아니야."

"날 좀 더 알게 되면 내가 겉보기만큼 한심스럽지 않다는 사실도 알게 될 거야. 결점까지 모두 포함해서, 하느님께서 만드신 그대로의 필리파 고든으로 받아들여줘. 그러면 틀림없이 나를 좋아하게 될 거야.

그런데 이 묘지 정말 아름다운 곳이지 않니? 죽은 뒤 여기에 묻힐 수 있으면 좋겠어. 어머나, 이 무덤은 아직 못 보았던 거네. 철책 속의 이 무덤 말이야. 이것 좀 봐. 섀넌호와 체서피크호 간의 전투에서 전사한 해군 소위 후보생의 무덤이라고 돌에 새겨져 있어. 상상을 해 봐!"

앤은 철책 옆에 멈춰 서서 세월에 마모된 돌을 바라보다가 갑자기 흥분으로 맥박이 빨라지기 시작했다. 오래된 묘지에 가지가 엉킨 나무들이 이룬 아치며 나무가 드리운 긴 그림자 등은 앤의 시야에서 사라지고 그 대신 한 세기 전 옛날의 킹스포트 항구가 눈앞에 떠올랐다. 안개 속에서 '영국의 빨강 선기(船旗)'[6]를 펄럭이는 군함이 천천히 나타났다. 그 등 뒤에 또 한 척 군함이 따르고 있는데, 뒤쪽 갑판에는 조용히, 용맹한 로런스 소령이 영웅이 되어 성조기에 싸여 누워 있었다. 때마침 시간의 손이 역사의 책장을 넘기니 체서피크호를 사로잡아 의기양양하게 만 안으로 들어오는 섀넌호의 모습이 보였다.[7]

---

6) 대부분 국가가 모든 용도에 사용하는 단일 국기와 선기를 가지고 있던 반면, 영국은 육상에서 사용되는 유니언 잭이 있고, 배에서 사용하는 선기가 따로 있었음. 배에 걸리는 선기의 경우, 좌측 상단에 유니언 잭은 동일하게 들어가면서 깃발의 바탕 색깔에 따라, '빨강 선기', '파랑 선기', '하양 선기'로 도안이 구별되었음. 식민지 시기 북아메리카에서는 빨강 선기가 사용됨.
7) 1813년 6월 1일, 미 해군 제임스 로런스 소령을 함장으로 하는 순양함 체서피크호는 영국 순양함 섀넌호에게 잡혔음.

필리파가 웃으며 앤의 팔을 잡아당겼다.

"돌아와, 앤 셜리. 너 언제 백 년 전까지 가 있는 거니. 그만 돌아와."

앤은 한숨과 더불어 제정신으로 돌아왔다. 눈에 눈물이 어려 있었다.

"나는 그 옛이야기를 예전부터 좋아했어. 이긴 쪽은 영국이지만, 내가 그 이야기를 좋아하는 건 용감한 패전군 사령관 때문이야. 이 무덤이 그 이야기를 참으로 가깝게, 그야말로 현실적으로 느끼게 해줬어. 여기 누워 있는 이 가엾은 어린 소위 후보생은 겨우 18살이었어. '용감하게 싸우다가 입은 치명상으로 죽다.' 이렇게 묘비에 씌어 있네. 이거야말로 군인으로서 바라는 진정한 소망 아닐까."

그곳을 떠나기 전 앤은 가슴에 달았던 작은 보랏빛 팬지 꽃다발을 떼어 해상 대결투에서 목숨을 잃은 소년병의 무덤에 가만히 놓았다.

필리파가 가고 난 뒤 프리실라가 물었다.

"너는 우리의 새 친구를 어떻게 생각하니?"

"나는 마음에 들어. 그렇게 말도 안 되는 말만 떠드는데도 몹시 사랑스러운 구석이 있어. 자기도 말했지만 그 애는 입으로 말하는 것만큼 한심스럽지 않다고 생각해. 왠지 뽀뽀해주고 싶어지는 귀여운 아기 같아. 언제까지나 어른이 되지 않을 것 같아."

프리실라는 또렷이 말했다.

"나도 좋았어. 루비 길리스 못지않을 만큼 남자아이들에 대해 많이 이야기를 하는데도, 루비의 말을 듣다 보면 언제나 화가 나거니 속이 뒤집혔었는데 필의 경우는 그저 재미있고 웃음이 나와. 대체 어째서일까?"

앤은 명상에 잠기듯 말했다.

"이런 면에서 다른 게 아닐까 생각해. 루비는 머릿속에 정말로 남자 생각밖에 안 들어 있어. 사랑과 연애가 유일한 놀잇감인 거야. 게다가 루비가 자기 숭배자들을 자랑할 때는 그 이야기를 들어주는 상대는 그 절반도 못 가졌단 사실을 빈정거리고 싶어서 말하는 것처럼 들려.

 그런데 필이 숭배자에 대해 말할 때는 그냥 친구에 대한 이야기를 하는 것 같았어. 남자들도 좋은 친구처럼 생각하는 거지. 그래서 그들이 주위에 많이 모이면 기분이 좋은 건, 그저 자기가 인기 있다는 사실과 그런 기분을 느낄 수 있는 게 좋아서일 뿐이야. 앨릭과 앨런조—아, 이제부터는 이 두 사람의 이름을 따로 떼어서 생각할 수 없을 것 같아—그 둘도 필에게는 단순한 놀이친구에 지나지 않고 둘 다 한평생 자기랑 같이 놀고 싶어할 거라 생각하는 게 아닐까?

 필을 알게 돼서 다행이야. 올드세인트존 묘지에 오길 잘했어. 오늘 오후 킹스포트의 토양에 내 영혼의 한 조각이 뿌리를 잘 내린 것 같아. 그랬으면 좋겠어. 옮겨심기된 것 같은 기분은 싫으니까."

고향에서 온 편지

 이어진 3주일 동안 앤과 프리실라는 낯선 나라에 간 이방인 같은 기분이었다. 그러다 어느 순간 모든 것이 톱니바퀴 맞물리듯 갑자기 잘 풀려 나갔다. 레드먼드도, 교수진도, 학과도, 학생도, 공부도, 사교 활동도 모두 초점이 맞기 시작하는 것처럼 여겨졌다. 이리저리 흩어진 파편을 모아놓은 것으로밖에 보이지 않던 생활이 다시 유기적으로 하나하나 결합되어 갔다.
 신입생들은 이제 연결고리 없는 개개인이 뭉뚱그려 있는 것이 아니라 동기생 정신, 동기생 구호, 동기생의 관심사, 동기생으로서 저항과 포부 등을 갖춘 결합체임을 깨달았다. 특히 1년에 한 번 열리는 '인문대 대회'에서 2학년에게 이긴 뒤로는 선배들의 존중과 아울러 스스로 큰 자신감을 얻게 되었다.
 지난 3년 동안은 언제나 2학년이 이 대회에서 줄곧 이겼었는데 뜻밖에도 올해 승리가 1학년에게로 돌아온 건 오로지 길버트 블라이드의 뛰어난 전략 덕분이었다. 그가 동료들을 이끌며 독창적인 전술을 썼기에 2학년생의 사기를 꺾고 신입생을 승리로 이끌었던 것이다. 그 공적이 인정되어 길버트는 명예롭고 책임이 중대한 지위—적어도 1학년생의 관점에서 보면—즉 많은 학생들이 갈망하는 신입생 대표로 뽑혔다.

길버트는 또 람스[1]에 가입하라는 권유를 받았다. 이것은 신입생에게는 드물게 주어지는 영예였다. 예비 입회식의 절차로 길버트는 하루 종일 킹스포트에서 가장 번화한 거리를 여성용 선보닛[2]을 쓰고 요란한 꽃무늬가 있는 풍성한 주름의 옥양목 앞치마를 두르고 돌아다녀야만 했다. 그는 이것을 거뜬히 해냈을 뿐 아니라, 심지어 아는 여성들을 만나면 공손히 보닛을 벗고 인사까지 했다. 람스에 들라는 권유를 받지 못한 찰리 슬론은 자기라면 도저히 그렇게 스스로를 비하하는 짓은 할 수 없을 텐데 블라이드는 용케도 그런 짓을 해냈다고 앤에게 이야기했다.

프리실라가 쿡쿡 웃으며 말했다.

"생각 좀 해 봐. 찰리 슬론이 '옥양목 앞치마'를 두르고 '선보닛'을 쓴 모습이라니. 자기 할머니하고 완전히 똑같았을 거야. 길버트는 그런 차림을 하고 있어도 자기 옷을 입었을 때나 마찬가지로 남자처럼 보이던데."

앤과 프리실라는 어느덧 레드먼드 사교계의 중심에 들어가 있었다. 그처럼 빨리 들어갈 수 있었던 것은 필리파 고든 덕분이었다. 필리파는 부유한 명사의 딸이며 유서 깊은 특권층 '파란 코' 집안 출신이었다. 게다가 그녀는 아름다우면서 그녀를 만나는 모든 이를 사로잡을 만큼 매력적이었으므로, 곧 온 레드먼드의 모든 파벌이며 동아리며 학과가 그녀를 위해 기꺼이 문을 활짝 열었다.

필리파는 어디든 앤과 프리실라와 함께 다녔다. 필리파는 앤과 프리실라를, 특히 앤을 열렬히 사랑했다. 신의가 있으면서 어느 모로 보나 우월감이라고는

---

[1] Lambs. 고대 그리스 알파벳 '람다 세타(Lambda Theta)'를 따서 지은 대학 동아리 내지 학우회의 하나로, 레드먼드 학생들이 줄여서 부르는 별칭.
[2] 여성이나 갓난아기가 쓰는 햇볕 가리는 모자.

조금도 없었으며, '나와 내 친구들을 사랑해줘'라는 무의식적인 좌우명을 갖고 있는 듯했다. 필리파는 딱히 애쓰는 기색도 없이 점점 넓어져가는 자신의 교우 관계 안에 두 친구들을 항상 동행했기에, 두 애번리 아가씨에게 사교계에 들어가는 길은 무척 평탄하고 순조로웠으며 다른 여자 신입생들에게 선망의 대상이 되었다. 필리파의 힘을 빌릴 수 없는 대부분의 여학생들은 대학에서의 첫 1년 동안 그저 주변부만 맴돌 운명이었다.

물론 진지한 인생관을 지닌 앤과 프리실라에게 필리파는 처음 만났던 인상 그대로 유쾌하고 사랑스러운 아기였다. 그러나 필리파는 자신도 말했듯이 뛰어난 두뇌를 지니고 있었다. 도대체 언제 어디서 공부할 시간이 나는지는 풀리지 않는 수수께끼였다. 온갖 '재미'를 찾아다니느라 늘 바쁜 데다, 집에 있는 날에도 저녁때면 그녀의 집은 방문객이 끊이지 않았기 때문이다.

필리파에게는 '남자친구'들이 차고 넘쳤다. 동기들 가운데 9할, 그리고 선배 남학생들 대부분이 그녀의 미소를 갈구하는 경쟁자였다. 필리파는 이것을 천진난만하게 기뻐하며 새로 정복한 사람 하나하나에 대해 즐거운 듯이 앤과 프리실라에게 말해주었는데, 그때마다 가련한 필리파 숭배자들은 어지간히 귀가 가려웠으리라.

앤이 놀리듯 말했다.

"아직 앨릭과 앨런조를 위협할 강력한 라이벌은 나타나지 않았네."

필리파도 동의했다.

"한 사람도 없어. 매주 두 사람에게 편지로 여기서 만난 내 남자친구들에 대해 모두 써 보내. 틀림없이 두 사람 다 재미있어할 거야.

물론 가장 마음에 드는 사람만은 손에 넣을 수 없지. 길버트 블라이드는 나 같은 건 마음에도 두지 않고, 나를 다만 쓰다듬어주고 싶은 귀여운 아기 고양이처럼 쳐다볼 뿐이야.

그 이유야 잘 알지. 나는 네가 원망스러워, 앤 여왕님. 그러니 너를 미워해야만 하는데도 날마다 너를 만나지 못하면 우울해져. 너는 이제까지 내가 알았던 어떤 사람과도 달라. 네가 사람을 보는 눈빛은 참 묘해. 그런 눈으로 날 바라보면 내가 어찌나 하찮고 시시한 인간같이 느껴지는지, 좀 더 현명하고 강하고 나은 사람이 되고 싶은 기분이 들어. 그래서 굳은 결심을 하지만, 조금만 잘생겼다 싶은 남자애가 내 앞에 나타나기가 무섭게 모처럼 다진 결심은 바로 내동댕이쳐지고 만다니까.

대학 생활이란 참 멋지지 않니? 첫날 우울해하며 몸서리치게 싫었던 것을 떠올리면 웃음이 난다니까. 그래도 아마 그날 그런 기분이 들지 않았다면 너와 친구가 되지 못했을 거야. 앤, 부탁이니 다시 한번만 나를 조금은 좋아한다고 말해주면 안 되겠니? 그 말을 듣고 싶어 견딜 수가 없어."

앤은 웃었다.

"나는 네가 조금이 아니라 많이 좋아. 그리고 귀엽고 다정하고 사랑스럽고 부드럽고, 뾰족한 발톱이 없는 조그만……아기 고양이라고 생각해. 하지만 공부할 시간은 어떻게 내는 건지 통 모르겠어."

시간을 어떻게든 낼 수 있는 듯 필리파는 어느 과목에서나 훌륭한 성적을 유지하고 있었다. 나이 많고 까다로운 수학교수는 남녀공학을 싫어하여 여학생이 레드먼드에 들어오는 것을 반대한 사람이지만 그래도 필리파의 실력만큼은 인정하지 않을 수 없었다. 필리파는 거의 모든 과목에서 1학년 여학생의 선두를 달렸지만 영문학만은 앤이 그녀를 훨씬 능가했다.

앤에게도 1학년 공부가 꽤 수월했는데 그것은 지난 2년 동안 애번리에서 길버트와 함께 꾸준히 공부한 덕분이었다. 이 때문에 사교 생활을 누릴 여유가 생겼으므로 앤은 진심으로 그것을 즐겼다.

그러나 앤은 단 한순간도 애번리와 그곳에 있는 친구들을 잊은 적이 없었다. 앤에게 가장 기쁜 순간은 매주 고향에서 오는 편지를 받을 때였다.

첫 번째 편지를 받고 나서야 앤은 비로소 킹스포트를 좋아하게 될 것 같으며 이곳에서 잘해나갈 수 있을 것 같은 기분이 들었다. 그 전까지는 애번리가 몇 천 마일이나 멀리 떨어져 있는 것 같았는데 편지 덕분에 이제까지 지내온 생활과 새로운 생활이 완전히 동떨어지지 않고 하나로 묶인 듯이 느껴졌다. 맨 처음에 온 편지는 여섯 통으로 제인 앤드루스, 루비 길리스, 다이애나 배리, 마릴라, 린드 부인, 데이비로부터 온 것이었다.

제인의 편지는 마치 인쇄라도 한 것처럼 철자 한 군데 틀린 것 없이 깔끔한 글씨로 쓰였지만, 재미있는 얘기는 하나도 씌어 있지 않았다. 앤이 무척 궁금해하는 학교 일은 한마디도 하지 않았고 편지로 물어본 일에 대해서도 전혀 대답하지 않았으며, 그 대신 요즘 자기가 얼마나 길게 레이스를 떴으며 애번리의 날씨가 어떻다느니 새 드레스를 어떤 식으로 만들 생각이라느니 두통이 났을 때 증상이 어떠했다느니 하는 것만 적혀 있었다.

루비 길리스의 편지는 터무니없이 감상적인 기세로 앤의 부재를 한탄하고 온 마을 사람들이 앤을 그리워한다고 했으며, 레드먼드 '남자친구들'에 대해 묻는 것도 잊지 않았다. 그 나머지는 자기를 숭배하는 수많은 그녀의 남자들을 상대하는 게 얼마나 괴로운지 자랑하듯 얘기하고 있었다. 그것은 한심스럽고 별다른 내용도 없는 편지였기에 이 '추신'만 없었다면 앤도 웃어넘기고 말 참이었다.

길버트가 보낸 편지를 보니 레드먼드가 꽤 즐거운 듯하더구나. 찰리는 그다지 재미있어하는 것 같지 않지만.

'그러니까 길버트가 루비에게 편지를 보내고 있구나! 좋아, 물론 편지 쓸 권리는 있으니까. 하지만……!'

앤은 루비가 먼저 편지를 보냈고 길버트는 예의상 답장을 쓴 것에 지나지 않는 줄은 몰랐다. 앤은 경멸하듯 루비의 편지를 옆으로 홱 집어 던졌다.

다이애나의 쾌활한 수다로 가득 찬 유쾌한 편지 덕분에 루비의 '추신'에서 느낀 쓰라림을 가까스로 쫓아낼 수 있었다. 다이애나의 편지에는 곳곳에 프레드라는 이름이 너무 자주 나왔지만, 그것만 빼면 흥미로운 일들이 편지지 빽빽이 씌어 있어 그것을 읽는 동안 앤은 애번리로 돌아간 기분이었다.

마릴라의 편지는 좀 딱딱하고 무미건조했으며 흥미로운 소문이나 본인의 감정 같은 것은 전혀 담고 있지 않았다. 그럼에도 그 편지에는 그리운 옛 시절의 평화로운 향기가 감돌았다. 그것은 그린게이블즈의 소박한 생활 안에 깃든 숨결을 고스란히 전해 주어 거기에는 언제까지나 변하지 않는 앤에 대한 애정이 있음을 느끼게 했다.

린드 부인의 편지는 교회 소식으로 가득했다. 집안일에서 벗어난 린드 부인은 그때까지보다도 더 많이 교회일에 열중할 여유가 생겼으므로 몸과 마음을 다 바쳐 일하고 있었다. 목사 자리가 비어 있는 애번리 교회에 '목사 후보자'들이 쉬지 않고 찾아오지만 하나같이 자격미달이어서 격분하고 있었다.

정말이지 요즘은 얼간이 말고는 목사가 될 사람이 없는가 하고 여겨질 정도란다. 우리에게 보내지는 후보자도 후보자지만 그 설교는 또 어찌나 형편없는지 말도 할 수 없어! 설교 절반은 사실로 받아들일 수 없고, 더욱 나쁜 것은 교리에 맞지도 않다는 점이야.

지금 와 있는 후보자는 그 가운데에서도 가장 형편없어서 언제나 성경 구절을 꺼내놓고는 뭔가 다른 것을 설교하지 뭐니. 그리고 이교도라 할지라도 반드시 영원한 지옥에 떨어지는 것은 아니라는 거야. 생각 좀 해 보렴! 그게 정말이라면 우리가 외국 선교에 쏟아부은 그 돈이 모두 헛돈질이었다는 셈인데, 기막힌 노릇 아니니! 지난 일요일에는 또 그다음 주 설교를 예고하면서, '물에 뜨는 도끼'[3]에 대해 설교하겠다고 하지를 않나. 설교는 성경에 있는 범위 안에서만 하고 괜히 사람들을 현혹하는 소재는 건드리지 않는 편이 좋다고 생각해. 목사의 설교가 성경에 있는 이야기로 모자라다면 정말 큰일이 아닐 수가 없구나.

앤, 너는 어떤 교회에 다니고 있니? 꼬박꼬박 빠지지 말고 가도록 해라. 누구나 집을 떠나면 교회에 나가는 일을 소홀히 하기 쉬운 법이고 그 점에서 대학생은 특히 큰 죄인이란다. 대학생은 일요일에도 다른 날과 마찬가지로 공부한다는 말을 들었어. 나는 네가 그렇게까지 타락하지 않기를 바라고 있단다, 앤. 네가 어떻게 자랐는지를 결코 잊어서는 안 된다.

그리고 어떤 사람을 친구로 삼아야 할지 깊이깊이 생각하고 조심하도록 해라. 대학 같은 데에는 어떤 사람이 있을지 모르니까. '회칠한 무덤과 같아서 겉으로는 아름다워 보이지만'[4] 본성은 먹이를 찾아다니는 이리나 마찬가지인 사람들도 분명히 있는 법이거든. 섬에서 같이 간 사람 말고는 젊은 남자하고는 아예 날뛰 섞지 않는 게 좋아.

목사님이 여기에 찾아왔을 때 일을 깜빡하고 빠뜨릴 뻔했구나. 살다 살다

---

[3] 《구약성서》〈열왕기하〉 6장 1~7절.
[4] 《신약성서》〈마태복음〉 23장 27절.

그런 우스꽝스러운 일은 본 적이 없어. 마릴라에게 '앤이 있었으면 얼마나 웃었겠어요.' 하고 말했을 정도였단다. 그 무뚝뚝한 마릴라까지도 웃었으니 말이다.

목사라는 분은 키가 아주 작고 뚱뚱한 데다 안짱다리란다. 그런데 해리슨 씨네 늙은 돼지—그 몸집도 키도 큰 돼지—가 그날 또 길을 잘못 들어 그린게이블즈 뒤뜰로 쳐들어와 우리도 모르는 사이에 부엌문으로 들어온 참에 목사님이 바로 문 앞에 나타났지.

돼지는 달아나려고 미친 듯이 날뛰기 시작했지만 달아날 곳이라고는 목사님의 안짱다리 사이밖에 없었단다. 그래서 그곳으로 돌진하기는 했는데 돼지는 엄청나게 크고 목사님은 너무 작아서 돼지가 쑥 빠져나가지 못하고 그대로 목사님을 등에 태우고 달아나버리고 말았어.

마릴라와 내가 문밖으로 나가보니 모자는 이쪽에 지팡이는 저쪽에 나뒹구는 형편이었지. 그 목사님 표정은 언제까지나 잊히지 않을 게다. 그 가엾은 돼지는 또 얼마나 놀랐겠니?

앞으로 성경을 읽다가, 가파른 길을 미친 듯이 달려 내려가서 바다로 뛰어내린 돼지 이야기[5]가 나올 때마다 해리슨 씨네 돼지가 목사님을 태우고 언덕을 정신없이 뛰어내려간 일을 눈앞에 떠올리지 않을 수 없을 거야. 돼지는 돼지대로 아마 악마가 자기 가슴속에 있는 것이 아니라 등에 올라탔다고 생각했을 거다. 쌍둥이가 그 광경을 보지 못해 얼마나 다행인지 몰라. 아무리 그래도 어린아이들에게 목사님의 그런 체통 없는 모습을 보이면 좋지 않으니까.

시냇물 바로 앞에서 목사님이 뛰어내렸는지 아니면 굴러떨어졌는지 아무

---

5) 《신약성서》〈마태복음〉 8장 20~32절.

틈 등에서 내리고 돼지는 미친 듯이 시냇물에 뛰어들어 숲속으로 들어가버리고 말았지. 마릴라와 나는 부리나케 달려가 목사님을 부축해 일으키고 옷을 털어드렸단다. 다친 곳은 없었지만 성을 버럭 냈지. 그것은 우리 집 돼지가 아니고, 온 여름 내내 그 돼지 때문에 곤란을 겪어왔다고 우리가 말했지만 그래도 이 일의 책임은 모두 마릴라와 내게 있다고 원망하는 것 같더구나.

아니, 목사라는 사람이 멀쩡한 현관문을 놔두고 대체 어째서 부엌문 같은 데로 들어온단 말이니? 앨런 목사님은 단 한 번도 그러지 않았어. 앨런 목사님 같은 분은 좀처럼 기대할 수 없을 것 같아. 그래도 세상만사 새옹지마(塞翁之馬)라고 그 일이 있은 뒤로 그 돼지는 얼씬도 하지 않고 앞으로도 그럴 것 같구나.

애번리는 이렇다 할 일 없이 조용하단다. 그린게이블즈는 생각했던 것만큼 쓸쓸하지 않아. 올겨울에는 무명실로 침대보를 하나 더 짤 생각이다. 사일러스 슬론 부인이 아주 멋진 사과 잎사귀 무늬의 새로운 본을 가지고 있단다.

뭔가 자극이 필요할 때에는 조카딸이 보내주는 보스턴 신문에 실린 살인 사건 재판 기사를 읽고 있지. 이제까지 한 번도 보지 않았었는데 정말 재미있더구나. 미국이란 정말 무시무시한 곳인 모양이야. 그런 곳에는 절대로 가지 마라, 앤. 어쨌든 요즘 아가씨들이 온 세계를 돌아다니는 것은 너무 무섭게 느껴진다. 〈욥기〉에 여기저기를 왔다 갔다 하는 악마를 언제나 생각나게 하지. 정말이지 하느님은 여자가 그렇게 돌아다니는 것을 바라지 않으시리라고 여긴다.

네가 간 뒤로 데이비는 말을 꽤 잘 듣고 있단다. 하지만 언젠가 무슨 나쁜 짓을 해서 마릴라가 그 벌로 하루 종일 도라의 앞치마를 입게 했더니, 데이비는 도라의 앞치마를 모조리 가위로 잘라놔 버렸지. 그래서 내가 엉덩이를 몇

대 때렸더니 이번에는 내 수탉을 쉴 새 없이 쫓아다녀 끝내 죽게 만들어버렸단다.

내가 살던 집에는 맥퍼슨 씨네가 이사를 왔어. 그 부인은 살림을 퍽 잘하는 사람인데, 좀 유별난 데가 있어서 풀이 지저분해 보인다며 나의 흰 수선화까지도 모조리 뿌리째 뽑아버렸지 뭐니. 우리가 결혼했을 때 토머스가 심은 꽃인데 말이다. 맥퍼슨은 좋은 사람인 듯하지만, 그 부인은 오랫동안 독신으로 살아온 버릇이 아직도 없어지지 않은 모양이야, 정말이지.

공부 너무 무리해서 하면 못쓴다. 날씨가 추워지거든 바로 겨울 속옷을 꺼내 입도록 해라. 마릴라가 자나 깨나 네 걱정뿐이기에 내가 마릴라에게 이렇게 말해주었다. 앤은 한때 내가 걱정했던 것보다 훨씬 분별력이 생겼으니 아무 걱정 없다고 말이다.

데이비의 편지는 대뜸 불평으로 시작되었다.

앤 누나에게, 부탁이니 마릴라 아줌마에게 편지해서 내가 낚시질 갈 때 다리 난간에 나를 꽁꽁 묶어놓지 말아달라고 말 좀 해줘. 다른 남자애들이 놀려대니까. 누나가 없어서 여기는 아주 쓸쓸하지만 학교는 무척 재미있어. 제인 앤드루스 선생님은 누나보다 훨씬 화가 많이 나 있어. 어젯밤 도깨비 등불로 린드 아줌마를 깜짝 놀라게 했어. 아줌마의 영감 닭을 뒤쫓아 온 뜰을 돌아다녔더니 닭이 끝내 쓰러져 죽어버려서 아줌마는 몹시 화가 났어. 나는 쓰러져 죽게 할 생각은 조금도 없었어. 어째서 죽었을까? 누나, 가르쳐줘. 린드 아줌마는 닭을 돼지우리에 집어 던졌어. 블레어 씨한테 팔면 좋았을 텐데. 블레어 씨는 요즘 좋은 닭이 죽은 것은 한 마리에 50센트씩 쳐주거든. 린드 아줌마가 목사님에게 자기를 위해 기도해달라는 말을 내가 들었는데, 아줌마는 어떤 나쁜 짓을 했을까? 누나, 가르쳐줘. 나는 엄청 멋진 꼬리가 달린 연을 가지고 있어. 어제 밀티 볼터가 학교에서 엄청난 이야기를 해주었어. 그것은 진짜 있었던 일이야. 조 모지 씨랑 리언이 지난주 어느 날 밤 숲속에서 트럼프 놀이를 하고 있었대. 트럼프가 나무 그루터기 위에 놓여 있었는데, 나무보다도 더 큰 시커먼 남자가 와서 트럼프와 나무 그루터기를 움켜쥐고 우르르 쾅쾅 천둥 같은 큰 소리를 내며 사라져버렸대. 둘 다 깜짝 놀랐을 거야. 그 시커먼 남자는 악마라고 밀티가 말했어. 진짜 그럴까, 누나? 가르쳐줘. 스펜서베일의 킴벌 씨가 몹시 아파 '뱅원'에 가야 한대. 이 철자가 맞는지 어떤지 마릴라 아줌마에게 물어보고 올 테니 잠깐 기다려줘. 아줌마 말로 킴벌 씨가 가야 하는 곳은 '뱅원'이 아니라 '정신병원'이래. 킴벌 씨는 몸속에서 뱀이 꿈틀댄다고 한대. 몸속에 꿈틀거리는 뱀이 들어 있으면 어떤 느낌이야? 누나, 가르쳐줘. 로런스 벨 아줌마도 '병'에 걸렸어. 그런데 린드 아줌마는 벨 아줌마의 병은 자기 몸속에 대해 너무 많이 생각하는 거라고 말했어.

편지를 접으며 앤은 중얼거렸다.
"린드 아주머니는 필리파를 어떻게 생각할까?"

산의 고독함에 휩싸여

토요일 오후, 필리파가 앤의 방에 불쑥 들어와 물었다.
"얘들아, 오늘은 뭘 할 생각이야?"
앤이 대답했다.
"우리는 공원으로 산책 가려고 해. 집에서 블라우스를 다 만들어야 하지만, 이런 날 도저히 바느질 같은 걸 하고 앉아 있을 수만은 없잖아. 공기 중에 떠다니는 뭔가가 내 안으로 들어와 마음을 들뜨게 해. 손가락 끝이 자꾸 꿈틀거려 바느질이 삐뚤빼뚤해지고 말 거야. 그러니 우리 공원의 잔솔 아래로 가자, 라고 외칠 수밖에 없었어."
"그 '우리' 가운데에는 너와 프리실라 말고 누가 또 있니?"
"응, 길버트와 찰리야. 그리고 너도 함께 가준다면 아주 기쁠 거야."
필리파는 내키지 않는다는 투로 말했다.
"하지만 내가 가면 들러리밖에 더 되겠니? 필리파 고든으로서는 새로운 경험이 되겠네."
"어떠니. 새로운 경험이란 인간의 폭을 넓히는 법인데. 같이 가자. 그러면 언제나 들러리만 서는 가엾은 사람들의 기분을 알게 될 테니까. 그건 그렇고, 너의 포로들은 다 어디 있지?"

"아, 그 사람들은 지긋지긋해졌어. 오늘은 그들에게 시달리고 싶지 않아. 실은 마음이 좀 우울하게 가라앉아 있어. 뭐, 수면에서 조금 가라앉았을 뿐, 침몰할 정도는 아니지만.

지난주에 앨릭과 앨런조에게 편지를 썼어. 편지를 봉투에 넣고 겉봉을 쓰기는 했지만 봉하진 않았어. 그런데 그날 밤 퍽 재미있는 일이 일어난 거야. 앨릭은 재미있어하겠지만, 앨런조는 그렇게 생각할 것 같지 않은 일이었지. 내가 좀 바쁜 일이 있어서 급하게 봉투에서 앨릭에게 쓴 편지를 꺼내 그 얘기를 추신으로 덧붙였어. 그러고는 두 통 다 우체통에 넣었지.

오늘 아침에 앨런조한테 답장이 왔는데, 무슨 일이 있었는 줄 아니? 내가 글쎄 그 얘기를 그만 앨런조의 편지에 써버렸던 거야. 앨런조는 엄청 화가 났어. 물론 그러다가 곧 풀리겠지만—안 풀려도 나야 상관없는데—어쨌든 그 일로 오늘 기분이 엉망이 되어버렸어. 너희들을 만나면 기분이 좀 풀릴 것 같아서 온 거야.

미식축구 시즌이 시작되면 이제 토요일 오후에도 시간이 없을 거야. 나는 미식축구라면 정신 못 차리거든. 시합에 입고 가려고 무척 화려한 모자랑 레드먼드의 상징색이 들어간 줄무늬 스웨터를 샀단다. 조금 떨어진 곳에서 보면 틀림없이 이발소 간판이 걸어다니는 것처럼 보이긴 할 거야. 너희들의 길버트가 1학년 미식축구 팀 주장으로 뽑힌 걸 알고 있니?"

무언가에 분개해서 대답도 하지 않는 앤을 보고 프리실라가 대신 말했다.

"응, 길버트가 어젯밤에 이야기해주었어. 길버트와 찰리가 왔었거든. 두 사람이 온다고 해서 우리는 미스 에이다의 쿠션을 보이지 않고 손에 닿지 않는 곳에 열심히 치웠어. 정교하게 수놓은 무늬가 도톰하게 올라온 쿠션은 그게 얹혀 있던 의자 뒤쪽 구석의 바닥에 내려놓았지. 거기라면 안전하다고 생각했으니까. 그런데 어떻게 됐는지 아니? 찰리가 그 의자 쪽으로 가더니 뒤에 쿠션이 있는 것을 보고는 엄숙하게 집어 올려서 돌아갈 때까지 내내 깔고 앉았지 뭐니. 쿠션이 어찌나 볼품없이 납작해져버렸던지!

가엾은 미스 에이다가 오늘 나를 보고 얼굴로는 여전히 웃으면서 말투는 비난조로 아니, 왜 그 위에 앉게 했느냐고 묻는 거야. 나는 내가 앉게 한 게 아니라, 원래부터 앉도록 정해진 숙명에다 슬론 집안 특유의 둔감함까지 보태졌으니 도저히 내가 손써볼 수가 없었다고 변명했지."

앤도 말했다.

"미스 에이다의 쿠션 때문에 이제 거슬려 죽겠어. 지난주에도 새 쿠션을 두 개나 더 수를 놓고 터질 듯이 속을 채웠어. 이미 어디고 쿠션이 놓이지 않은 자리가 없으니까 미스 에이다는 그걸 층계 난간 벽에 세워두었더라고. 그런데 굴러떨어지는 경우가 태반이니까 캄캄할 때 층계를 오르내리면 꼭 거기 걸려 넘어진다니까.

지난 일요일 데이비스 박사님이 바다에서 위험에 맞닥뜨려 있는 사람들을 위해 기도했을 때, 나는 마음속으로 덧붙였지. '어리석을 만큼 쿠션 사랑이 도를 넘는 집에 살고 있는 모든 사람들을 위하여 기도합시다!'라고.

자, 준비 다 됐어. 아, 남자애들도 세인트존 묘지를 지나 이리로 오고 있네. 너도 우리와 운명을 함께하기로 했니, 필?"

"응. 대신 프리실라랑 찰리하고 같이 걸어갈래. 그렇다면 들러리가 되는 것도 좀 참을 만할 테니까. 앤, 너의 길버트는 아주 멋있는 사람이야. 그런데 그 퉁방울이하고는 왜 그렇게 늘 붙어다니는 거니?"

앤의 태도가 굳어졌다. 찰리 슬론에게 그리 호의를 가지고 있지는 않지만, 그는 애번리 사람이다. 타지 사람이 찰리를 비웃는 것은 싫었다.

앤은 싸늘하게 말했다.

"찰리와 길버트는 어릴 때부터 친구고, 찰리는 좋은 사람이야. 튀어나온 눈은 찰리 잘못이 아니라고 생각해."

"무슨 소리니? 나는 그렇게 생각 안 해. 전생에 뭔가 끔찍한 짓을 해서 그 벌로 눈이 저렇게 된 거겠지. 난 오늘 프리실라하고 둘이서 찰리를 실컷 놀려줘야지. 앞에서 대놓고 놀려도 아마 전혀 눈치 못 챌걸."

앤의 이른바 '못 말리는 두 P'인 프리실라(Priscilla)와 필리파(Philippa)는 악의 없는 음모를 실행에 옮겼다. 그러나 슬론은 아무것도 모르고 좋아라 했다. 이처럼 멋진 여학생 둘—게다가 그 가운데 한 명은 1학년 최고의 미인이자 스타인 필리파 고든—과 함께 걷게 되다니 제멋에 취해 스스로 우쭐한 기분이 들 정도였다. 이것을 보면 앤도 느끼는 바가 있을 것이고, 필리파처럼 자신의 참다운 가치를 알아주는 사람도 있다는 것을 보게 되리라 생각했다.

길버트와 앤은 그 세 사람보다 조금 뒤떨어져 평온하고 조용한 가을의 아름다움을 즐기며, 비탈길이 되기도 하고 구불구불 휘기도 하는 길을 따라 바닷가 공원의 소나무 밑을 천천히 걷고 있었다.

앤은 햇빛이 가득한 하늘을 올려다보며 말했다.

"이곳의 고요함은 마치 어떤 기도 같아. 향긋한 소나무가 얼마나 좋은지 몰라. 모든 시대의 모험담 속에 깊숙하게 뿌리를 내리고 있는 것 같거든. 이따금 아무도 모르게 여기에 와서 소나무들과 사이좋게 이야기를 나누면 금세 마음이 편안해져. 여기에 오면 언제나 아주 행복한 기분이 들어."

"'그리하여 산의 고독함에 휩싸여
  흡사 성스러운 마법의 손길이라도 닿은 듯

그들의 시름 마치 바람에 흔들린 소나무 잎처럼

우수수 떨어지네.'[1]"

길버트가 읊고 나서 말했다.

"소나무를 보면 우리의 작은 포부는 오히려 하찮게 여겨지지 않니, 앤?"

앤은 꿈꾸듯 말했다.

"나는 어떤 커다란 슬픔이 닥쳐오더라도 소나무에게 위로를 받으러 올 것 같아."

"난 커다란 슬픔이 앤에게 얼씬하는 일조차 없기를 바라겠어."

그로서는 자기 옆을 걷는 생기와 기쁨이 넘치는 존재를 슬픔과 결부시켜 생각할 수 없었다. 가장 높이 날아오를 수 있는 이가 밑바닥 깊숙이 가라앉는다는 것, 더없이 큰 환희를 맛보는 이는 고통 또한 가장 날카롭게 느끼는 사람이라는 것을 길버트는 알지 못했다.

앤은 생각에 잠기며 말했다.

"하지만 틀림없이 닥쳐올 거야, 언젠가는. 지금 인생은 마치 내 입술에 내밀어진 영광의 술잔과도 같아. 하지만 그 안에는 뭔가 쓴맛도 있을 게 틀림없어. 어떤 술잔에나 들어 있는 것이니까. 나도 언젠가는 맛보겠지. 거기에 맞설 수 있을 만큼 강하고 용감해지고 싶어. 그리고 그런 일이 닥쳐오더라도 그것이 나 자신의 잘못 때문에 일어난 일이 아니기를 바랄 뿐이야.

지난 일요일 데이비스 박사님이 한 말 기억나? 신께서 주시는 슬픔에는 그

---

[1] 미국 작가 프랜시스 브렛 하트(1836~1902)의 시 〈야영장의 디킨스〉에서 따온 것으로, 골드 러시 시대에 미국 시에라 네바다의 황금광산에서 일하는 광부들이 모닥불을 피워놓고 둘러앉아 찰스 디킨스의 《오래된 골동품 상점》을 함께 읽는 장면을 묘사한 시.

걸 이겨낼 위로와 힘이 함께 오지만, 우리가 스스로의 어리석음이나 사악함으로 자초한 슬픔이 가장 견디기 어렵다고 그러셨지. 하지만 이렇게 멋진 오후에는 슬픔에 대한 이야기를 해서는 안 돼. 오늘은 순전히 살아있는 기쁨만을 만끽하기 위한 날 같지 않아?"

앤에게는 '전방에 위험'을 알리는 신호나 마찬가지인 의미심장한 말투로 길버트가 말했다.

"내가 할 수만 있다면 앤의 삶에서 행복과 기쁨 말고는 모두 쫓아버리겠어."
"그건 그리 현명한 생각이 아닌 것 같아."

앤이 재빨리 덧붙였다.

"어떤 인생이든 시련과 슬픔을 거치지 않으면 그만큼 나아지지도 원숙해지지도 않는다고 생각해. 물론 그런 말을 할 수 있는 것은 시간이 흘러 편안해진 다음이겠지만. 자, 어서 가자. 모두들 정자 있는 곳에 먼저 도착해서 우리를 부르고 있어."

그들은 작은 정자 안에 앉아 불타는 새빨간 빛과 엷은 금빛의 가을 저녁놀을 바라보았다. 왼편에는 킹스포트가 가로놓이고, 건물들마다 지붕이나 뾰족탑이 연보랏빛 연기에 싸여 흐릿하게 보였다. 오른편 항구는 저녁 해 쪽으로 뻗어감에 따라 장밋빛이며 구릿빛으로 물들어 있었다. 눈앞에는 공단처럼 매끄러운 은회색 바다가 반짝반짝 빛나고 그 너머에는 깨끗하게 면도한 것처럼 나무 그림자 하나 없는 윌리엄스섬이 이 도시를 지키는 든든한 불도그처럼 안개 속에 흐릿하게 모습을 드러냈다. 섬의 등댓불이 불길힌 별처럼 안개 속에서 반짝이고, 아득히 먼 수평선의 다른 불빛이 이에 회답하고 있었다.

필리파가 물었다.

"이렇게 강력한 느낌을 주는 곳을 본 적 있어? 특별히 윌리엄스섬이 탐나는 건 아니야, 가지고 싶어해 봐야 가질 수 있는 것도 아니지만. 저 포대(砲臺) 꼭대기 깃발 바로 옆에 있는 보초병을 봐. 마치 중세 로맨스[2] 작품 속에서 빠져나온 것 같잖니?"

프리실라가 말했다.

"로맨스라니까 생각나는데, 여기서 히스꽃을 찾아봤지만 물론 단 하나도 발견하지 못했어. 계절이 너무 늦었나 봐."

앤이 소리쳤다.

"히스라고? 히스는 북아메리카에는 자라지 않는 거 아니었니?"

필리파가 설명했다.

"아메리카 대륙 전체에서 꼭 두 군데에 있어. 한 군데는 이 공원 안이고, 또 한 군데는 잊어버렸는데 노바스코샤의 어딘가야. 유명한 스코틀랜드의 하일랜드 연대인 '검은 파수꾼'이 어느 해인가 이곳에서 1년 동안 야영했는데, 봄에 병사들이 침대에 깔았던 마른풀을 털었을 때 히스 씨가 몇 알 떨어져 뿌리를 내린 거야."

앤은 뛸 듯이 기뻐했다.

"어쩜! 정말 멋지다!"

길버트가 말을 꺼냈다.

"돌아갈 때는 스포퍼드 대로를 지나서 가자. '부유한 귀족들이 사는 아름다운 저택'[3]을 볼 수 있으니까. 스포퍼드 대로는 킹스포트에서 가장 훌륭한 주택가라 백만장자가 아니면 집을 지을 수 없대."

---

2) 12~13세기 중세 유럽에서 발생한 문학 장르를 가리키는 것으로, 애정담, 무용담을 중심으로 하면서 전기적(傳奇的)이고 공상적인 요소가 많은 것이 특징.
3) 앨프리드 테니슨의 시 〈벌리의 영주〉에서 따옴.

필리파가 말했다.

"아, 그렇게 하자. 너에게 특별히 보여주고 싶은 최고로 귀여운 집이 있어, 앤. 그건 백만장자가 지은 게 아니야. 공원을 나서면 바로 앞에 있지. 아마 스포퍼드 대로가 아직 시골길이었던 무렵에 생겼을 거야. 그 집은 거기서 자라난 거야, 지어진 게 아니라.

나는 스포퍼드 대로의 다른 흔한 집에는 관심이 없어. 너무 반짝거리는 새 집들뿐이어서 개성이라곤 없거든. 그런데 이 작은 집은 마치 어디 꿈에서 톡 튀어나온 것 같아. 게다가 그 이름은 정말…… 하지만 직접 볼 때까지 더는 말 안 할래."

공원에서 소나무에 둘러싸인 언덕으로 올라가니 그 집이 있었다. 언덕 아래로 내려가면서 스포퍼드 대로는 어디서나 볼 법한 평범한 길이 되어 아스라해졌지만, 바로 그 언덕마루에 작고 흰 목조집이 하나 서 있었다. 집 양쪽에는 소나무가 그 낮은 지붕을 엄호하듯 가지를 뻗고 있었다. 온통 울긋불긋한 담쟁이덩굴로 덮인 사이로 초록색 덧문이 닫힌 창문이 빼꼼히 보였다. 집 앞에는 작은 뜰이 낮은 돌담으로 에워싸여 있었다. 10월인데도 뜰은 정다운 꽃이며 키 작은 나무로 여전히 예스럽고 사랑스러운 정취가 느껴졌다. 메이플라워,[4] 개사철쑥, 방취목, 알리숨, 피튜니아, 금잔화, 국화 등이 심어져 있었다. 헤링본 무늬로 벽돌을 깐 오솔길이 대문에서 현관으로 죽 이어져 있었다. 집 전체가 어딘지 외딴 시골 마을에서 고스란히 옮겨다 놓은 듯했다. 그럼에도 가장 가까운 이웃집인 넓은 잔디밭에 둘러싸인 담배왕 궁전을 성스럽고 허세스럽게

---

[4] 5월에 피는 봄꽃을 두루 일컫는 말로, 영국과 아메리카 대륙에서 지칭하는 꽃의 종류가 다름. 영국의 메이플라워는 산사나무와 기린초 등을 뜻하는 반면, 캐나다를 포함한 아메리카 대륙에서는 주로 트레일링 아르부투스를 가리킴.

보이게 할 만큼 고귀한 무엇인가를 지니고 있었다. 필리파의 말대로 원래 그곳에서 생겨난 것과 만들어진 것의 차이였다.

앤은 크게 기뻐하며 말했다.

"이렇게 다정하고 귀여운 곳은 처음 보았어. 기쁘면서도 가슴이 아릿한 듯한 묘한 기분을 오랜만에 느꼈어. 미스 라벤더의 돌집보다도 더 정답고 운치가 있어."

필리파가 말했다.

"특히 앤에게 보여주고 싶은 것은 이곳의 이름이야. 이것 봐. 문 위 아치에 '패티의 집'이라고 흰 글씨로 쐬어 있어. '패티의 집'이라니. 정말 최고이지 않니? 게다가 파인허스트니 엘름월드니 시더크로프트니 하는 어마어마한 집안들의 이름이 주욱 늘어서 있는 이 스포퍼드 대로에 '패티의 집'이라니! 정말 멋있어. 너무 마음에 들어!"

프리실라가 물었다.

"패티가 누구를 가리키는지도 아니?"

"이 집 주인인 노부인의 이름이 패티 스포퍼드야. 내가 벌써 다 알아봤지. 조카딸과 단둘이 아마 백 년쯤 살았어. 백 년까지는 안 될지도 모르지만. 앤, 과장이란 시적인 공상의 비약에 지나지 않는다는 건 잘 알겠지.

돈 많은 사람들이 몇 번이나 이 땅을 사려고 했다나 봐. 지금은 값이 제법 나갈 거야. 하지만 패티는 무슨 일이 있어도 팔려고 하지 않는대. 집 뒤에는 뒤뜰 대신 사과나무 과수원이 있어. 조금만 더 가면 보여. 스포퍼드 대로에 사과나무 과수원이 있다니, 상상이나 했겠니?"

앤이 말했다.

"오늘 밤에는 '패티의 집' 꿈을 꿀 거야. 마치 내가 오래전부터 저 집에 사는 사람인 것 같은 기분이 들어. 어쩌면 언젠가 집 안을 볼 수 있을지도 몰라."

프리실라가 말했다.

"그런 일은 있을 법하지 않은데."

앤은 야릇한 미소를 떠올렸다.

"그래, 그럴지도 몰라. 하지만 틀림없이 보게 될 거라고 믿어. 근질근질하고 오싹오싹하고, 기묘한 어떤 기분—뭐, 예감이라고 해도 좋아—아무튼 그것이 '패티의 집'과 내가 앞으로 더 친해질 수 있다고 말하고 있어."

그린게이블즈로

　길게만 느껴졌던 레드먼드에서의 처음 3주 동안과는 딴판으로 1학기의 나머지는 바람의 날개에 올라타고 날아가듯 쏜살같이 지나갔다. 문득 깨달았을 때는 이미 크리스마스를 앞두고 기말시험이 눈앞에 닥쳐 있었지만, 레드먼드 학생들은 자기 나름대로 그럭저럭 헤쳐나갔다. 1학년생 수석은 앤과 길버트와 필리파 사이를 왔다 갔다 했다. 프리실라도 퍽 성적이 좋았다. 찰리는 겨우 체면을 유지할 만큼 아슬아슬하게 통과했으면서도 마치 모든 과목에서 수석이라도 한 것처럼 흡족한 얼굴이었다.

　떠나기 전날 밤 앤이 말했다.

　"내일 이맘때면 그린게이블즈에 돌아가 있으리라는 게 믿어지지 않아. 하지만 정말이야. 그리고 필, 너는 볼링브로크에서 앨릭과 앨런조를 만나고 있겠구나."

　필리파가 초콜릿을 깨물며 털어놓았다.

　"그래, 정말 많이 보고 싶어. 둘 다 정말 좋은 사람들이란다. 아, 방학을 멋지게 보내야지. 춤이며 드라이브며 떠들썩한 놀이가 끝이 없을 텐데. 방학을 나와 함께 우리 집에서 보내주지 않다니 영원히 용서하지 않겠어, 앤 여왕님."

　"'영원히'란 네 경우 사흘을 말하는 거지, 필. 나를 초대해줘서 정말 고마워.

나도 언젠가는 볼링브로크에 꼭 가보고 싶어. 하지만 올해는 안 돼. 집에 돌아가야 해. 내가 얼마나 우리 집을 그리워하고 있는지 너는 몰라."

필은 볼멘소리로 투덜댔다.

"별로 재미있는 일도 없을 텐데. 바느질 모임이 한두 번 있을까? 그리고 소문내기를 좋아하는 할머니들이 네 앞에서고 뒤에서고 너를 두고 입방아를 찧겠지. 너는 따분해서 죽을 지경이 될 거야, 앤."

"애번리에서?"

앤은 아주 재미있어했다.

"나와 함께 가면 더없이 화려한 나날을 보낼 수 있어. 앤 여왕님, 볼링브로크가 온통 네게 열광할 거야. 네 머리카락, 너의 스타일, 아, 너의 모든 것에 말이야! 그만큼 너는 특별하거든. 너는 분명 선풍적인 인기를 누릴 거야. 그리고 나는 옆에서 그 덕을 좀 보는 거지. '장미꽃은 아닐지라도 장미꽃 가까이에' 있으면서. 앤, 같이 가자."

"네가 그리는 사교계를 정복하는 그림은 정말 내 마음을 흔들리게 해, 필. 하지만 그 못지않은 그림을 나도 그려 보여줄게. 내가 돌아가는 곳은 한 채의 낡은 시골 농가. 전에는 싱그러운 초록빛이었지만 지금은 세월에 따라 빛깔이 많이 바래버렸어.

그 농가는 잎이 떨어진 사과나무 과수원 옆에 자리하고 있지. 아래쪽에는 시냇물이 흐르고 그 건너편은 12월의 전나무숲이야. 그 숲속에서 빗줄기와 바람결이 이따금 하프를 연주하지. 가까이에 있는 언못은 지금쯤 잿빛이 되어 깊은 생각에 잠겨 있을 거야.

집에는 좀 나이 든 여인이 둘 있어. 한 분은 여위고 키가 크고, 또 한 분은 키가 작고 뚱뚱하지. 쌍둥이도 있는데, 한 아이는 나무랄 데 없는 모범생이고 또 한 아이는 린드 아주머니의 말대로 이른바 '공포의 장난꾸러기'야. 현관 위 2층에는 작은 방이 있는데, 지난날 추억이 짙게 깃들어 있고 하숙집 이부자리에 비하면 너무도 호화스럽다고 할 만한 푹신푹신하고 부드러운 깃털이불이 깔려 있어. 내 그림은 어때, 필?"

필리파는 얼굴을 찌푸렸다.

"아주 따분해."

앤이 조용히 말했다.

"아, 그렇지. 모든 것을 바꿔버리는 힘이 있는 한 가지를 아직 말하지 않았구나. 거기에는 사랑이 있단다, 필. 내게는 세상 어디에서도 찾아낼 수 없을 만큼 정답고 언제까지나 변함없는 사랑이야. 그것이 바로 나를 기다리고 있지. 비록 화려한 색채로 채색되진 않았지만 이것으로 내 그림도 걸작이 되지 않았니?"

필리파는 아무 말 없이 일어나더니 초콜릿 상자를 집어 던지고 앤에게로 다가와 앤을 끌어안았다. 그리고 진지한 목소리로 말했다.

"앤, 나도 너 같으면 좋겠어."

다음 날 밤 앤은 카모디역에 마중 나와 있던 다이애나와 함께 깊은 어둠의 장막에 별이 총총히 박힌 조용한 밤하늘 아래를 마차로 달려 집으로 향했다. 오솔길로 들어서니 그린게이블즈가 마치 축제를 벌인 듯한 모습을 드러냈다. 창문이라는 창문에는 죄다 환하게 불이 켜지고 그 불빛이 어둠 속에 빛나고 있는 모습은 캄캄한 '도깨비숲'이라는 배경 위에 던져진, 불꽃처럼 붉은 꽃송이를 생각나게 했다. 뒤뜰에는 커다란 모닥불이 기세 좋게 타올랐다. 작은 그림자 둘이 그 둘레를 명랑하게 돌며 춤추고 있었다. 마차가 포플러 밑으로 들어서자 그 가운데 하나가 세상이 떠나갈 듯 소리를 질렀다.

다이애나가 설명했다.

"데이비 말로는 저게 인디언이 싸울 때 지르는 함성이래. 해리슨 씨네에 고용되어 있는 남자아이에게 배워 너를 환영할 때 쓰겠다며 줄곧 연습해왔어. 린드 아주머니는 저 소리 때문에 신경이 아주 너덜너덜해졌다고 푸념이시지. 데이비가 살금살금 린드 아주머니 뒤로 다가가 목청껏 소리를 질러대기 일쑤였거든.

그리고 너를 위해 무슨 일이 있어도 모닥불을 피우겠다고 고집을 피워댔단다. 2주일이나 걸려 마른 나뭇가지를 쌓아 올리고, 거기에 불붙이기 전에 쓰는 등유를 끼얹게 해달라고 마릴라에게 떼쓰며 졸랐지. 냄새로 보아하니 마릴라가 끝내 승낙한 것 같네. 그렇게 했다가는 데이비뿐만 아니라 온 식구가 홀랑 타버릴 거라며 린드 아주머니가 끝까지 반대하셨지만 말이야."

이때 앤은 마차에서 내렸으며 데이비는 정신없이 앤의 무릎에 달라붙었고 도라마저 앤의 손에 매달렸다.

"저거 '끝내주게' 멋있는 모닥불이지, 누나? 내가 불 살리는 걸 보여줄게. 봐, 저 불꽃 팍팍 튀는 거 보여? 이거 누나에게 해줘야겠다고 생각하고 피운 거야. 누나가 집에 돌아온다고 해서 나는 엄청엄청 기뻤거든."

부엌문이 열리고 마릴라의 여윈 형체가 집 안의 불빛을 등지고 나타났다. 마릴라는 어둠 속에서 앤을 맞이하고 싶었다. 너무 기뻐 울음을 터뜨리지나 않을까 걱정스러웠기 때문이다. 엄격하고 감정을 억눌러 버릇하는 마릴라에게는 어떤 격렬한 감정의 변화를 드러내는 것은 볼썽사나운 일이었다. 그 등 뒤에는 통통한 린드 부인이 여느 때처럼 쾌활하고 친절함이 넘치는 당당한 모습으로 서 있었다.

앤이 필에게 얘기했던 그대로, 변함없이 앤을 기다려주고 있던 축복과 애정이 앤을 따뜻이 감싸며 꼬옥 끌어안았다. 지난 세월 동안 이어온 인연, 오래된 친구들, 옛날 그대로의 그린게이블즈, 세상에 이보다 더 좋은 곳은 없으리라! 수북이 차려진 저녁 식탁에 앉았을 때 앤의 눈은 반짝이고 있었다. 뺨이 장밋빛으로 물들었으며 그 웃음소리는 투명한 방울 소리처럼 울렸다. 게다가 다이애나가 자고 가기로 되어 있었다. 정든 어린 시절과 똑같지 않은가! 식탁에는 장미꽃봉오리 무늬 찻잔이 놓여 있었다! 마릴라로서는 할 수 있는 한 가장 큰 기쁨을 드러낸 표시였다.

앤과 다이애나가 2층으로 가려 하자 마릴라가 빈정거리듯 말했다.

"이제부터 다이애나와 둘이서 밤새도록 이야기하느라고 너희들 잠은 다 잤구나."

자신의 감정을 조금이라도 드러내고 나면 무안한 나머지 마릴라는 언제나 빈정거렸다.

앤은 들뜬 목소리로 대답했다.

"네. 하지만 그 전에 데이비부터 먼저 재우고요. 데이비가 그렇게 해달라고 고집부리거든요."

복도를 걸어가며 데이비가 말했다.

"그렇게 해야 해. 누군가 내 기도를 들어줄 사람이 필요하니까. 혼자서 기도하는 건 조금도 재미없어."

"혼자가 아니야, 데이비. 하느님은 언제나 너와 함께 계시면서 네가 하는 기도 말을 다 들으시는걸."

"하지만 하느님은 보이지 않잖아. 내 눈에 보이는 누군가가 없으면 재미없어. 하지만 린드 아줌마나 마릴라 아줌마는 싫단 말이야!"

그런데 회색 플란넬 잠옷으로 갈아입고 나서도 데이비는 도무지 기도를 시작할 기색 없이 우뚝 선 채 맨발 한쪽을 다른 쪽 발에 문질러대며 마음을 정하지 못하는 듯했다.

앤이 말했다.

"자, 우리 데이비 착하니까 어서 무릎을 꿇어야지."

데이비는 앤에게 다가와 앤의 무릎에 머리를 묻었으나 무릎은 꿇지 않았다.

그러고는 목소리를 낮춰 말했다.

"누나, 나는 기도하고 싶은 마음이 조금도 없어. 벌써 1주일이나 그래. 나는……나는 어저께 밤에도, 그저께 밤에도 기도하지 않았어."

앤은 다정하게 물었다.

"어째서 그런데, 데이비?"

"저……저, 내가 말해도 누나 버럭 화 안 낼 거지?"

데이비의 말투는 애원하는 듯했다.

앤은 잿빛 플란넬 잠옷 차림의 작은 몸을 무릎 위로 안아 올려 그 머리를 끌어안았다.

"네가 어떤 말을 해서 내가 '버럭' 화낸 적 있었니, 데이비?"

"음, 한 번도 없지만…… 하지만 누나가 슬퍼할 거야. 그게 더 참을 수 없어. 내가 이 이야기를 하면 누나는 꽤 슬퍼할 거야…… 게다가 나를 부끄럽게 생각할 게 틀림없어, 누나."

"뭔가 나쁜 짓을 했니, 데이비? 그래서 기도할 수 없는 거니?"

"아니야, 나는 아무 나쁜 짓도 하지 않았어…… 아직은. 하지만 하고 싶어."

"어떤 일이지, 데이비?"

데이비는 필사적인 노력 끝에 말을 쏟아냈다.

"나……나는 아주 나쁜 말을 하고 싶어. 지난주에 해리슨 아저씨네에서 일하는 형이 말하는 걸 들었어. 그런 뒤로는 자꾸만 말하고 싶어서 못 참겠어……

기도할 때도 그래."

"그럼 말해봐, 데이비."

데이비는 깜짝 놀라 빨개진 얼굴을 들었다.

"하지만 누나, 엄청 나쁜 말인데?"

"괜찮으니까 어서 말해봐!"

데이비는 의심스러운 눈으로 앤을 물끄러미 보고 침을 꿀꺽 삼키더니 낮은 목소리로 그 무서운 말을 속삭였다. 다음 순간 그는 앤의 가슴에 자기 얼굴을 묻었다.

"아, 누나, 나는 이제 절대로 이런 말 쓰지 않을게. 절대로 하지 않겠어. 이제는 절대로 말하고 싶다는 생각조차도 하지 않겠어. 나쁜 말이라는 것을 알고 있었지만, 이렇게……이렇게 나쁜 줄은 몰랐어. 이렇게 언짢을 줄은 몰랐어."

"그래, 다시는 그런 말을 쓰지 않겠지, 데이비…… 또 그런 말을 생각하지도 않겠지. 그리고 누나라면 해리슨 씨네 집에서 일하는 그 형이랑 자주 놀지 않을 거야."

"그 형은 인디언이 싸울 때 지르는 소리를 '끝내주게' 잘 내는데."

데이비는 좀 아쉬운 듯했다.

"그렇지만 네 마음을 나쁜 말로 가득 차게 하고 싶지는 않을 테지, 데이비? 그러면 마음에 독이 퍼져 착하고 사람다운 것을 모조리 쫓아내고 말 거야."

데이비가 깊이 생각하는 진지한 눈길로 말했다.

"그건 싫어."

"그럼 그런 말 쓰는 사람들이랑 같이 놀면 못써. 자, 이제는 기도할 수 있을 것 같니, 데이비?"

"응, 할 수 있어."

데이비는 씩씩하게 바닥으로 내려가 무릎을 꿇었다.

"이제는 잘할 수 있어. '잠든 사이에 죽음을 맞이해도'라는 말도 할 수 있어. 전에 나쁜 말을 하고 싶어서 입이 막 간질간질할 때는 무서워서 못 했지만."

아마도 앤과 다이애나는 그날 밤 그동안 쌓인 얘기를 나누며 밤을 꼬박 새웠겠지만 그 이야기의 기록은 하나도 남아 있지 않다. 왁자지껄한 수다와 깊은 내면의 고백으로 정신없는 불면의 밤이 흘러갔지만, 아침 식탁에 앉은 두 사람은 청춘에게서밖에 볼 수 없는 활기찬 모습으로 초롱초롱한 눈을 반짝이고 있었다.

겨울 들어 한 번도 눈이 오지 않았었는데, 그날 아침에 다이애나가 오래된 통나무다리를 건너 집으로 돌아갈 때쯤 깊이 잠들어 있는 잿빛 들판과 갈색 숲에 흰 눈이 흩날리기 시작했다. 오래지 않아 먼 비탈과 언덕에 보슬보슬한 솜이 걸쳐져 희끄무레한 유령처럼 보였다. 그 모습은 마치 파리한 가을 신부가 머리에 안개의 베일을 쓰고 겨울 신랑을 기다리는 것 같았다.

그리하여 마침내 화이트 크리스마스를 맞은 그날은 참으로 즐거웠다. 오전 중에 미스 라벤더와 폴로부터 편지와 선물이 왔다. 그것을 앤은 쾌활한 분위기의 그린게이블즈의 부엌에서 풀어보았다. 부엌은 데이비가 기쁜 듯이 코를 킁킁거리며 말하는 '예쁜 냄새'로 가득 차 있었다.

앤이 보고했다.

"미스 라벤더와 어빙 씨는 이제야 겨우 새집에 자리 잡았다나 봐요. 미스 라벤더는 말할 수 없이 행복한 것 같아요. 펀시의 글투를 보면 알 수 있어요. 샤를로타 4세의 쪽지도 있어요. 샤를로타 4세는 보스턴이 조금도 마음에 들지 않아 고향이 그리워 못 견디겠대요.

미스 라벤더가 나한테 집에 있는 동안 언제 한번 '메아리집'에 가서 불을 지

펴 집 안의 꿉꿉한 공기를 좀 환기시켜달라네요. 쿠션도 곰팡이가 슬지 않도록 요. 다음 주에 다이애나하고 같이 가서 밤에는 시어도라 딕스네에 묵어야겠어요. 시어도라도 만나고 싶어요. 그런데 루도빅 스피드는 아직도 시어도라와 사귀고 있나요?"

마릴라가 대답했다.

"그렇다더구나. 루도빅 쪽은 교제만은 계속할 마음인 것 같다만. 아무리 교제해도 그 이상 진전은 없을 거라고 모두들 단념하고 있단다."

"내가 시어도라라면 조금은 루도빅을 재촉하겠어, 정말이지."

린드 부인이 말했는데 린드 부인이라면 틀림없이 그렇게 하고도 남았다.

필리파로부터 그녀답게 휘갈겨 쓴 편지가 왔는데, 앨릭과 앨런조 얘기로 가득 채워져 그들이 뭐라고 말했고 무엇을 했으며 필리파를 다시 만났을 때 어떤 얼굴을 했는지 등이 씌어 있었다.

하지만 나는 어느 쪽과 결혼하면 좋을지 아직도 결심이 서지 않아. 네가 나와 함께 여기에 와서 나를 위해 결정해주었으면 좋았을 텐데. 누군가가 그렇게 해주지 않으면 안 되겠어.

앨릭을 만났을 때 가슴이 쿵 하고 내려앉길래 '이 사람이구나.' 하고 생각했거든. 그런데 앨런조가 왔을 때 또다시 내 심장이 덜컹하는 게 아니겠니? 이래서는 믿을 수가 없잖아. 내가 읽은 소설에는 하나같이 그걸로 알 수 있다고 되어 있는데 말이야.

그런데 앤, 네 심장은 단 하나뿐인 너만의 왕자님이 아니면 두근두근 떨리지 않겠지? 틀림없이 내 심장에는 뭔가 근본적인 결함이 있나 봐.

그렇지만 나는 더없이 멋진 나날을 보내고 있어. 네가 여기에 있었다면 얼마나 좋았을까! 오늘은 눈이 내려서 너무너무 기뻐. 눈 없는 크리스마스를 맞는 게 아닐까 무척 걱정했었거든. 그린(green) 크리스마스는 싫어. 눈이 오지 않으면 마치 백 년 전에 쓰다 버린, 갈색인지 회색인지 알 수 없는 꼬질꼬질한 빛깔에 절여져 있을 뿐인데 사람들은 그런 날에다 잘도 초록색을 갖다붙이지. 그린 크리스마스는 무슨! 왜 그렇게 부르는지 나한테 물어봐도 난 모를 일이야. 던드리어리 경이 말했듯 '세상엔 아무도 알 수 없는 일이 있도다'.

앤, 전차를 타고 보니 돈이 한 푼도 없어서 차비를 낼 수 없는 일을 겪은 적 있니? 얼마 전에 내가 그랬단다. 정말 한심했어. 전차에 탈 때는 5센트짜리 동전 한 개를 가지고 있었지. 그것을 코트 왼쪽 주머니에 넣어두었다고 생각했어. 편안히 자리에 앉은 다음 무심코 주머니에 손을 넣었는데 돈이 없잖아! 등이 오싹하고 한기가 들더라. 다른 쪽 주머니를 뒤져보았지. 거기에도 없었어. 또다시 소름이 돋았어. 이번에는 작은 안주머니를 뒤져보았지. 역시 헛일이었어. 그때는 눈앞이 아찔했지.

장갑을 벗어 좌석에 놓고 다시 한번 주머니를 샅샅이 뒤져보았어. 아무 데도 없었어. 나는 일어나 이리저리 몸을 흔들고 나서 바닥을 살펴보았지. 전차는 오페라가 끝나고 돌아가는 사람으로 가득 차 있었고 모두 나를 빤히 보고 있었지만 그때는 그런 하찮은 일에 마음 쓸 상황이 아니었어. 그렇지만 끝내 차비는 찾지 못했어. 그래서 내가 주머니 대신 내 입에 넣고 그만 꿀꺽 삼켜버린 거라고 결론지었지.

도대체 어찌해야 좋을지 알 수 없었어. 별의별 생각이 다 떠오르더라. 차장이 전차를 세우고 치욕과 불명예로 범벅이 된 나를 내리도록 하는 게 아닐까? 내가 실은 덜렁대는 버릇 덕분에 이런 곤경에 빠졌을 뿐이며, 돈 잃어버린 척하면서 무임승차나 하려는 뻔뻔한 사람이 아니라는 것을 차장에게 납득시킬 수 있을까? 앨릭이나 앨런조가 옆에 있었으면 좋았을 거라고 얼마나 바랐는지 몰라. 하지만 세상일이 꼭 그렇잖니. 내가 그들을 간절히 원한 만큼 둘 다 그 자리에 없었지. 내가 아마 그들이 없었으면 좋겠다고 생각했으면 그들은 분명히 거기에 있었을 거야.

차장이 다가오면 뭐라고 할까 마음을 쉽사리 정하지 못하고 있었어. 둘러댈 말을 간신히 한 가지 쥐어짜냈지만 그런 말은 아무도 믿어줄 리 없으니 다른 변명거리를 만들어내야겠다는 생각이 곧바로 들었지.

이제는 하늘에 운을 맡기는 수밖에 없다고 생각했어. 그렇게 생각하니 폭풍우가 휘몰아치는 상황 속에서 선장으로부터 '전능하신 신께 모든 것을 맡기는 수밖에 없습니다.'라는 말을 듣고 '저런, 선장님, 그토록 심한가요?' 하고 외쳤다는 어느 노부인과도 같은 심정이었단다.

모든 희망이 깨끗이 사라지고 차장이 내 옆자리 손님에게 통을 내민 그 결정적인 순간 문득 동전을 넣어둔 곳이 생각났어. 내가 그래도 삼켜버린 건 아니었더라고. 얌전히 장갑 집게손가락에서 동전을 꺼내 통 속에 밀어 넣었단다. 그 순간 나는 다른 사람들의 얼굴을 보고 방긋 웃으며 이 세상은 정말 아름답다고 생각했지.

'메아리집' 방문은 방학 동안 여기저기 다닌 나들이 가운데 둘째가라면 서러울 만큼 즐거웠다. 앤과 다이애나는 점심을 담은 바구니를 들고 곧 너도밤나무 숲속의 옛길을 지나갔다.

미스 라벤더의 결혼식 뒤로 닫혀 있던 '메아리집'은 다시 모든 문을 활짝 열고 바람과 햇볕을 마음껏 쐬었다. 작은 방들에서는 난롯불이 활활 타올랐다. 미스 라벤더가 장미 꽃잎을 말려 담아둔 항아리에서 나는 향기가 아직도 공기

속에 감돌고 있었다.

금방이라도 미스 라벤더가 환영하는 마음이 담긴 갈색 눈을 별처럼 반짝이며 발걸음도 가볍게 나타나고, 샤를로타 4세가 파란 나비 리본을 달고 큰 입으로 활짝 웃으며 문에서 불쑥 나와야만 할 것 같았다. 폴 또한 요정들에 대한 공상을 하며 그 둘레를 서성거리고 있는 듯했다.

앤이 웃으며 말했다.

"어쩐지 유령이 되어, 어두운 밤 달이 훔쳐보던 옛 시절을 들여다보러, 다시 돌아온 것 같은 느낌이 들어. 밖으로 나가서 메아리도 집에 잘 있는지 확인해보자. 피리 좀 챙겨와 줄래. 지금도 부엌문 뒤에 걸려 있을 거야."

메아리는 하얗게 눈 쌓인 시냇물 건너편에 자리 잡고 옛날과 변함없이 맑은 은방울 울림을 간직하고 있었다. 메아리가 그치자 '메아리집'의 문을 잠근 두 사람은 다시 겨울 해가 장밋빛과 사프란빛으로 주위를 차츰차츰 물들이고 있는 황혼 속을 걸어 돌아갔다.

청혼

묵은해는 초록빛 어스름 속에 분홍과 노란색으로 물든 하늘로 저녁 해가 저물면서 조용히 물러가는 대신, 휘몰아치는 새하얀 눈보라 속에서 요란하게 막을 내렸다. 그날 밤은 폭풍이 꽁꽁 얼어붙은 목장과 거뭇거뭇한 골짜기 위를 윙윙거리며 날아와 길 잃은 방랑자처럼 처마 밑에서 신음 소리를 내며 맴돌다가, 덜컹덜컹 흔들리는 창문에 눈발을 날카롭게 몰아붙이는 그런 밤이었다.

앤은 제인 앤드루스를 보고 말했다.

"이렇게 담요를 두르고 침대 속에 있을 수 있는 행복을 신께 감사드리고 싶어지는 밤이구나."

제인은 오후부터 그린게이블즈에 와 있었으며 그날 밤 자고 가기로 했다. 그러나 두 사람이 앤의 현관 위 작은 방에서 담요를 두르고 앉았을 때 제인이 생각하고 있었던 것은 신에 대한 감사가 아니었다.

제인은 정색을 하고 말했다.

"앤, 네게 하고 싶은 이야기가 있는데, 괜찮겠니?"

앤은 어젯밤 루비 길리스가 연 파티에 다녀온 여파로 좀 졸렸다. 제인이 하는 얘기란 지루할 게 뻔했기 때문에 제인의 속내에 귀 기울이기보다는 잠을 자고 싶은 것이 솔직한 심정이었다. 어떤 일인지 짐작도 가지 않았다. 아마 제인도 약혼한 것이겠지. 확실한 소식통을 통해 들은 소문으로는 루비 길리스가 이 주위의 아가씨란 아가씨는 모두 열을 올리고 있는 스펜서베일의 선생님과 약혼한 듯하니까.

'이제 그 옛날의 4인조 가운데 오직 나 혼자만, 누구에게도 매이지 않은 몸이 되고 말겠구나.'

앤은 꾸벅꾸벅 졸며 이런 생각을 하고 있었으나 입으로는 이렇게 말했다.

"물론 괜찮지."

제인은 한층 더 진지하게 말을 꺼냈다.

"앤, 너 우리 오빠 빌리를 어떻게 생각하니?"

이 뜻밖의 질문에 앤은 숨이 멎을 듯이 놀라 필사적으로 머리를 굴렸다.

'이게 무슨 소리람! 나는 빌리 앤드루스를 어떻게 생각하고 있을까? 빌리를……둥그런 얼굴에 얼빠진 듯 언제나 히죽거리고 있는 착하기만 한 빌리 앤드루스를 생각해보는 사람이 있을까?'

앤은 말을 더듬었다.

"뭘 물어보는 건지 나……나는 모르겠어, 제인. 대체 무슨 얘기니? 자세히 말해줄래?"

제인은 다짜고짜 물었다.

"너 빌리 오빠 좋아하니?"

"그……그야, 좋아하지, 물론."

앤은 겨우 대답했지만 지금 자기가 한 말이 정말인지 아닌지 스스로도 자신이 없었다. 확실히 빌리를 싫어하지는 않았다. 어쩌다 빌리가 시야에 들어와도 일말의 관심이 없기에 아무렇지도 않게 있을 수 있는 것을 좋아한다고 해도 되는 것일까? 대체 제인은 무슨 말을 하고 싶은 것일까?

제인은 침착하게 물었다.

"우리 오빠를 남편감으로 좋다고 생각하니?"

"남편감으로!"

앤은 빌리 앤드루스에 대한 자신의 마음을 들여다보는 어려운 문제와 씨름하기에 더 적절한 자세라고 여겨 침대 위에 일어나 앉아 있었는데, 지금은 베개 위에 벌렁 나자빠져 숨마저 멎을 정도였다.

"남편이라니, 누구의?"

"물론 네 남편이지. 빌리 오빠는 너랑 결혼하고 싶어해. 전부터 네게 빠져 있었지. 게다가 이번에 아버지가 위쪽 밭을 오빠 명의로 해줘서 이제 마음만 먹으면 언제라도 결혼할 수 있는 상황이거든. 그런데 오빠가 부끄럼을 많이 타서 네게 결혼해달라고 물어보지도 못하겠다면서 나한테 시켰어. 나는 하고 싶지 않았지만 오빠가 너무 귀찮게 굴어 하는 수 없이 좋은 기회가 왔을 때 물어보겠다고 했어. 내 얘기를 어떻게 생각하니, 앤?"

이것은 꿈일까? 어쩌다 그렇게 되었는지 전혀 모르는 사이에 자기가 싫어하거나 또는 알지도 못하는 어떤 사람과 약혼하거나 결혼까지 하게 되는 그런 악몽 가운데 하나일까?

아니, 그렇지는 않다. 나 앤 셜리는 눈을 크게 뜨고 여기 내 침대에 누워 있으며, 제인 앤드루스는 곁에서 태연히 오빠 빌리를 대신하여 청혼을 하고 있는 것이다. 앤은 몸서리를 쳐야 할지 웃어야 할지 몰랐지만, 그러나 그 어느 쪽도 하지 않았다. 제인의 감정을 해쳐서는 안 되기 때문이었다.

앤은 가까스로 말했다.

"나……나는 네 오빠하고는 결혼할 수 없어. 알지, 제인? 그런 일은 한 번도 생각한 적 없는걸, 단 한 번도!"

제인도 동의했다.

"그럴 거야. 빌리 오빠는 부끄럼이 많아서 스스로 구애한다는 건 생각조차 하지 못했으니까. 하지만 잘 생각해봐, 앤. 빌리 오빠는 좋은 사람이야. 내 오빠기 때문에 잘 알아. 나쁜 버릇도 없고 일 잘하고 믿음직스러워. '내 손안에 있는 새 한 마리가 덤불 속에 있는 두 마리보다 낫다'고 하잖아.

오빠는 네가 꼭 그래야겠다고 하면 기꺼이 네가 대학을 졸업할 때까지 기다릴 용의도 있다고 전해달랬어. 물론 오빠로서는 올봄 씨뿌리기가 시작되기 전에 빨리 결혼하고 싶지만. 오빠는 평생 널 소중히 생각할 거야. 게다가 앤, 오빠랑 결혼하면 너랑 나도 가족이 되는 거잖아."

앤은 딱 잘라 말했다.

"나는 빌리와 결혼할 수 없어."

정신을 되찾자 얼마쯤 화가 치밀기도 했다.

"생각해볼 것도 없어, 제인. 너희 오빠를 좋아한다는 건 그런 뜻이 아니었어. 너희 오빠에게 분명히 그렇게 전해줘."

"그래, 나도 네가 승낙하리라고는 생각지 않았어."

제인은 최선을 다했다는 마음으로 체념하고 한숨을 쉬었다.

"네게 물어봐야 소용없다고 말했지만 오빠가 고집을 부렸어. 됐어. 네 뜻은 그것으로 분명해졌으니까, 앤. 다만 나중에 후회하지 않기를 바라겠어."

제인의 말투는 얼마쯤 싸늘했다. 앤에게 마음을 빼앗긴 빌리의 바람이 이루어질 가망은 전혀 없다고 생각은 했었지만, 따지고 보면 의지가지없는 고아에 지나지 않는 앤 셜리 따위가 내 오빠를—애번리의 유서 깊은 앤드루스 집안사람을—거절했다고 생각하니 좀 야속하여 약이 올랐다. 좋아, 교만한 사람은 오래가지 못한다고 했어, 이렇게 곱지 않은 생각으로 제인은 자신을 위로

했다.

자기의 오빠와 결혼하지 않은 것을 후회하지 말라는 제인의 말에 앤은 어둠 속에서 자기도 모르게 미소를 떠올렸다.

앤은 위로하듯 말했다.

"빌리가 이 일로 너무 마음 아파하지 않았으면 좋겠어."

제인은 베개 위에서 어이없다는 듯 고개를 번쩍 들었다.

"어머나, 오빠는 비탄에 잠기거나 하지 않아. 분별력이 있으니까 그런 짓은 하지 않을 거야. 오빠는 네티 블뤼엣도 꽤 좋아해. 어머니도 차라리 네티와 결혼시키고 싶어하지. 네티는 살림도 잘하고 알뜰하니까. 너하고 절대로 결혼할 수 없다면 오빠는 네티를 아내로 맞으리라 생각해. 이 일은 부디 아무에게도 하지 말아줘. 알겠지, 앤?"

"그럼, 비밀로 할게."

앤은 빌리 앤드루스가 자기와 결혼하고 싶어했다는 말을 퍼뜨리고 싶은 마음은 조금도 없었다. 게다가 앤을 좋아한다면서 결혼 상대로 생각한 그다음 후보가 네티 블뤼엣이라니, 네티 블뤼엣이라니!

제인이 말했다.

"그럼 이제 자는 게 좋겠어."

제인은 어렵지 않게 스르르 잠에 빠져들었다. 제인을 맥베스에 비유하는 것은 여러모로 마땅치 않지만, 그녀가 앤의 '잠을 살해한' 것만은 분명했다. 청혼을 받은 아가씨는 베개에 머리만 댄 채 새벽까지 뜬눈으로 누워 있었는데, 마음속 생각은 낭만인 것과 거리가 멀었다.

이튿날 아침이 되어서야 앤은 겨우 마음껏 웃을 수 있었다. 제인은 앤드루스 집안과의 명예로운 혼담을 앤이 황송히 여기지 않고 그토록 딱 잘라 거절한

데 대해 아직 마음이 말끔히 풀리지 않아 아침까지도 싸늘한 말과 태도로 일관했다. 그녀를 배웅하자마자 앤은 현관 위의 자기 방으로 가서 문을 닫고 마음껏 웃었다.

앤은 생각했다.

'이토록 우스운 얘기를 아무에게도 말하지 못하다니 아까워 죽겠어. 하지만 그렇게 할 수는 없지. 다이애나에게만은 털어놓고 싶지만, 비록 제인에게 비밀로 할 것을 맹세하지 않았다 하더라도 지금으로서는 다이애나에게 이야기할 수 없어. 프레드에게 다 말해버릴 테니까. 틀림없어. 그래, 이렇게 첫 청혼을 받았구나. 언젠가는 받으리라 생각했지만, 설마 대리인을 통해서 받을 줄은 생각도 못 했어. 실소가 나는 일인데, 마음이 좀 아프기도 하네.'

말로는 하지 않았지만 마음이 아픈 원인이 어디에 있는지 앤은 잘 알고 있었다. 앤은 멋진 구혼의 말을 해줄 누군가가 나타나기를 남몰래 꿈꾸어왔다. 꿈속에서 그런 장면은 반드시 아주 낭만적이고 아름다웠다. 그 '누군가'는 앤이 기뻐 어쩔 줄 모르며 수줍게 '네'라고 대답할 만한 '매력적인 왕자'이든, 아름답게 엮은 말이지만 안타깝게도 희망을 품을 여지가 없이 단호하게 거절을 해야 할 상대이든, 아무튼 잘생긴 얼굴에 검은 눈동자와 고귀한 태도, 품위 있는 언변을 갖춘 사람이었다. 거절을 당할 경우에도 상대는 승낙을 받은 것과 다름없는 마음으로 앤의 손에 입 맞추고 평생토록 변함없는 뜨거운 사랑을 바칠 것을 맹세하며 떠났다. 그리고 그 일은 애수 띤 아름다운 추억으로 언제까지나 가슴속에 남아 있어야 했다.

그런데 가슴 두근거릴 줄 알았던 이 경험이 터무니없고 우스운 일로 허무하게 끝난 것이니. 빌리 앤드루스는 아버지에게 밭을 받았다고 누이동생을 시켜 대리 청혼을 하고, 만일 앤이 자기를 남편으로 맞을 생각이 없다면 네티 블뤼엣이 기꺼이 맞을 거라고 한다. 정말 대단한 로맨스가 아닌가!

앤은 소리 내어 웃었다. 그리고 한숨을 쉬었다. 꽃다운 시절에 누릴 수 있는 소박한 꿈에서 꽃 한 송이가 그렇게 져버린 것이다. 인생은 이런 유쾌하지 않은 경험이 거듭되다가 마침내 시적인 낭만은 사라지고 따분한 산문이 되고 마는 것일까?

달갑잖은 구혼자와 반가운 친구

레드먼드에서의 2학기는 1학기와 마찬가지로 눈 깜짝할 사이에—필리파의 말을 빌리자면 '쌩 하고'—지나가버렸다. 앤은 대학 생활의 모든 면면을 마음껏 즐겼다. 학구열을 자극하는 동급생과의 학업 경쟁, 새로이 맺어지거나 또는 한층 더 깊어져가는 참된 우정, 떠들썩한 사교 모임에서 즐기는 아슬아슬하고 엉뚱한 재미, 앤이 속해 있는 갖가지 학우회에서의 행사, 식견과 관심의 폭을 넓혀가는 여러 경험 등이었다.

앤은 열심히 공부에 힘썼다. 영문학에서 '소번 장학금'을 타야겠다고 마음먹고 있었기 때문이다. 이 장학금을 타면 마릴라의 얼마 안 되는 저금에 손대지 않고 이듬해에 레드먼드로 돌아올 수 있다. 어떻게든 마릴라의 저금은 고스란히 두겠다고 앤은 결심하고 있었다.

길버트도 장학금을 노리고 있었지만 세인트존 거리 38번지를 뻔질나게 드나들 시간은 충분했다. 모든 모임에서 길버트는 앤의 파트너로 동행했으며, 그 때문에 레드먼드의 수다쟁이들이 두 사람의 이름을 함께 묶어 수군거린다는 것을 앤은 알고 있었다. 이 일을 앤은 몹시 못마땅하게 여겼으나 어쩔 수 없었다. 길버트 같은 오랜 친구를 저버릴 수도 없었으며, 특히 그가 부쩍 신중하고 조심스러워졌으므로 더욱더 그러했다.

사실 초저녁 별들처럼 매혹적인 잿빛 눈의 이 늘씬한 빨강머리 여학생을 에스코트하는 자리를 노리고 있는 남자들이 한둘이 아닌 마당에 길버트로서도 그렇게 하지 않을 수 없었다. 필은 1학년 때 내내 그녀에게 봉사하고 싶어 안달하는 추종자 무리를 하나씩 굴복시키는 승리의 행진을 계속했지만 앤은 그렇지 않았다. 다만 여위고 머리가 좋은 1학년생과 쾌활하고 몸집 작으며 얼굴이 동그란 2학년생, 그리고 박식하고 키 큰 3학년생 하나가 세인트존 38번지를 찾아와 쿠션으로 파묻힌 그 응접실에서 '무슨무슨 학(學)'이니 '무슨무슨 주의(主義)'니 하는 주제라든가, 또는 좀 더 가벼운 화제 등을 앤과 함께 이야기하고 싶어했다.

길버트는 이 사람들 가운데 누구도 좋아하지 않았다. 다만 섣불리 앤에게 자기 진심을 내비쳤다가 그들 가운데 누구 하나가 별안간 유리한 입장에 서게 하는 일이 없도록 대단히 세심한 주의를 기울였다. 앤에게 길버트는 또다시 애번리 시절의 편한 친구가 되었으며, 그렇게 됨으로써 경쟁자 대열에 있는 어떤 숭배자들보다 우세한 입장을 유지할 수 있었다. 친구로서는 길버트만큼 만족스러운 이가 없음을 앤도 솔직하게 인정했다. 그리고 길버트가 그 바보스러운 생각을 버린 게 오히려 고마운 마음이 들었다. 최소한 그것이 앤이 스스로 되뇐 말이었다. 그러나 한편으로는 길버트가 어째서 그랬을까 남몰래 의아하게 생각했던 것도 사실이다.

단 한 가지, 그해 겨울의 옥에 티와 같은 사건이 있기는 했다. 어느 날 밤 미스 에이다가 가장 아끼는 쿠션을 깔고 앉은 채 뻣뻣이 앉아 있던 찰리 슬론이 앤에게 '장래 찰리 슬론 부인이 되겠다고 약속해주겠느냐'고 뜬금없이 물은 일이었다. 빌리 앤드루스의 대리 청혼 사건이 없었다면 낭만적인 앤은 엄청난 충격을 받았겠지만 그 일을 겪은 뒤였던지라 그리 큰 충격 없이 넘길 수 있었다.

그러나 확실히 앤의 낭만적 환상이 또 한번 깨지는 가슴 아픈 경험이기는 했다. 게다가 화도 났다. 찰리에게 이런 터무니없는 일을 생각하게 할 만한 여지를 조금도 주지 않았기 때문이다.

그러나 린드 부인이 조롱하듯 한 말대로, 슬론 집안사람이니 어련하겠는가? 태도며 말씨, 분위기와 어휘 선택에 이르기까지 그 이야기를 꺼내는 찰리의 온몸에 슬론 집안 냄새가 풍기고 있었다. 말하자면 그는 앤에게 엄청난 영예를 내려준다고 여겼다. 그 점은 조금도 의심할 여지가 없었다. 앤은 이것을 조금도 영예로 느끼지 않았지만 그래도 성의껏 에둘러서 배려하는 말로 거절했다. 아무리 슬론 집안사람이라 하더라도 감정이라는 것이 있었으므로 상처를 입혀서는 안 되기 때문이다. 그러자 슬론 집안의 둔감함이 더욱더 노골적으로 드러났다.

찰리는 앤의 상상 속에서 구혼자가 거절당했을 때처럼은 물러가지 않았다. 그 정도가 아니라, 성이 나서는 그것을 겉으로 마구 표출했다. 아주 심한 말 몇 마디를 내뱉었고, 그것을 듣고 저도 모르게 화가 치민 앤도 통렬한 말로 응수했다. 그것이 얼마나 날카로웠던지 찰리를 보호하고 있는 슬론적인 둔감함마저 뚫어버리고 급소에 깊숙이 꽂히고 말았다. 찰리는 얼굴이 시뻘게져서 모자를 움켜쥐고 밖으로 뛰쳐나갔다.

앤은 계단을 올라가는 도중에 미스 에이다의 쿠션에 두 번이나 걸리면서 2층으로 뛰어올라가 침대에 몸을 던지고 굴욕과 분노의 눈물을 흘렸다. 정말이지 나는 슬론 집안사람과 말다툼을 할 만큼 밑바닥까지 내려간 것일까? 찰리 슬론의 말이 나를 이렇게까지 화나게 할 만큼 힘이 있었던 것일까? 아, 이것은 과연 수모 중의 수모였다. 네티 블뤼엣의 라이벌이 되는 것보다 더 끔찍할 만큼!

앤은 엎드린 채 억울하고 분한 감정에 휩싸여 흐느꼈다.

'그 끔찍한 사람을 다시는 보고 싶지 않아.'

찰리와 다시는 보지 않을 수야 없었지만 화가 난 찰리 쪽에서 앤과 근거리에서 마주치는 일이 없도록 알아서 조심했다. 그 덕분에 미스 에이다의 쿠션은 더 이상 찰리로 말미암아 수난을 겪는 일이 없었으며, 거리에서나 레드먼드 캠퍼스에서 앤을 만났을 때 찰리의 인사는 아주 싸늘했다. 옛날부터 학교 친구였던 두 사람 사이는 1년 가까이 이처럼 팽팽히 긴장된 상태가 이어졌다.

그러다 자존심을 다친 찰리의 애정이 그 영예를 알아볼 줄 아는, 장밋빛 얼굴과 들창코에 눈이 파란 조그마한 2학년생에게로 옮겨간 뒤 그는 앤에 대한 노여움을 풀고 퍽 대단한 은혜라도 베풀듯 다시금 앤을 정중히 대했다. 그것은 앤이 얼마나 대단한 상대를 놓쳤는가 하는 것을 깨닫게 해주려는 의도가 한눈에 드러나는 뻔뻔스러운 태도였다.

어느 날 앤은 흥분하여 프리실라의 방에 뛰어 들어왔다.

"이것 좀 읽어봐."

앤은 소리치며 프리실라에게 편지 한 통을 내밀었다.

"스텔라가 보냈어. 내년에 레드먼드로 오겠대. 스텔라의 생각이 네가 보기엔 어떤지 말해줘. 이루어질 수만 있다면 이렇게 멋진 일은 또 없지 않을까. 이루어질 수 있을까, 프리실라?"

"무슨 일인지 알면 좀 더 확실한 대답을 할 수 있겠지."

프리실라는 그리스어 사전을 옆으로 밀쳐놓고 스텔라의 편지를 받아들었다. 스텔라 메이너드는 퀸즈아카데미 시절의 친구로, 그때까지 학교에서 아이들을 가르치고 있었다.

하지만 학교에서 가르치는 일을 그만두고 내년에 대학에 들어갈까 생각 중이야, 앤. 퀸즈아카데미에서 3학년까지 마쳤으니 난 2학년으로 편입할 수 있어.

외진 시골 학교에서 아이들을 가르치는 일에는 이제 싫증 나버렸어. 언젠가는 '시골 여교사의 시련'이라는 글을 쓸 생각이야. 혹독한 현실을 있는 그대로 써보려 해. 여교사는 하는 일도 없이 빈둥대며 꼬박꼬박 월급이나 챙겨가는 족속쯤으로 보는 것이 일반 사람들의 인상인 것 같거든. 내 글로 우리 여교사들의 실상을 알릴 생각이야. 쉽게 일하고 큰돈 번다는 말을 아무에게도 듣지 않고 1주일을 지낼 수 있다면, 그 자리에서 곧바로 승천제(昇天祭)에 입을 옷을 주문하여 이 세상과 하직해도 좋다는 기분이 들 정도야.

'돈 쉽게 벌고 있는 것 아닙니까?' 지방세를 내는 어떤 사람이 생색이라도 내듯이 말하는 거야. '그저 책상 앞에 앉아서 학생들이 공부하는 것을 지켜보기만 하면 되잖아요.'

처음에는 논쟁을 벌였지만 지금은 나도 많이 현명해졌어. 어떤 지혜로운 사람의 말처럼, 사실이란 견고한 것임에 틀림없지만 견고하기로 치면 오해의 절반에도 미치지 못하니까. 그래서 이제는 그냥 고결하게 미소를 지으며 잠자코 있어. 침묵으로도 많은 것을 얘기할 수 있는 법이거든.

생각해봐. 학생들은 1학년부터 9학년까지 섞여 있어서 지렁이의 내장 조사로부터 태양계 학습에 이르기까지 모든 것을 조금씩 다 가르쳐야만 해. 가장 어린 학생은 4살이야. 어머니가 '애가 집에 있으면 성가셔서' 학교에 보내고 있지. 가장 나이 많은 학생은 20살, 더 이상 들일을 하기보다는 학교에 가서 교육받는 것이 편하겠다는 생각이 어느 날 문득 들었다더라고.

모든 과목의 공부 내용을 하루 여섯 시간 수업 속에 집어넣으려고 필사적으로 동동거려야 하니, 학생들이 마치 난생처음 영화를 보러 간 꼬마애 같은 기분을 느끼는 것도 무리가 아니야. 방금 뭐가 지나갔는지도 모르는데 벌써 그다음 장면이 닥쳐온다고 투덜대는 거지. 나도 그런 생각이 드니까.

게다가 내가 받는 편지들은 또 어떻고, 앤! 토미의 어머니는 토미의 산수 실력이 자기가 바라는 만큼 빨리 늘지 않는다고 원망 어린 편지를 보냈어. '토미는 아직 뺄셈을 하고 있는데 조니 존슨은 분수를 하고 있다, 조니의 머리는 우리 토미의 반도 못 따라가는데 도대체 상황이 왜 이런 것인지 자기로서는 알 수가 없다'는 거야. 수지의 아버지는 수지가 편지를 쓰면 철자법이 틀린 단어가 절반은 되는 것이 어찌 된 일인지 까닭을 알고 싶다고 하고, 딕의 고모는 지금 딕의 짝인 브라운이라는 못된 아이가 딕에게 자꾸 나쁜 말을 가르치니 짝을 좀 바꿔줬으면 좋겠다고 하는 등, 다들 이러쿵저러쿵 할 말이 어찌나 많은지.

경제적인 면은 어떤가 하면……아니야, 이 얘기는 시작도 안 할래. 신은 파멸시키고 싶은 사람이 있으면 가장 먼저 시골 여선생을 만드는 거야!

이렇게 푸념을 좀 했더니 기분이 한결 나아졌어. 이러니저러니 해도 지난 2년 동안 그 나름의 즐거움도 있었어. 그렇지만 나도 레드먼드로 갈 거야.

앤, 나에게 작은 계획이 하나 있어. 내가 얼마나 하숙을 싫어하는지 잘 알고 있겠지. 4년 동안이나 하숙 생활을 했고, 이제는 아주 지긋지긋해. 그런데 3년이나 더 해야 한다면 도저히 견딜 수 없을 것 같아. 그래서 말인데, 너와 프리실라와 내가 모여 살 수 있게 킹스포트 어딘가에 조그만 집 한 채를 빌려서 자취를 할 수는 없을까? 다른 어떤 방법보다도 그편이 싸게 먹힐 거야.

물론 가정부가 필요하겠지만 그건 벌써 해결되어 있어. 내가 제임시나 숙모님 이야기를 했던 거 기억나지? 이름과는 달리 아주 다정한 분이야. 이름은 자기가 어쩔 수 있는 게 아니잖니? 숙모님 아버지의 성함이 제임스였는데, 숙모님이 태어나기 한 달 전에 아버지가 바다에서 돌아가셨기 때문에 아버지를 기리기 위해 딸인 숙모님에게 제임시나라는 이름을 붙였거든. 나는 언제나 짐시 숙모님이라고 불러.

아무튼 숙모님의 외동딸이 얼마 전에 결혼을 해서 선교 활동을 위해 외국으로 갔어. 제임시나 숙모님은 넓은 집에 혼자 있게 되어 몹시 쓸쓸해하시지. 그래서 우리가 부탁하면 킹스포트에 와서 우리를 위해 살림을 돌봐줄 거고, 너희들도 틀림없이 우리 숙모님을 아주 좋아하게 될 거야.

이 계획은 생각하면 할수록 더욱더 마음에 들어. 우리는 누구의 방해도 받지 않고 아주 즐겁게 살게 될 거야. 만일 너와 프리실라가 찬성이라면 그곳에 있는 너희 둘이서 알맞은 집이 있는지 올봄에 한번 찾아보는 게 어때? 그 편이 가을까지 기다리는 것보다 좋을 듯한데.

가구 딸린 집이 있으면 무엇보다도 좋겠지만, 그렇지 못한 경우에는 우리 각자의 것이며 또 가족이나 아는 사람들의 다락에서 조금씩 가구를 얻어 모으면 돼. 아무튼 되도록 빨리 결정해서 답장해줘. 제임시나 숙모님도 계획을 세우고 준비하실 시간이 필요하니까.

프리실라가 말했다.
"좋은 생각인 것 같아."
앤은 기쁜 듯 맞장구쳤다.
"나도 그렇게 생각해. 이 집도 그렇게 나쁘진 않지만, 그래도 하숙은 어디까지나 하숙이지, 집은 아니지 않니? 시험이 시작되기 전에 바로 셋집을 찾으러 나가보자."

프리실라가 경고했다.

"딱 맞는 집을 구하기란 좀 어렵지 않을까. 너무 큰 기대를 가져서는 안 돼, 앤. 좋은 동네에 지어진 멋진 집이라면 우리 형편으로는 구할 수 없을 거라고 생각해. 아마 어떤 사람들이 살고 있는지 알 수도 없는 거리의 허름한 집으로 만족하고, 대신 바깥에서 충족할 수 없는 것을 그 안에서 쾌적한 생활로 채워야 할 거야."

그리하여 두 사람은 셋집을 찾으러 나섰다. 그러나 원하는 집을 찾아내기란 프리실라가 걱정한 이상으로 어려운 일임을 깨달았다. 가구가 딸렸든 딸리지 않았든 집은 얼마든지 있었다. 그러나 터무니없이 크거나 작았으며, 이 집은 집세가 너무 비싼가 하면 저 집은 레드먼드에서 너무 멀었다.

어느덧 시험이 시작되고 끝났다. 학기 마지막 주가 돌아왔지만 그들의 '꿈의 집'은 아직까지 공중누각 상태였다.

프리실라가 침울하게 말했다.

"이젠 단념하고 가을까지 기다려야 할 것 같아."

두 사람은 4월의 어느 기분 좋은 날, 공원을 정처 없이 산책하고 있었다. 바람은 산들산들 불었고 하늘은 파랬으며 진줏빛 안개 아래 항구에는 하얗게 파도가 부서지고 반짝이는 윤슬이 일렁거렸다.

"가을이 되면 그럭저럭 살 만한 오두막이 찾아질지도 모르고, 그것도 안 되면 언제라도 하숙으로 돌아가면 돼."

앤은 즐거운 듯 주위를 둘러보며 답했다.

"어쨌든 지금은 그 일을 걱정하느라 이 아름다운 오후를 망쳐버리거나 하지 않겠어."

상쾌하고 서늘한 공기는 희미하게 송진 향기를 머금고 있었으며 머리 위의 하늘은 수정처럼 맑고 파랬다. 축복의 큰 잔이 찰랑거리다 기울어진 것 같았다.

"오늘은 봄이 내 마음에서 노래하고 4월의 유혹이 공중에 떠돌고 있어. 나는 환상을 그리며 달콤한 꿈을 꾸고 있는 참이야, 프리실라. 바람이 서쪽에서 불어오기 때문이야. 하늬바람은 참 좋아. 희망과 기쁨의 노래를 부르고 있거든. 반대로 샛바람이 불 때는 언제나 처마에 내리는 우울한 비며 잿빛 바닷가로 밀려오는 슬픈 물결을 떠올리게 돼. 노인이 된 뒤로는 샛바람이 불면 나는 틀림없이 류머티즘이 도질 거야."

프리실라는 웃으며 말했다.

"게다가 털외투이며 겨울옷을 벗어버리고 이처럼 가벼운 봄옷 차림으로 외출하면 즐겁지 않니? 마치 새로 태어난 기분이랄까?"

"봄은 모든 것이 새로워. 봄 그 자체도 언제나 신선한걸. 해마다 똑같은 봄은 하나도 없어. 반드시 뭔가 그해 봄에만 있는 특별한 것을 지니고 있어서 독특한 아름다움이 있지. 저것 봐, 저 작은 연못 둘레에 풀이 얼마나 파란지. 버드나무에도 저렇게 싹이 돋았어."

"시험도 끝났고, 곧 종업식이네. 이번 수요일이면 끝이라니. 다음 주 이맘때면 집에 가 있겠지."

앤은 황홀하게 말했다.

"기뻐. 하고 싶은 일이 정말 많아. 뒷문 층계에 앉아 해리슨 씨네 밭에서 불어오는 바람도 쐬고 싶고, '도깨비숲'에 풀고사리도 따러 가고, '제비꽃 골짜기'에서 제비꽃도 꺾고 싶어. 우리들의 그 멋진 소풍 기억하니, 프리실라? 나는 개구리의 노랫소리며 포플러의 속삭임을 듣고 싶어.

하지만 킹스포트도 아주 좋아하게 됐어. 그래서 올가을에 돌아오는 게 즐거워. '소번 장학금'을 받지 못했다면 돌아오지 못할 뻔했는데 말이야. 마릴라의 얼마 안 되는 저금에 손대다니, 도저히 할 수 없는 일이거든."

프리실라가 한숨을 쉬며 말했다.

"이제 집 문제만 해결하면 되는데! 저기 킹스포트를 좀 봐, 앤. 집이 저렇게 널렸는데 그중에 우리 집은 한 채도 없다니."

"그럴 필요 없어, 프리실라. '가장 좋은 것은 아직 오지 않았으니'.[1] 고대 로마인처럼 우리는 반드시 집을 찾아내든가, 그게 아니면 짓게 될 거야. 이런 날 내 긍정의 사전에 실패라는 말은 없단다."

두 사람은 땅거미 질 때까지 공원 안을 서성거리며 놀라운 봄의 기적과 영광과 경이로움에 흠뻑 잠긴 다음 집으로 돌아가는 길에 여느 때처럼 '패티의 집'을 보려고 스포퍼드 대로에 들르기로 했다.

언덕길을 올라가면서 앤이 말했다.

"뭔가 알 수 없는 일이 지금 곧 일어날 것 같아. '내 엄지손가락이 찌릿하게 아픈 것을 보니'[2] 그래. 이야기책 속에서 놀라운 일이 생기기 전 두근거리는 기분이야. 어머나……어머나……어머나! 프리실라 그랜트, 저기 좀 봐. 저게 정말일까? 아니면 내가 허깨비라도 보고 있는 걸까?"

프리실라는 앤이 가리키는 방향을 보았다. 앤의 엄지손가락과 눈은 틀리지 않았다. 패티의 집 입구 아치에 작고 얌전한 팻말이 달려 있었는데, 다음과 같이 씌어 있었다.

---

1) 영국 빅토리아 시대 시인 로버트 브라우닝(1812~1889)의 시 〈랍비 벤 에즈라〉에서 따옴.
2) 셰익스피어 비극 《맥베스》(4막 1장)에서 죄를 범한 맥베스의 등장을 예감한 둘째 마녀의 유명한 대사, '내 엄지손가락이 찌릿하게 아픈 것을 보니, 뭔가 사악한 것이 이리로 오고 있구나.'(By the pricking of my thumbs, Something wicked this way comes)에서 따옴.

세놓음. 가구 딸림. 자세한 것은 들어와서 문의.

앤이 속삭였다.

"프리실라, 우리가 패티의 집을 빌릴 수 있을 것 같니?"

프리실라는 딱 잘라 말했다.

"아니, 빌릴 수 없어. 그런 기막히게 좋은 일이 생길 리 없잖아. 요즘 세상에 동화 속에 나오는 기적 같은 건 일어나지 않아. 그런 희망은 갖지 않을 거야, 앤. 실망감을 견뎌내기 너무 힘들 테니까. 우리 힘으로 낼 수 없는 집세일 거야. 잊지 마. 저 집은 어디까지나 스포퍼드 대로에 있다고."

앤은 마음을 정하고 말했다.

"아무튼 그래도 알아봐야 해. 오늘은 방문하기엔 너무 늦었으니까 내일 오기로 하자. 프리실라, 이 사랑스러운 집을 얻을 수 있으면 얼마나 좋을까! 처음 봤을 때부터 내 운명이 패티의 집과 닿아있을 거라는 기분이 줄곧 들었었어!"

패티의 집

다음 날 저녁, 앤과 프리실라는 마음을 다독여 단단히 다잡고 자그마한 뜰의 헤링본 무늬 벽돌길을 성큼성큼 걸어갔다. 4월의 바람이 소나무를 휘감고 갔고 우거진 나무숲은 지빠귀[1] 소리로 떠들썩했다. 크고 통통하게 살찐 두세 마리가 오솔길을 맵시 있는 자태를 뽐내며 뛰어다니고 있었다.

두 사람은 좀 소심하게 초인종을 눌렀다. 무표정한 얼굴의 나이 지긋한 하녀가 안으로 맞아들였는데, 문은 곧바로 큰 거실로 이어지고 모닥불이 타고 있는 벽난로 곁에는 두 명의 나이 든 여성이 무표정하게 앉아 있었다. 한 명은 일흔 살쯤이고 다른 한 명은 쉰 살쯤 되어 보인다는 것 말고 두 사람은 거의 다른 점이 없었다. 둘 다 금속테 안경 속의 동그란 눈이 깜짝 놀랄 만큼 컸으며 연한 하늘색이었다. 챙 없는 실내용 모자를 똑같이 쓰고 잿빛 숄을 걸쳤으며 서두르지도 않고 멈추지도 않으며 느긋하게 뜨개질을 하고 있었다. 두 사람 다 흔들의자를 유유히 흔들며 한마디도 하지 않고 두 아가씨를 물끄러미 바라보았다. 각자의 등 뒤에 동그란 초록빛 점이 온몸 여기저기에 있고 코도 귀도 초

---

[1] 지빠귀로 번역한 이 새의 정식명칭은 미국 지빠귀. 이 새는 영국과 유럽에서 북아메리카 대륙으로 이주해온 초기 청작민들이 '울새'(robin)라고 부르던 유럽울새와, 회갈색 등과 붉은 색 가슴 깃털을 가진 생김새가 비슷하며 봄의 시작을 알리는 철새라는 공통점이 있어 그대로 'robin'이라고 부르면서 한국어에서도 '울새'로 자주 옮겨지지만, 실제로는 지빠귀과에 속하는 새임.

록빛인 하얀 도자기 개 인형이 하나씩 앉아 있었다. 그 개들은 곧바로 앤의 마음을 사로잡아버렸다. 그들은 마치 패티의 집을 지키는 쌍둥이 수호신인 듯 여겨졌다.

몇 분 동안은 아무도 말이 없었다. 아가씨들은 너무 긴장하여 말이 나오지 않았고 나이 든 숙녀분들과 도자기 개도 그리 이야기하고 싶지 않은 듯했다. 앤은 방을 둘러보았다. 생각했던 것만큼이나 사랑스러운 곳이었다! 열려 있는 또 다른 문은 곧장 소나무숲으로 이어졌으며 지빠귀가 대담하게도 층계까지 다가와 있었다. 바닥 여기저기에는 마릴라가 그린게이블즈에서 만들었던 것과 같은 동그랗게 손으로 짠 깔개가 깔려 있었는데, 지금은 어디에서나—애번리에서조차도—시대에 뒤떨어진 것으로 여기는 물건이었다. 그런데 그것이 이 스포퍼드 대로에 있는 것이다!

구석에는 잘 닦인 옛날식 큰 괘종시계가 둔중한 소리로 시각을 알리고 있다. 벽난로 위쪽은 아기자기하고 작은 그릇장이 있었으며 유리문 속에 고풍스러운 도자기들이 희미하게 빛나고 있었다. 벽에는 오래된 판화며 그림자 그림이 걸려 있었다. 한구석에 층계가 나 있고, 올라가다 꺾인 첫 번째 층계참에 기다란 창문이 있고 편히 앉을 수 있는 자리가 마련되어 있었다. 모든 것이 앤이 상상한 그대로였다.

더 이상 침묵을 견딜 수 없게 되어가던 참에 프리실라가 앤을 팔꿈치로 쿡 찌르며 말을 재촉했다.

앤은 기어드는 목소리로 분명히 패티 스포퍼드라고 여겨지는 나이가 더 들어 보이는 여성에게 말을 걸었다.

"저……저…… 밖에 이 집을 세놓겠다고 적힌 팻말을 보고 찾아왔는데요……"

미스 패티 스포퍼드가 대답했다.

"네, 그랬죠. 오늘 저 세놓는다는 팻말을 떼려고 생각하던 참이었어요."

앤이 슬픈 목소리로 말했다.

"그렇다면……그렇다면 우리가 늦은 건가요? 이미 다른 분에게 빌려주기로 하셨나요?"

"그런 건 아니고, 세놓지 않기로 했어요."

저도 모르게 앤은 큰 소리로 말했다.

"어머나, 아쉽네요. 저는 이 집을 너무 사랑해서 꼭 빌리고 싶었거든요."

그러자 미스 패티는 뜨갯감을 내려놓고 안경을 벗어 닦더니 다시 쓰고는 그제야 비로소 사람을 대하는 태도로 앤을 바라보았다. 곧 다른 여성도 똑같이 그렇게 했으므로 마치 미스 패티가 거울에 비치고 있는 것 같았다.

미스 패티가 힘을 주어서 말했다.

"'사랑'한다고? 그건 다시 말해서 정말로 사랑한다는 말인가요, 아니면 다만 이 집의 겉모습이 마음에 들었다는 정도인가요? 요즘 아가씨들은 하도 부풀린 말을 잘 쓰는 통에 속마음을 알 수가 없더라고요.

내 젊은 시절에는 그렇지 않았어요. 그 무렵에는 자기 어머니나 주 예수를 사랑한다는 것과 조금도 다름없는 말투로 순무를 사랑한다느니 하는 새빨간 거짓말은 결코 하지 않았죠."

앤은 조금도 양심에 거리낄 것이 없었기에 자신 있게 말했다.

"진심으로 사랑해요. 지난해 가을에 본 뒤로 줄곧 마음에 두고 있었어요. 내년에는 하숙을 하지 않고 같이 대학에 다니는 친한 친구 둘과 함께 살려고 조그만 셋집을 찾고 있는 중이에요. 그래서 이 집을 세놓는다는 것을 알고는 아주 기뻐했죠."

"그런 마음으로 아끼고 사랑한다면 빌려주겠어요. 오늘 마리아와 아무래도 남에게 빌려주는 일은 그만두자고 결정한 것은 세 들고 싶다며 찾아온 사람이 아무도 우리 마음에 들지 않았기 때문이에요. 꼭 세를 놓아야만 하는 형편은 아니거든요. 세놓지 않더라도 우리는 유럽쯤은 갈 수 있으니까요. 물론 세를 받으면 도움은 좀 되겠지만 비록 황금산을 주겠다 하더라도 이제까지 보러 온 그런 사람들에게는 이 집을 절대로 맡기고 싶지 않았어요.

그런데 아가씨는 다른 것 같군요. 이 집을 소중히 대해주겠다 싶어요. 아가씨에게 빌려주기로 하죠."

앤이 망설이며 말했다.

"만일……만일 원하시는 집세를 저희가 낼 수 있다면요."

미스 패티는 요구하는 금액을 말했다.

앤과 프리실라는 서로 얼굴을 마주 보았다. 프리실라가 고개를 저었다.

앤은 실망을 지그시 누르며 말했다.

"우리는 그만한 형편이 안 돼요. 보시다시피 학생이고 가난하거든요."

미스 패티는 뜨개질하는 손을 멈추지 않고 물었다.

"얼마쯤을 생각했죠?"

앤이 그 금액을 말하자 미스 패티는 표정을 바꾸지 않고 고개를 끄덕였다.

"그러면 됐어요. 조금 전에도 말했듯 꼭 이 집을 남에게 빌려주어야 하는 형편은 아니니까요. 우리는 부자는 아니지만 유럽에 갈 만한 여유는 있어요.

나는 이제까지 한 번도 유럽에 가본 적이 없고, 가려고 하지도 않았고, 가고 싶은 생각도 없었어요. 하지만 여기에 있는 조카딸 마리아 스포퍼드가 죽기 전에 꼭 한번 가보고 싶다는군요. 그렇지만 마리아 같은 젊은 여자가 혼자 돌아다닐 수는 없죠."

미스 패티가 너무도 진지한 얼굴로 말하자 앤은 작은 목소리로 맞장구쳤다.
"그, 그렇죠. 그렇고말고요."
"그러니까 나도 보호자로 동행해서 이 조카딸을 돌봐야만 해요. 그리고 이왕이면 즐겁게 다녀와야지요. 나는 일흔 살이지만 아직 사는 데 싫증을 느끼지는 않거든요. 생각만 있었으면 좀 더 일찍 유럽에 갔을 거예요. 이번에 가면 아마 2년이나 3년쯤 있을까 해요. 우리는 6월에 배로 떠날 거니까 열쇠를 아가씨들한테 보내주고 언제든지 좋을 때 들어와서 살도록 모든 것을 깨끗이 정돈해두지요. 특별히 소중한 것 몇 가지는 따로 챙겨서 치워놓겠지만 그 밖의 것은 모두 그대로 두고 가겠어요."

앤이 수줍게 물었다.
"저 도자기 개는 그대로 두고 가시나요?"
"그랬으면 좋겠어요?"
"네, 그렇게 해주시면 좋겠어요. 아주 마음에 들어요."

미스 패티의 얼굴에 기쁨의 미소가 번졌다. 그리고 자랑스럽게 말했다.
"저 개는 나도 아주 소중하게 여기고 있어요. 백 살도 넘었을 거예요. 오빠 에런이 50년 전 런던에서 가져온 뒤로 이 난로 양쪽에 줄곧 저렇게 앉아 있죠. 스포퍼드 대로란 바로 오빠 에런 스포퍼드의 이름을 따서 붙인 거예요."

미스 마리아가 처음으로 입을 열었다.
"훌륭한 분이었죠. 아, 요즘은 그런 분을 찾아볼 수 없어요."

미스 패티도 감정이 북받쳐 올라 말했다.
"네게는 좋은 큰아버지였지, 마리아. 큰아버지를 기억하고 있는 것은 참 도리에 맞는 일이야."

미스 마리아는 차분하게 말했다.

"절대로 잊을 수 없어요. 지금도 눈에 선해요. 저 난로 앞에 서서 뒷짐을 지고 우리에게 환히 웃으시던 모습이."

미스 마리아가 손수건을 꺼내 눈물을 닦았다. 그러나 미스 패티는 의지를 발휘하여 감상의 세계로부터 사무적인 세계로 돌아왔다.

"소중히 다뤄주겠다면 개는 저대로 두기로 하죠. 이름은 고그와 매고그예요. 고그는 오른쪽 것이고 매고그는 왼쪽이죠. 그리고 또 하나 있어요. 이 집을 패티의 집이라고 그대로 부르는 것에 반대하지 않겠죠?"

"네, 물론이죠. 저희는 그것도 이 집의 가장 훌륭한 점 가운데 하나라고 생각했는걸요."

미스 패티는 아주 만족스러운 듯했다.

"아가씨들은 뭔가를 아는 사람들 같군요. 글쎄, 무슨 일이 있었는지 알아요? 이 집을 얻고 싶다며 여기에 온 사람들이 하나같이 자기네가 사는 동안은 저 이름을 대문에서 떼어버려도 되느냐고 묻더군요. 그래서 저 이름까지 이 집의 일부라고 분명히 말했지요.

오빠 에런이 유산으로 내게 물려준 뒤로 이곳은 줄곧 패티의 집이라고 불려왔고 내가 죽고 마리아가 죽을 때까지 패티의 집으로 있을 거예요. 그 뒤에는 다음 주인이 어떤 이름을 붙이든지 상관할 바 아니죠."

미스 패티의 말투는 마치 '내가 죽은 뒤에는 대홍수가 나든 어떻게 되든 알 바 아니다'[2]라는 듯했다.

"그럼 계약을 맺기 전에 집을 한 바퀴 돌아보는 게 어때요?"

집을 보고 나자 두 아가씨는 더욱더 기뻤다. 아래층에는 넓은 거실 외에 부

---

2) 프랑스 왕 루이 15세 왕정에서 극도의 영화를 누린 퐁파두르 부인의 사치를 대신들이 공격했을 때 이런 말로 대답했음.

엌과 작은 침실이 하나 있었다. 2층에는 방이 셋 있었는데 하나는 크고 둘은 작았다. 앤은 작은 방 가운데 큼직한 소나무가 내다보이는 방이 특히 마음에 끌려 자기가 쓰게 되면 좋겠다고 생각했다.

그 방에는 옅은 하늘색 벽지를 발랐고 벽걸이 촛대가 달린 작고 예스러운 화장대가 놓여 있었다. 마름모꼴 무늬가 들어간 유리를 끼운 창문에는 푸른 모슬린 커튼 아래 공부며 몽상을 하기에 더없이 좋은 의자가 있었다.

돌아오는 길에 프리실라가 말했다.

"모든 게 너무나도 훌륭해서 내일 아침 잠에서 깨어나면 틀림없이 밤 사이 꾼 덧없는 꿈이 되고 말 거야."

앤이 웃었다.

"미스 패티며 미스 마리아는 도저히 꿈속에 나오는 사람으로는 보이지 않는 걸. 그분들이 세상을 돌아다니는 장면을 떠올릴 수 있겠니, 특히 그 숄과 모자 차림으로?"

"아무리 그래도 유럽으로 여행 떠날 때 숄과 모자는 벗어놓지 않을까? 하지만 그 뜨갯거리만은 어디에든 가져가겠지. 아무래도 손에서 떼어놓을 수가 없는 듯이 보였어. 웨스트민스터 성당에서도 뜨개질하며 돌아다닐 거야. 틀림없어.

그건 그렇고 앤, 우리는 '패티의 집'에 살게 되는 거야. 더욱이 스포퍼드 대로에서 말이야. 나는 벌써 백만장자가 된 거 같아."

앤이 말했다.

"나는 기쁨을 노래하는 샛별이 된 기분이야."

그날 밤 세인트존 거리 38번지로 찾아온 필리파 고든이 앤의 침대에 몸을 던졌다.

"너무 피곤해서 죽을 것 같아. 조국을 잃은 남자의 심정이야. 아, 잃어버린 건 그림자였던가? 어느 쪽인지는 잊어버렸어. 아무튼 여태까지 짐을 싸느라고 혼났어."

프리실라가 웃었다.

"네가 이토록 녹초가 된 건 어느 걸 먼저 넣어야 할지, 어디에 넣어야 할지 결단을 내릴 수 없었기 때문이겠지?"

"정말 정확히 맞혔어. 가까스로 모두 집어넣고 하숙집 아주머니와 하녀를 그 위에 올라앉게 해서 자물쇠를 채운 순간 종업식에 필요한 것들을 몽땅 바닥에 넣어버린 것을 깨달았지 뭐니?

할 수 없이 다시 트렁크를 열고 한 시간이나 휘저은 끝에 가까스로 꺼냈어. 이거다 하고 끄집어내면 자주 엉뚱한 게 나오더라고. 아니야, 앤, 나는 화가 치밀어서 하느님을 모독하는 말을 나도 모르게 뱉지는 않았어."

"난 네가 그런 말 했다고 한 적 없어."

"하지만 표정으로 말했는걸. 솔직히 말하면 거의 그럴 뻔했지. 더욱이 지독한 코감기까지 걸렸어. 연신 코를 훌쩍거리다가 한숨 쉬다가 재채기를 연발하다가 그랬지 뭐야. 그 정도면 고통의 삼중주라고 할 수 있지 않겠니. 이봐, 앤 여왕님, 뭔가 기운 날 만한 말 좀 해줘."

"다음 주 목요일 밤이면 너는 앨릭과 앨런조의 나라에 돌아가 있으리라는 생각을 하렴."

앤이 말했으나, 필리파는 우울한 듯이 고개를 가로저었다.

"이번엔 앨릭과 앨런조의 이중주구나. 천만에, 코감기가 들었을 때는 그 두 사람에게는 볼일이 없어. 그런데 너희 둘 무슨 일 있었니? 지금 이렇게 가만히 보고 있으니까 뭔가 내면에서 빛이 뿜어져 나오고 있는 것 같아. 너희들 정말로 빛나고 있어! 무슨 일이 있었던 거야?"

앤이 의기양양하게 보고했다.

"우리는 가을 학기부터 패티의 집에서 살게 됐어. 자취하는 거야, 하숙하는 게 아니라. 패티의 집을 세를 얻었거든. 그리고 스텔라 메이너드도 오고, 스텔라의 숙모님이 우리 살림을 보살펴주기로 했어."

필리파는 펄쩍 뛰어오르더니, 코를 풀고 앤 앞에 무릎 꿇었다.

"앤, 프리실라…… 얘들아, 나도 같이 살게 해줘. 오, 나 정말 얌전하게 있겠다고 약속할게. 내가 잘 방이 없다면 과수원 안에 있는 작은 개집이라도 좋아…… 있는 걸 봬어. 부탁이야, 나도 끼워줘."

"일어나, 못 말리는 필."

"올겨울 너희들과 함께 살아도 좋다고 말해줄 때까지는 이대로 꼼짝하지 않겠어."

앤과 프리실라는 서로 얼굴을 마주 보았는데, 조금 뒤 앤이 마지못해 설명했다.

"필, 우리도 너랑 같이 살고 싶은 마음이야 간절해. 하지만 돌려 말하지 않을게. 나는 가난해. 프리실라와 스텔라 메이너드도 마찬가지야. 우리는 아주 절약해서 생활하고 식사도 간소하게 해야 해. 우리랑 살면 너도 우리와 똑같이 생활해야만 할 거야. 하지만 너는 부자잖아. 네 하숙비가 그 사실을 증명하고 있어."

필은 비극의 주인공처럼 말했다.

"그, 그게 대체 어떻다는 거지? 외양간에 있는 살찐 암소를 요리해다가 쓸쓸한 하숙집에서 혼자 앉아 먹기보다 풀만 뜯어다 먹어도 서로 마음 맞는 친구들하고 같이 먹는 편이 훨씬 좋아. 제발 나를 먹는 것밖에 모르는 그런 사람으로 생각하지 말아줘. 함께 있게만 해준다면 나는 기꺼이 빵과 물만 먹고도 살겠어. 아주 쪼끔 잼을 바르긴 하겠지만 말이야."

"게다가 해야 할 일도 많아. 스텔라의 숙모님 혼자서 집안일을 다 하실 수는 없을 테니까. 우리는 각자 집안일을 맡아서 할 생각이야. 하지만 너는……"

필리파가 그다음 말을 받았다.

"수고도 아니하고 길쌈도 아니하느니라.[3] 솔직히 일도 해 보지 않았고 바느질도 할 줄 몰라. 하지만 열심히 배울게. 어떻게 하는지 한 번만 가르쳐주면 돼. 지금도 한 가지는 할 줄 알아. 내가 자고 일어난 침대를 정돈하는 것.

그리고 요리할 줄은 모르지만 화는 억누를 수 있어. 그것만 해도 대단한 것 아니니? 게다가 날씨에 대해서도 불평하지 않아. 더 장하지? 얘들아, 부탁해! 뭔가를 이토록 간절히 원하는 건 태어나서 처음이야. 그건 그렇고 이 방바닥은 엄청 딱딱하구나."

프리실라가 결연히 말을 꺼냈다.

"마지막으로 한 가지 더 있어. 필, 너희 집에 거의 매일 저녁 손님이 찾아온다는 것은 온 레드먼드가 다 아는 일이야. 하지만 패티의 집에서는 그렇게 할 수 없어. 우리는 금요일 저녁만 손님을 초대하는 날로 정했어. 만일 네가 우리와 함께 있게 된다면 그 규칙을 지켜야만 해."

"아, 설마 내가 그 규칙을 싫어한다고는 여기지 않겠지? 오히려 기쁠 정도야. 나도 뭔가 그런 규칙이 있어야 한다는 것은 알고 있었지만 우유부단해서 그런 규칙을 정하거나 지켜나갈 결심을 못 했지. 그 결난을 너희들이 내려준다면 나야 오히려 마음이 놓이지.

---

3) 《신약성서》〈마태복음〉 6장 28절.

"만약 너희들과 운명을 같이하도록 허락해주지 않으면 나는 실망하고 낙담한 나머지 죽어버린 뒤 귀신이 돼서 너희들을 따라다닐 테야. 패티의 집 층계에 버티고 앉아 있을 거니까, 내 유령에 걸려 넘어지지 않고는 집에 드나들 수도 없게 될 거야."

앤과 프리실라는 또다시 눈으로 이야기를 주고받았다.

앤이 마침내 입을 뗐다.

"물론 스텔라와 의논하기 전까지는 너를 받아주겠다고 약속할 수 없지만, 스텔라도 반대할 것 같지 않고 우리야 네가 온다면 대환영이지."

프리실라가 덧붙였다.

"우리의 소박한 생활에 싫증 나면 이유 불문하고 언제든 떠나도 괜찮아."

필리파는 벌떡 일어나 환성을 지르며 두 사람을 와락 끌어안았다. 그리고 기뻐하며 돌아갔다.

프리실라가 진지한 얼굴로 말했다.

"잘되면 좋으련만."

"잘되도록 우리가 노력해야지. 필은 '즐거운 우리 집'에 잘 적응할 거야."

"뭐, 필은 함께 수다를 떨거나 놀기에는 정말 좋은 친구야. 게다가 사람 수가 늘면 우리의 얇은 지갑 사정에도 도움이 되겠지. 하지만 그 아이와 함께 과연 잘 생활해나갈 수 있을까? 어떤 사람이든 여름과 겨울을 함께 나보지 않으면 한집에서 살 만한 상대인지 어떤지 알 수 없어."

"아, 하지만 그 점에서는 우리 모두가 똑같이 시험받게 되는 거야. 그러니까 우리는 분별 있는 사람답게 처신하고 서로의 차이를 인정하고 받아들이면 돼. 필은 이기적인 사람이 아니야. 좀 경솔하기는 하지만. 우리는 패티의 집에서 모두가 행복하게 잘 지낼 수 있을 거야."

인생의 참모습

빛나는 소번 장학금을 받는 영예를 안고 앤은 자랑스러운 모습으로 애번리에 돌아왔다. 그런 앤을 보고 조금도 달라지지 않았다고 말하는 사람들의 목소리에는 변함없음을 뜻밖으로 여기는 놀라움과 함께 얼마쯤 실망한 기색도 담겨 있었다.

애번리도 또한 그대로였다. 적어도 처음에는 언뜻 그렇게 보였다. 그러나 앤이 돌아온 뒤 첫 일요일 예배에 참석해서 마을 사람들을 둘러보았을 때 몇 가지 작은 변화가 있었다는 것을 깨달았다. 애번리에서도 시간이 완전히 멎어 있었지는 않았다는 사실이 앤에게 뼈저리게 와닿았다.

설교단에는 새 목사님이 서 있고, 신도들이 앉는 자리에는 낯익은 얼굴들이 영원히 사라져 있었다. 예언을 모두 끝마친 '에이브 아저씨', 다들 한숨 좀 그만 쉬었으면 좋겠다고 생각할 정도로 버릇처럼 쉬던 그 한숨을 마지막으로 내쉰 피터 슬론 부인, 린드 부인이 말했듯이 '20년 동안이나 죽는 연습을 거듭한 끝에 마침내 정말로 죽은' 티머시 코튼, 게다가 콧수염을 말끔히 깎아버려 관에 누운 것을 보고도 그 사람인 줄 아무도 몰라봤던 조사이아 슬론 노인—이 사람들은 모두 교회 뒤의 작은 묘지에 잠들어 있었다.

그리고 빌리 앤드루스가 네티 블뤼엣과 결혼했다! 그 신혼부부에게는 그 일요일이 '첫 등장'이었다. 새신랑 빌리가 행복하게 벙글거리며, 깃털 장식을 달고 비단옷을 곱게 차려입은 신부를 자랑스럽게 하먼 앤드루스 집안 가족석으로 데려가는 것을 보고 앤은 도저히 억누를 수 없는 웃음을 들키지 않기 위해 눈을 내리깔았다. 빌리를 대신하여 제인이 청혼했던 크리스마스 휴가의 눈보라 치던 겨울밤이 생각났다. 빌리는 확실히 거절당했다고 비탄에 잠기거나 하지는 않았던 것 같다. 앤은 다만 네티에게도 제인이 대리 청혼을 해주었을지, 아니면 그 중대한 질문을 스스로 할 만한 용기를 과연 빌리가 가까스로 냈을지 궁금했다.

앤드루스 집안은 신도석에 앉아 있는 하먼 부인부터 합창대에 있는 제인에 이르기까지 모두 빌리가 느끼는 자랑스러움과 기쁨을 함께 나누는 모습이었다. 제인은 애번리 초등학교를 그만두고 가을이 되면 서부로 갈 예정이었다.

린드 부인은 비꼬듯 말했었다.

"애번리에서는 애인이 안 생기니 가는 거지, 뭐. 서부가 건강에 더 좋기 때문이라는데 말도 안 되는 소리야. 나는 이제까지 제인의 몸이 약하다는 말을 들어본 적이 없어."

우정에 충실한 앤은 친구 편을 들었다.

"제인은 얌전한 아이예요. 누구처럼 눈길을 끌려고 애쓰지 않잖아요."

"아, 남자들을 쫓아다니지는 않았지. 하지만 그 아이도 누구 못지않게 결혼하고 싶어해. 그렇지 않다면 장점이라고 내세우는 게 남자가 많고 여자가 적다는 것뿐인 외진 서부 구석까지 뭐하러 가겠니? 내 눈은 못 속인다!"

그러나 그날 앤이 가슴이 철렁하여 바라본 것은 제인이 아니라 합창대의 제인 곁에 앉은 루비 길리스였다. 루비에게 대체 무슨 일이 있었던 것일까? 예전보다 훨씬 아름다웠지만, 그 파란 눈은 지나치게 반짝이고 형형했으며 뺨은 병적으로 발갛게 물들어 있었다. 게다가 몹시 여윈 데다 찬송가 책을 든 가냘픈 손은 투명하게 내비칠 듯했다.

교회에서 돌아오자 앤은 린드 부인에게 물었다.

"루비 길리스가 어디가 아픈가요?"

린드 부인은 에두르지 않고 말했다.

"루비 길리스는 급성 폐결핵으로 죽어가고 있어. 그 애와 가족 말고는 모두가 알고 있는 일인데, 그 사람들만은 인정하지 않고 있지. 그 가족들은 루비가 아주 멀쩡하다고들 해.

지난겨울 각혈한 뒤로 학교에서 아이들을 가르치지 못하고 있는데, 자기는 가을이 되면 또 가르칠 생각이라고 말한단다. 루비는 화이트샌즈 초등학교에 가고 싶어하지만, 가엾게도 화이트샌즈 초등학교가 개학할 무렵이면 무덤에 들어가 있을 게다. 정말이지 안된 일이야."

앤은 너무도 놀라 아무 말도 하지 못했다. 사이좋게 지내온 옛 학교 친구가 죽어가고 있다니! 그런 일이 있을 수 있을까? 요즈음 들어 소원해지기는 했지만 학교 친구로서 이어져온 친밀함은 그대로 남아 있었기에 이 소식은 앤의 마음에 큰 충격으로 다가왔다. 화려하고 쾌활하며 요염한 루비! 이런 루비를 죽음과 결부하여 생각한다는 것은 아무래도 불가능했다. 예배가 끝난 뒤 루비는 앤에게 아주 반갑게 인사하고 이튿날 밤에 꼭 놀러 오라고 말했다.

루비는 자랑스럽게 속삭였다.

"나는 화요일이랑 수요일에는 집에 없어. 카모디에서 음악회가 있고, 화이트샌즈에서 열리는 파티가 있거든. 허브 스펜서가 데려가준다고 했어. 허브는 요즘 내가 가장 가까이하는 사람이야. 내일 꼭 와줘. 너와 마음껏 이야기하고 싶어 죽겠어. 레드먼드에서 네가 어떻게 지냈는지 빠짐없이 듣고 싶어."

이 말은 곧 루비가 최근에 있었던 자신의 연애담에 대해 빠짐없이 이야기하고 싶어한다는 뜻임을 알았지만 앤은 꼭 가겠다고 약속했다. 다이애나도 동행하기로 했다.

　다음 날 저녁 둘이서 그린게이블즈를 나설 때 다이애나가 앤에게 말했다.

"나도 전부터 루비를 만나러 가고 싶었지만 혼자서 갈 엄두가 나지 않아서 한동안 못 갔어. 루비가 평소처럼 쉬지 않고 재잘거리는 말을 듣는 게 쉽지 않았어. 기침이 심해서 이야기를 이어갈 수 없을 정도인데도 자기는 아무렇지도 않은 척하는 것을 보기가 너무 버거웠거든. 루비는 안간힘을 다해 싸우고 있지만, 사람들 말로는 전혀 가망이 없다는 것 같아."

　두 사람은 황혼에 물든 황톳길을 말없이 걸어갔다. 지빠귀들이 높은 우듬지에서 노래하며 금빛으로 물든 하늘을 환희에 찬 목소리로 가득 채우고 있었다. 내리비치는 햇살이며 그간 내린 비로 씨앗 속에 생명이 약동하기 시작하는 밭을 넘어, 늪이며 연못에서 은피리 소리 같은 개구리의 합창이 흘러왔다. 라즈베리 덤불에서 달콤하며 상쾌한 향기가 은은하게 퍼져 나오고 있었다. 조용한 골짜기에 하얀 안개가 끼어 있고 개울 기슭에서는 제비꽃이 별처럼 파랗게 빛나고 있었다.

　다이애나가 감탄했다.

"저녁놀이 어쩌면 저토록 아름다울까! 저것 봐, 앤. 그대로 하나의 신비한 나라 같지 않니? 저 가늘고 길게 뻗어 있는 보랏빛 구름이 해변이고 저편의 맑게 갠 하늘은 금빛 바다 같아."

　앤은 명상에서 깨어나며 말했다.

"폴이 예전에 작문에 썼던 달빛 돛단배…… 기억하니? 그걸 타고 저어 갈 수 있다면 얼마나 멋질까? 저 나라에 가면 우리의 지난날들을 다시금 만날 수 있지 않을까, 다이애나? 지나간 봄날이며 꽃들 모두. 거기에 가서 폴이 보았다고 말했던 장미꽃은 어쩌면 옛날에 우리를 위해 피었던 장미꽃들이 아닐까?"

다이애나가 말했다.

"그만둬! 그런 말 하니까 우리가 꼭 인생의 뒤안길에 선 할머니가 된 것 같은 기분이 들잖아."

"가엾은 루비에 대해 들은 뒤로 그렇게 느껴져. 그 건강했던 루비가 죽어가는 게 사실이라면 다른 어떤 슬픈 일이라도 정말로 있을 수 있으니까."

다이애나가 말했다.

"잠깐 엘리샤 라이트네에 들렀다 가도 괜찮지? 이 젤리를 애토사 할머니에게 전해드리라고 어머니가 부탁하셨어."

"애토사 할머니가 누구니?"

"어머, 내가 얘기 안 했던가? 스펜서베일의 샘슨 코츠 부인인데……엘리샤 라이트 씨의 숙모야. 우리 아버지의 고모이기도 하지. 올겨울 남편이 돌아가셨는데 아주 가난하고 의지할 곳이 없어서 라이트 집안사람들이 모셔 왔어. 어머니는 우리가 맡는 게 옳다고 여겼지만 아버지가 완강히 받아들이지 않았어. 애토사 할머니하고는 절대로 같이 살고 싶지 않다는 거야."

앤은 멍하니 물었다.

"그렇게 끔찍한 분이니?"

다이애나는 의미심장하게 말했다.

"어떤 분인지는 그 집에서 나오기 전에 바로 알게 될 거야. 아버지 말로는 고모할머니가 손도끼 같은 얼굴을 하고 있어서, 공기까지도 자른다는 거야. 하지만 고모할머니의 혀는 얼굴보다도 더 날카로워."

시간이 늦었는데도 애토사 부인은 라이트네 부엌에서 씨감자를 자르고 있었다. 빛바래고 낡아빠진 실내복을 걸쳤으며 흰 머리카락은 몹시 헝클어져 있었다. 애토사 부인은 굳이 남들 비위를 맞추기 싫다고 생각해서 언제나 뻗대듯 일부러 더 불쾌한 얼굴을 하고 있었다.

다이애나가 앤을 소개하자 부인은 말했다.

"아, 그래, 네가 앤 셜리로구나? 네 이야기는 이미 들었다."

그 말투에는 좋은 말은 하나도 못 들었다는 뜻이 담겨 있었다.

"앤드루스 부인이 네가 돌아왔다는 말을 하더구나. 부인은 네가 꽤 좋아졌다고 했지."

좀 더 좋아져야 할 여지가 많다고 애토사 부인이 생각하고 있다는 것은 의심할 나위가 없었다. 부인은 손을 멈추지 않고 부지런히 씨감자를 자르고 있었다.

부인이 빈정거리듯 말했다.

"너희들한테 굳이 앉으라고 권할 필요가 있겠니? 여기에 너희들이 그리 재미있어 할 만한 일도 없는데. 다른 사람은 모두 나가버렸고."

그러나 다이애나가 쾌활하게 말했다.

"어머니가 얼마 안 되지만 이 루바브[1] 젤리를 갖다드리라고 했어요. 오늘 만든 건데 맛이라도 좀 보셨으면 좋겠다면서요."

애토사 부인은 까다로운 목소리로 말했다.

"아, 고맙구나. 한데 네 어머니의 젤리는 아무래도 내 입에 맞지 않아. 언제나 너무 달거든. 하지만 참고 맛은 좀 보마. 올봄에는 도무지 식욕이 없단다. 건강도 시원찮고. 하지만 나는 그래도 부지런히 일을 하고 있지. 이 집에서는 일할

---

[1] 마디풀과의 여러해살이풀로, 여름철에 엷은 노란색 꽃이 피고 잎자루는 시고 향기가 있어 젤리나 잼 따위를 만듦.

수 없는 사람은 찬밥 신세니까. 수고스럽겠지만 그 젤리를 식료품 저장실에 넣어다오. 오늘 밤 안으로 서둘러 이 감자를 다 잘라야 하니까. 곱게들 커서 둘 다 이런 일은 한 번도 해 본 적이 없을 테지. 손이 망가질까 봐 말이다."

앤은 방긋 웃었다.

"우리 농장을 남에게 빌려주기 전에는 늘 이런 일을 했어요."

다이애나도 소리 내어 웃었다.

"저는 지금도 해요. 지난주에는 사흘 내내 감자를 잘랐는걸요."

그리고 다이애나는 장난스럽게 덧붙였다.

"물론 그런 뒤에는 밤마다 손을 레몬주스에 담갔다가 양가죽 장갑을 끼고 잤지만 말이에요."

애토사 부인은 흥 하고 말했다.

"그렇게 하면 좋다는 것은 네가 자주 들여다보는 그 한심한 잡지에서 읽었겠지. 어머니라는 사람이 어떻게 그런 걸 읽도록 내버려두나 몰라. 어쨌든 네 어머니는 전부터도 너를 응석받이로 키웠으니까. 조지가 네 어머니와 결혼한다고 했을 때 우리 모두 조지에게 어울리는 짝이 못 된다는 생각을 했었단다."

애토사 부인은 조지 배리가 결혼할 때의 꺼림직했던 예감이 모두 무서우리만치 들어맞았다는 듯 무거운 한숨을 내쉬었다.

두 사람이 일어서는 것을 보고 부인이 말했다.

"돌아가려고? 그래, 나 같은 늙은이와 이야기해봐야 그리 재미없을 테니까. 사내 녀석들이 집에 없어서 안됐구나."

다이애나가 설명했다.

"잠깐 가서 루비 길리스를 좀 만나보고 오려 해요."

부인은 한결 온화하게 대답했다.

"그야 핑계는 뭔들 못 대겠니. 다들 인사도 제대로 하기 전에 얼굴만 삐죽 비치고는 나가기 바쁘지. 대학물을 먹어서들 그런 건지, 원.

루비 길리스는 가까이하지 않는 편이 현명해. 폐병은 옮는다고 의사 선생님이 말하니까. 지난가을에 보스턴 같은 곳까지 돌아다니는 걸 보고 내 틀림없이 루비가 무슨 병인가에 걸리리라고 생각했었지. 집에 가만히 있지 못하는 사람은 반드시 뭔가 옮는 법이니까."

다이애나가 가라앉은 목소리로 말했다.

"먼 곳까지 돌아다니지 않는 사람도 병이 옮을 수 있고, 때로 죽는 일도 있어요."

"그래도 그런 경우 그 사람들 탓은 아니지 않니."

애토사 부인은 의기양양하게 대꾸하고 물었다.

"너는 6월에 결혼한다지, 다이애나?"

"헛소문이에요."

다이애나가 대답하고 뺨을 붉혔다.

애토사 부인은 비아냥거리며 말했다.

"하지만 너무 미루지 않는 게 좋을 게야. 화무십일홍(花無十日紅)이라고, 한창때는 잠깐이니까. 네가 자랑할 만한 것이라곤 윤기 있는 피부와 머리카락밖에 더 있니. 게다가 라이트 집안사람들은 변덕이 엄청 심하단다.

너는 모자를 꼭 써야겠다, 미스 셜리. 주근깨가 도무지 봐줄 수 없을 만큼 나 있잖아. 저런, 게다가 빨강머리가 아니냐! 할 수 없지. 우리 모두 하느님이 빚으신 그대로 살 수밖에 없으니까.

마릴라 커스버트에게 안부 전해라. 내가 애번리에 온 뒤 한 번도 만나러 오지 않았지만, 그래도 어쩔 수 없는 일이지. 커스버트 집안사람들은 언제나 이

동네 누구보다도 자기들이 잘난 줄 아니까."

겨우 오솔길로 도망쳐 나오자 다이애나가 숨을 헐떡이며 물었다.

"어때, 굉장하지?"

앤이 말했다.

"미스 일라이자 앤드루스보다도 더 심하구나. 하지만 한평생 애토사라는 이름으로 살지 않으면 안 되는 것을 불쌍히 생각해야지! 누구라도 심술궂어지지 않겠니? 부인도 자기 이름이 코딜리아라고 상상했으면 좋았을 텐데. 그렇게 했으면 마음을 다스리는 데 훨씬 도움이 됐을 거야. 나도 앤이라는 이름을 좋아하지 않았을 때 그 이름이라 상상하면 위로가 됐는데."

"조지 파이가 나이가 들면 저 고모할머니와 똑같아질 거야. 조지의 어머니하고 애토사 고모할머니가 사촌간이거든.

아, 저기 들르는 심부름을 끝냈더니 마음이 후련하다. 고모할머니는 너무 심술궂어. 할머니 입을 거치면 뭐든지 다 언짢아져.

지난번에는 아버지가 고모할머니에 대해 아주 우스운 이야기를 하나 해주셨어. 옛날에 스펜서베일에 무척 훌륭하지만 귀가 먼 목사님이 있었대. 보통으로 얘기하는 소리도 전혀 들리지 않을 정도였다는 거야. 그런데 일요일 저녁이면 언제나 기도 모임을 열어서 참석한 신자들은 모두 일어나 차례로 기도하거나, 성경 구절에 대해 몇 마디씩 감상을 말하기로 되어 있었어.

어느 날 밤, 애토사 할머니가 벌떡 일어났대. 그러더니 기도도 하지 않고 설교도 하지 않고 대신 온 교회 사람들을 하나하나 헐뜯더래. 불쾌한 별명을 불러대며, 모두가 어떻게 잘못 처신했는지 비난하고 호통을 치고 지난 10년 동안 있었던 싸움이며 추문을 낱낱이 말한 끝에 마지막으로 '니는 스펜서베일 교회에는 정떨어졌다, 두 번 다시 이 교회 문턱을 넘고 싶지 않다, 무서운 심판이

이 교회에 내리기를 바란다' 이렇게 말하고는 숨이 차서 자리에 앉았대.

그러자 고모할머니의 말이 하나도 들리지 않은 목사님이 일어나서 아주 경건한 목소리로 말을 한 거지.

'아멘! 주여, 바라옵건대 우리의 사랑하는 이 자매의 소망을 이루게 해주옵소서!' 하고.

아버지가 이 이야기를 하시는 걸 너도 들어봤어야 했는데."

그러자 앤이 중대한 비밀을 털어놓는 듯한 목소리로 말을 꺼냈다.

"이야기라니 말인데, 다이애나, 사실은 요즘 나 짧은 소설을 쓸까 생각하는 참이야. 출판할 만한 가치가 있는 소설을 말이야."

앤이 엄청난 말을 하고 있다는 것을 겨우 이해한 다이애나가 말했다.

"앤! 너라면 쓸 수 있어. 너는 몇 년 전 우리의 '이야기 클럽'에서 정말로 가슴 뛰게 하는 이야기를 썼었잖니."

앤은 미소 지었다.

"그래, 하지만 내가 말하는 건 그런 종류의 이야기는 아니야. 요즘 생각은 여러모로 많이 하고 있는데, 아직 겁이 나서 손대지 못하고 있어. 만일 실패하면 너무 부끄러울 테니까."

"언젠가 프리실라가 말했었는데, 모건 부인이 처음에 쓴 이야기는 모두 되돌아왔었대. 하지만 요즘은 편집자들도 좀 더 보는 눈이 생겼으니까 네 작품은 그럴 일은 없을 거야."

"레드먼드 3학년인 마거릿 버튼이 올겨울 쓴 이야기가 《캐나다 여성》이라는 잡지에 발표되었어. 나도 적어도 그 정도는 쓸 수 있을 것 같아."

"그럼 너도 《캐나다 여성》에 발표할 거니?"

"처음에는 좀 더 큰 잡지를 목표로 해 볼까 생각 중이야. 내가 어떤 글을 쓰느냐에 달려 있지만."

"어떤 글을 쓸 건데?"

"아직 몰라. 좋은 플롯을 짜려고 궁리하고 있어. 편집자의 관점에서는 그게 가장 중요할 것 같아. 단 하나 결정된 것은 여주인공의 이름이야. 애버릴 레스터로 하려고. 꽤 예쁜 이름 아니니?

이 일은 아직 아무한테도 말하지 마, 다이애나. 너랑 해리슨 씨 말고는 아직 아무도 몰라. 해리슨 씨는 그리 격려해주지 않았어. 이미 세상에는 쓰레기 같은 글이 너무 많다면서 대학에서 1년 동안 공부하고 왔으니 내가 더 나은 생각을 할 줄 알았다는 거야."

다이애나는 경멸하듯 말했다.

"해리슨 씨가 뭘 알겠니?"

두 사람이 도착했을 때 길리스 씨네는 전등이 환히 빛나고 방문객으로 떠들썩했다. 스펜서베일의 레너드 킴벌과 카모디의 모건 벨이 응접실에서 서로 노려보며 견제하고 있었다. 발랄한 아가씨들도 몇몇 찾아왔다.

루비는 새하얀 옷차림으로 눈과 뺨이 매우 빛나고 있었다. 쉴 새 없이 웃고 떠들어대다가 다른 아가씨들이 가버린 뒤에 앤을 2층으로 데려가 자기의 여름옷을 보여주었다.

"파란 비단으로도 하나 만들려고 하는데, 여름에 입기에는 좀 두꺼워. 그건 가을까지 그냥 두려고 해. 나는 화이트샌즈에서 아이들을 가르치게 되었거든.

내 모자 어떠니? 어제 네가 교회에서 쓰고 있던 모자는 정말 깜찍하더라. 하지만 나한테는 좀 더 화려한 것이 좋을 것 같아.

너 아래층에 있는 골치 아픈 두 사람 봤니? 저 두 사람은 서로 상대편보다 오래 여기에 있으려고 마음먹고 왔단다. 나는 그 두 사람 가운데 아무한테도 관심 없는데도 말이야.

내가 좋아하는 사람은 허브 스펜서야. 허브야말로 '내 짝이다' 싶은 생각이 들 때가 있단다. 크리스마스 무렵에는 스펜서베일의 선생님이 그런가 생각했었는데, 내 마음에 들지 않는 점을 알게 되었어. 내가 거절했을 때 그 사람은 꼭 미친 것 같았지.

저 두 사람이 오늘 밤 오지 않았으면 좋았을 텐데. 너와 천천히 이야기 나누고 싶었어, 앤. 하고 싶은 이야기가 산더미 같아. 너랑 나는 좋은 친구 사이였잖아?"

루비는 꾸민 듯한 웃음소리를 내며 살그머니 앤의 허리에 팔을 둘렀다. 그러나 한순간 두 사람의 눈이 마주쳤을 때 앤은 루비의 이 발랄함 뒤에 숨겨진, 마음을 아리게 하는 어떤 것을 보았다.

루비가 속삭였다.

"이따금 와줘, 앤. 혼자 와줘. 나는 네가 필요해."

"어디 아픈 데는 없니, 루비?"

"내가? 어머나, 나는 무척 건강한 체질이야. 이렇게 건강한 적은 이제까지 없었을 정도지. 물론 올겨울에 각혈로 고생을 좀 하기는 했어. 하지만 내 혈색을 봐. 이게 어디 아픈 사람 혈색이니."

루비의 목소리는 송곳 같았다. 원망스러운 듯 앤에게서 팔을 풀더니 아래층으로 뛰어 내려가 한층 더 쾌활하게 행동하며 두 숭배자를 놀려주는 데 열중하는 듯했다. 다이애나와 앤은 그들과 어울리지 못하고 곧 그곳을 떠났다.

애버릴의 속죄

"무슨 꿈을 꾸고 있니, 앤?"

어느 날 저녁 두 아가씨는 요정이 사는 골짜기의 시냇물을 천천히 거닐고 있었다. 풀고사리는 시냇물에 고개를 끄덕이고 작은 풀은 파랗게 우거졌으며 시냇가의 야생 배나무는 좋은 향기를 물씬 풍기는 하얀 커튼을 드리우고 있었다.

앤은 꿈에서 깨어났다.

"나 말이지, 소설 줄거리를 생각하고 있었어, 다이애나."

"어머나, 벌써 쓰기 시작한 거니?"

다이애나는 곧 흥미를 보였다.

"응, 아직 2, 3쪽밖에 쓰지 못했지만 전체 구상은 거의 다 잡혔어. 주인공의 이름에 걸맞을 만한 줄거리를 만드는 데까지가 힘들었지. 떠오르는 줄거리는 많지만 애버릴이라는 이름의 아가씨에게 어울리는 건 좀처럼 없었거든."

"그 이름을 바꿀 수는 없었니?"

"응, 그건 불가능해. 해 보기는 했지만 네 이름을 바꿀 수 없는 것과 마찬가지로 잘 안 됐어. 나로서는 애버릴이라는 이름이 꼭 실존하는 사람의 이름처럼 여겨져서 아무리 다른 어떤 이름을 붙여봐도 곧 애버릴로 돌아오고 마는 거야. 하지만 고심 끝에 애버릴에게 어울리는 줄거리를 생각해냈어. 그다음에는 등장인물 모두에게 하나하나 이름을 붙여주는 즐거운 시간이 기다리고 있었지. 얼마나 재미있는 과정이었는지 몰라. 이름 짓는 일로 눈을 말똥말똥 뜨고 누워서 밤을 새우다시피 했어. 남자 주인공의 이름은 퍼시벌 댈림플이야."

다이애나는 실망한 듯 말했다.

"벌써 모든 인물의 이름을 붙여버렸니? 만일 아직 다 붙이지 않았다면 내게 꼭 하나만 짓게 해주면 좋겠어. 그냥 별로 중요하지 않은 인물이면 돼. 나도 네 소설에 조금은 공헌했다는 기분을 느끼고 싶어서."

앤은 양보했다.

"레스터 집안에 고용되어 있는 어린 남자아이의 이름을 네가 붙여도 좋아. 그리 중요한 인물이 아니고, 아직 이름을 짓지 않은 것은 그 아이뿐이란다."

다이애나가 활짝 웃으며 말했다.

"그 아이 이름을 레이먼드 피츠오즈번이라고 해줘."

초등학교 시절 앤과 제인 앤드루스와 루비 길리스와 함께 넷이서 만들었던 '이야기 클럽'에서 쓴 이름들을 잔뜩 기억하고 있었던 것이다.

하지만 앤은 탐탁지 않다는 듯 고개를 저었다.

"그런 잔심부름하는 어린 소년의 이름치고는 너무 귀족적이어서 안 돼. 나로서는 피츠오즈번이라는 사람이 돼지에게 먹이를 주거나 땔나무를 줍는 장면을 떠올릴 수 없어. 너는 할 수 있니?"

상상력이 있다면서 앤이 왜 그런 걸 떠올리지 못한다는 것인지 다이애나로서는 선뜻 이해가 되지 않았다. 그래도 이런 문제는 앤이 가장 잘 알고 있는 일이라고 생각해서, 잔심부름하는 어린 소년의 이름은 마침내 로버트 레이라고 붙여졌고 줄여서 부를 때는 바비라고 부르기로 했다.

다이애나가 물었다.

"그 작품으로 얼마나 받을 수 있을 것 같아?"

그러나 앤은 그런 것은 조금도 생각하고 싶지 않았다. 그녀는 명성을 구하려는 것이며 천한 돈벌이를 탐내고 있는 것이 아니었다. 문학에 대한 앤의 꿈은 아직까지 돈에 대한 생각으로 더럽혀져 있지 않았다.

다이애나가 부탁했다.

"나도 읽게 해줄 거지?"

"완성되면 너와 해리슨 씨에게 읽어줄 테니 가차 없이 비평해주었으면 해. 그리고 발표되기 전까지는 그 외에 아무에게도 보여주지 않을 작정이야."

"결말은 어떻게 할 생각이니? 행복하게? 아니면 비극적으로?"

"아직 몰라. 나는 슬픈 결말을 쓰고 싶어. 그편이 훨씬 낭만적이니까. 하지만 편집자라는 사람들은 슬픈 결말에 대한 편견이 있는 것 같아. 언젠가 해밀턴 교수님이 슬픈 결말은 천재가 아니면 쓰려 해서는 안 된다는 말씀을 하셨어. 그런데 나는 천재는 전혀 못 되거든."

앤은 겸손하게 말을 맺었다.

"나는 해피엔딩이 좋아. 퍼시벌을 애버릴과 결혼시키면 좋겠어."

다이애나는 프레드와 약혼한 뒤로 부쩍 소설은 모두 이러한 결말로 끝나야 한다고 여기고 있었다.

"하지만 너는 소설을 읽고 우는 것을 좋아하잖니?"

"그래, 맞아. 중간쯤에서는 그렇지. 하지만 마지막에는 모든 일이 다 행복하게 맺는 게 좋아."

앤은 생각에 잠기며 말했다.

"꼭 한 군데 비극적인 장면을 넣어야 해. 로버트 레이를 사고로 다치게 해서 죽는 장면을 만들까?"

다이애나는 웃으며 항의했다.

"안 돼, 바비를 죽여서는 안 돼. 바비는 내 거니까 살아서 잘됐으면 좋겠어. 굳이 필요하다면 다른 인물을 죽여줘."

다음 2주일 동안 앤은 작품을 써나가며 작품의 진전에 따라 괴로워하기도 하고 즐거워하기도 했다. 불현듯 훌륭한 착상이 떠올라 환희에 취해 있는가 하면 갈등을 빚는 인물이 도무지 적절히 움직여주지 않는다면서 절망에 빠지기도 했다. 다이애나는 그것을 이해할 수 없었다.

다이애나가 물었다.

"등장인물들이 네가 생각하는 대로 행동하도록 만들면 되잖아?"

앤은 한탄했다.

"그럴 수가 없어. 애버릴은 남이 시키는 대로 하는 사람이 아니야. 그녀는 내가 생각지도 못한 행동이나 말을 해. 그러면 그때까지 쓴 것이 모두 허사가 되어버려 다시 처음부터 써야 해."

그러나 마침내 소설을 완성하여 앤은 이층 자기 방에 다이애나만을 불러서 읽어주었다. '비극적인 장면'은 로버트 레이의 희생 없이 잘 만들어냈다. 앤은 읽으면서 다이애나의 기색을 살폈다. 다이애나는 적절히 호응하여 울어야 할 부분에서는 우는 모습을 보여주었다. 그러나 마지막 장면에 이르자 좀 실망한 듯했다.

다이애나는 나무라듯 물었다.

"어째서 모리스 레녹스를 죽여버린 거야?"

"악당인걸. 벌을 받아야만 했어."

다이애나는 터무니없는 소리를 했다.

"나는 모리스 레녹스가 모든 등장인물 가운데서 제일 좋던데."

앤이 좀 뾰로통해져서 말했다.

"하지만 모리스는 이미 죽었고, 죽게 내버려둬야 해. 만일 살려두면 애버릴과 퍼시벌을 줄곧 괴롭힐 테니까."

"그렇지…… 하지만 개과천선하게 만들면 되지 않아?"

"그렇게 하면 낭만적이지 못해. 게다가 소설이 너무 길어지는걸."

"그래. 아무튼 정말 고상한 이야기야, 앤. 너는 틀림없이 유명해질 거야. 그것만은 확실해. 제목은 붙였니?"

"아, 제목은 벌써 오래전에 정했어. 〈애버릴의 속죄(Averil's Atonement)〉야. 두운도 맞고, 어감이 좋지 않니? 자, 다이애나, 솔직히 말해줘. 내 소설에 뭔가 결점이 있니?"

다이애나는 망설이다 어물거리면서 말했다.

"글쎄, 애버릴이 케이크를 만드는 장면은 그리 낭만적으로 여겨지지 않더라. 그것은 누구나 하는 일이잖아. 특별한 여주인공이라면 요리 같은 것은 하지 않아야 한다고 생각해."

"어머나, 그래서 작품에 유머가 생긴 거야. 게다가 그 부분이 이 소설에서 가장 잘 쓴 부분이기도 하고."

거기에 대해서는 앤의 말이 옳았다고 해도 좋을 것이다.

다이애나는 신중하게 그 이상의 비평은 삼갔지만 해리슨 씨는 쉽게 만족하지 않았다. 우선 해리슨 씨는 이야기 속에 너무 묘사가 많다고 했다.

해리슨 씨는 무자비하게 말했다.

"그 요란한 미사여구를 모두 빼버려요."

앤은 언짢기는 했음에도 확실히 해리슨 씨의 말이 옳다고 느꼈으므로 썩 내키지는 않았지만 좋아하는 묘사를 대부분 지워버렸다. 그 덕택에 까다로운 해리슨 씨를 만족시키기 위해 세 번이나 다시 써야 했다.

앤은 마지막에 힘주어 말했다.

"묘사를 모두 빼버렸지만 해 질 녘 장면만은 남겨뒀어요. 아무래도 그것만은 버릴 수 없었어요. 이 소설에서는 그 부분이 가장 잘된 묘사예요."

해리슨 씨가 말했다.

"이야기 줄거리와는 아무 관계도 없잖소? 게다가 배경을 돈 많은 도시 사람들로 설정할 필요도 없었소. 그런 사람들에 대해 앤이 뭘 아오? 어째서 이 애번리로 하지 않았소. 물론 이름은 바꿔서 말이오. 그러지 않았다가는 레이철 린드 부인이 자기를 여주인공이라고 착각할 테니까요."

"어머나, 그렇게 할 수는 없어요. 애번리는 세상에서 가장 소중한 곳이지만 소설의 무대로 할 만큼 낭만적이지는 못한걸요."

해리슨 씨는 태연하게 말했다.

"애번리에도 로맨스는 얼마든지 굴러다니고 있다고 내 장담하오. 비극도 마찬가지고. 앤이 쓴 인물은 하나같이 실제로 있을 법한 사람 같지 않소. 일단 너무 말이 많고, 게다가 지나치게 거창한 말만 쓰고 있소. 왜, 그 댈림플이라는 녀석이 두 쪽에 걸쳐 줄곧 이야기해서 아가씨가 끼어들 틈이 아예 없었던 장면이 한 군데 있던데, 현실에서 그랬다고 생각해보시오, 아가씨는 댈림플을 뻥 차버렸을 거요."

기분이 상한 앤은 단호하게 말했다.

"그렇지 않아요."

앤은 마음속으로 댈림플처럼 아름답고 시적인 말을 한다면 어떤 아가씨의 마음도 정복당하고 말 거라 생각했다. 게다가 애버릴—당당한 여왕과도 같은 애버릴—이 누군가를 '뻥 차버린다'는 건 생각조차 할 수 없었다. 애버릴이라면 '청혼을 정중히 거절했다'고 해야 마땅할 것이다.

그러나 인정사정없는 해리슨 씨는 추궁의 고삐를 늦추지 않았다.

"나는 어째서 모리스 레녹스가 애버릴을 차지하지 않았는지 모르겠소. 모리스가 상대편보다도 몇 배나 남자다웠소. 나쁜 짓이기는 하지만 어쨌든 뭔가를 했소. 하지만 퍼시벌은 어리벙벙하게 앉아 있기밖에 더 했소?"

'어리벙벙'이라니! 이것은 '뻥 차버린다'보다 더 심한 말이다.

앤은 발끈해서 말했다.

"모리스는 악한이에요. 어째서 모두들 퍼시벌보다 모리스를 좋아하는지 모르겠어요."

"퍼시벌은 너무 착해빠졌소. 보고 있으면 짜증이 날 정도요. 다음에 주인공에 대해 쓸 때에는 얼마쯤 인간미를 넣도록 해요."

"애버릴은 결코 모리스 같은 사람과 결혼할 수 없어요. 모리스는 나쁜 사람이니까요."

"애버릴이 모리스를 새사람으로 만들면 되지 않소? 남자란 마음을 고쳐먹게 할 수 있어요. 물론 줏대 없는 해파리 같은 사람이라면 안 되겠지만. 앤의 작품은 나쁘지 않소. 어느 정도 흥미 있는 것만은 인정하오. 그렇지만 훌륭한 작품을 쓰기에 앤은 아직 너무 어려요. 앞으로 10년은 더 기다리구려."

앤은 다음에 소설을 쓰면 아무에게도 비평해달라고 부탁하지 않으리라 마음먹었다. 낙담만 될 뿐이다.

길버트에게도 작품에 대한 이야기를 했지만 읽어주지는 않았다.

"만일 성공하면 발표될 테니까 그때까지 기다려줘, 길버트. 하지만 실패하면 아무에게도 보여주지 않을 거야."

앤이 그런 모험을 시도하고 있다는 것을 마릴라는 전혀 몰랐다. 앤은 어떤 잡지에 실린 자신의 작품을 마릴라에게 읽어주는 모습을 떠올렸다. 누가 썼는지는 모르지만 작품에 반한 마릴라는 칭찬을 줄줄 늘어놓는다. (공상으로는 무슨 일이든 가능하니까.) 바로 그때 앤은 의기양양하게 자기가 바로 그 작품을 쓴 작가임을 알리는 것이다.

어느 날 앤은 기다랗고 두툼한 봉투를 안고 우체국으로 향했다. 젊음과 무경험이 가져다주는 낙천적인 자신감을 가지고 '대형 잡지사' 가운데에서도 가장 큰 잡지사로 보내기로 했다. 다이애나도 앤 못지않게 열광하고 있었다.

다이애나가 물었다.

"얼마쯤 지나면 소식이 올까?"

"2주일이 넘지는 않겠지. 아, 만일 채택된다면 얼마나 기쁘고 자랑스러울까!"

"물론 채택될 거야. 그리고 좀 더 보내달라고 말하지 않겠니? 언젠가는 너도 모건 부인처럼 유명해질지 몰라, 앤. 그렇게 되면 너와 아는 사이인 나는 얼마나 자랑스러울까."

적어도 다이애나는 친구의 재능과 장점을 시기하지 않고 진심으로 찬사를 보내는 보기 드문 미덕을 갖추고 있었다.

다음 1주일은 즐거운 꿈속에서 지났고 이윽고 쓰디쓴 자각에 눈을 뜨는 날이 찾아왔다. 어느 날 저녁, 앤의 방으로 올라간 다이애나는 앉아 있는 앤의 눈에서 운 듯한 흔적을 발견했다. 탁자 위에 기다란 봉투와 꾸깃꾸깃한 원고가 놓여 있었다.

다이애나가 자기 눈을 의심하듯 소리쳤다.

"앤, 설마 네 작품이 되돌아온 것은 아니겠지?"

앤은 힘없이 말했다.

"아니, 되돌아왔어."

"그럴 리가! 그 편집자 머리가 어떻게 된 것 아냐? 이유가 뭐래?"

"이유 같은 건 없었어. 그냥 인쇄된 종이쪽지에 채택되지 않았다고 씌어 있을 뿐이야."

다이애나는 몹시 성난 목소리로 말했다.

"그 잡지 별거 아니라고 전부터 생각했어. 그 잡지에 실린 소설들은 《캐나다 여성》에 실린 소설에 비해 절반만큼도 재미없어. 값은 훨씬 비싸면서. 거기 편집자들이 분명히 양키가 아닌 사람은 안 된다는 편견을 가지고 있을 거야. 실망하면 안 돼, 앤. 모건 부인의 작품도 몇 번이나 되돌아왔던 걸 생각해봐. 이걸 《캐나다 여성》에 보내봐."

앤도 기운을 냈다.

"그래야겠어. 그리고 만일 그 잡지에 실린다면 내 글이 실린 부분에 표시를 해서 이 미국인 편집자에게 한 권 보내줘야지. 하지만 그 해 질 녘 장면은 빼야겠어. 해리슨 씨 말이 맞았던 것 같아."

그리하여 저물녘 장면은 빠졌다. 그러나 이 생살을 도려내는 듯한 고통을 감수하며 내린 결단에도 불구하고 《캐나다 여성》 편집자도 〈애버릴의 속죄〉를 돌려보냈다. 심지어 너무 빨리 돌려보냈기에 이에 분개한 다이애나는 편집자가 글을 아예 읽지도 않은 게 틀림없다며 자기는 《캐나다 여성》 구독을 곧바로 중단하겠다고까지 선언했다.

앤은 절망한 나머지 이 두 번째 거절을 오히려 담담하게 받아들였다. 그리고 원고는 옛날 '이야기 클럽'의 작품을 넣어둔 다락의 트렁크 속에 집어넣고 잠가버렸다. 그러나 그에 앞서 다이애나의 간절한 부탁에 못 이겨, 베낀 원고 한 부를 다이애나에게 주었다.

절망적인 심정으로 앤은 쓸쓸하게 말했다.

"이것으로 내 문학적 야심은 끝났어."

이 일을 해리슨 씨에게는 말하지 않았는데, 어느 날 밤 해리슨 씨가 작품이 어떻게 되었는지 불쑥 물었다.

앤은 짧게 대답했다.

"편집장이 받아주지 않았어요."

발갛게 달아오른 앤의 섬세한 옆얼굴을 곁눈질로 보던 해리슨 씨는 앤을 격려하듯 말했다.

"그랬군. 그래도 이야기는 계속 쓸 거죠?"

눈앞에서 문 하나가 쾅 하고 닫혀버린 것을 보고 세상이 끝난 것처럼 낙담한 19살의 젊은이가 으레 그러하듯 앤은 단호하게 말했다.

"아니요, 다시는 소설을 쓰지 않겠어요."

해리슨 씨는 곰곰이 생각한 뒤에 타이르듯 말했다.

"나라면 그대로 단념해버리지는 않겠소. 생각날 때마다 새로운 작품을 써보겠소. 하지만 매번 편집자에게 성가시게 원고를 보내는 짓은 안 할 거요.

나라면 자신이 알고 있는 사람들이며 장소를 소재로 삼겠소. 그리고 인물들이 평범한 일상어를 쓰도록 하고. 해가 뜨고 지는 것도 호들갑 떨지 않고 어제나 그제와 다름없이 조용히 떴다가 지게 하겠소.

만일 악당이 반드시 필요하다면 나는 그들에게 기회를 주겠소, 앤. 그들이 더 나은 사람이 될 기회를 주어야 해요. 실제로 세상에는 지독한 악인도 얼마쯤 있지만 그런 사람은 그리 흔치 않아요. 물론 린드 부인의 말을 빌리면 우리는 모두 악인인 셈이지만 말이오. 하지만 어떤 사람이든 조금은 괜찮은 면도 있는 법이오. 이어서 꾸준히 쓰도록 해요, 앤."

"아니에요. 그런 일을 시도한 것 자체가 아주 어리석은 짓이었어요. 레드먼드를 졸업하면 아이들을 가르치는 일에만 전념하겠어요. 가르칠 줄은 아니까요. 하지만 전 소설은 못 써요."

"레드먼드를 졸업하면 남편을 얻어야 할 나이가 아니오? 결혼을 너무 오래 미루는 것은 좋지 않소…… 나처럼."

앤은 자리를 박차고 일어나 씩씩대며 집으로 돌아갔다. 해리슨 씨는 이따금 사람을 정말 진저리 나게 할 때가 있다.

'뻥 차버린다'느니 '어리벙벙하다'느니 '남편을 얻으라'느니. 오, 맙소사!

사악한 자의 길[1]

데이비와 도라는 주일학교에 갈 준비를 모두 끝마친 상태였다. 둘이서만 가기로 되어 있었는데, 이것은 좀처럼 없던 일이었다. 주일학교에는 언제나 린드 부인이 따라갔기 때문이다. 그러나 린드 부인은 발목을 삐어 다리를 심하게 절룩거리는 터라 오늘 아침에는 집에 있기로 했다. 쌍둥이는 오늘 그린게이블즈 가족을 대표해서 교회에 가는 셈이었다. 앤은 어젯밤 친구들과 함께 카모디에 가서 일요일을 보내기로 하여 집에 없었으며, 마릴라는 두통 때문에 도저히 갈 수 없었다.

데이비는 느릿느릿 층계를 내려왔다. 도라는 린드 부인이 외출 준비를 이미 마쳐주어 아까부터 현관 앞에서 데이비를 기다리고 있었다. 데이비는 혼자서 채비를 마쳤다. 주머니에는 주일학교에 헌금하기 위한 1센트와 교회에 헌금할 5센트짜리 동전이 들어 있고 한 손에 성경책을 들었으며 다른 한 손에는 주일학교 회보를 들고 있었다. 주일학교에서 공부할 성구(聖句)와 교리문답도 데이비는 모조리 외고 있었다. 그야 물론 지난주 일요일 오후 내내—린드 부인에게 붙잡혀 억지로—부엌에서 공부한 덕분이었다. 그러므로 데이비는 마음이

---

[1] 《구약성서》 〈잠언〉 13장 15절.

편안해야 마땅했다. 그러나 실제로는 그렇지 못하여 데이비의 가슴속은 마치 울부짖는 이리와도 같았다.

데이비가 도라에게 다가가자 린드 부인이 부엌에서 다리를 절뚝거리며 나와서 엄하게 물었다.

"깨끗하게 씻었겠지?"

데이비는 싸움이라도 걸려는 듯이 노려보며 대답했다.

"응. 보이는 데는 모두."

린드 부인은 한숨을 쉬었다. 데이비의 목과 귀 언저리가 수상쩍게 여겨졌으나, 그렇다고 검사를 하려 들면 데이비는 죽어라고 달아날 것이며 오늘은 도저히 뒤쫓아갈 수 없음을 알고 있었기 때문이다.

"그럼 얌전히 굴어야 한다. 흙먼지 날리면서 걸으면 안 된다. 도착하거든 입구에 서서 다른 아이들과 떠들거나 해서는 안 돼. 자리에 앉으면 꿈지럭거리거나 부스럭대서도 안 되고. 또 성구를 잊어서도 안 된다. 헌금을 잃어버리거나 헌금상자에 넣는 것을 결코 잊어서는 안 돼. 기도할 때 몰래 소곤거려도 안 되고 설교도 열심히 듣도록 해라."

데이비는 대답하지 않았다. 터덜터덜 오솔길을 내려가는 데이비의 뒤를 도라가 얌전히 따라갔다. 데이비의 마음은 부글거리고 있었다. 린드 부인이 그린게이블즈에 온 뒤로 데이비는 부인의 손과 입에 걸려 갖가지 괴로움을 겪어왔다. 적어도 데이비는 그렇게 여겼다. 왜냐하면 린드 부인은 상대가 9살이든 90살이든 깍듯하게 예의를 갖추지 않은 사람은 어떻게든 버릇을 고치려 들지 않고는 살 수 없는 사람이기 때문이다. 어제 오후만 해도 린드 부인이 참견하는 바람에 마릴라가 데이비를 티머시 코튼네 아이들과 고기잡이하러 가지 못하게 했다. 데이비는 그 일로 지금도 몹시 화가 나서 속이 부글부글 끓고 있었다.

오솔길을 벗어나자마자 데이비는 잔뜩 얼굴을 찡그려 불쾌한 표정을 지었다. 그런데 너무도 무섭게 붉으락푸르락했으므로 괴상한 표정 짓기의 달인인 데이비의 재능을 잘 알고 있는 도라마저 데이비가 이전 얼굴로 되돌아갈 수 없으면 큰일이라고 겁먹었을 정도였다.

데이비는 분노를 터뜨렸다.

"몹쓸 할멈."

도라는 깜짝 놀라 숨을 삼켰다.

"오, 데이비, 그런 나쁜 말 하면 안 돼."

데이비는 앞뒤 가리지 않고 마구 퍼부었다.

"'몹쓸'은 나쁜 말이 아니야. 어쨌든 진짜로 나쁜 말은 아니야. 그리고 나쁜 말이면 또 어때서?"

도라는 간절히 부탁했다.

"도저히 안 하고는 못 배기겠으면, 제발 일요일만이라도 하지 마."

데이비는 아직 뉘우칠 마음은 없었지만 속으로 좀 지나쳤나 보다고 생각되지 않는 것도 아니었다.

"그럼 나만 아는 욕을 발명해서 말하지 뭐."

도라가 마릴라처럼 엄한 표정으로 주의를 주었다.

"그런 짓 하면 하느님이 벌주실 거야."

"그렇다면 하느님은 심술꾸러기 영감이지. 누구나 자기 감정을 풀 수 있는 뭔가가 있어야 한다는 걸 하느님은 알지 못하나 봐."

"데이비!!!"

도라는 데이비가 그 자리에서 천벌을 받아 죽을 것이 틀림없다고 생각했다. 그러나 아무 일도 일어나지 않았다.

데이비는 침을 튀기며 말했다.

"아무튼 나는 이제 더 이상 린드 아줌마가 이래라저래라 시키는 것을 참을 수 없어. 앤 누나나 마릴라 아줌마가 그러는 건 어쩔 수 없지만 린드 아줌마는 그럴 권리가 없잖아. 나는 아줌마가 하면 안 된다고 한 일을 하나도 빠짐없이 해주겠어. 두고 보라지."

도라가 너무나 기막혀 넋 나간 듯 보고 있노라니, 데이비는 여태 걸어오던 길가의 풀밭에서 빠져나와서는 4주일 동안이나 비가 내리지 않은 흙길 한복판에 뛰어들어 부옇게 쌓인 먼지 속으로 아무렇게나 발을 질질 끌고 마구 돌진해 갔다. 어느새 데이비는 자욱한 흙먼지 구름 속에 완전히 휩싸이게 되었다.

데이비는 의기양양하게 선언했다.

"이게 시작이야. 그리고 교회 현관 앞에 멈춰 서서 얘기할 사람만 있으면 붙잡고 내내 떠들어대겠어. 자리에 앉으면 꿈지럭거리고 부스럭대고 수군수군 이야기할 테야. 그리고 성구 따위는 모른다고 할 거야. 게다가 헌금은 지금 여기서 버릴 테야."

데이비는 신난다는 표정으로 동전 두 개를 모두 배리 씨네 나무 울타리를 향해 집어 던졌다.

도라가 비난했다.

"악마가 너한테 그런 짓을 하게 한 거야."

데이비는 화나서 외쳤다.

"악마 따위가 뭐야! 나 혼자 생각한 거야. 그리고 지금 막 다른 것도 생각해 냈어. 아예 주일학교에도, 교회에도 안 갈 거야. 코튼네로 가서 놀 거야. 걔들은 오늘 주일학교에 안 갈 거라고 어제 말했거든. 엄마가 딴 데 가서 억지로 가라고 할 사람이 없대. 같이 가자, 도라. 분명 재미있을 거야."

도라가 도리질을 하며 반대했다.

"나는 가고 싶지 않아."

"가야만 해. 안 가면 월요일에 학교에서 프랭크 벨이 너한테 뽀뽀한 거 마릴라 아줌마한테 이를 테야."

도라는 얼굴을 붉히며 외쳤다.

"어쩔 수 없었어. 프랭크가 그런 짓 할 줄 몰랐단 말이야."

"하지만 너는 프랭크의 뺨도 때리지 않았고 조금도 성난 얼굴도 안 했잖아. 안 가면 그것도 아줌마에게 일러주겠어. 이 밭의 지름길로 빨리 가자."

"저 소가 무서워."

달아날 구실을 찾았다고 생각한 가엾은 도라가 쭈뼛쭈뼛 말하자, 데이비는 비웃었다.

"저런 소에게 겁먹다니 어이가 없잖아. 저 소들은 모두 너보다도 나이가 적어."

"나보다 크잖아."

"그래도 너를 해치지는 않아. 자, 어서 와. 기분 좋다. 나는 어른이 되면 귀찮게 교회 같은 데는 가지 않겠어. 천국에는 나 혼자서도 충분히 갈 수 있어."

"안식일을 지키지 않으면 천국 반대쪽으로 가게 돼, 데이비."

도라는 마지못해 데이비의 뒤를 따랐다.

그러나 데이비는 두렵지 않았다…… 아직은. 아직 지옥은 머나먼 곳에 있으며 코튼네 아이들과 낚시하러 가는 즐거움은 바로 눈앞에 있었다. 도라에게도 좀 더 깡이 있으면 좋겠다고 데이비는 생각했다. 금방이라도 울음을 터뜨릴 것 같은 표정으로 연신 뒤를 돌아보고 있어서 모처럼의 즐거움이 반감되고 말았다. 여자아이란 정말 마음에 안 드는 존재다. 하지만 데이비도 이번에는 '몹쓸'이라는 말은 마음속으로도 하지 않았다. 아까 그 말을 한 것을 후회하는 건 아니었다…… 아직은. 다만 미지의 힘을 지닌 존재의 심기를 건드릴지도 모르는 일을 하루 종일 계속하는 건 생각해볼 문제라고 여긴 것이다.

코튼네 아이들은 뒤뜰에서 놀고 있다가, 데이비가 나타나자 신나서 소리를 지르며 반갑게 맞이했다. 어른들 없이 피트와 토미와 애돌퍼스와 미러벨만 있었다. 어머니와 누나들은 외출하고 집에 없었다. 도라는 미러벨이 있는 것이 그나마 다행이라고 생각했다. 남자아이들 틈바구니에 자기 혼자만 있게 되지 않을까 걱정하고 있었던 것이다. 하지만 말괄량이 미러벨은 남자아이와 다를 바 없었다. 그만큼 소란스러웠고 햇볕에 그을렸으며 앞뒤 가리지 않고 행동했다. 그러나 적어도 치마를 입고 있었다.

데이비가 말했다.

"우리는 낚시하러 가려고 왔어."

코튼네 아이들이 환호성을 질렀다.

"와!"

미러벨이 양철통을 들고 앞장섰으며 모두들 지렁이를 잡으러 이리저리 뛰어다녔다. 속상한 도라는 그 자리에 주저앉아 엉엉 울고 싶었다. 오, 그 밉살머리스러운 프랭크 벨이 뽀뽀만 하지 않았더라면! 그랬다면 데이비가 무슨 말을 하든 상관하지 않고 좋아하는 주일학교에 갈 수 있었으련만.

아이들은 물론 못으로 낚시하러 가지는 않았다. 그곳은 교회 가는 사람들에게 훤히 보이기 때문이다. 코튼네 집 뒤에 있는 숲속 개울로 만족할 수밖에 없었다. 그래도 거기에는 송어가 무척 많아서 그날 오전 내내 아이들은 신나게 놀았다. 아무튼 코튼네 아이들은 그랬고, 데이비도 그래 보였다.

데이비는 이성을 모조리 잃지는 않았던지 자기 구두와 양말은 벗어두고 토미 코튼에게서 일할 때 입는 멜빵바지를 빌려 입었다. 이런 옷차림이라면 진창이든 늪지대든 덤불숲이든 조금도 두려워할 것이 없었다. 도라는 누가 봐도 짠하게 여길 만큼 비참한 모습이었다. 이 웅덩이에서 저 웅덩이로 첨벙대며 돌아다니는 다른 아이들의 뒤를 성경책과 주일학교 회보를 꼭 끌어안고 따라다니며, 지금쯤 주일학교에서 우러러보는 선생님 앞에 얌전히 앉아 있었을 텐데, 하는 생각을 분한 마음으로 곱씹고 있었다. 그런데 정작 지금은 구두를 더럽히거나, 예쁜 흰옷이 뭔가에 걸려 찢어지거나 더럽혀질까 봐 전전긍긍하면서 이 야만인 같은 코튼네 아이들과 정신없이 숲을 헤매고 있는 처지였다. 미러벨이 앞치마를 빌려주겠다고 했지만 도라는 자못 경멸스럽다는 듯이 거절했다.

언제나 그렇듯 송어는 일요일에도 미끼를 잘 물었다. 한 시간쯤 지나자 바라는 만큼 물고기를 잡았으므로 어린 죄인들은 우르르 집에 돌아갔다. 도라는 마음이 조금 놓였다. 다른 아이들이 마구 소리를 지르며 술래잡기를 하는 동안 도라는 뜰의 닭장 위에 새침하게 앉아 있었다. 한바탕 술래잡기가 끝난 뒤에는 돼지우리 지붕 위로 올라가 판자에 자기들 이름의 머리글자를 새겼다. 그러다 닭장의 평평한 지붕과 그 밑에 쌓아놓은 짚더미를 보자 데이비는 멋진 생각이 떠올랐다. 다 함께 지붕에 올라가 있는 힘껏 고함과 비명을 지르며 짚더미 위로 폴짝 뛰어내리면서 신나는 30분을 보냈다.

그러나 빗나간 환락에도 끝이 있다. 못의 다리를 덜컹덜컹 울리며 오는 마차 소리가 들리자 데이비는 이제 집으로 돌아가야 할 시간임을 깨달았다. 토미의 멜빵바지를 벗고 집에서 나올 때의 옷차림으로 돌아간 데이비는 한숨을 쉬며 줄에 꿰어진 자기 송어에서 얼굴을 돌렸다. 그것을 집으로 가지고 돌아갈 생각은 도저히 할 수 없었다.

밭 사이 비탈길을 내려오며 데이비가 도전적으로 물었다.

"어때, 재미있었지?"

도라는 야무지게 말했다.

"나는 조금도 재미없었어. 너도 '진심으로' 재미있어하지는 않았다고 생각해."

이것은 평소의 도라에게는 보기 드문 번뜩이는 통찰이었다.

"아니거든, 아주 재미있었거든."

데이비는 고개를 쳐들고 큰소리쳤으나, 부정하는 것치고는 너무 힘이 들어간 목소리였다.

"너야 당연히 따분했겠지. 거기서 계속 꼭……꼭 노새처럼 앉아만 있었으니까."

도라는 거만하게 말했다.

"나는 코튼네 아이들하고는 어울리지 않기로 했거든."

"코튼네 아이들이 뭐 어때서. 걔네는 우리보다 훨씬 재미있게 살고 있어. 하고 싶은 대로 마음껏 행동하고, 모두 앞에서 하고 싶은 말도 아무렇지 않게 죄다 하잖아. 이제부터는 나도 그렇게 할 거야."

도라가 주장했다.

"너는 다른 사람들 앞에서 아무렇지 않게 큰 소리로 할 수 없는 말이 많을걸."

"그런 건 없어."

도라는 진지한 목소리로 따져 물었다.

"있어. 그렇다면 목사님 앞에서 '수고양이'[2]라고 할 수 있어?"

데이비는 말문이 턱 막혔다. 언론의 자유에 대한 이처럼 구체적인 예에 대응

---

2) tomcat. 여자 꽁무니를 쫓아다니는 호색꾼이라는 뜻의 속어로 쓰이기도 함.

할 태세는 갖추어져 있지 않았던 것이다.

데이비는 마지못해 인정했다.

"물론 그건 말하지 않아. '수고양이'는 교회랑 아무런 상관 없는 말이잖아. 그런 동물에 대해 목사님 앞에서 말할 일은 어차피 없을걸."

도라가 캐물었다.

"하지만 꼭 말해야만 한다면?"

"그렇다면 '남자 고양이'라고 부를 거야."

도라는 곰곰이 생각하며 말했다.

"차라리 '신사 고양이'라고 하는 편이 좀 더 점잖다고 생각해."

"네가 생각을 한다고?"

데이비는 한풀 수그러진 투로 이렇게 되받아쳤다.

데이비도 마음이 마냥 편한 것은 아니었다. 물론 그 사실을 도라에게 인정할 바엔 차라리 죽어버렸을 테지만. 땡땡이치고 몰래 노는 것에 대한 짜릿한 쾌감이 사라지자 양심이 찔리면서 조마조마해지기 시작했다. 그래, 교회에 가는 편이 좋았을지도 모른다. 린드 아줌마는 잔소리를 잘하는지 모르지만, 아줌마의 부엌 선반에는 언제나 과자상자가 놓여 있었다. 그리고 아줌마는 쩨쩨하지 않다. 공교롭게도 이 순간 데이비의 머릿속에는 자신이 1주일 전 학교에 입고 갈 새 바지를 찢어먹었을 때, 린드 아줌마가 감쪽같이 기워주고 마릴라 아줌마에게 한마디도 하지 않았던 일이 문득 떠올랐다.

그러나 데이비의 죄악의 주머니는 아직 다 찬 것이 아니었다. 그는 한 가지 죄가 그것을 감추기 위해 또 다른 죄를 낳는다는 것을 알아야만 했다.

그날 쌍둥이는 린드 부인과 점심 식사를 했는데, 부인의 첫 질문은 이러했다.

"오늘 주일학교의 너희 반 아이들은 모두 참석했니?"

데이비는 마른침을 꿀꺽 삼키면서 대답했다.

"응, 모두 있었어. 딱 한 사람만 빼고."

"성구 암송과 교리문답도 했니?"

"응."

"헌금도 했겠지?"

"응."

"예배에 맬컴 맥퍼슨 부인도 오셨니?"

"모르겠어."

비참해진 데이비는 이것만은 적어도 정직한 대답이라고 생각했다.

"부인회에서 다음 주에 모임이 있다는 얘기하던?"

"응."

목소리가 떨렸다.

"기도 모임은?"

"나, 나는 몰라."

"알고 있어야지. 알리는 말을 주의해 들으면 되잖니. 하비 목사님의 성경구절은 뭐였지?"

데이비는 다급하게 물 한 모금을 입안 가득 물고 마지막까지 저항하던 양심과 함께 꿀꺽 삼켜 버린 뒤, 몇 주 전에 배운 성경구절을 줄줄 외었다. 다행히 린드 부인은 더 이상 묻지 않았으나 식욕이 뚝 떨어진 데이비는 푸딩을 한 접시밖에 먹지 않았다.

린드 부인이 놀라며 물었다.

"왜 그러니? 어디 아픈 데라도 있는 거냐?"

데이비는 어물어물했다.

"아니야."

린드 부인이 걱정되어 주의를 주었다.

"얼굴빛이 좋지 않구나. 오늘 오후는 햇빛을 쬐지 않는 편이 좋겠다."

식사가 끝나고 둘만 있게 되자 곧 도라가 데이비를 나무랐다.

"린드 아줌마에게 네가 몇 가지 거짓말을 했는지 알아?"

궁지에 몰린 데이비는 맹렬히 맞섰다.

"알 게 뭐야. 상관없어. 너 입 다물고 있어, 도라 키스."

가엾은 데이비는 수북이 쌓아놓은 땔나무 뒤 구석진 곳에 숨어 '사악한 자의 길'에 대해 곰곰이 생각해보았다.

앤이 돌아왔을 때 그린게이블즈는 캄캄한 어둠에 싸여 있었다. 앤은 몹시 지쳐 곧장 잠자리에 들었다. 지난주 애번리에 떠들썩한 모임이 여러 번 있어서 늦게까지 시간을 보냈기 때문이다. 앤은 베개에 머리가 미처 닿기도 전에 절반쯤 잠에 빠져들고 있었다.

바로 그때 방문이 살그머니 열리면서 호소하는 듯한 목소리가 들렸다.

"누나."

앤은 졸린 눈을 비비며 일어났다.

"데이비니? 왜? 무슨 일이 있니?"

하얀 잠옷을 입은 데이비는 바람같이 방을 가로질러 쪼르르 달려와 침대에 몸을 던졌다.

"누나."

데이비는 울먹이며 앤의 목에 매달렸다.

"누나가 집에 돌아와서 아주 기뻐. 누군가에게 이야기하지 않고서는 나는 잠을 잘 수가 없어."

"누군가에게 뭘 이야기한다는 거지?"

"내가 얼마나 비참한지를."

"어째서 비참하니, 데이비?"

"왜냐하면 오늘 나는 아주 나쁜 아이였거든, 누나. 아, 너무 못된 아이였어. 이제까지보다도 훨씬 더 지독했어."

"뭘 했는데?"

"아, 누나에게 말하기가 무서워. 누나는 이제 다시는 나를 좋아해주지 않을 거야. 오늘 밤 나는 도저히 기도할 수 없었어. 하느님이 아시게 되면 너무너무 부끄러우니까."

"기도하든 안 하든 하느님은 다 아신단다, 데이비."

"도라도 그렇게 말했어. 하지만 나는 어쩌면 하느님이 미처 알아차리지 못했을지도 모른다는 생각이 들었어. 아무튼 누나에게 먼저 말하는 편이 좋겠어."

"무슨 짓을 했다는 거니?"

 모든 것이 한꺼번에 쏟아져 나왔다.

"나 주일학교에 안 갔어. 사실은 코튼네 아이들과 고기 잡으러 갔거든. 린드 아줌마에게 산더미처럼 거짓말을 했어. 여섯 개쯤이나…… 그리고……그리고…… 나……나는 나쁜 말을 했어, 누나…… 나쁜 말이랑 아주 비슷한 말. 그리고 하느님을 욕하는 말도 했어."

 앤은 대답이 없었다. 데이비는 앤이 아무 말도 하지 않는 것을 어떻게 받아들여야 할지 알 수 없었다. 누나는 너무나 충격을 받아서 자신에게 다시는 말을 하지 않으려는 걸까?

 데이비는 앤의 귓가에 속삭였다.

"누나, 나를 어떻게 할 거야?"

"어떻게도 하지 않을 거야, 데이비. 너는 이미 벌을 받았다고 생각하니까."

"아니야, 아직 받지 않았어. 내게 아무 일도 없었는걸."

"나쁜 짓을 한 뒤 내내 마음이 몹시 괴로웠을 테지?"

 울상이 된 데이비는 힘주어 말했다.

"응!"

"그것은 네 양심이 너를 벌주었기 때문이야, 데이비."

"양심이라는 게 뭔데? 가르쳐줘, 누나."

"그건 네 마음속에 있는 건데, 데이비, 네가 나쁜 짓을 하면 언제나 가르쳐주고, 그래도 계속 나쁜 짓을 하면 마음을 괴롭게 만들지. 그런 느낌을 받은 적 없니?"

"있어. 하지만 그게 뭔지 몰랐었어. 나한테는 그런 게 없었으면 좋겠다. 그랬으면 훨씬 재미있게 놀 텐데. 내 양심은 어디에 있어? 누나, 가르쳐줘. 내 뱃속에 있어?"

"아니, 네 영혼 속에 있어."

 앤은 캄캄한 어둠에 감사했다. 이렇게 진지한 문제를 이야기할 때는 근엄함을 유지해야 하기 때문이다.

 데이비가 한숨을 쉬었다.

"그러면 그걸 떼어버릴 수는 없겠구나. 오늘 일을 아줌마랑 린드 아줌마에게 이를 거야, 누나?"

"아니야, 아무에게도 이르지 않아. 너는 나쁜 짓 한 것을 뉘우치고 있겠지?"

"당연하지!"

"그러면 다시는 그런 나쁜 짓을 하지 않겠지?"

"응, 하지만……."

데이비는 조심스레 덧붙였다.

"다른 나쁜 짓을 할지도 몰라."

"나쁜 말을 쓰거나, 주일학교에 빠지거나, 자기의 잘못을 감추기 위해 또 다른 거짓말을 하거나 그러지 않을 거지?"

"응, 조금도 좋지 않았거든."

"그렇다면 데이비, 하느님께 '잘못했습니다.' 하고 진심으로 빌고 '용서해주십시오.' 이렇게 기도해."

"누나는 나를 용서해준 거야?"

"그럼, 데이비."

데이비는 기쁜 듯 말했다.

"그러면 하느님이 용서해주든 말든 상관없어."

"데이비!"

"아, 알았어…… 하느님께 빌게…… 빈다니까."

앤의 엄한 목소리로 자기가 뭔가 틀림없이 큰일 날 소리를 했음을 알아차린 데이비는 당황하여 침대에서 허둥지둥 기어 내려갔다.

"용서를 빌 거야, 누나…… 하느님, 오늘은 제가 나쁜 짓을 해서 정말 잘못했다고 생각합니다. 앞으로는 늘 일요일에 착한 아이가 되도록 하겠으니 부디 용서해주십시오. 자, 봐, 누나."

"자, 그럼 착한 아이니까 어서 가서 자렴."

"알았어. 어? 이제 비참했던 마음이 없어졌어. 아주 기분 좋아졌어. 누나, 잘 자."

"잘 자라."

앤은 안도의 한숨을 내쉬며 베개에 머리를 얹었다. 아…… 어쩌면 이렇게 졸음이 쏟아질까! 그런데 조금 있더니,

"누나."

데이비가 다시 침대맡에 돌아와 있었다. 앤은 무거운 눈꺼풀을 가까스로 끌어올렸다.

제발 그만 좀 하라는 기분이 말투에 드러나지 않도록 애쓰며 앤이 물었다.

"이번에는 뭐지, 데이비?"

"누나, 해리슨 아저씨가 어떻게 침을 뱉는지 본 적 있어? 나도 열심히 연습하면 해리슨 아저씨처럼 침을 뱉을 수 있게 될까?"

앤은 침대에서 일어나 앉았다.

"데이비 키스, 곧장 네 침대로 가. 오늘 밤 또다시 침대에서 나오면 용서하지 않겠어! 자, 어서 가!"

데이비는 그 명령에 반항하지 않고 곧 사라졌다.

떠나가는 벗

이윽고 길리스 씨네 뜰에서 느릿느릿 움직이던 햇빛도 사라져버렸으나 앤은 아직 루비 길리스와 함께 앉아 있었다. 오후 내내 더위로 모든 것이 몽롱해 보였다. 세상은 온통 앞다투어 핀 꽃으로 황홀했다. 황혼이 찾아온 지금, 한적한 골짜기에는 이내가 자욱하게 끼어 있었다. 숲길에는 그림자가 깃들고 들판은 보랏빛 과꽃으로 장식되어 있었다.

앤은 그날 밤 루비와 함께 시간을 보내기 위해 달빛을 받으며 화이트샌즈 바닷가로 드라이브 가는 것을 포기했다. 그해 여름 앤은 저녁을 이렇게 보낸 일이 몇 번이나 있었다. 그러고 나면 그것이 과연 누구를 위해 유익한 일일까 하는 생각에 다시는 오지 말아야겠다고 마음먹고 집으로 돌아간 적도 간혹 있었다.

여름이 저물감에 따라 루비의 얼굴은 점점 더 핼쑥해졌다. 결국 화이트샌즈 초등학교는 단념해야만 했다. "아버지가 새해가 될 때까지 가르치지 않는 게 좋겠다고 하셔서."라는 것이 루비의 설명이었다. 그런가 하면 좋아하는 수예도 힘이 들어 손에서 놓고 먼 산을 보는 일이 차츰 많아졌다.

그래도 루비는 언제나 쾌활하고 늘 희망에 차 있었으며 여전히 자신을 에워싸고 있는 숭배자들에 대한 얘기며 그들끼리 경쟁하거나 낙담한 일 등을 공개적으로 말하거나 작은 목소리로 소곤거렸다. 앤이 루비를 찾아가는 일을 괴롭게 여기는 것은 이 때문이었다. 전에는 실없다고 생각하거나 웃어넘기고 말았던 일이 지금은 두렵고 서늘하게 느껴졌던 것이다. 루비를 보고 있노라면 철부지 같은 생명의 가면 뒤에서 정작 검은 죽음이 언제고 제 민낯을 내밀려고 그 기회를 호시탐탐 엿보고 있는 것 같았다. 그런데 루비는 앤에게 매달려 곧 또 오겠다는 약속을 받아내기 전에는 절대로 돌려보내지 않았다. 앤이 자주 루비를 찾아가는 데 대해 린드 부인은 영 못마땅해하며 그러다 폐병이 옮는다고 으름장을 놓았다. 마릴라마저 불안해하고 있었다.

마릴라가 참다못해 말했다.

"너는 루비만 만나고 오면 매번 진이 빠져서 돌아오는구나."

앤은 힘없이 말했다.

"너무 슬프고 안타까워서 그래요. 루비는 자기 용태를 조금도 모르나 봐요. 그러면서도 도움이 필요하다는 것을 은연중에 느껴서 필사적으로 도움을 구하고 있는 것 같아요. 나도 어떻게든 도와주고 싶지만 뭘 어떻게 해야 할지 모르겠어요. 함께 있는 동안 내내 루비가 눈에 보이지 않는 적과 싸우고 있는 것을…… 가냘픈 힘으로 저항하며 그 적을 가까스로 밀어내려 하는 것을 나는 물끄러미 바라볼 뿐이에요. 그래서 이렇게 지칠 대로 지쳐 돌아오는 거예요."

그러나 오늘 밤은 그런 느낌이 그리 강하게 들지 않았다. 루비는 이상하리만큼 조용했다. 파티며 드라이브며 웃으며 '숭배자들'에 대해 한마디도 하지 않았으며 손대지 않은 수예물을 곁에 놓고 흰 숄로 여윈 어깨를 감싼 채 해먹에 누워 있었다. 길게 땋은 금발―옛날 초등학교 시절 앤은 이 아름다운 머리카락을 얼마나 부러워했던가!―이 루비의 양쪽 어깨에 늘어져 있었다. 머리 핀은 모두 뽑아 놓았다. 핀을 꽂고 있으면 머리가 아파지기 때문이라고 루비는 말했다. 오늘 밤에는 병적인 붉은 기운이 사라지고 루비의 파리하고 갸름한 얼굴은 어린아이인 양 앳되 보였다.

은빛 달이 하늘에 떠올라 달을 감싼 구름이 진줏빛으로 빛났으며, 그 아래 못에 희미한 은결을 돋우었다. 길리스 씨네 집 바로 건너편에 교회가 있고 그 옆에는 오래된 묘지가 있었다. 달빛이 비친 흰 묘석들은 뒤의 거무스름한 나무를 배경으로 마치 도드라진 부조처럼 또렷하게 보였다.

별안간 루비가 말했다.

"달빛이 비치면 묘지는 정말 이상해 보여. 어쩌면 저토록 섬뜩한 기운이 도는 걸까! 앤, 나도 이제 곧 저기 들어가 눕게 되겠지. 너나 다이애나, 그 밖의 다른 모든 사람들은 하루하루 생기롭게 살아가는데…… 나는…… 저기 저 오랜 묘지에…… 죽어 있는 거야."

루비는 몸을 파르르 떨었다. 너무나도 놀란 앤은 어찌할 바를 모른 채 한참 동안 말을 잇지 못했다.

루비가 다그쳐 물었다.

"그렇게 된다는 걸 너도 알고 있겠지?"

앤은 낮게 대답했다.

"응, 루비, 알고 있어."

루비는 비통한 목소리로 말했다.

"모두 알고 있어. 나도 알아. 항복하지 않으려고 안간힘을 썼지만 여름 내내 알고 있었어. 하지만 아아, 앤!"

루비는 손을 뻗어 매달리듯 앤의 손을 붙잡았다.

"나는 죽고 싶지 않아. 죽는 게 두려워."

앤은 조용히 물었다.

"왜 두려워하니, 루비?"

"왜냐하면……왜냐하면…… 아, 천국에 못 갈까 봐 두려운 게 아니야, 앤. 나는 교회에 다니고 있는, 엄연히 믿음이 있는 사람인걸. 그걸 두려워하는 건 아니야. 하지만…… 모든 게 너무도 달라져버릴 것이 두려워. 나는 틀림없이……틀림없이…… 무척 외로울 테고…… 그리고……그리고…… 향수병에 걸리고 말 거야. 물론 천국은 무척 아름다울 테지. 성경에 그렇게 씌어 있는걸…… 하지만 앤, 천국이란 지금까지 내가 살던 곳과는 많이 다른 곳이잖아."

언젠가 필리파 고든이 그런 이야기를 해줘서 들으면서 많이 웃었던 기억이 앤의 마음에 떠올랐다. 죽은 뒤 세상에 대해 이와 거의 똑같은 말을 한 어떤 노인의 이야기였다. 그때는 정말 우습게 들렸었다. 프리실라와 둘이 대굴대굴 구르며 웃었는데, 지금 루비의 바르르 떨리는 핏기 없는 입술에서 그런 말이 나오자 조금도 우습지 않았다. 그것은 슬프고, 가슴이 아리고, 게다가 부인할 수 없는 진실이었!

천국은 루비가 지금까지 살았던 곳과 같을 수 없다. 지금까지 발랄하고 즐겁게 살아온 루비, 깊이 생각하지 않고 높은 이상을 품은 적도 없었던 루비의 마음속에는 그 커다란 변화를 견딜 만한 힘이 없는 것이다. 내세니 하는 것은 그녀에게 지금의 세상과는 전혀 다르고, 현실감 없고, 달갑지 않은 곳으로밖에 여겨지지 않았다.

어떤 말을 해줘야 루비에게 도움이 될지 앤은 자신이 없었다. 도대체 무슨 말을 할 수 있을까?

그러나 앤은 머뭇거리며 말하기 시작했다.

"나는 이렇게 생각해, 루비."

가슴속 깊이 간직해두었던 생각을, 또는 생사의 위대한 신비를, 어린아이와 같은 사고방식 대신 요즘 들어 희미하게나마 머릿속에 형태를 이루어가고 있는, 이 세상과 다음 세상에 얽힌 새로운 관념을 입 밖에 내어 말하는 것은 앤에게 매우 어려운 일이었다. 특히 그것을 루비 길리스 같은 상대에게 이야기하기란 한층 더 힘든 일이었다.

"우리는 아마도 천국에 대해서, 있는 그대로 생각하지 않는 것 같아. 우리를 위해 마련되어 있는 천국에 대해 아주 잘못된 생각을 하고 있는 게 아닐까 여겨져. 나는 사람들이 생각하듯 내세의 삶이 이 세상에서의 삶과 몹시 다르리라고는 여기지 않아. 우리는 그냥 이 세상에서 살아왔던 거의 그대로 삶을 이어가고 자기 자신으로 변함없이 남을 것이라 믿어. 다만 선한 행동을 하는 일과 최고의 이상에 따르는 일이 지금보다 훨씬 쉬워지리라 생각해. 우리를 가로막거나 어지럽히던 것들이 모두 없어지고 사물을 똑똑히 볼 수 있게 되는 거지. 두려워하지 마, 루비."

하지만 루비는 가련하게 대답했다.

"두려운 건 어쩔 수가 없어. 비록 천국에 대해 네가 한 이야기가 정말이라 하더라도 너 또한 확실히 알 수 있을 리 없고, 넘치는 네 상상력이 만들어낸 공상에 지나지 않을지도 모르는 일이잖아…… 여기와 똑같을 리 없어. 어떻게 그렇겠어.

나는 이곳에서 살아가고 싶어. 아직 이렇게 젊은걸, 앤. 아직 제대로 내 인생을 살아보았다고 할 수도 없어. 나는 어떻게든 살려고 정말로 열심히 싸워왔어…… 하지만 이젠 다 소용없어…… 나는 죽어야만 해…… 소중히 여기는 것들을 모두 뒤에 남겨두고."

앤은 가슴이 찢어지는 심정으로 앉아 있었다. 견디기 어려운 고통이었다. 마음을 편하게 해주기 위해서 하는 얄팍한 거짓말이 통할 리도 없었으며, 루비의 말 한 마디 한 마디가 무서우리만치 진실이었다. 루비는 소중히 여기는 것들을 다 두고 떠나야 하는 것이다. 루비가 아끼는 것들은 모두 이 지상에 있다. 루비는 이 세상의 덧없는 것―변하는 것―만을 추구하며 살아왔고 영원히 존재하는 위대한 것에는 눈을 돌리려 하지 않았다. 그것이야말로 두 세계 사이에 가로놓인 강에 다리를 놓는 일이며, 죽음을 단지, 하나의 세계에서 또 다른 세계로―해 저문 어슬녘으로부터 태양이 밝게 빛나는 맑게 갠 하늘로―건너가는 일로 만들어주는 것이었건만. 저세상에서 하느님이 루비를 조용히 이끌어주시리라는 것을, 끝내 그녀가 알게 되리라고 앤은 믿어 의심치 않았다. 그러나 루비가 현재 사랑하고 있는 것에 맹목적으로 매달리는 것도 무리는 아니었다.

루비는 한 팔을 짚고 몸을 일으켜 파랗게 빛나는 아름다운 눈을 달빛 가득한 하늘로 돌렸다. 그리고 떨리는 목소리로 말했다.

"나는 살고 싶어. 나도 다른 사람들과 마찬가지로 살고 싶어. 나는, 나는 결혼하고 싶어, 앤…… 그리고……그리고…… 아기를 낳고 싶어. 내가 늘 갓난아기를 무척 좋아했던 걸 알고 있지, 앤? 이런 말은 너 말고는 아무에게도 할 수 없어. 너라면 이해해주리라는 걸 알고 있어. 게다가 가엾게도 허브는……그 사람은……그 사람은 나를 사랑하고 있고 나도 그를 사랑해, 앤. 그전에 스쳐간 다른 사람들은 내게 아무 의미도 없었어. 하지만 그 사람은 그렇지 않아. 만일 내가 살아 있을 수 있다면 그의 아내가 돼서 행복할 수 있을 텐데. 오, 앤, 괴로워."

루비는 다시 베개에 얼굴을 묻고 경련하듯 격렬하게 흐느꼈다. 연민으로 천 갈래 만 갈래 마음이 찢어지는 듯한 앤은 그저 말없이 루비의 손을 꼭 잡아주었다. 이 침묵에 담긴 따뜻한 마음이 뜻 모르는 말을 두서없이 늘어놓는 것보다 루비에게 힘을 준 듯 조금 뒤 그녀는 마음을 가라앉히고 울음을 그쳤다.

루비가 속삭였다.

"너에게 이 말을 하기 잘했어, 앤. 모두 다 털어놓은 것만으로도 마음이 훨씬 편해졌어. 여름 내내 그렇게 하고 싶다고 생각했었지만…… 네가 올 때마다 이야기하고 싶었지만…… 할 수 없었어. 입 밖에 내어 말해버리면 죽음이 확실해질 것 같았거든. 아니, 나뿐만 아니라 누군가 다른 사람이 말하거나 내비치기만 해도 그렇게 될 것 같았어. 그래서 입에 담지도 않고 생각에서조차 밀쳐냈어.

낮에 내 주위에 사람들이 있고, 함께 웃고 떠드는 동안에는 잠시 잊을 수도 있었어. 하지만 잠들 수 없는 밤에는…… 그야말로 두려웠어, 앤. 그런 때에는 아무리 발버둥을 쳐도 그 생각에서 도망칠 수가 없었으니까. 죽음이 닥쳐와 나를 지그시 바라보고 있으면 너무 무서워서 비명이 목구멍까지 차올랐어."

"하지만 이제는 두려워하지 않겠지, 루비? 용기 내서 걱정할 것 없다는 믿음을 가질 수 있지?"

"해 볼게. 네가 해준 말을 잘 생각해보고 믿도록 애써볼게. 그리고 되도록 자주 와줄 거지, 앤?"

"그래, 자주 올게, 루비."

"이제……이제 그리 길지 않을 거야, 앤. 확실히 느끼고 있어. 다른 누구보다도 네가 내 곁에 있어주었으면 좋겠어. 함께 학교에 다닌 아이들 가운데 나는 언제나 너를 가장 좋아했어. 시샘 많고 심술궂은 아이들이 꽤 있었지만 너는 한 번도 그런 일이 없었지. 가엾은 엠 화이트가 어제 나를 만나러 왔었어. 학교 다닐 무렵 3년 동안 엠과 내가 둘도 없는 단짝친구였던 걸 기억하겠지? 그런데 학교 발표회 때 싸운 뒤로 서로 말을 안 했어. 얼마나 어리석니? 그런 일이 지금은 모두 어리석게 여겨져.

어제 엠과 옛날에 싸웠던 일을 화해했어. 엠은 몇 해 전부터 말하고 싶었었지만 내가 받아주지 않으리라 여겼었대. 나는 나대로 틀림없이 엠이 나랑 말하고 싶지 않으리라 생각해서 말을 걸지 않았었지. 오해란 정말 우스운 거야. 그렇지, 앤?"

"인생의 거의 모든 고민은 작은 오해에서 비롯되는 게 아닐까 생각해. 나는 이제 돌아가야겠어, 루비. 너무 늦었으니까…… 너도 밤이슬에 젖으면 좋지 않아."

"또 와줘."

"응, 곧 올게. 뭔가 내가 도움이 될 일이 있다면 얘기해. 뭐든 하고 싶어."

"알고 있어. 이제까지도 많이 도와줬어. 이제는 아까만큼 두렵지 않아. 잘 가, 앤."

"잘 자, 루비."

으스름한 달빛을 받으며 집으로 돌아오는 앤의 발걸음은 무거웠다. 그날 밤 앤은 어떤 내면의 변화를 느꼈다. 인생에 다른 의미가, 더욱 심오한 목적이 있음을 생각하게 되었다. 겉으로는 전과 다름없었지만 깊은 밑바닥부터 뿌리가 흔들리고 있었다.

자신은 가엾은 루비와 같아서는 안 된다. 이 세상의 삶을 끝낼 때가 되어서도 지금까지의 생각과 이상과 희망에만 갇혀, 다음 세상은 지금과 전혀 다를 것으로 생각하고 두려움으로 움츠러들어서는 안 된다. 아무리 아름답고 멋진 것이라 해도 덧없는 것을 인생의 목적으로 삼아서는 안 된다. 보다 높은 것을 추구하고 거기에 따르지 않으면 안 된다. 천국에서의 삶은 이 지상에서부터 시작해야만 한다.

그날 밤 뜰에서 한 작별이 마지막이 되고 말았다. 그 뒤 앤은 살아 있는 루비를 다시 볼 수 없었다. 다음 날 밤, 애번리 마을개선회에서는 서부로 떠나게 된 제인 앤드루스를 위해 환송회를 열었다. 그렇게 경쾌한 다리가 춤추고, 반짝이는 눈들이 웃고, 신이 난 입들이 쉴 새 없이 즐거운 수다를 떨고 있는 동안 애번리의 한 영혼이 홀로 하늘의 부름을 받았다. 무시할 수도 피할 수도 없는 부름이었다.

이튿날 아침, 루비 길리스가 죽었다는 소식이 이 집에서 저 집으로 전해졌다. 루비는 잠든 동안 아무 고통 없이 얼굴에 평화로운 미소마저 떠올린 채 세상을 떠났다. 죽음은 루비가 그토록 두려워했던 섬뜩한 환영이 아니라 다정한 친구처럼 찾아와 손을 잡고 문턱을 넘게 해준 듯했다.

장례식이 끝난 뒤에 린드 부인은 죽은 얼굴이 루비 길리스처럼 아름다운 사람은 이제껏 본 적이 없다고 손수건을 눈물로 적시며 힘주어 말했다. 흰옷을 입고 앤이 넣어준 우아한 꽃들 속에 파묻혀 누워 있던 루비의 아름다움은 몇 해 뒤까지도 사람들 기억에 오래 남아 애번리의 이야깃거리가 되었다. 루비는 언제나 예뻤지만 그 아름다움은 지상의 것, 속세의 것이었다. 마치 다른 사람에게 보란 듯이 자랑하는 오만함이 깃들어 있었다. 영적인 광채도 없었고 이지로도 정제되지 못했다. 그러나 죽음의 손길이 닿았을 때 그 아름다움에서 비로소 세속성이 걷어내지고 이제까지 볼 수 없었던 섬세한 형태와 순수한 윤곽이 드러났다. 살아가면서 경험했을 넓은 사랑과 깊은 비애와 여자로서 느꼈을 크나큰 기쁨이 언젠가 드러내주었을 것들을 죽음이 루비에게 마지막 선물로 준 것이다. 앤은 눈물로 흐려진 눈으로 어릴 적 친구를 내려다보면서, 신이 빚었고 드러내고 싶었던 루비의 모습은 바로 이것이었으리라 생각하며 언제까지나 그 얼굴을 기억하기로 결심했다.

장례 행렬이 집을 나서기 전에 길리스 부인은 아무도 없는 방으로 조용히 앤을 불러 손에 조그만 꾸러미를 건네주었다.

부인은 소리 죽여 흐느끼며 말했다.

"이걸 네게 주고 싶구나. 루비도 분명 네게 주고 싶어했을 거야. 그 아이가 수놓던 테이블보야. 완성은 되지 않았어. 이 세상을 떠나기 전날 오후까지 마지막으로 하던 것이란다. 바늘이 아직 꽂힌 채로 있어. 가엾게도 그 작은 손가락이 꽂았던 그 자리에 바늘이 그대로 남아 있단다."

나중에 린드 부인은 그 이야기를 듣고는 눈물을 머금은 채 말했다.

"사람이 떠난 뒤에는 반드시 마치지 못한 일이 남아 있는 법이란다. 하지만 그것을 이어받아 완성하는 사람도 반드시 있지."

다이애나와 함께 집으로 돌아오는 길에 앤이 말했다.

"이제까지 줄곧 알고 지내온 사람이 죽을 수 있다는 게 잘 실감이 되지 않아. 우리 학교 친구 가운데 세상을 떠난 사람은 루비가 처음이야. 늦든 이르든 남아 있는 우리도 한 사람 한 사람 그 뒤를 쫓아가게 되는 셈이겠지."

다이애나는 불안한 투로 말했다.

"그래, 그런 거겠지."

그녀는 그런 것에 관해서는 말하고 싶지 않았다. 그보다는 장례식에 대한 이야기를 하는 편이 더 마음이 편했을 것이다. 루비를 위해서 무슨 일이 있더라도 훌륭한 흰 벨벳 관을 써야만 한다고 길리스 씨가 고집한 일에 대해서라든가—"길리스 집안사람들은 장례식까지도 화려하게 하지 않고는 직성이 풀리지 않는다니까."라고 린드 부인은 말했다—허브 스펜서의 슬픈 얼굴, 루비의 언니들 가운데 하나가 남의 시선도 아랑곳하지 않고 비통해 울부짖은 일 같은 것들 말이다.

그러나 앤은 그런 일에 대해 이야기하려 하지 않았다. 혼자만의 생각에 잠겨 있는 앤의 사색에 끼어들 수도 그것을 엿볼 수도 없다는 생각에 다이애나는 외로움을 느꼈다.

그때 데이비가 불쑥 말을 꺼냈다.

"루비 누나는 참 잘 웃는 사람이었어. 애번리에 있었을 때처럼 천국에서도 그렇게 웃을까, 앤 누나? 가르쳐줘."

"그래, 웃을 거라고 생각해."

충격을 받은 다이애나가 얼굴을 찡그리며 항의했다.

"어머나, 앤!"

앤은 진지하게 되물었다.

"어머나, 어째서 안 되는 거지, 다이애나? 천국에서는 전혀 웃지 않을 거라고 생각하니?"

다이애나가 당황하여 말했다.

"글쎄…… 나……나는 모르겠어. 아무튼 옳지 않은 일이라고 생각해. 교회 안에서 웃는 것은 생각도 할 수 없는 일이잖아."

"하지만 천국은 교회 같은 곳이 아닐 거야…… 어쨌든 늘 그렇지는 않을 거야."

데이비가 힘차게 말했다.

"그편이 좋아. 만일 천국이 교회하고 똑같다면 나는 가고 싶지 않아. 교회는 엄청 따분한걸. 어쨌든, 나는 천국엔 한참 있다가 갈래. 화이트샌즈의 토머스 블뤼엣 씨처럼 백 살까지 살겠어. 블뤼엣 씨가 말했는데, 자기는 맨날맨날 담배를 피웠더니 담배가 병균을 깨끗이 죽여버려서 오래오래 살고 있는 거래. 나도 이제 곧 담배 피워도 돼, 누나?"

앤은 건성으로 대답했다.

"아니야, 데이비, 담배 같은 건 아예 피우지 않는 게 좋아."

데이비가 따지고 들었다.

"그럼 병균이 나를 죽여버리면 어떡할 거야, 누나?"

꿈의 끝

"앞으로 1주일 뒤면 레드먼드로 돌아가는 거야."

다시 공부를 시작하고 새로운 수업을 들으며 레드먼드 친구들이 있는 곳으로 돌아간다고 생각하니 앤은 기뻤다. 즐거운 공상은 패티의 집을 둘러싸고 끝없이 펼쳐졌다. 아직 거기서 산 적은 없지만 생각만 해도 따뜻하고 살기 좋은 '우리 집'이라는 마음이 들었다.

물론 이번 애번리에서 보낸 여름도 무척 즐거웠다. 여름의 타오르는 태양과 파란 하늘과 함께 즐겁게 지내며 감사한 것들에 에워싸여 사는 기쁨을 맛보고, 옛 친구들과의 우정을 새롭게, 깊게 다졌다. 더 고귀한 삶을 추구하고, 일과 공부에서 열심히 노력하면서도 마음껏 노는 법을 배웠다.

앤은 생각했다.

'인생의 교훈을 반드시 대학에서 배워야 하는 것은 아니야. 모든 곳에서 인생이 저절로 가르쳐주고 있어.'

그러나 그 유쾌한 방학의 마지막 주는 악몽과도 같은 고약한 사건 때문에 엉망이 되고 말았다.

어느 날 저녁, 앤이 해리슨 부부와 차를 마시고 있을 때 해리슨 씨가 유쾌하게 물었다.

"요즘도 소설을 쓰고 있소?"

앤은 좀 새침하게 대답했다.

"아니요."

"아니, 나쁜 뜻으로 한 말은 아니오. 하이럼 슬론 부인이 요전에 말했는데, 누가 몬트리올의 롤링즈 우량 베이킹파우더사로 보내는 큼직한 봉투를 한 달 전 우체통에 넣었다고 해서요. 그 회사의 베이킹파우더 이름을 넣은 홍보용 소설 현상 공모에 누군가 응모한 게 아닐까 슬론 부인은 생각하고 있었소. 봉투의 글씨는 앤의 것이 아니었다고 부인이 말했지만, 나는 아마도 앤이 아니었을까 짐작했었죠."

"그럴 리가요! 상금을 준다는 건 알았지만 상금을 바라고 글을 써야겠다는 생각은 꿈에도 하지 않았어요. 베이킹파우더를 광고하기 위해 소설을 쓰다니, 더없이 부끄러운 일이라고 생각해요. 저드슨 파커 씨가 제약회사 광고를 위해 자기네 집 울타리를 빌려주려 한 것 못지않게 심한 일이죠."

도도하게 큰소리친 앤은 치욕의 골짜기가 자기를 기다리고 있을 줄은 꿈에도 생각지 못했다. 그날 저녁 눈을 반짝이며 뺨이 발그스름해진 다이애나가 편지 한 통을 들고 앤의 방으로 뛰어 들어왔다.

"오, 앤, 네게 편지가 왔어. 내가 우체국에 갔다가 보고 네게 전해 주려고 가져왔어. 빨리 뜯어봐. 만일 내가 생각하고 있는 그런 편지라면 나는 너무너무 기뻐서 미쳐버릴 거야."

앤은 어리둥절해하면서도 겉봉을 뜯어 타자기로 친 편지를 한 줄 한 줄 읽어 내려갔다.

프린스에드워드섬, 애번리

그린게이블즈

앤 셜리 귀하

삼가 아룁니다.

폐사의 소설 공모에서 당신의 매력적인 소설 〈애버릴의 속죄〉가 25달러의 상금을 획득하였음을 알려드립니다.

수표는 여기에 동봉하였습니다. 우리 회사에서는 이 소설을 캐나다 여러 큰 신문에 실을 예정이며, 또한 작은 책자로 인쇄하여 고객 여러분께 배포할 생각입니다.

우리 회사의 사업에 관심을 가져주신 것에 깊이 감사드립니다.

롤링즈 우량 베이킹파우더사 배상

앤은 망연히 말했다.

"도무지 무슨 일인지 모르겠는걸."

다이애나가 손뼉을 치며 기뻐했다.

"오, 나는 꼭 상을 받을 줄 알았어. 확신했지. 내가 네 작품을 공모에 보냈어, 앤."

"다이애나 배리!"

다이애나는 침대에 걸터앉으며 말했다.

"그래, 내가 했어. 그 모집 광고를 본 순간 네 작품이 생각나더라. 처음에는 너와 의논하려 했지만 네가 승낙하지 않을 것 같았어. 그 작품에 대해 너는 거의 자신 없어 했었으니까. 그래서 네가 베껴서 준 것을 내가 보내기로 하고 그 일에 대해 아무 말 하지 않으리라 마음먹었지. 그렇게 하면 만약 상금을 못 받더라도 너는 모르는 일이니 비참한 기분은 들지 않을 테니까. 낙선한 작품은 되돌려 주지 않는다고 되어 있었거든. 그리고 만일 입상하게 되면 너에게 깜짝 선물처럼 기쁜 일이 될 거라 생각했어."

다이애나는 눈치가 굉장히 빠른 편은 아니었지만, 이때만은 다이애나도 앤이 미친 듯 기뻐하는 태도가 아니라는 것을 알아차릴 수 있었다. 놀라기는 틀림없이 놀랐다. 그러나 기뻐하는 기색은 도대체 어디에 있는가?

다이애나가 외쳤다.

"왜 그래, 앤, 너는 조금도 기쁜 것 같지 않구나!"

앤은 곧 어색한 미소를 짜내 얼굴에 띠었다.

그리고 천천히 말했다.

"물론 나를 기쁘게 해주려는 너의 친절한 마음을 어떻게 고맙게 생각하지 않을 수 있겠니? 하지만 말이야…… 나는 너무 놀랐어…… 그리고 도무지 이해가 안 돼. 내 작품 속에는 그……."

앤은 잠깐 말이 막혀 심호흡을 하고 말을 이었다.

"베이킹파우더라는 단어는 한 번도 나오지 않았거든."

그러자 다이애나가 자신 있게 말했다.

"아, 그건 내가 넣었어. 싱거울 만큼 간단했지. 물론 우리 어릴 때 '이야기 클럽'에서의 경험이 도움이 됐어. 저, 애버릴이 케이크를 굽는 장면이 있었지? 거기서 애버릴이 그 반죽 속에 롤링즈 우량 베이킹파우더를 넣었다고 썼을 뿐이야. 그래서 케이크가 잘 부풀었다고. 그리고 마지막 단락에서 퍼시벌이 애버릴을 끌어안고 '사랑스러운 내 사람, 아름다운 미래가 꿈의 집에서 살아갈 우리들 소원을 이루어줄 거요.'라고 말하는 장면 있었잖아. 거기에 나는 '그곳에서는 롤링즈 우량 베이킹파우더 말고는 쓰지 않도록 합시다.'라고 덧붙였어."

"어머나."

가엾은 앤은 누군가가 찬물을 확 끼얹은 듯 정신이 번쩍 들고 숨이 막혔다.

다이애나는 의기양양하게 말했다.

"그렇게 해서 네가 25달러를 상금으로 받은 거야. 언젠가 프리실라가 말했는데, 《캐나다 여성》에서는 작품 하나에 겨우 5달러밖에 주지 않는대!"

앤은 떨리는 손가락으로 쳐다보고 싶지도 않은 분홍 쪽지를 내밀었다.

"나, 이거 받을 수 없어. 이건 마땅히 네 거야, 다이애나. 네가 작품을 응모했고 고치기도 했잖아. 나……나였다면 결코 보내지 않았을 거야. 그러니 이…… 이 수표는 네가 받아야 해."

다이애나는 당황하여 강하게 손사래 치며 말했다.

"어떻게 내가 받겠니. 내가 한 건 조금도 힘든 일이 아니었는걸. 수상자의 친구라는 명예만으로 나는 충분해. 자, 이만 가야겠어. 집에 손님이 와 있어서 우체국에 들렀다가 곧장 집으로 돌아가야 했지만, 아무래도 여기 와서 결과를 보지 않을 수 없었거든. 결과가 좋아서 너를 위해 내가 얼마나 기쁜지 몰라, 앤."

앤은 별안간 몸을 굽혀 다이애나를 끌어안고 그 뺨에 입을 맞추었다. 그리고 떨리는 목소리로 말했다.

"너는 이 세상에서 가장 다정하고 진실한 친구야, 다이애나. 나를 위하는 네 마음만큼은 정말로 고맙게 생각해."

기쁘면서도 쑥스러웠던 다이애나는 얼굴이 빨개져서 달아나듯 돌아갔다. 가엾은 앤은 죄 없는 수표를 마치 살인 사례금이라도 되는 듯 책상 서랍에 깊숙이 집어넣은 뒤 침대에 몸을 던지고 부끄러움과 모욕감으로 울고 또 울었다.

오, 이 치욕은 평생 씻을 수 없을 거야…… 결코! 영원히!

땅거미가 질 무렵에 길버트가 당장 축하의 말을 전하고 싶은 마음에 견딜 수 없어서 찾아왔다. '언덕의 과수원'을 찾아갔다가 소식을 들었던 것이다. 그러나 앤의 얼굴을 흘끗 본 순간 그의 축하 인사는 입술 위에서 얼어붙고 말았다.

"앤, 대체 무슨 일이야? 나는 네가 롤링즈 우량 베이킹파우더의 상금을 받아 기뻐하고 있을 줄 알았는데. 어쨌든 축하해!"

"오, 길버트, 너마저!"

앤은 '브루터스, 너마저!'[1]를 흉내 내는 듯한 투로 한탄했다.

"길버트만은 알아줄 거라 생각했는데. 이게 얼마나 끔찍한 일인지 모르겠어?"

"사실 무슨 말인지 모르겠어. 뭐가 끔찍하다는 건데?"

앤은 신음했다.

"모든 게 다. 영원히 지울 수 없는 치욕을 당한 심정이야. 자기 아이의 온몸에 베이킹파우더 광고가 문신으로 새겨져 있는 것을 보면 그 어머니는 어떤 마음일 것 같니? 내가 지금 그런 심정이야.

나는 내 소중한 단편을 사랑해. 내가 가진 모든 것을 쏟아부었어. 그것을 베이킹파우더 광고 같은 낮은 수준까지 떨어뜨리다니 나로서는 신성모독이나 다름없어.

해밀턴 교수님이 퀸즈아카데미 문학 강의 때 언제나 우리에게 했던 말을 기억하니? 글을 쓸 때는 천박한 동기를 위해서는 한마디도 쓰지 말고 언제나 최고의 이상을 추구해야만 한다고 했었잖아. 내가 롤링즈 우량 베이킹파우더 광

---

[1] 셰익스피어의 《줄리어스 시저》 3막 1장 시저(율리우스 카이사르)의 살해 장면에서 브루투스가 시저를 찔렀을 때 시저가 한 말.

고용으로 단편을 썼다는 말을 들으면 교수님이 뭐라고 하겠어? 게다가 아, 이것이 레드먼드에 퍼지게 된다면! 나는 틀림없이 비웃음거리가 될 거야."

"그렇지 않아."

길버트는 앤이 혹시 그 밉살스러운 3학년생 녀석이 어떻게 생각할지가 마음에 걸려서 이렇게까지 걱정하는 것은 아닐까 하는 생각에 불안해졌다.

"레드먼드 사람들은 나와 같은 생각일 거야. 앤도 우리 가운데 열의 아홉이 그렇듯 물질적인 부를 넘칠 만큼 갖고 있는 것은 아니니까 1년 동안 학비에 보탬이 되도록 정당한 수단으로 돈을 벌었다고 여길 테지. 그것이 왜 천박한 건지, 또 왜 비웃음을 사야 할 일인지 나는 모르겠어. 누구나 위대한 걸작을 쓰고 싶은 건 당연한 일이야. 그렇지만 한편으로 하숙비며 수업료도 내야만 하니까."

이 지극히 상식적이고도 엄연한 사실을 환기시켜준 위로의 말에 앤은 좀 기운이 났다. 자신의 이상이 짓밟힌 데 대한 한층 더 깊은 상처까지는 치유되지 않았지만 적어도 비웃음을 받으리라는 공포만은 사라졌다.

서열 정리

"이렇게 내 집처럼 아늑한 곳은 처음이야. 우리 집보다 더 내 집인 것만 같아."

필리파 고든은 기쁜 눈으로 주위를 둘러보았다.

해 질 무렵 그들은 '패티의 집' 넓은 거실에 모여 있었다. 앤과 프리실라, 필리파와 스텔라, 제임시나 아주머니, 고양이 러스티, 조지프, 세라캣, 그리고 고그와 매고그였다.

난롯불 그림자가 벽에서 활활 춤추고, 고양이들은 가르랑거렸으며, 필리파의 숭배자 가운데 한 사람이 보내온 화분에는 온실에서 피운 큰 국화꽃이 어슴푸레한 금빛 거실에서 크림색 달처럼 흐드러지게 피어 있었다.

이사하고 새집에 자리 잡은 지 3주일이 지나자 이미 그들은 이 실험이 성공이겠구나, 라고 믿었다. 되돌아온 첫 2주일 동안 그들은 즐겁고 활기에 차 있었다. 가지고 온 집기들을 배치하고 작은 집을 살기 좋게 정리하고 저마다의 다른 의견을 조율하면서 바쁘게 보냈다.

레드먼드로 돌아올 시기가 닥쳐왔을 때에도 앤은 애번리를 떠나는 게 견딜 수 없을 만큼 슬프지는 않았다. 휴가의 마지막 며칠이 즐겁지 않았기 때문이다. 앤의 당선작은 프린스에드워드섬 모든 신문에 실렸고, 윌리엄 블레어 씨는 그 글을 분홍, 초록, 노랑 종이에 소책자로 인쇄하여 가게 계산대에 수북이 쌓아

놓고 오는 손님마다 나눠주었다. 블레어 씨는 앤에게 축하의 뜻으로 그 소책자를 한 묶음 보내주었지만 그것은 고스란히 부엌 스토브의 불쏘시개 신세가 되었다. 앤은 자신의 이상에 비추어 명예를 더럽혔다고 느꼈으나, 애번리 사람들은 앤이 상금을 탄 것을 더없이 영광스러운 일로 여겼다. 많은 친구들은 진심 어린 존경의 눈초리로 앤을 바라보았으며, 몇몇 적들은 시기 섞인 경멸을 나타냈다. 조지 파이는 앤 셜리가 그 작품을 어딘가에서 베껴 쓴 것임에 틀림없으며 자신이 분명히 몇 년 전 어떤 신문에서 읽은 기억이 있다고 말했고, 찰리가 앤에게 거절당한 일을 알게 되었거나 추측한 슬론 집안사람들은 그런 상이 딱히 자랑할 만한 일인지 모르겠다고들 했다. 누구든 시도하기만 하면 당선될 수 있는 일이라는 것이었다.

애토사 부인은 앤에게 대놓고 말했다.

"네가 소설 같은 걸 썼다고 하는데 나는 왜 그런 짓을 하는지 모르겠다. 애번리에서 나고 자란 사람이라면 그런 일은 하지 않을 텐데. 이런 일도 다 누구의 핏줄인지 모르는 고아를 데려다 길렀기 때문이지."

린드 부인조차도 지어낸 이야기를 쓰는 일의 타당성에 대해 의문을 품고 있었다. 물론 상금으로 온 25달러 수표로 마음이 조금 돌아서기는 했지만 말이다.

린드 부인은 자랑스러움과 엄격함이 반씩 섞인 목소리로 말했다.

"저런 거짓말에 그렇게 큰돈을 주다니 참으로 어이가 없군, 정말이지."

그 모든 것을 생각하니 떠날 때가 다가온 것이 오히려 반가웠다. 더욱이 경험이 쌓인 현명한 2학년생으로서 레드먼드에 돌아온 개학날, 여러 친구들과 재회를 하는 기쁨은 한층 더 컸다. 프리실라도 스텔라도 길버트도 있었다. 이제까지 어느 2학년생보다도 더 거드름 부리는 찰리 슬론이며, 앨릭과 앨런조

문제를 지금도 여전히 풀지 못한 필리파며, 무디 스퍼전 맥퍼슨도 있었다. 무디 스퍼전은 퀸즈아카데미를 나온 뒤 줄곧 교편을 잡아왔는데, 이제 가르치는 일은 그만두고 목사가 될 공부에 힘써야 할 때라고 어머니가 결론을 내렸기 때문이었다.

가엾은 무디 스퍼전은 대학생활의 출발부터 불운을 겪었다. 함께 하숙하는 무자비한 2학년생 여섯이 어느 날 밤 그를 급습하여 머리를 절반쯤 깎아버린 것이다. 운 나쁜 무디 스퍼전은 다시 머리가 자랄 때까지 그 모습으로 다녀야만 했다. 그는 자신의 천직이 정말로 목사인지 의문을 품는 적이 있다고 앤에게 괴로운 듯 털어놓았다.

제임시나 아주머니는 아가씨들이 패티의 집에 살림살이를 갖춘 뒤 도착하기로 되어 있었다. 미스 패티는 앤에게 열쇠와 편지를 보내서 고그와 매고그는 손님용 침실 침대 밑 상자에 넣어 두었으니 필요하면 꺼내놓아도 좋다고 썼으며, 덧붙여 액자를 거는 일에 대해 숙고를 해주었으면 좋겠다고 했다. 거실 벽지를 새로 바른 지 5년밖에 안 되었으므로 자기와 마리아는 아주 꼭 필요한 경우 말고는 새로운 벽지에 지금 있는 것 이상으로 구멍이 뚫리지 않기를 바란다고 씌어 있었다. 그 밖의 것은 모두 앤에게 맡긴다고 했다.

네 명의 여학생들은 즐겁게 자기들의 보금자리를 깔끔히 정리했다. 필리파는 결혼이라도 하는 것처럼 신난다고 말했다. 게다가 성가시게 할 남편은 없으면서 살림을 들이고 집 안을 꾸미는 재미만 맛볼 수 있다는 것이었다. 이 작은 집을 꾸미기 위해 그들은 저마다 여러 가지 물건을 가져왔다. 프리실라와 필리파와 스텔라는 자잘한 소품과 그림을 잔뜩 가지고 왔다. 그림은 미스 패티의 새 벽지를 무시하고 저마다의 취향에 따라 마음대로 걸었다.

반대를 외치는 앤에게 세 사람은 이구동성으로 말했다.

"우리가 여기서 나갈 때 메움재로 구멍을 메우면 돼. 절대로 모르실 거야."

다이애나는 앤에게 솔잎 넣은 쿠션을 선물했고, 미스 에이다도 앤과 프리실라에게 꽤 멋지게 수놓은 쿠션을 주었다. 마릴라는 설탕절임을 한 상자 가득 보내주었고 추수감사절에도 맛있는 것을 또 한 아름 보내겠다는 뜻을 넌지시 비추기도 했다. 린드 부인은 퀼트 이불을 하나 주고 여분으로 다섯 장을 더 빌려주었다.

린드 부인은 거역할 수 없는 명령조로 말했다.

"이걸 가져가거라. 다락 트렁크 속에 싸두고 좀먹게 할 바에는 쓰이는 편이 좋으니까."

그러나 린드 부인의 퀼트 이불에 다가갈 용기가 있는 좀벌레는 아마 없을 것이다. 방충제 냄새가 너무도 강해서 꼬박 2주일 동안 패티의 집 과수원에 널어놓은 뒤에야 겨우 집 안에 들여와 참을 수 있을 정도가 되었다. 귀족적인 스포퍼드 대로에서는 참으로 보기 드문 전시품이었다. '옆집'에 사는 무뚝뚝한 백만장자가 찾아와 앤이 린드 부인에게서 받은 화려한 빨강과 노랑 '튤립 무늬' 퀼트 이불을 사고 싶다고 제의했다. 어머니가 언제나 그런 퀼트 이불을 만들곤 하여 어머니에 대한 추억으로 꼭 하나 가지고 싶다는 것이었다. 앤이 팔 수 없다고 하자 백만장자는 매우 실망했는데, 앤은 이 일을 린드 부인에게 자세히 써 보냈다. 매우 기뻐한 린드 부인은 그와 똑같은 퀼트 이불이 하나 더 있어서 줄 수도 있다는 회답을 보내와 결국 담배왕은 그 퀼트 이불을 손에 넣게 되었으며, 그것을 자기 침대에 덮겠다고 고집을 부려 세련된 자기 부인의 눈살을 찌푸리게 했다.

그해 겨울 린드 부인의 퀼트 이불은 매우 쓸모가 있었다. 패티의 집에는 장점도 많았지만 결점도 있었다. 그곳은 무척 추운 집이었다. 서리라도 내리는 밤이면 아가씨들은 린드 부인의 퀼트 이불 속에 기어들어가 몸을 따뜻이 녹였다. 그러면서 이 퀼트 이불을 빌려준 일이 린드 부인의 큰 선행으로 신의 눈에 들기를 기도했다.

앤은 첫눈에 반했던 하늘색 방을 자기 것으로 차지했다. 프리실라와 스텔라는 큰 방을 같이 쓰기로 하고, 필리파는 부엌 위의 작은 방으로 만족했다. 제임시나 아주머니에게는 1층의 거실 안쪽 방을 드리기로 했다. 러스티는 처음 얼마 동안 문 앞 층계에서 잤다.

새 학기가 시작되고 2, 3일 뒤, 앤은 레드먼드에서 집으로 돌아오다가 지나가는 사람들이 얼굴에 묘한 미소를 띠고 자기를 쳐다보는 것을 알아챘다. 앤은 자기 몸 매무새가 뭔가 잘못되었나 싶어 불안하게 생각했다. 모자가 비뚤어졌을까? 벨트가 혹시 풀린 것일까? 요모조모 살펴보려고 둘러보는데 비로소 러스티가 눈에 들어왔다.

앤의 뒤꿈치에 바짝 붙어서 터벅터벅 따라오는 그 녀석은 고양이들 가운데에서도 이제까지 본 적 없을 만큼 초라한 모습을 하고 있었다. 벌써 오래전 아기 고양이의 티를 벗은 빼빼 여위고 볼품없는 모습이었다. 두 귀는 모두 일부가 떨어져 나갔고 한쪽 눈은 곧 치료해야 할 상태였으며 턱뼈 한쪽은 우스꽝스럽게 부어올라 있었다. 빛깔은 본래 검은색인 고양이를 불에 그을리면 이 떠돌이 고양이의 지저분하게 축 늘어진 보기 흉한 털이 될 그런 색을 하고 있었다.

앤이 '저리 가.' 하고 쫓았으나 고양이는 달아나지 않았다. 앤이 멈춰 서 있으면 고양이도 웅크리고 앉아 아프지 않은 한쪽 눈으로 원망스레 앤을 바라보았다. 앤이 걷기 시작하니 고양이도 따라왔다. 앤도 단념하고 패티의 집 문에 닿을 때까지 따라오는 대로 내버려두었으나, 다 오자 냉정하게 고양이 눈앞에서 문을 닫아버리고 그로써 모든 일이 끝난 것으로 생각했다.

그런데 15분 뒤 필리파가 문을 열어보니 층계에 그 녹슨 쇠처럼 불그스름한 고양이가 얌전히 앉아 있었다. 게다가 고양이는 얼른 안으로 뛰어 들어와 호소와 의기양양함이 반씩 섞인 목소리로 야옹 야옹 울며 앤의 무릎에 뛰어올랐다.

스텔라가 무서운 목소리로 물었다.

"앤, 그건 네 고양이니?"

지긋지긋해진 앤은 부인했다.

"아니야, 천만에. 어디서부터인지 모르겠는데 돌아오는 길에 졸졸 따라왔어. 아무리 쫓아도 따라오잖아. 오, 싫어. 제발 내려가줘. 나도 깨끗하고 어엿한 고양이라면 꽤 좋아하는 편이지만 너같이 못생긴 녀석은 좋아하지 않아."

그러나 고양이는 내려가지 않고 유유히 앤의 무릎에 웅크리고 앉아 가르랑거리기 시작했다.

프리실라가 웃었다.

"고양이 쪽이 널 입양하고 싶은 모양이야."

앤은 완강히 말했다.

"입양은 사양하겠어."

필리파가 안됐다는 듯이 말했다.

"가엾기도 하지. 이 고양이는 굶주렸어. 어쩌면…… 뼈가 가죽을 뚫고 튀어나올 것 같지 않니?"

앤은 딱 잘라 말했다.

"그렇다면 배불리 먹인 다음 왔던 곳으로 다시 돌려보내겠어."

고양이는 먹을 것을 얻어먹고 밖으로 쫓겨났다. 아침이 되어 보니 아직도 문 앞 층계에 쭈그리고 있었다. 그리고 그 자리에 줄곧 앉아 있다가 문이 열릴 때마다 홱 뛰어 들어왔다. 아무리 싸늘하게 대해도 조금도 효과가 없었으며, 고양이는 앤 말고는 누구에게도 관심을 두지 않았다. 가엾게 여긴 패티의 집 아가씨들은 먹을 것을 계속 주었지만, 1주일이 지나자 어떻게든 해야 한다고 생각하게 되었다. 고양이의 용모는 퍽 좋아졌다. 눈과 뺨이 원래의 상태를 되찾았으며 살이 쪘고 얼굴을 씻는 모습도 볼 수 있게 되었다.

스텔라가 말했다.

"그래도 역시 우리가 기를 수는 없어. 제임시나 숙모님이 다음 주에 오시기로 되어 있고, 세라캣을 함께 데려올 테니까. 고양이를 두 마리나 기르는 건 무리야. 기른다면 이 러스티 코트[1] 녀석이 세라캣이랑 노상 투닥거릴 게 뻔해. 날 때부터 투사였던 것 같으니까. 어젯밤에도 담배왕네 고양이와 격전을 벌여 상대방의 기병, 보병, 포병을 모조리 해치웠거든."

"그래, 녀석을 내보내야만 돼."

앤도 찬성하고 그 고양이를 어두운 얼굴로 바라보았다. 고양이는 어린양 같은 유순한 태도로 난롯가의 깔개 위에서 가르랑거리고 있었다.

"하지만 문제는…… 어떤 방법으로? 무방비 상태인 네 여자가 전혀 나갈 생각이 없는 고양이를 어떻게 하면 쫓아버릴 수 있을까?"

필리파가 기세 좋게 말했다.

"클로로포름으로 죽이는 거야. 그게 가장 자비로운 방법이지."

앤이 우울한 목소리로 말했다.

"클로로포름으로 죽이는 법을 우리는 아무도 모르잖아."

---

[1] 고양이의 털 색깔이 녹슨 쇠처럼 붉그스름한 색이라는 의미로 붙인 별명.

"내가 알고 있어, 앤. 그건 몇 안 되는—한심하리만큼 몇 안 되는—나의 쓸모 있는 기술 가운데 하나야. 집에서 대여섯 마리 처치한 적 있어. 아침에 이 고양이에게 맛있는 음식을 잔뜩 먹여. 그런 다음 낡은 삼베자루를 가져다가—뒷문 쪽 포치에 하나 있더라—고양이를 그 속에 넣고 나무상자를 씌워. 그리고 2온스짜리 클로로포름 병을 마개를 열고 나무상자 가장자리로 살그머니 집어넣는 거야. 그런 다음 상자 위에 무거운 것을 올려놓고 아침까지 내버려두면 돼. 고양이는 잠든 듯 편안히 옹크리고 죽지. 아무 고통 없이……몸부림치지도 않고."

앤이 의심스러운 얼굴로 말했다.

"간단하게 들리기는 하지만……."

필리파가 보증했다.

"간단하고말고. 나한테 맡겨. 내가 다 알아서 할 테니까."

그리하여 클로로포름이 준비되고 다음 날 아침 러스티는 죽음의 운명 앞으로 끌려갔다. 러스티는 아침 식사를 마치고 뺨을 핥으며 앤의 무릎으로 올라왔다. 앤의 결심이 흔들렸다. 이 가엾은 동물은 나를 사랑하며 믿고 있다. 어떻게 이것을 죽이는 일을 거들 수 있을까?

앤은 급히 필리파를 불렀다.

"자, 어서 데려가줘. 살인마가 된 기분이야."

"이 녀석은 아무 고통도 느끼지 못할 거야."

필리파가 위로했지만 앤은 달아나버렸다.

사형은 뒷문 쪽 포치에서 집행되었다. 그날은 아무도 그 가까이에 가지 않았다.

저녁때가 되자 필리파는 러스티를 묻어야 한다고 말했다.

"프리실라와 스텔라는 과수원에 무덤을 파줘. 앤은 나랑 가서 상자를 들어내자. 이 대목이 내가 가장 싫어하는 일이야."

두 공모자는 마지못해 발소리를 죽여 뒷문으로 갔다. 필리파는 조심스레 상자 위의 돌을 치웠다. 별안간 희미하기는 하나 틀림없이 '야옹' 하는 소리가 상자 속에서 들렸다.

"죽……죽지 않았어."

앤은 뒷문 층계에 힘없이 주저앉았다. 필리파는 믿어지지 않는 얼굴이었다.

"그럴 리가 없어."

또다시 작은 울음소리가 들려 러스티가 죽지 않았음이 분명해졌다. 두 아가씨는 뚫어지게 얼굴을 마주 보았다.

앤이 물었다.

"어떻게 하지?"

문 앞에 스텔라가 나타나서 물었다.

"왜 안 오니? 우리는 무덤 준비가 다 됐어. '어찌하여 모두 이처럼 말이 없고 움직이지도 않느뇨?'[2]"

스텔라는 연극적인 투로 시를 인용하며 말을 맺었다.

앤이 상자를 가리키며 곧 똑같이 연극 대사처럼 대답했다.

"아아, 이런, 죽은 자들의 목소리가
  마치 아득히 먼 폭포의 울림처럼 들려오는구나."

한꺼번에 웃음이 터지며 그 자리의 긴장감이 풀렸다.

필리파가 돌을 다시 올려놓았다.

---

[2] 바이런의 시 〈그리스의 섬들〉에서 따옴. 이어지는 앤의 대답 역시 같은 시의 다음 구절임.

"아침까지 이대로 두자. 5분 동안이나 야옹거리지 않았고 우리가 들은 울음소리는 마지막 신음이었는지도 몰라. 아니면 죄의식을 견디지 못해 울음소리가 들린 것으로 착각했을지도 모르고."

그러나 아침이 되어 상자를 열었을 때 러스티는 힘차게 훌쩍 앤의 어깨로 뛰어올라 애정을 담아 앤의 얼굴을 핥기 시작했다. 이렇게 생기발랄한 고양이는 본 적이 없을 만큼 건강했다.

필리파가 신음했다.

"상자에 구멍이 나 있었어. 그래서 죽지 않은 거야. 자, 처음부터 다시 해야 해."

별안간 앤이 선언했다.

"아니야, 그럴 필요 없어. 다시는 러스티를 죽이려 해선 안 돼. 얘는 내 고양이야. 그러니 너희들도 그냥 참고 살아줘."

스텔라는 깨끗이 손을 떼겠다는 태도로 말했다.

"아, 그래. 네가 제임시나 숙모님과 세라캣하고 합의만 볼 수 있다면 그렇게 해."

그때부터 러스티는 한 가족이 되어, 밤에는 뒷문 앞에 놓인 발깔개 위에서 자면서 패티의 집에서 호의호식했다. 덕분에 제임시나 아주머니가 도착할 무렵에는 토실토실 살찌고 털도 반드르르하니 윤기가 흘러 봐줄 만한 모습이 되어 있었다.

그러나 키플링 소설 속 고양이처럼 그도 '홀로 제 갈 길을 가는' 고양이였다.[3] 러스티는 모든 고양이에게 도전했고 그때마다 고양이들은 러스티에게 앞발 뒷발 다 들었다. 스포퍼드 대로의 귀족적인 고양이들을 러스티는 차례차례

---

3) 《정글북》의 작가인 영국 소설가 러디어드 키플링(1865~1936)이 쓴 단편 〈홀로 걷는 고양이〉를 가리킴.

꺾었다.

사람에 대해서는 어떤가 하면, 러스티가 사랑한 것은 오로지 앤뿐이었다. 다른 사람은 감히 털끝조차 건드릴 수 없었다. 무심코 쓰다듬기라도 하려 들면 발끈 성을 내며 털을 있는 대로 곤두세우고 흡사 욕설을 연상시키는 아주 불량한 소리를 냈다.

스텔라가 말했다.

"저 고양이 태도 정말 못 봐주겠어."

앤은 짐짓 과장해서 사랑하는 고양이를 쓰다듬었다.

"어머, 이렇게 착한 고양이가 어디 있다고 그래?"

스텔라는 비관적으로 말했다.

"하지만 러스티와 세라캣이 어떻게 함께 살아갈는지 걱정이야. 밤에 과수원에서 벌어지는 고양이 싸움만으로도 견딜 수 없는데, 이 거실에서까지 싸움이 벌어진다고 생각하면 암담한걸."

이윽고 제임시나 아주머니가 도착했다. 앤과 프리실라와 필리파는 아주머니가 과연 어떤 분일는지 좀 불안한 마음으로 기다렸는데, 활활 타오르는 난로 앞 흔들의자에 아주머니가 자리를 잡았을 때 모두들 그 앞에 엎드려 절이라도 하고 싶은 심정이었다.

제임시나 아주머니는 몸집이 작은 노부인으로 부드러우면서도 갸름한 얼굴에 다정한 파란 눈을 갖고 있었으며, 그 큰 눈은 여전히 젊음으로 빛나고 소녀 같은 희망이 넘쳐흘렀다. 뺨은 장밋빛이며 눈처럼 흰 머리칼을 귀 위에서 조그맣게 부풀려 예스러운 스타일로 빗어 올렸다.

아주머니는 저녁놀에 물든 구름처럼 아름다운 분홍색의 무언가를 부지런히 뜨개질하며 말했다.

"아주 옛날식으로 빗었지? 나라는 사람은 구식이야. 입는 옷도 그렇고, 내 사고방식도 구식인 건 말할 필요도 없지.

그게 꼭 좋다는 건 아니야. 사실은 나쁜 점이 더 많을 수도 있지. 하지만 오래 입어 놔서 입기 편해졌다고 할까? 새 구두가 낡은 것보다 당연히 보기는 좋겠지만, 신어서 편하기로는 낡은 구두만 한 게 없지. 내 나이쯤 되면 구두든 사고방식이든 내 식으로 인정받아도 되지 않겠니?

나는 여기서 마음 편하게 지낼 생각이야. 너희들은 내가 감독자로서 너희들이 잘못될 길로 빠지지 않게 감시하길 바랄지 모르지만, 너희들도 모두 나이는 먹을 만큼 먹었으니 어떠한 경우에 어떻게 행동해야 되는지쯤은 스스로 알고 있을 거야. 그러니 나는……."

제임시나 아주머니는 장난기 가득한 눈을 반짝거리며 말을 맺었다.

"너희들이 인생을 망치고 싶으면 마음대로 하게 내버려둘 생각이야."

스텔라가 몸을 떨었다.

"오, 누구든 저 고양이들을 좀 떼어놓아 주면 안 될까."

제임시나 아주머니는 세라캣뿐만 아니라 조지프도 데려왔다. 아주머니의 설명에 따르면, 조지프는 밴쿠버로 이사 간 아주머니의 친한 친구의 고양이였다고 한다.

"조지프를 데려갈 수 없으니 나더러 보살펴달라고 거의 매달리더구나. 나는 거절할 수가 없었어. 아주 예쁜 고양이지. 아, 내 말은, 마음이 예쁜 고양이라는 얘기야. 친구가 조지프라는 이름을 붙인 건 이 고양이의 털이 온갖 색을 다 지녔기 때문이란다."[4]

---

[4] 《구약성서》〈창세기〉 37장 3절에 야곱이 요셉(조지프)을 아이들 가운데 가장 사랑하여 '여러 가지 빛깔로 옷을 만들어 주었다'고 씌어 있음.

확실히 그 말대로였다. 진저리를 치며 말한 스텔라의 표현을 빌리자면 조지프는 마치 살아 있는 누더기 같은 모습이었다. 본바탕이 어떤 빛깔인지 전혀 알 수 없었다. 발은 흰 바탕에 검은 반점이 여기저기 있었으며, 등은 잿빛 바탕에 한쪽은 노랑, 다른 한쪽은 검정의 큰 얼룩이 있었다. 꼬리는 노란색 바탕에 끄트머리가 잿빛이었고, 귀의 경우 한쪽 귀는 검정, 한쪽 귀는 노랑이었다. 한쪽 눈 위에 있는 검은 무늬가 조지프를 몹시 불량해 보이게 했으나 실제로는 온순하고 사람을 잘 따랐다. 조지프는 마치 들의 백합 같았다.[5] 수고도 아니고 길쌈도 아니한 건 물론이고 쥐를 잡지도 않았다. 커다란 영화를 누린 솔로몬도 조지프보다 더 폭신한 잠자리에서 자지 못했을 것이며 조지프보다 더 기름진 음식을 먹을 수는 없었을 것이다.

조지프와 세라캣은 급행열차로 저마다 다른 상자에 담겨 보내져 왔다. 두 마리는 상자에서 나와 먹을 것을 받아먹은 뒤 조지프는 마음에 드는 구석의 쿠션을 골라잡았고 세라캣은 난로 앞에 앉아 유유히 얼굴을 씻기 시작했다. 세라캣은 반지르르한 회색과 흰색의 털을 지닌 아주 크고 위엄 있는 고양이였으며, 그 위엄은 자신의 평민적 태생에 의해 조금도 손상되지 않았다. 이 고양이는 제임시나 아주머니가 아는 세탁부로부터 받은 것이었다.

"그 여자 이름이 세라였어서 우리 남편이 얘가 새끼 고양이였을 때부터 세라캣이라고 불렀어. 나이는 8살이고 쥐를 신통하게 잘 잡아. 걱정하지 않아도 돼, 스텔라. 세라캣은 절대로 싸우지 않고 조지프도 좀처럼 싸우지 않으니까."

스텔라가 말했다.

"하지만 여기서는 자기방어를 위해 싸우지 않을 수 없게 될 거예요."

---

[5] 《신약성서》 〈마태복음〉 6장 28절. '들의 백합화가 어떻게 자라는가를 생각하여 보라, 수고도 아니하고 길쌈도 아니하느니라'라는 그리스도의 말 참고.

바로 이때 러스티가 등장했다. 기분 좋게 방 중간쯤까지 달려오다가 비로소 침입자들을 알아차렸다. 거기서 딱 멈춰 서더니 꼬리를 세 곱절이나 될 만큼 부풀리고 교전 태세로 등을 아치 모양으로 곤두세웠다. 러스티는 머리를 낮추고 증오와 반항심에 찬, 무서울 만큼 날카로운 소리를 지르며 세라캣에게 돌진했다.

당당한 세라캣은 얼굴 씻던 손을 멈추고 이상하다는 듯 러스티를 바라보았다. 그리고 러스티의 공격을 경멸하듯 앞발 하나로 교묘하게 휙 쳐서 막아냈다. 러스티는 깔개 위에 나뒹군 뒤 비틀거리며 일어났다. 내 따귀를 철썩 갈기다니, 저것의 정체는 대체 뭐란 말인가? 러스티는 움찔거리며 세라캣의 기색을 살폈다.

세라캣은 유유히 러스티에게 등을 돌리고 몸단장을 계속했다. 러스티는 한 번 더 덤빌까, 말까? 고민하다가 그만두기로 했다. 그 뒤로는 결코 싸움을 걸지 않았다. 그 이후 세라캣이 이 보금자리에서 더 높은 서열을 차지했고 러스티는 두 번 다시 덤벼들지 않았다.

그런데 이때 경솔하게도 조지프가 몸을 일으키며 하품을 했다. 방금의 치욕을 어떻게든 앙갚음하고 싶은 마음에 불탄 러스티는 조지프를 덮쳤다. 조지프는 본래 온화한 성질이지만 싸워야 할 때가 오면 과감히 싸울 줄 알았기에 훌륭하게 맞서 싸웠다. 결과는 몇 차례의 무승부였다. 러스티와 조지프는 매일같이 얼굴만 마주치면 싸웠다. 앤은 러스티를 편들면서 조지프를 미워했고 스텔라는 어찌할 바 몰라했다. 제임시나 아주머니는 그저 재미있어할 뿐이었다.

아주머니는 대범하게 말했다.

"실컷 싸우게 내버려둬. 그러다 곧 친해질 거야. 조지프도 어차피 운동을 좀 해야 하고. 살이 너무 쪘으니까. 그리고 러스티도 이 세상에 고양이가 자기 하나뿐이 아니라는 것을 배울 필요가 있고."

마침내 조지프와 러스티는 현실을 받아들여 불구대천의 원수에서 둘도 없는 친구 사이가 되었다. 둘은 같은 쿠션 위에서 서로 상대편에게 앞발을 걸치고 잤으며 정성껏 서로의 얼굴을 핥아주었다.

필리파가 말했다.

"이제 우리 모두 서로에게 익숙해졌구나. 나는 설거지하는 법이랑 바닥 쓰는 법도 배웠어."

"하지만 고양이를 클로로포름으로 죽일 줄 안다는 말은 이제 못 믿겠어."

이렇게 말하고는 앤이 웃었다.

필리파가 항의했다.

"그건 구멍 탓이었어."

제임시나 아주머니가 좀 엄한 목소리로 말했다.

"구멍이 있기를 잘했지. 아기 고양이를 물에 빠뜨려 죽여야 할 경우는 있다고 나도 생각해. 그렇지 않으면 이 세상은 온통 고양이로 가득 찰 테니까. 하지만 멀쩡히 어른이 된 고양이는 결코 죽여선 안 돼. 달걀을 훔쳐 먹지만 않으면 말이야."

스텔라가 말했다.

"러스티가 여기에 처음 왔을 때 모습을 보셨다면 숙모님도 그런 말씀 안 하셨을 거예요. 꼭 악마 같았어요."

제임시나 아주머니는 깊은 생각에 잠긴 듯 말했다.

"나는 악마가 지독히 추한 꼴을 하고 있을 리 없다고 생각해. 만일 그렇게 추하다면 사람들을 죄에 빠뜨리기 위해 유혹할 수 없을 거야. 나는 늘 악마를 잘생긴 신사로 여기고 있단다."

데이비의 편지

11월 어느 날 저녁, 집으로 돌아온 필리파가 소리쳤다.

"얘들아, 눈이 내리고 있어. 뜰에 더없이 아름다운 별 모양, 십자 모양의 눈송이들이 온통 소복이 쌓여 있어. 이제까지 나는 눈이 이토록 아름다운 줄 몰랐어. 소박한 생활에서는 이런 일에도 관심을 기울일 만한 여유가 있구나. 내게 이런 생활을 누릴 수 있도록 해주어서 모두들 고마워. 버터가 1파운드에 5센트씩이나 값이 올랐다고 걱정하는 것은 정말 즐거운 일이야."

집안 회계를 맡고 있는 스텔라가 되물었다.

"어머나, 올랐니?"

필리파는 진지한 얼굴로 말했다.

"응…… 자, 버터야. 나 이제 장보기의 달인이 되어가고 있어. 공연히 남자애들이랑 시시덕거리는 것보다 훨씬 재미있어."

스텔라가 한숨을 쉬었다.

"물가가 아찔할 만큼 오르는구나."

제임시나 아주머니가 말했다.

"너무 걱정할 것 없어. 고맙게도 공기와 하느님의 구원은 아직까지 거저니까."

앤이 거들었다.

"그리고 웃음도요. 웃음에는 아직 세금이 붙지 않잖아요. 그건 정말 다행이에요. 왜냐하면 이제 곧 모두들 배꼽을 잡고 웃을 테니까.

내가 데이비로부터 온 편지를 읽어줄게. 데이비의 맞춤법이 요 1년 사이 많이 좋아졌어. 아직도 아포스트로피에는 약하지만. 게다가 확실히 편지를 재미있게 쓰는 재능이 있어. 저녁 공부를 시작하기 전에 들어보고 웃어줘."

앤 누나에게

오늘 편지를 쓰는 이유는, 우리는 아주 잘 있고, 누나도 건강하기를 바란다는 말을 하고 싶어서야. 오늘은 눈이 조금 내렸는데, 마릴라 아줌마는 하늘에 계신 할머니가 깃털이불을 털고 있기 때문이라고 했어. 그 할머니는 하느님의 부인이야, 누나? 가르쳐줘.

린드 아줌마가 엄청 아팠었지만 지금은 많이 나았어. 지난주에 아줌마는 지하실 층계에서 넘어져서 굴렀어. 넘어질 때 우유를 담는 양동이며 스튜 냄비가 가득 놓인 선반을 붙잡았는데 선반이 그만 린드 아줌마랑 같이 쓰러져서 우당탕탕 요란한 소리가 났어. 마릴라 아줌마는 처음에 지진인가 생각했대. 스튜 냄비 가운데 하나가 푹 찌그러지고 린드 아줌마는 갈비뼈를 다쳤어. 의사 선생님이 와서 갈비뼈에 바르라고 약을 주었는데, 아줌마는 의사 선생님 말을 잘못 알아듣고 싹 다 마셔버렸어. 아줌마가 죽지 않은 것이 기적이라고 의사 선생님이 말했지만 아줌마는 죽지 않았을뿐더러 갈비뼈도 싹 다 나았어. 린드 아줌마는 어차피 의사들은 아무것도 모른다고 말했어. 아줌마는 나았지만 스튜 냄비는 낫지 않아서 마릴라 아줌마가 결국 버렸어.

지난주는 추수감사절이었어. 학교는 쉬었고 우리는 집에서 맛있는 음식을 먹었지. 나는 민스파이랑 구운 칠면조 요리, 과일 케이크랑 도넛, 치즈랑 잼,

그리고 초콜릿 케이크를 잔뜩 먹었어. 마릴라 아줌마는 그걸 다 먹었다가는 죽고 말 거라고 했지만 나는 죽지 않았어. 나중에 도라는 귀앓이를 일으켰어. 하지만 아픈 데는 귀가 아니라 배였어. 나는 아무 데서도 귀앓이가 생기지 않았는데.

이번에 우리 선생님은 남자야. 선생님은 자기가 웃으려고 우리한테 이것저것 시켜. 지난주에 우리 3학년 남자아이들에게 어떤 아내를 맞고 싶은가, 또 여자아이들에게는 어떤 남편을 맞고 싶은가 작문으로 쓰게 했어. 선생님은 그것을 읽으며 눈물이 날 만큼 웃었어. 이것이 내가 쓴 거야. 누나가 보고 싶을 거라고 생각해.

내가 맞고 싶은 아내
내 아내는 얌전하고 시간에 맞춰 식사를 준비하고 내가 시키는 대로 하며, 언제나 내게 공손해야 합니다. 나이는 15살이어야만 합니다. 가난한 사람들에게 친절히 하고 집을 잘 정돈하며 언제나 웃는 얼굴이어야 하고 꼬박꼬박 교회에 가야 합니다. 아주 예쁘고 머리는 곱슬머리면 좋겠습니다. 만일 바라는 대로 아내를 맞는다면 나는 굉장히 좋은 남편이 되겠습니다. 여자는 남편에게 아주 잘해야 한다고 생각합니다. 가엾게도 여자들 가운데에는 남편이 없는 사람도 있습니다.
끝

지난주에 화이트샌즈의 아이작 라이트 아주머니의 장례식에 갔다 왔어. 죽은 아주머니의 남편은 정말로 슬퍼하고 있었시. 라이트 아주머니의 할아버지가 양을 훔친 일이 있다고 린드 아줌마가 말했는데, 마릴라 아줌마는 죽은 사람에 대해 나쁘게 이야기하는 게 아니라고 했어. 어째서 하면 안 되지, 누나? 가르쳐줘. 말했다고 해서 들키는 것도 아닌데. 안 그래?

며칠 전에 내가 린드 아줌마는 노아가 방주를 만들 때에도 살았었느냐고 물었더니 굉장히 성을 냈어. 나는 아줌마의 기분을 나쁘게 할 생각은 아니었어. 그냥 알고 싶었을 뿐이야. 그 무렵에도 아줌마는 살았었어, 누나?

해리슨 아저씨가 기르던 개를 처치하려고 목을 맸는데, 다시 살아나 해리슨 아저씨가 무덤을 파고 있는 동안 헛간으로 달아나고 말았어. 해리슨 아저씨는 한 번 더 개의 목을 맸고 이번에는 살아나지 않았지. 해리슨 아저씨네 집에 일하는 사람이 새로 왔어. 일솜씨가 너무너무 형편없어. 두 발이 모두 왼손잡이인 것 같다고 해리슨 아저씨가 말했어.

배리 아저씨네 일꾼은 게으름쟁이야. 배리 아주머니는 일꾼이 게으르다고 말했지만, 배리 아저씨는 게으른 게 아니라, 일해서 뭔가 손에 넣기보다 손에 저절로 들어오게 해달라고 기도하는 편이 더 쉽다고 생각하는 것뿐이래.

하먼 앤드루스 아주머니가 그토록 자랑하던 상금 탄 돼지가 발작을 일으켜 죽고 말았어. 린드 아줌마는 앤드루스 아주머니가 너무 으스대서 벌받은 거래. 그렇다면 돼지가 너무 불쌍하다고 생각해.

밀티 볼터가 병이 났었어. 의사 선생님이 밀티에게 약을 주었는데, 끔찍이도 맛이 없대. 나는 25센트만 주면 밀티 대신 마셔주겠다고 했는데 볼터네 사람들은 아주 쩨쩨해. 밀티는 차라리 자기가 마시고 돈을 아끼겠다는 거야. 볼터 아주머니에게 남자를 잡으려면 어떻게 해야 되느냐고 물었더니, 아주머니는 버럭 화를 내며 한 번도 남자를 쫓아다녀본 적이 없어서 그런 것은 모른다고 말했어.

마을개선회에서 공회당 페인트칠을 다시 하기로 했어. 파란색을 더는 못

봐주겠대.

새 목사님이 어젯밤 차를 마시러 집에 왔어. 목사님은 파이를 세 조각이나 드셨다. 내가 그렇게 했다면 린드 아줌마가 먹보라고 말했을 거야. 그리고 목사님은 파이를 한입 가득 베어 물면서 허겁지겁 잡수셨는데, 마릴라 아줌마는 언제나 나더러 그렇게 하면 안 된다고 했거든. 어린아이가 하면 안 되는 것을 어째서 목사님은 해도 되지? 가르쳐줘, 누나

소식은 이것뿐이야. 여기에 키스를 여섯 개 넣어서 보낼게. ××××××. 도라도 한 개 보냈어. 이것이 도라의 것이야. ×.

누나의 사랑하는 벗
데이비 키스 드림

추신. 누나, 악마의 아버지는 누구야? 가르쳐줘.

조지핀 배리의 크리스마스 선물

크리스마스 휴가가 찾아오자 패티의 집 아가씨들은 저마다 집으로 흩어져 갔지만, 제임시나 아주머니는 그대로 머물기로 했다.

"여기저기서 초대를 받았지만 어디든 고양이를 세 마리나 데려갈 수는 없어. 그렇다고 3주일 가까이나 가엾은 고양이들을 여기에 남겨두고 갈 수도 없지. 고양이에게 먹을 것을 꼬박꼬박 갖다줄 만한 좋은 이웃이 있다면 생각해보겠지만, 이 언저리에는 백만장자밖에 없잖니. 그러니 나는 여기에 남아 너희들이 언제 돌아오더라도 패티의 집이 따뜻하도록 해놓고 있으마."

앤은 언제나 그렇듯이 기쁨에 찬 기대를 안고 돌아왔다. 그 기대는 모두 다 이루어지지는 않았다. 그해 겨울 애번리는 추위가 유난히 빨리 닥쳤다. '가장 오래 산 노인'조차 기억에 없을 만큼 거센 눈보라가 휘몰아치는 추운 겨울이 기다리고 있었다.

그린게이블즈는 말 그대로 눈에 파묻히고 말았다. 이번에는 무슨 불운한 별의 기운 때문인지 그 휴가 동안 거의 날마다 폭설이 내렸고 갠 날에도 끊임없이 눈보라가 일었다. 겨우 길을 다닐 만하다 싶으면 다시 눈이 수북이 쌓여버렸다. 거의 외출을 할 수 없었다. 마을개선회에서는 대학에서 돌아온 친구들을 환영하는 파티를 세 번이나 열려고 했다. 하지만 그때마다 폭풍이 너무 심해 아무도 나갈 수 없었기에 마침내 포기하고 말았다.

앤은 그린게이블즈에 대한 애정과 충심은 변함없었지만 패티의 집과 기세 좋게 장작이 타고 있는 그곳의 따뜻한 벽난로, 제임시나 아주머니의 장난기 어린 눈, 고양이 세 마리, 아가씨들의 명랑하고 쾌활한 재잘거림, 대학 친구들이 찾아와 심각한 문제나 재미있는 일들을 이야기하는 금요일 밤 등을 그리워하지 않을 수 없었다.

앤은 쓸쓸했다. 휴가 기간 내내 다이애나가 악성기관지염으로 집에 틀어박혀 있었기 때문이다. 다이애나는 그린게이블즈에 올 수 없었고 앤도 좀처럼 '언덕의 과수원'에 가지 못했다. '도깨비숲'을 통과하는 익숙한 지름길은 눈이 높이 쌓여 지나갈 수 없었으며, 얼어붙은 '반짝이는 윤슬의 호수'를 건너 돌아가는 길도 그 못지않게 가기 어려웠다. 루비 길리스는 눈이 하얗게 덮인 묘지에 고이 잠들어 있고, 제인 앤드루스는 서부 평원의 학교에서 가르치고 있었다.

길버트만은 여전히 날씨가 험악하지 않은 밤이면 언제나 눈길을 마다하지 않고 그린게이블즈를 찾아왔다. 그러나 앤은 길버트의 방문이 이미 예전 같지 않아 오히려 그가 오는 것이 꺼려질 정도였다. 별안간 말이 없어져서 앤이 얼굴을 들면, 길버트의 담갈색 눈이 오해의 여지가 없는 어떤 마음을 담은 채 앤을 진지하게 바라보고 있었다. 그때마다 앤은 어찌할 바를 몰라했다. 더욱이 한층 더 당황스러운 것은 그가 뚫어지게 바라보는 눈길에 자신의 얼굴이 새빨갛게 달아올라, 마치⋯⋯마치⋯⋯ 아무튼 말할 수 없이 거북스러웠다.

앤은 패티의 집으로 돌아가고 싶었다. 거기서는 언제나 누군가가 곁에 있어 미묘한 상황이 벌어질 것 같으면 분위기를 풀어주었다. 그린게이블즈에서는 길버트가 오면 마릴라는 쌍둥이까지 억지로 함께 데리고 부리나케 린드 부인에게로 갔다. 그렇게 자리를 피해주는 의미를 알았기에 앤은 난감한 상황에 그저 화가 날 뿐이었다.

그러나 데이비는 정말 행복해했다. 아침에 부산을 떨며 밖으로 나가 삽으로 우물과 닭장으로 가는 오솔길에 쌓인 눈을 즐겁게 치웠다. 또한 크리스마스에 마릴라와 린드 부인이 경쟁하듯 앤을 위해 차린 맛있는 음식도 좋았으며, 학교 도서실에서 정신을 빼앗길 만한 책을 빌려와 재미나게 읽었다. 연거푸 곤경을 자초하는 이상한 재능의 소유자가 지진이나 화산 폭발 같은 재난이 일어나면서 간신히 제 손으로 빠진 궁지에서는 벗어나지만, 그로 인해 빈털터리가 되었다가, 어찌저찌 큰돈을 벌게 되고, 마침내 갈채를 받으며 끝나는 행복한 이야기였다.

데이비는 황홀해하며 말했다.

"끝내주게 멋진 이야기야, 누나. 나는 성경보다 이걸 훨씬 더 읽고 싶어."

앤은 미소 지으며 말했다.

"그래?"

데이비는 이상한 듯이 앤의 얼굴을 찬찬히 바라보았다.

"누나는 조금도 놀란 것 같지 않네. 린드 아줌마는 내가 이 말을 했더니 깜짝 놀랐어."

"별로 놀랍지 않아. 9살 된 남자아이가 성경보다 모험 이야기를 읽고 싶어하는 것은 조금도 이상한 일이 아니니까. 네가 좀 더 컸을 때 성경이 얼마나 훌륭한 책인지 알게 되기 바라고, 자연스레 그렇게 되리라 생각해."

데이비가 한발 양보했다.

"아, 성경도 재미있는 게 조금은 있어. 그 요셉 이야기 말이야…… 그건 끝내주게 멋있어. 하지만 만일 내가 요셉이었다면 그 형제들을 용서하지 않을 테야, 절대로. 누나, 나라면 모두 목을 두 동강으로 뎅겅 잘라줄 테야. 이렇게 말하니까 린드 아줌마는 버럭 화를 내며 성경을 탁 덮고 그런 말을 하면 다시는 읽어주지 않겠다고 했어. 이제 나는 아줌마가 일요일 낮에 성경을 읽어줄 때는 아무 말 하지 않고 그냥 머릿속으로 여러 가지를 상상하다가 다음 날 밀티 볼터에게 말해.

내가 엘리샤[1]와 곰 이야기를 해주었더니 밀티는 엄청 무서워하면서 그때부터 해리슨 씨 대머리를 놀리지 않게 됐어. 그런데 프린스에드워드섬에도 곰이 있어, 누나? 가르쳐줘."

"지금은 없지."

앤은 창문에 휘날리는 눈을 보며 건성으로 대답하고는 혼잣말을 했다.

"이 눈보라가 영영 멎기는 할까?"

"하느님이나 아실는지."

데이비는 대수롭지 않게 이 말을 툭 내뱉고 다시 책으로 눈을 돌렸다. 이번에는 앤도 깜짝 놀랐다.

앤은 나무라듯 외쳤다.

"데이비!"

그러자 데이비가 입을 삐죽 내밀었다.

"린드 아줌마가 그렇게 말했는걸. 지난주, 마릴라 아줌마가 '루도빅 스피드와 시어도라 딕스는 결혼을 하기는 할까요?' 하니까 린드 아줌마가 '글쎄요, 하느님이나 아실는지.' 했단 말이야…… 꼭 지금처럼."

앤은 좀 난처했으나 마음먹고 말했다.

"그래, 아줌마도 그런 말을 해서는 안 돼. 누구든 함부로 하느님의 이름을 말

---

[1] 《구약성서》에 나오는 예언자.

하거나 우스갯소리처럼 해서는 안 된단다, 데이비. 두 번 다시 그런 말을 하면 안 돼."

데이비는 진지하게 물었다.

"목사님처럼 천천히 엄한 얼굴로 말해도 안 돼?"

"응, 그래도 안 돼."

"그렇다면 말하지 않겠어. 루도빅 스피드와 시어도라 딕스는 미들그래프턴에 사는데, 루도빅 스피드는 백 년 동안이나 시어도라 딕스에게 신부가 되어달라며 부탁하고 있다고 린드 아줌마가 말했어. 이제 곧 둘 다 너무 늙어버려서 결혼할 수 없게 되는 건 아닐까, 누나?

길버트 형이 루도빅처럼 오랫동안 누나에게 부탁만 하고 있지 않았으면 좋겠어. 언제 결혼해, 누나? 린드 아줌마가 누나랑 길버트 형은 틀림없이 결혼할 거라고 했어."

"린드 아주머니는 정말……."

앤은 발끈해서 말하다가 입을 다물었다.

"끔찍스러운 수다쟁이 할멈이야."

데이비가 태연하게 앤이 하려던 말을 맺은 뒤, 곧 덧붙였다.

"누구나 다 린드 아줌마를 그렇게 부르잖아. 그런데 정말로 결혼할 거야, 누나? 가르쳐줘."

"너는 정말 못 말릴 아이야, 데이비."

말을 마친 앤은 휭하니 방을 나가버렸다.

부엌에 아무도 없었으므로 앤은 이미 저물어가는 어둑어둑한 창가에 홀로 앉았다. 해는 지고 바람도 잦아들었다. 차갑게 느껴지는 파르스름한 달이 서쪽 보랏빛 구름 뒤에서 얼굴을 내밀고 있었다. 하늘빛은 엷어졌으나, 서쪽 지평

선의 한 줄기 빛은 마치 갈 곳 잃은 빛들이 한군데에 몰린 듯 반짝임과 강렬함을 더했다. 성직자들 행렬과도 같은 전나무가 능선을 따라 서 있는 언덕이 그 빛을 등지고 검은 윤곽을 뚜렷이 드러내고 있었다. 창밖에는 저녁 무렵 음산하고 황량한 빛을 받은 고요한 하얀 들판이 생명의 기운이 사라진 모습으로 싸늘하게 펼쳐져 있었다. 앤은 그 들판을 바라보며 한숨을 지었다.

앤은 몹시 쓸쓸하고 슬펐다. 다음 해에 레드먼드로 돌아갈 수 있을지 어떨지 생각하고 있었기 때문이다. 돌아갈 수 있을 것 같지 않았다. 2학년생이 탈 수 있는 장학금은 단 하나뿐이며 금액도 아주 적었다. 마릴라의 저금을 쓸 마음은 없었고 여름방학 동안 그만한 수입을 올릴 길도 막막했다.

서글픔에 잠겨 생각했다.

'내년에는 학교를 쉬어야 할 것 같아. 학비를 다 벌 때까지 시골 초등학교에서 아이들을 가르쳐야지. 그러고 나면 내 동급생들은 모두들 졸업했을 테고 패티의 집은 생각도 할 수 없겠지. 하지만 좋아! 나는 겁쟁이가 되지 않을 테야. 내 힘으로 돈을 벌 수 있는 것에 감사해야지.'

그때 데이비가 뛰어나가면서 큰 소리로 알려주었다.

"해리슨 아저씨가 눈을 헤치며 걸어오고 있어. 편지를 가져온 거면 좋겠어. 지난번 편지가 온 뒤로 사흘이나 지났잖아. 나는 저 얄미운 자유당이 어떤 일을 하는지 알고 싶어. 나는 보수당 편이야, 누나. 그러니 자유당 녀석들을 꼼꼼히 잘 감시해야 해. 알겠지?"

해리슨 씨는 편지를 가져다주었다. 스텔라와 프리실라 그리고 필리파로부터 온 쾌활한 편지가 앤의 우울한 마음을 곧 날려주었다. 제임시나 아주머니로부터도 왔는데, 줄곧 난롯불을 피웠고 고양이도 모두 잘 있으며 집 안에 있는 식물들이 싱싱하게 자란다는 소박한 일상들이 씌어 있었다.

요즘 추운 날씨가 계속되어 고양이들을 집 안에서 재우고 있어. 러스티와 조지프는 거실 소파에서 자고 세라캣은 내 침대 발치에서 자지. 밤에 잠이 깨어 외국에 있는 가엾은 딸을 생각할 때면 세라캣이 가르랑거리는 소리가 얼마나 위로가 되는지 몰라.

그게 어디든 인도만 아니라면 나도 걱정하지 않겠는데, 그곳 뱀은 엄청 무섭다더구나. 한번 뱀에 대한 생각이 떠오르기 시작하면 아무리 세라캣의 목소리가 들려도 그 생각이 머리에서 떠나지 않아. 나는 모든 일에서 하느님에 대한 믿음을 갖지만 뱀에 대해서만은 그렇지 않아. 하느님은 어째서 그런 것을 만드셨는지 모르겠어. 때로는 하느님이 하신 일이 아니라고 여겨질 때조차 있지. 뱀을 만들어내는 데는 어쩐지 악마가 한몫을 했다고 믿고 싶어져.

앤은 타자기로 친 얄팍한 편지 한 통은 별로 중요하지 않은 것이라 여겨 맨 뒤로 미뤄두었었다. 그것을 읽고 난 앤은 눈에 눈물을 머금은 채 조용히 꼼짝 않고 앉아 있었다.

마릴라가 물었다.

"왜 그러니, 앤?"

앤은 가라앉은 목소리로 대답했다.

"미스 조지핀 배리가 돌아가셨어요."

"그래? 마침내 돌아가셨구나. 그래, 그분이 앓아누운 지도 벌써 1년이 넘어서 배리 씨네는 마음의 준비를 하고 있었단다. 병 때문에 무척 고통스러워하셨나 보던데 이제는 편안한 곳으로 가셨으니 그나마 잘된 일이구나, 앤. 그분은 언제나 네게 친절히 대해주셨지."

"마지막까지 친절하셨어요, 마릴라. 이 편지는 미스 배리의 변호사한테서 온 거예요. 저에게 천 달러를 남겨 주신다고 유언장에 쓰셨대요."

데이비가 외쳤다.

"우아! 그렇게 많이? 그 할머니는 누나랑 다이애나 누나가 손님용 침대 위로 뛰어올라 가서 깜짝 놀라게 한 바람에 누나들 혼냈던 사람이지? 다이애나 누나가 그 이야기를 해줬어. 그래서 그 할머니가 그렇게 많은 돈을 누나에게 준 거야?"

"조용히 하렴, 데이비."

앤은 다정히 나무라고 목이 메어 자기 방으로 조용히 올라갔다. 앤이 가버린 뒤 마릴라와 린드 부인은 마음껏 이 소식에 대해 이야기를 나누었다.

데이비가 걱정스럽게 말을 꺼냈다.

"이렇게 되었는데도 누나는 결혼할까? 작년 여름에 도카스 슬론이 결혼했을 때 말했는데, 살아갈 만한 돈이 있다면 남자 따위로 속 썩이지 않겠지만 아이가 여덟이나 딸린 홀아비라도 올케랑 같이 사는 것보다 낫대."

린드 부인이 엄한 목소리로 꾸짖었다.

"데이비 키스, 잠자코 있지 못하겠니. 어린애가 그런 말 하면 못써."

막간의 이야기

"오늘로써 스무 살이 되었어요. 10대 시절과 영영 이별이라니, 믿을 수 없어요."

러스티를 무릎에 올려놓고 난로 앞 깔개 위에 앉은 앤이, 본인이 각별히 아끼는 의자에 앉아 책을 읽고 있는 제임시나 아주머니를 보고 슬픈 얼굴로 이렇게 말했다. 거실에는 둘뿐이었다. 스텔라와 프리실라는 모임에 갔고 필리파는 파티에 가기 위해 2층에서 준비하고 있었다.

"좀 서운하겠구나? 10대는 한평생 가장 기억에 남는 참으로 멋진 시절이니까. 나는 언제까지나 10대 시절을 떠나보내지 않은 게 몹시 행복하단다."

앤이 샐쭉 웃었다.

"아주머니는 언제까지나 그러실 거예요. 백 살이 되어도 소녀처럼 열여덟 살로 계실 거예요. 네, 그래요, 저는 서운해요. 게다가 좀 불만스럽기도 해요. 예전에 스테이시 선생님이 사람은 스무 살이 될 무렵에는 좋게든 나쁘게든 성격이 완성된다고 했는데, 나는 아직 훌륭한 성격이 아닌 것 같아요. 결점투성이니까요."

그러자 제임시나 아주머니는 명랑하게 말했다.

"누구나 그렇단다. 내 성격은 백 군데쯤 금이 가 있지. 너희 스테이시 선생님의 말씀은 네가 스무 살이 되면 성격이 어느 쪽이든 한쪽으로 경향이 정해져 그쪽으로 뻗어 나간다는 뜻이 아닐까 싶구나. 그런 일로 너무 걱정하지 마라, 앤. 하느님과 네 이웃과 너 자신에 대한 의무를 다하고 유쾌하게 지내면 돼. 그것이 바로 내 인생관인데 지금까지 꽤 잘 통해왔단다. 필리파는 오늘 밤 어디 가는 거니?"

"댄스파티에 간대요. 그것 때문에 아주 예쁜 옷을 샀어요. 은은한 노랑 비단에 거미줄 같은 레이스가 달려서 거무스름한 필의 피부에 퍽 잘 어울려요."

"'비단'이니 '레이스'니 하는 말에는 무슨 마법이라도 걸려 있는 게 아닐까? 듣기만 해도 댄스파티에 달려가고 싶어지거든. 더욱이 '노랑 비단'은 햇살을 떠올리게 하지. 전부터 노랑 비단옷을 가지고 싶었지만, 처음에는 어머니가, 다음에는 남편이 그 소원을 들어주지 않았어. 천국에 가서 맨 먼저 할 일은 노랑 비단옷을 사는 일이야."

앤이 웃음을 터뜨리고 있는데, 필리파가 아름다운 구름 같은 드레스를 끌며 내려와 벽에 걸린 길쭉한 타원형 거울에 모습을 비춰보았다.

"실제 모습보다 나아 보이는 거울은 사람 성격을 상냥하게 만든다니까. 내 방에 있는 거울은 확실히 얼굴빛이 나빠 보여. 나 예뻐 보이니, 앤?"

앤은 진심으로 감탄하며 물었다.

"너는 자신이 얼마나 아름다운지 정말로 알고 있니, 필?"

"물론 알고말고. 거울이랑 남자들이 무엇 때문에 있다고 생각하니? 내 말뜻은 그게 아니야. 어디 삐져나온 데는 없어? 치마는 똑바로 되어 있고? 이 장미는 좀 더 낮게 다는 편이 좋지 않을까? 조금 높지 않은가…… 잘못하면 한쪽으로 기울어져 보일 테지만 그렇다고 귀가 간지러운 건 또 싫거든."

"다 잘되어 있어. 게다가 네 남서쪽 보조개가 참 귀여워."

"앤, 내가 너에게서 특별히 좋아하는 것은…… 진심으로 사람을 칭찬하는 점이야. 네게는 샘이라곤 없어."

제임시나 아주머니가 말했다.

"샘낼 필요가 있겠니? 앤은 너만큼 예쁘지는 않을지 모르지만 코는 훨씬 예쁜걸."

필리파도 고개를 끄덕이며 인정했다.

"확실히 그래요."

앤은 웃으며 털어놓았다.

"이 코로 언제나 위로받고 있단다."

"그리고 네 앞머리가 난 좋아, 앤. 게다가 언제나 곧 떨어질 듯하면서도 떨어지지 않는 그 하나뿐인 작은 컬이 멋있어. 정말이지 코에 대해서는 고민이야. 난 아마 40살 무렵에는 외가인 번 집안의 코가 되어 있을 거야. 내가 40살이 되면 어떤 모습이 되어 있을 것 같니, 앤?"

앤이 놀려댔다.

"나이를 먹어 푹 퍼진 아줌마."

필리파는 파티에 데려가줄 파트너를 기다리기 위해 편안한 자세로 의자에 앉으며 대답했다.

"그렇게 되지는 않아. 얼룩 털뭉치 조지프야, 내 무릎에 뛰어오르면 가만두지 않겠어. 온몸이 고양이 털투성이가 되어 춤추러 가는 것은 싫으니까. 아니야, 앤, 푹 퍼지는 일만은 무슨 일이 있어도 없을 거야. 확실히 결혼은 했을 테지만."

앤이 물었다.

"앨릭? 아니면 앨런조?"

필리파는 한숨을 쉬었다.

"그 두 사람 가운데 하나겠지. 어느 쪽인지 내가 결정할 수만 있다면 말이야."

제임시나 아주머니가 잔소리를 했다.

"결정하기 어려운 일이 아닐 텐데."

"나는 처음부터 시소처럼 이리 기우뚱 저리 기우뚱 하게끔 태어났어요, 아주머니. 그러니 제 마음이 갈팡질팡하는 건 어쩔 수 없어요."

"너는 좀 더 냉철히 생각해야 해, 필리파."

"물론 냉철하게 생각할 수 있으면 가장 좋겠죠. 하지만 그렇게 되면 재미를 아주 많이 잃게 돼요. 아주머니도 앨릭과 앨런조, 이 두 사람을 안다면 어째서 골라잡기 어려운지 알게 될 거예요. 둘 다 똑같이 좋은 사람이니까요."

제임시나 아주머니가 제안했다.

"그렇다면 그 둘보다 더 좋은 사람을 고르도록 해 봐. 네게 완전히 열중한 그 4학년생 있잖니. 윌 레슬리 말이야. 그 사람은 눈이 참 멋지더구나. 크고 순한 게."

필리파는 얼굴을 찌푸리며 잔혹하게 말했다.

"좀 지나치게 크고 너무 순해서……젖소 같아요."

"그럼 조지 파커는 어떠니?"

"그 사람은 언제 보아도 방금 풀 먹여 막 다림질하고 온 듯한 모습이라는 것 밖에 달리 할 말이 없어요."

"마르 홀워디는? 설마 그 사람의 결점은 못 찾아내겠지?"

"네, 가난하지만 않다면 그 사람도 좋겠어요. 제임시나 아주머니, 나는 돈 많은 사람과 결혼해야 해요. 그리고 잘생긴 것. 이 두 가지는 포기할 수 없는 조건이에요. 길버트 블라이드가 부자라면 그와 결혼하겠는데."

앤은 조금 심술궂게 필리파를 빈정거렸다.

"어머나, 네가?"

필리파도 놀림조로 응수했다.

"그런 일은 생각도 하기 싫은 모양이지. 본인이 길버트 블라이드를 차지하고 싶은 마음은 전혀 없으면서도. 자, 불쾌한 이야기는 그만두자. 언젠가는 나도 결혼해야겠지만, 그 끔찍한 날을 최대한 미루겠어."

제임시나 아주머니가 말했다.

"어쨌든 사랑하지 않는 사람과 결혼해서는 안 돼, 필."

"오, 그 옛날, 사람을 사랑하던 마음은 너무나 촌스러워 오늘날 유행에 뒤떨어진 지 오래로다."

필리파는 이런 대화를 희롱하듯 일부러 들뜬 목소리로 말했다.

"아, 마차가 왔다. 나는 이만 가요. 내가 사랑하는, 지나간 시대에 속한 두 분, 안녕."

필리파가 가버리자 제임시나 아주머니는 진지한 눈으로 앤을 바라보았다.

"저 아가씨는 예쁘고 착하고 귀엽지만, 가끔 정신이 좀 오락가락하는 게 아니냐? 그렇게 생각지 않니, 앤?"

앤은 터져 나오는 웃음을 꾹 참으며 말했다.

"글쎄요, 필리파의 정신은 걱정하실 필요 없어요. 그냥 말을 저런 식으로 하는 것뿐이에요."

제임시나 아주머니는 이해할 수 없다는 듯 고개를 가로저었다.

"그렇다면 좋겠구나, 앤. 부디 그렇길 바란다. 나는 저 아이가 좋거든. 하지만 저 애를 잘 모르겠어. 도무지 갈피를 못 잡겠어. 이제까지 내가 아는 어느 아가씨와도 닮지 않았고 또 내가 지나온 젊은 시절의 여러 모습의 나와도 다르니까."

"그 시절의 아주머니에게는 몇 명의 '나'가 있었나요, 짐시 아주머니?"
"6명쯤 있었단다, 앤."

길버트, 입을 열다

"오늘은 길고 긴 지루한 날이었어."

고양이 두 마리를 억지로 쫓아버린 소파에 필리파가 하품을 하며 길게 드러누웠다.

앤은 《픽윅 페이퍼스》를 읽다가 얼굴을 들었다. 봄 시험도 끝났으므로 앤은 디킨스 소설을 마음껏 즐기고 있었다.

앤은 생각에 잠기며 말했다.

"우리에게는 지루한 날이었지만 어떤 사람에게는 멋진 날이었겠지. 또 어떤 사람은 정신 차릴 수 없을 만큼 행복했을 테고, 어딘가에서는 무언가 대한 일이 행해졌을지도 모르지. 뛰어난 시가 쓰였거나 위인이 태어났을지도 몰라. 그리고 실연을 당해 비탄에 잠겨 있는 사람도 있을지 모르지, 필."

필리파가 투덜거렸다.

"어째서 너는 맨 끄트머리에 그런 문장을 붙여서 아름다운 생각을 망가뜨리니, 앤? 실연을 당한다는 건 생각하고 싶지도 않아…… 불쾌한 얘기는 싫어."

"너는 평생 불행한 일을 피해 갈 수 있으리라 여기니, 필?"

"천만에. 그렇지 않아. 지금 내가 그런 경우에 맞닥뜨려 있잖니. 앨릭과 앨런조가 내 삶을 죽도록 괴롭게 하고 있는데, 그 일을 유쾌하다고 말할 수는 없지 않겠니?"

"너는 무슨 일이든 진지하게 받아들이려고 하지 않는구나, 필."

"왜 그래야 하지? 그런 사람들은 얼마든지 많잖아. 세상은 말이야 나처럼 즐겁게 해주는 사람도 필요해. 만일 모든 사람이 이지적이고 심각하고 극도로 진지하기만 하다면 세상은 끔찍한 곳이 될 거야.

'내' 사명은 조사이아 앨런이 말했듯 '매혹시키고 유혹하는' 거야. 자, 솔직히 털어놔. 내가 여기서 너희들과 함께 지내면서 생기를 주어서 올겨울 패티의 집 생활이 훨씬 밝고 명랑하지 않았니?"

그것은 앤도 인정했다.

"맞아, 그랬어."

"게다가 너희들은 모두 나를 좋아하고 있어. 나를 정말로 돌았다고 여기는 제임시나 아주머니까지도 말이야. 그런데도 어째서 달라져야 하지?

아, 졸려. 어젯밤은 1시까지 무서운 유령 이야기를 읽었어. 침대 속에 누워서 읽었는데, 책을 덮고 나서 침대에서 나와 불을 끌 수 있었을 것 같니? 도저히 그럴 수 없었어!

천만다행히도 스텔라가 늦게 돌아오지 않았으면 내 방 불은 아침까지 환히 켜져 있었을 거야. 스텔라가 돌아오는 기척을 듣고 불러서 내가 어떤 지경에 처해 있는지 설명한 다음 불을 꺼달라고 했지. 만일 내가 직접 끄려고 일어났었다면 침대 속에 들어가려는 순간 뭔가가 내 다리를 와락 붙잡을 것 같았거든.

그건 그렇고, 앤, 제임시나 아주머니는 올여름 어떻게 지내실지 결정하셨니?"

"응. 여기에 계시기로 했어. 한참 비워둔 집에 오랜만에 가는 것도 귀찮고 다른 사람 집에 가서 폐를 끼치는 것도 싫어서라고 말씀은 하시지만, 실은 서 복도 많은 고양이들을 위해서 그러시려는 거지 뭐."

"그래, 넌 뭘 읽고 있니?"

"《픽윅》."

"그 책을 읽으면 나는 언제나 배가 고파져. 그 속에는 맛있는 음식을 먹는 장면이 너무 많거든. 등장인물들이 처음부터 끝까지 햄이며 달걀이며 밀크펀치를 입에 달고 사는 것 같지 않아?

나는 그 책 읽고 나면 항상 부엌 찬장을 뒤지러 가곤 해. 생각하는 것만으로도 벌써 배가 고파져버렸어. 부엌에 뭐 맛있는 게 있을까, 앤 여왕님?"

"오늘 아침에 레몬파이를 만들었으니 한 조각 먹으렴."

필리파는 부엌으로 뛰어갔으며 앤은 러스티를 데리고 과수원에 나갔다.

촉촉하고 상쾌한 향기가 감도는 이른 봄밤이었다. 공원에는 항구 거리를 따라 심어진 소나무 아래에 4월의 햇살을 받지 못해 채 녹지 않은 눈이 작은 둑을 이루고 있었다. 그 때문에 항구 거리는 질척거리는 흙탕길이 되어 있었고 아직 저녁 공기는 싸늘했다. 그래도 관목 뿌리 가까이에는 풀이 파랗게 돋아 있어 길버트는 사람 눈에 띄지 않는 구석진 곳에 소담스럽게 핀 여린 빛깔의 메이플라워를 발견했다. 그는 그것을 두 손에 가득 꺾어 들고 걸어왔다.

앤은 과수원의 크고 둥근 잿빛 돌에 앉아, 불그스름한 저녁놀을 등진 채 아직 잎이 나지 않은 가지를 우아하게 뻗고 있는 자작나무를 바라보고 있었다. 그 풍경이 꼭 한 편의 시와 다름없다고 생각했다. 이윽고 앤은 상상의 나래를 펴서 공중누각을 짓기 시작했다. 햇빛이 내리쬐는 뜰이며 어마어마한 홀에 아라비아 향기가 피어오르는 훌륭한 저택에서 앤은 여왕이자 성주(城主)로서 영화를 누리고 있었다.

하지만 길버트가 다가오는 것을 보고 앤은 얼굴을 찌푸렸다. 요즘 길버트와 되도록 단둘이 있지 않으려고 조심해왔었다. 그런데 지금 꼼짝없이 붙들리고 만 것이다. 고양이 러스티마저도 앤을 버리고 가버렸다.

길버트는 둥근 돌에 앤과 나란히 앉아 메이플라워를 내밀었다.

"이걸 보니 애번리와 초등학교 시절 소풍이 생각나지 않아, 앤?"

앤은 꽃을 받아들고 그 속에 얼굴을 묻었다.

그리고 황홀한 표정으로 말했다.

"그래. 나는 지금 사일러스 슬론 씨의 그 메마른 땅에 있어."

"이제 2, 3일 뒤면 실제로 거기에 가 있겠지?"

"아니야. 2주일 뒤에나 돌아가. 집으로 돌아가기 전에 필과 함께 볼링브로크에 가기로 했어. 길버트가 나보다 먼저 애번리에 돌아가 있을 거야."

"아니, 나는 올여름에 애번리로 돌아가지 않아. 《데일리뉴스》지의 사무실에 자리가 났는데 취직이 돼서 거기서 일할 생각이야."

"어머나."

앤은 놀라 말하며 길버트가 없는 애번리의 여름이 어떨까 생각했다. 아무리 생각해도 그리 즐거울 것 같지 않았다.

앤은 맥없이 말했다.

"그래, 그거 잘됐구나."

"맞아. 그 일을 하게 되면 좋겠다고 바라고 있었지. 덕분에 내년 학비 걱정도 좀 덜었고."

"너무 열심히 일만 하지 말고."

앤은 자기가 지금 무슨 말을 하고 있는지 뚜렷이 알지 못했다. 부디 필리파가 나와주었으면 하고 간절히 바라고 있었다.

"올겨울 내내 쉴 새 없이 공부했잖아. 어때, 기분 좋은 밤이지? 나 오늘 저 뒤틀린 큰 나무 밑에 흰 제비꽃이 한 무더기 피어 있는 것을 봤어. 마치 금광을 발견한 것 같았어."

"앤은 언제나 금광을 발견하는구나."

길버트도 건성으로 말하고 있었다.

하지만 앤은 더 열을 내서 말했다.

"좀 더 찾아낼 수 있을지 한번 가보자. 필도 불러서……."

"지금은 필이고 제비꽃이고 아무래도 좋아, 앤."

길버트는 조용히 말하며 앤의 손을 잡아 꼭 쥐었다. 앤은 그의 손에서 빠져나올 수 없었다.

"나는 앤에게 꼭 해야 할 이야기가 있어."

앤은 비명에 가까운 목소리로 애원했다.

"아, 하지 마. 부탁이니 아무 말 하지 말아줘, 길버트."

"해야겠어. 더 이상 이런 상태를 유지할 수는 없어. 앤, 나는 앤을 사랑해. 그건 분명 앤도 알고 있을 거야. 내가……내가 앤을 얼마나 사랑하는지 말로 다 할 수 없어. 언제가 될지 몰라도 미래에 내 아내가 되겠다고 약속해주겠어?"

앤은 슬픈 목소리로 말했다.

"나……나는 그럴 수 없어. 오, 길버트……길버트…… 너는 모든 걸 다 망쳐놓고 말았어."

무거운 침묵이 흐르는 동안 앤은 고개조차 들 수 없었다.

가까스로 길버트가 입을 열었다.

"앤은 내게 전혀 마음이 없는 거니?"

"응…… 그런 의미에서는. 친구로서는 길버트를 진심으로 아껴. 하지만 길버트를 사랑하고 있지는 않아."

"앞으로 그렇게 될지도 모른다고 얼마쯤 희망을 갖게 해줄 수는 없을까……

언젠가는?"

앤은 필사적으로 소리쳤다.

"아니야, 안 돼. 그런 식으로는 나…… 결코, 결코 길버트를 좋아할 수 없어. 내게 다시는 그런 말 하지 말아줘."

또다시 무거운 침묵이 이어졌다. 너무나도 길고 무시무시한 정적에 초조해진 앤은 마침내 얼굴을 들지 않을 수 없었다. 길버트의 얼굴은 입술까지 핏기가 사라져 새하얬다. 더욱이 눈은…… 앤은 몸을 떨며 얼굴을 돌려버렸다. 모든 것이 낭만과는 거리가 멀었다. 청혼을 받는 일은 괴상하거나 비참한 것이 아니면 안 된단 말인가? 지금 길버트의 얼굴이 언제까지나 잊히지 않을 것 같았다.

마침내 길버트가 낮은 목소리로 물었다.

"누구 다른 사람이 있어?"

앤은 오해하지 않도록 열심히 부정했다.

"아니야…… 없어. 그런 의미에서 내가 좋아하는 사람은 아무도 없어…… 그리고 나는 이 세상 그 누구보다도 길버트를 가장 좋아해."

길버트는 씁쓰레하게 조금 웃었다.

"친구로서 말이지. 앤의 우정만으로 나는 만족할 수 없어. 나는 앤의 사랑을 원해. 그런데도 내가 그것을 도저히 가질 수 없다는 말이로구나."

"미안해. 용서해, 길버트."

앤은 이 말밖에 할 수 없었다. 오, 청혼을 거절할 때 쓰려고 공상할 때마다 준비해두었던 그 우아하고 아름다운 말들은 다 어디로 가버렸단 말인가!

길버트는 가만히 앤의 손을 놓았다.

"내 용서를 구할 일은 아무것도 없어. 때로는 앤도 나를 사랑하고 있다고 생각한 적 있었지만 내 착각이었어. 그뿐이야. 안녕, 앤."

앤은 가까스로 자기 방으로 돌아와 소나무가 내다보이는 창가 자리에 앉아 몹시 서럽게 흐느꼈다. 헤아릴 수 없이 귀중한 무엇인가가 자기 생에서 사라져버린 듯했다. 물론 길버트의 우정이었다. 아, 그것을 어째서 이런 식으로 잃어야만 하는 것일까?

"왜 그러니, 앤?"

달빛이 비치는 희미한 어둠 속으로 필리파가 다가왔다. 앤은 대답하지 않았다. 그 순간에는 필리파가 천 마일이나 떨어진 곳에 멀리멀리 있어주었으면 싶었다.

"너, 길버트 블라이드를 거절했구나. 참 어리석은 사람이야, 앤 셜리!"

대답하지 않고는 견딜 수 없어 앤은 쌀쌀맞게 말했다.

"사랑하지도 않는 사람과의 결혼을 거절하는 게 어리석다는 거니?"

"너는 눈앞에 있는 사랑을 모르는 거야. 너의 그 공상으로 스스로 사랑이라고 상상하며 만들어낸 어떤 것 때문에 눈이 멀어서 진짜 사랑도 알아보지 못하는 거야. 어머나, 태어나서 처음으로 분별 있는 말을 했어. 어떻게 내 입에서 이런 말이 튀어나왔지?"

앤이 힘없이 부탁했다.

"필, 제발 잠깐 동안만 나를 혼자 있게 해줘. 내 세계는 산산이 허물어졌어. 그것을 다시 지어 올려야 해."

그 자리를 떠나며 필리파가 물었다.

"길버트가 없는 세계를?"

길버트가 없는 세계! 앤은 쓸쓸하게 그 말을 되풀이했다. 그 세계는 몹시 초라하고 외롭지 않을까? 이게 모두 길버트 때문이다. 길버트가 두 사람의 아름다운 우정을 엉망으로 망가뜨린 것이다. 이제부터는 길버트의 우정 없이 살아가는 법을 익히는 수밖에 없었다.

어제의 장미

앤이 볼링브로크에서 지낸 2주일 동안은 참으로 즐거웠다. 길버트를 생각할 때마다 왠지 모를 고통과 불만이 마음 밑바닥에 응어리로 맺혔지만, 다행히 길버트를 생각할 시간은 그리 없었다. 고든 가(家)의 유서 깊고 아름다운 '마운트홀리 저택'에는 필리파의 남녀 친구들이 왁작왁작 떼 지어 모여와 활기찬 분위기를 북돋워주었다. 필리파가 앞장서서 마련한 명랑하고 활기찬 '대축제' 계획하에 드라이브며 춤이며 소풍이며 뱃놀이가 눈이 핑핑 돌 만큼 잇따라 이어지며 시간 가는 줄 모를 정도로 즐거웠다.

물론 앨릭과 앨런조는 어느 때에도 빠지지 않았다. 앤은 이 두 사람이 도깨비불같이 변덕스러운 필리파의 춤 상대가 되는 것 외에 도대체 하는 일이 있는 것일까 의아하게 생각했다. 둘 다 인상 좋고 남자다운 사람들이었지만 앤은 어느 쪽이 나은지 의견을 말하려 하지 않았다.

필리파가 한탄하듯 말했다.

"누구와 결혼하면 좋을지 결심하는 걸 네가 도와줄 줄 알았는데."

하지만 앤은 냉정하게 말했다.

"그건 너 스스로 결정해야만 해. 다른 사람 일에 대해서는 누구랑 결혼하는 게 좋다느니, 누구하고 잘 어울린다느니 잘도 결정하잖니."

필리파는 눈을 동그랗게 뜨고 진지하게 대답했다.

"어머나, 그건 다른 문제지."

볼링브로크에 머무르는 동안 가장 기념할 만한 일은 앤이 태어난 집을 방문한 일이었다. 앤이 몇 번이나 꿈속에서 그려보았던 작고 초라한 노란색 집은 사람 눈에 띄지 않는 조용한 거리에 자리하고 있었다.

필리파와 함께 대문을 들어선 앤은 기쁨으로 가슴 설레 하며 그 집을 바라보았다.

"거의 내가 떠올리던 그대로야. 창문에 인동덩굴이 자라고 있지는 않지만, 앞뜰에 라일락 나무는 정말로 있어. 그리고……맞아, 창문에 모슬린 커튼이 드리워져 있어. 지금도 집이 노란색으로 칠해져 있어서 참 기뻐."

그때 키 크고 여윈 여자가 문을 열었다.

그녀는 앤의 질문에 대답했다.

"그래요, 셜리 씨 가족이 20년 전 여기에 살았어요. 이 집을 빌려서 살았지요. 그 사람들 아직도 기억나요. 부부가 함께 열병에 걸려 죽어버렸죠, 정말 가엾었어요. 갓난아기를 남겨두고 말이에요. 그 아이는 벌써 오래전에 죽었을 거예요. 아주 허약한 아이였으니까요. 토머스 씨 부부가 데려갔죠. 자기들 아이만으로는 부족했는지."

앤이 방긋 웃으며 말했다.

"그 아이는 죽지 않았어요. 제가 그 갓난아기예요."

"설마! 이런……아주 많이 컸군요."

그녀는 앤이 아직도 갓난아기가 아닌 것이 자못 놀라운 듯 큰 소리로 외쳤다.

"자세히 보니 확실히 닮았네요. 살결이 흰 것이 아버지와 똑같아요. 아버지도 빨강머리였죠. 눈과 코는 어머니를 닮았군요. 어머니는 아주 좋은 사람이었어요. 우리 딸아이가 학교에 다닐 때 어머니에게서 공부를 배웠는데 무척 좋아했었어요. 두 분 다 한 무덤에 묻혔죠. 근무를 성실히 잘해준 데 대한 보답으로 학교 이사회에서 묘석을 세워주었답니다. 자, 안으로 들어와요."

앤이 물었다.

"집 안을 둘러봐도 괜찮을까요?"

"그럼요. 원한다면 얼마든지 보세요. 오래 걸리지도 않을 거예요. 그리 넓지도 않으니까요. 남편에게 새로 부엌을 지어달라고 줄곧 조르고 있지만 그이는 원래 뭘 뚝딱뚝딱 만들어내는 사람은 못 돼요.

응접실은 바로 저기고 2층에 방이 두 개 있어요. 천천히 둘러보세요. 나는 손자를 봐줘야 하니까요.

동쪽 방이 아가씨가 태어난 방이에요. 아가씨 어머니가 해돋이 보기를 무척 좋아한다고 했던 말이 기억나요. 아가씨가 태어났을 때 마침 해가 솟아올라 어머니의 눈에 맨 먼저 비친 것이 아기 얼굴에 닿은 햇살이었다는 말도 했지요."

앤은 두근거리는 가슴을 다독이며 좁은 층계를 올라가 그 작은 동쪽 방으로 살며시 들어갔다. 그곳은 앤에게 성지와도 같은 장소였다. 여기서 그녀의 어머니는 머지않아 태어날 아기를 생각하며 끝없이 행복한 꿈을 그리고 있었다. 새로운 생명이 태어나는 신성한 순간에 빨갛게 솟은 아침 해의 빛이 창으로 비껴 들어와 여기서 어머니와 아기에게 비쳤고, 여기서 어머니는 세상을 떠났다. 눈물을 머금고 앤은 경건하게 주위를 둘러보았다. 그것은 영원토록 기억 속에서 눈부시게 반짝일 인생의 보석과도 같은 한순간이었다.

앤은 속삭였다.

"상상이 안 돼. 어머니가 나를 낳았을 때 지금의 나보다 더 어렸다니."

앤이 아래로 내려가자 여자는 현관 앞에서 기다리고 있다가 빛바랜 파란 리본으로 묶은 작은 먼지투성이 꾸러미를 하나 건네주었다.

"내가 여기 이사 왔을 때 2층 저 벽장에 있던 오래된 편지 다발이에요. 어떤 편지인지는 몰라요. 속을 들여다보거나 하는 일은 하지 않았거든요. 편지 받는 사람의 이름이 '미스 버사 윌리스'로 되어 있는데, 아가씨 어머니가 결혼 전에 쓰던 이름이에요. 가지고 싶거든 가져가세요."

앤은 감정이 북받쳐 어쩔 줄 몰라 꾸러미를 꼭 끌어안고 소리쳤다.

"오, 고맙습니다. 정말 고맙습니다."

"집에 남아 있던 물건이라고는 그것뿐이었어요. 가구는 다 팔아 의사 선생님에게 치료비로 주었고, 어머니의 옷이며 자질구레한 것들은 토머스 부인이 받아갔으니까요. 그런 것도 토머스 씨네 개구쟁이들에게 걸렸으니 오래가지 못했을 거예요. 손만 댔다 하면 남아나는 게 없는, 정말이지 감당 못 할 아이들이었거든요."

앤은 목멘 소리로 말했다.

"저한테는 어머니의 물건이 하나도 없었어요. 이 편지에 대해 뭐라고 감사의 말씀을 드려야 할지 모르겠어요."

"뭘요, 괜찮아요. 세상에, 아가씨의 눈은 정말 어머니의 눈과 똑같군요. 살아 생전 어머니도 눈으로 참 많은 걸 말했어요. 이미지는 그리 살생기진 않았지만 참으로 좋은 분이었어요. 그 두 분이 결혼했을 때 그만큼 서로 사랑하는 부부는 없다고 모두들 말했던 기억이 나요. 그리 오래 살지 못한 것이 참 안된 일이었죠. 하지만 살아 있는 동안은 무척 행복했어요. 그게 더 중요한 것 아니겠어요?"

앤은 빨리 돌아가 귀중한 편지를 읽고 싶었으나, 그 전에 또 한 군데 들를 곳이 있었다. 아버지와 어머니가 묻혀 있는 '옛날' 볼링브로크 묘지를 혼자 찾아가 흰 꽃 한 다발을 무덤 위에 바쳤다. 그런 다음 서둘러 마운트홀리 저택으로 돌아와 자기 방에 틀어박혀 편지를 읽고 또 읽었다.

어떤 것은 아버지가 썼고, 어떤 것은 어머니가 쓴 것이었다. 많지는 않았는데—모두 열두 통뿐이었다—그것은 월터와 버사가 약혼 시절 따로 떨어져 지낸 일이 그리 없었기 때문이었다. 편지는 흘러간 세월 때문에 누렇게 바래고 흐릿해져서 글씨를 또렷하게 알아보기 어려웠다. 얼룩지고 구겨진 편지에는 심오한 지성이 담긴 말은 없었지만 사랑과 믿음이 넘쳐흐르고 있었다. 거기에는 머나먼 망각의 세계로 흘러간 감미로움—오래전에 세상을 떠난 연인들이 까마득한 과거에 서로를 소중히 여기던 다정한 마음—이 절절히 담겨 있었다.

버사 셜리에게는 편지 쓰는 재능이 있어 세월이 흐른 뒤까지도 아름다운 향기를 간직한 글과 생각들이 그 사람의 매력과 인성을 고스란히 보여주고 있었다. 편지는 모두 오직 한 사람에게만 바쳐진 깊은 애정을 담고 있는 신성한 것이었다. 앤의 마음에 가장 들었던 편지는 자기가 태어난 뒤 얼마 안 되는 짧은 기간 동안 집을 비웠던 아버지에게 쓴 편지였다. '아기'가 얼마나 영리하고 얼마나 밝은지 그리고 무엇보다 얼마나 사랑스러운지 자랑스러워하는 젊은 어머니가 쓴 '아기'에 관한 보고서라고도 할 만한 것이었다.

나는 우리 아기가 잠들어 있을 때 가장 예쁘고, 깨어 있을 때 영롱한 눈을 마주 보고 있으면 한층 더 사랑스럽답니다.

버사 셜리는 추신에 이렇게 적었다. 아마도 이것이 버사가 펜을 잡고 쓴 마지막 문장이었는지도 모른다. 죽음은 버사의 몸 가까이 성큼 다가와 있었다.

앤은 그날 밤 필리파에게 말했다.

"오늘은 내 생애에서 가장 아름다운 날이었어. 아버지와 어머니를 만났으니까. 그 편지 덕분에 아버지도 어머니도 실제로 내게 존재하는 사람처럼 된 거야. 이제부터 나는 고아가 아니야. 마치 책을 펼쳤다가 다정하고 사랑스러운 모습 그대로 책갈피에 끼워져 있는 어제의 장미를 발견한 그런 심정이야."

다시 그린게이블즈로

난롯불 그림자가 그린게이블즈의 부엌 벽에서 춤추고 있었다. 봄이라고는 하나 아직은 으스스 추운 저녁이었다. 활짝 열어젖혀진 동쪽 창문으로 무어라 말할 수 없는 황홀한 밤의 온갖 소리가 바람결에 흘러 들어왔다.

마릴라는 난롯가에 앉아 있었다. 적어도 몸은 앉아 있었다. 하지만 마음은 젊은 시절로 되돌아가 익숙히 다니던 길을 헤매고 있었다. 요즘 마릴라는 쌍둥이를 위해 뜨개질을 해야겠다고 생각하면서도 정작 이렇게 몇 시간씩 멍하니 보내는 일이 많아졌다.

마릴라는 혼자 중얼거렸다.

"나도 나이를 먹은 거야."

그렇다고는 해도 지난 9년 동안 마릴라는 그리 달라지지 않아 전보다 좀 여위어 앙상해지고 흰머리가 약간 더 늘었을 뿐이며, 머리카락은 여전히 흐트러진 데 없이 빗어 올려 단단히 쪽을 지고 변함없이 두 개의 핀을―이 핀도 예전부터 써오던 핀일까?―찔러 넣었다. 그러나 표정은 크게 달라져 있었다. 입매에 이따금 감돌곤 했던 유머러스한 기색이 한층 두드러지고, 눈은 다정하고 온화해졌으며, 미소가 잦아져 자애로움을 띠고 있었다.

마릴라는 지나온 인생을 찬찬히 뒤돌아보고 있었다. 옹색하기는 했지만 불행하지 않았던 어린 시절, 한사코 꿈을 감추고 희망은 꺾여버린 청춘 시절, 그 뒤에 이어진 활기 없는 잿빛 중년 생활의 갑갑하고 기나긴 단조로운 세월.

그리고 앤이 왔다. 애정으로 흘러넘치는 마음과 자신만의 공상의 세계를 지닌, 발랄하고 상상력 풍부하며 때로는 충동적인 앤이 따뜻함과 밝은 빛을 가져와 거친 들판에 장미꽃이 피듯 쓸쓸한 인생에 생기를 불어넣어주었다. 마릴라는 60년 생애 가운데 자기가 살아 있었다고 할 수 있는 것은 앤이 나타난 뒤의 겨우 9년 동안에 지나지 않는 듯 여겨졌다. 그런 앤이 내일 저녁 돌아온다.

부엌문이 열렸다. 린드 부인이겠거니 하며 마릴라는 얼굴을 들었다. 그런데 눈앞에 늘씬한 앤이 서 있었다. 별처럼 눈을 반짝이며 두 손에는 오롱조롱 핀 메이플라워와 제비꽃을 가득 들고 있었다.

마릴라가 외쳤다.

"앤 셜리!"

너무 놀란 나머지 마릴라는 태어나서 처음으로 자제심을 잃고 사랑하는 딸을 와락 끌어당겼다. 꽃이 눌리는 것도 아랑곳하지 않은 채 힘껏 얼싸안고 윤기 흐르는 머리카락이며 사랑스러운 얼굴에 진심을 담아 입을 맞추었다.

"오늘 돌아올 줄은 꿈에도 생각지 못했구나. 카모디에서부터 어떻게 왔니?"

"걸어왔어요, 사랑하는 마릴라. 퀸즈아카데미에 다닐 때 자주 그렇게 했었잖아요? 트렁크는 우체부 아저씨가 내일 가져다줄 거예요. 갑자기 참을 수 없이 집이 그리워져서 하루 일찍 돌아왔어요.

아! 5월의 저녁 어스름 속에 이루 말할 수 없이 아름다운 풍경 속을 거닐며 왔어요. 오다가 들판 언저리에서 잠깐 메이플라워를 땄죠. '제비꽃 골짜기'를 지나왔는데, 그곳은 마치 제비꽃이 빼곡히 난 큰 화분 같았어요…… 이 귀여운 하늘색이 감도는 제비꽃 꽃내음 좀 맡아보세요, 마릴라. 깊이 들이마셔보세요."

마릴라는 하라는 대로 냄새를 맡았으나, 제비꽃 향기를 들이마시기보다 앤 쪽에 마음이 가 있었다.

"앉아라, 앤. 피곤하겠구나. 먹을 것을 가져오마."

"오늘 밤은 산 뒤에서 보름달이 떠올랐어요, 마릴라. 게다가 카모디에서 여기까지 줄곧 개구리가 나를 벗해주었죠! 나는 개구리의 음악을 아주 좋아해요. 가장 행복했던 내 어린 시절의 봄날 저녁에 대한 모든 추억과 이어져 있는 듯하거든요. 개구리 노랫소리는 언제나 내가 여기에 처음 왔던 날을 떠오르게 해줘요. 그날 기억나요, 마릴라?"

마릴라는 힘주어 말했다.

"기억하고말고. 언제까지나 잊을 것 같지 않구나."

"그해에는 늪이며 시냇물이며 여기저기서 미친 듯이 노래했어요. 어둑어둑할 때 방 창문에 다가서서 그 노래를 들으며, 어쩌면 그토록 기쁜 동시에 슬픈 듯이 울 수 있을까 늘 궁금했었죠.

아, 집에 돌아온다는 것은 정말 좋아요! 레드먼드도 좋고 볼링브로크도 즐거웠지만…… 그린게이블즈야말로 '내 집'이에요."

마릴라가 말했다.

"길버트는 올여름에 돌아오지 않는다더구나"

"네, 안 와요."

그 목소리가 왠지 마음에 걸려 마릴라는 앤을 바라보며 눈치를 살폈지만, 언뜻 보기에 앤은 제비꽃을 오목한 그릇에 옮겨 담는 데 정신을 빼앗긴 듯싶었다.

"보세요, 예쁘죠?"

앤은 애써 밝은 척하며 재빨리 말을 이었다.

"1년은 마치 한 권의 책 같지 않아요, 마릴라? 봄의 책장에 나오는 건 메이플라워와 제비꽃, 여름은 장미, 가을은 붉게 물든 단풍 잎사귀, 겨울은 호랑가시나무와 늘푸른나무예요."

그러나 마릴라가 끈질기게 물었다.

"길버트는 시험을 잘 쳤니?"

"아주 잘했어요. 일등을 했거든요. 그런데 쌍둥이와 린드 아주머니는 어디 있죠?"

"레이철과 도라는 해리슨 씨네에 갔고 데이비는 볼터 씨네 아이들한테 갔단다. 아이고, 우리 데이비가 돌아온 모양이구나."

데이비는 뛰어 들어오다가 앤을 보고 놀라 걸음을 딱 멈추더니 환성을 지르며 앤에게 달려들었다.

"아, 누나, 돌아와서 너무너무 기뻐! 누나, 난 작년 가을보다 키가 2인치(약 5센티미터)나 자랐어. 오늘 린드 아줌마가 줄자로 재줬거든. 그리고 말이야, 누나, 내 앞니 좀 봐. 빠졌어. 린드 아줌마가 실 끝을 이에 붙들어 매고 또 한끝은 문에 맨 다음 문을 쾅 하고 닫았어. 그 이를 밀티에게 2센트 받고 팔았어. 밀티는 이를 모으고 있거든."

마릴라가 얼굴을 찡그리며 물었다.

"대체 이 같은 걸 무엇 때문에 가지고 싶어하는 거라니?"

데이비는 앤의 무릎 위로 기어오르며 설명했다.

"인디언 추장 놀이에 쓸 목걸이를 만든대. 벌써 널 다섯 개나 모았어. 이미 다른 아이들도 모두 주기로 약속해버려서 우리가 이제부터 모으려 해도 틀렸어. 정말이지 볼터 씨네 사람들은 장사를 잘해."

마릴라는 엄하게 물었다.

"볼터 아주머니 댁에서 착하게 굴었니?"

"응. 하지만 말이야, 나는 착한 아이 되는 것에 싫증 났어."

앤이 웃으며 말했다.

"이왕이면 나쁜 아이가 되는 데 싫증 나면 좋을 텐데."

"그래도 나쁜 아이로 지내는 동안은 재미있는걸. 그러고 나서 나중에 잘못했다고 빌면 되잖아."

"빈다 해도 못된 짓을 한 결과는 지워버릴 수 없어, 데이비. 지난여름에 주일학교 빼먹고 놀았던 그 일요일 일을 잊었니? 그때 나쁜 짓을 하면 손해라고 분명히 네 입으로 말했는데? 오늘은 밀티하고 무얼 했니?"

"아, 낚시도 하고 고양이도 쫓아다니고 새알도 찾아다니고 메아리를 부르려고 고함도 쳐봤어. 밀티네 집 헛간 뒤에 덤불이 있는데 거기에 커다란 메아리가 있어. 메아리란 뭐지, 누나? 가르쳐줘."

"메아리는 아름다운 요정이야, 데이비. 아주 먼 숲속에 꼭꼭 숨어 살고 있지. 그리고 언덕 사이로 세상을 내다보며 하하하 웃는 거야."

"어떻게 생겼어?"

"머리카락과 눈은 어두운 색이고 목과 팔은 눈처럼 희지. 얼마나 아름다운지는 아무도 볼 수 없어. 사슴보다도 재빨라서 우리가 알 수 있는 것은 놀려대는 듯한 그 목소리뿐이야.

밤이면 메아리가 부르는 소리가 들리고 별빛 아래에서는 웃는 소리도 들리지만 볼 수는 없어. 뒤쫓아가며 자꾸자꾸 달아나버리면서 언제나 바로 옆 언덕 너머에서 이쪽을 보고 웃고 있단다."

데이비는 눈이 똥그래져서 물었다.

"그거 모두 정말이야, 누나? 아니면 뻥치는 말이야?"

앤은 실망하며 말했다.

"데이비, 넌 재미있는 옛날이야기와 거짓말도 구별할 줄 몰라?"

데이비는 고집스럽게 주장했다.

"그렇다면 볼터네 풀숲에서 내가 하는 말을 따라하는 건 뭐야? 가르쳐줘."

"네가 좀 더 크면 가르쳐줄게."

나이에 대한 말이 나오자, 데이비는 딴생각이 난 듯 잠시 말없이 얌전히 있더니 목소리를 낮춰 진지하게 말했다.

"누나, 나 결혼할 생각이야."

앤도 데이비 못지않게 진지한 얼굴로 물었다.

"언제?"

"그야 물론 어른이 된 다음에."

"아, 그 말을 들으니 마음이 놓이는구나. 데이비. 부인은 누구지?"

"우리 반 아이 스텔라 플레처야. 그리고 누나, 스텔라만큼 예쁜 아이는 없어. 만일 내가 어른이 되기 전에 죽어버리면 누나가 스텔라를 잘 보살펴줘."

마릴라가 엄하게 나무랐다.

"데이비 키스, 그런 어이없는 이야기는 그만둬라."

데이비는 마음이 상한 듯 항의했다.

"어이없는 일이 아니야. 스텔라는 내 부인이 되기로 약속했단 말야. 그러니 내가 죽으면 내 미망인이 되는 게 맞잖아? 게다가 스텔라에게는 할머니 말고는 돌봐준 사람이 없어."

마릴라가 말했다.

"앤, 이리 와서 식사해라. 그 아이가 하는 그런 실없는 이야기를 재미있다는 듯 다 들어줘선 안 돼."

'메아리집' 사람들

애번리에서의 그해 여름은 참으로 즐거웠다. 그러나 앤은 방학 동안 갖가지 기쁨에 에워싸여 있으면서도 뭔가 있어야 할 것이 없는 듯한 허전한 심정에 사로잡혀 지냈다. 그러나 앤은 길버트가 없다는 데 그 원인이 있음을 쉬이 인정하려 들지 않았다. 하지만 기도 모임이며 개선회 모임이 끝난 뒤 다이애나와 프레드를 비롯해 즐거워 보이는 많은 커플들이 희미한 별빛이 비치는 시골길을 함께 걸어서 흩어져 가는데, 홀로 외로이 집으로 돌아와야만 할 때 뭐라 설명할 수 없는 기묘한 고독감이 가슴을 휩쌌다.

편지쯤은 보낼 만도 한데 길버트는 그것조차 하지 않았다. 다이애나에게는 이따금 편지가 온다는 것을 앤은 알고 있었지만 길버트에 대해 물으려 하지 않았으며, 다이애나 쪽에서는 앤도 편지를 받고 있으리라 여기고 먼저 말을 꺼내지 않았다.

명랑하고 쾌활하며 솔직하지만 눈치는 없는 편인 길버트 어머니는 앤을 볼 때마다 요즘 길버트로부터 편지가 왔었는지 언제나 또렷한 목소리로, 게다가 매번 많은 사람들이 보는 앞에서 묻는 바람에 앤을 난처하게 했다.

"아주 최근에 받은 건 없어요."

가엾은 앤은 얼굴을 붉히면서 기어드는 목소리로 대답할 수밖에 없었다. 블라이드 부인을 포함한 모든 사람들은 그것을 단순히 아가씨다운 수줍음으로 받아들였다.

그것만 빼면 어쨌든 앤은 여름을 즐겁게 지냈다. 6월에는 프리실라가 찾아와 떠들썩한 나날을 보냈으며, 프리실라가 떠나자 어빙 부부와 폴과 샤를로타 4세가 7월과 8월 동안 돌아왔다.

'메아리집'은 다시금 활기가 넘치고, 강 건너편의 메아리는 가문비나무 뒤쪽의 오래된 뜰에 울려 퍼지는 웃음소리를 끊임없이 흉내 내고 있었다.

'미스 라벤더'는 전보다 더 다정하고 우아한 것 말고는 조금도 달라지지 않았다. 폴은 그녀를 거의 숭배할 만큼 좋아하여 이 두 사람이 서로에게 각별한 애정과 관심을 쏟는 모습은 더없이 아름다웠다.

폴이 앤에게 설명했다.

"하지만 나는 '어머니'라고는 부르지 않아요. 그 말은 나를 낳아주신 엄마만의 것이니까요. 제 마음 아시죠, 선생님? 그 대신 '라벤더 엄마'라고 부르고 있어요. 그리고 아버지 다음으로 좋아해요. 그리고…… 사실은…… 선생님보다 조금 더 좋아해요, 선생님."

앤이 미소 지으며 말했다.

"그게 당연하지."

폴은 이제 13살이 되었고 나이에 비해 키도 훌쩍 컸다. 얼굴도 눈도 전과 다름없이 귀여웠으며, 공상의 세계를 간직하고 있는 것 또한 그대로였다. 그 공상은 프리즘과 같아 거기에 닿는 모든 것을 무지개 빛깔로 바꾸어놓았다. 폴은 앤과 숲이며 들이며 바닷가를 즐겁게 산책했다. 이 두 사람보다 더 완전한 '닮은꼴 영혼'은 달리 없을 정도였다.

어느덧 샤를로타 4세는 활짝 핀 꽃 같은 아가씨가 되어 있었다. 지금은 머리를 퐁파두르 스타일로 올리고 정들었던 지난날의 파란 나비 리본은 버렸지만, 얼굴은 여전히 주근깨투성이였으며 들창코였고, 큰 입 만큼이나 미소도 컸다.

샤를로타 4세는 걱정스럽게 물었다.

"제가 양키 사투리로 말한다고 생각하지는 않죠, 셜리 아가씨?"

"그런 것 같지 않은데, 샤를로타."

"그 말을 들으니 안심이 돼요. 집에서는 제가 사투리를 쓴다고 다들 말했어요. 틀림없이 저를 놀리느라 그랬을 거예요. 양키 사투리는 절대 사절이에요. 양키들에게 불만이 있는 건 아니지만요. 그 사람들은 정말 교양 있는 사람들이니까요. 아무리 그래도 저에게는 프린스에드워드섬보다 더 좋은 곳은 없어요."

폴은 여기에 온 처음 2주일 동안 애버리 어빙 할머니 집에서 지냈다. 폴을 만나러 앤이 그곳에 갔더니 폴은 한시바삐 바닷가에 가고 싶어 안달이 나 있었다. '노러'도 '황금 부인'도 '쌍둥이 선원'도 친구인 폴을 그리워하며 기다리고 있을 것이다. 폴은 저녁 식사를 마치는 것도 기다릴 수 없을 정도였다. 자기가 오지 않을까 살피고 있는 노러의 요정 같은 얼굴이 건너편에서 내다보고 있는 듯해서였다. 그러나 저녁 어스름에 싸여 바닷가에서 돌아온 폴은 몹시 침울했다.

"'바위 사람들'을 만나지 못했니?"

앤이 묻자 갈색 곱슬머리를 찰랑이며 폴은 슬픈 듯 고개를 끄덕였다.

"쌍둥이 선원과 황금 부인은 나타나지 않았어요. 노러는 있었지만…… 노러도 전 같지 않아요, 선생님. 모두들 변해버렸어요."

"아, 폴, 변한 건 너란다. 바위 사람들이 볼 때 너는 너무 커버린 거야. 그 사람들은 놀이친구로 아이들만 좋아하지. 쌍둥이 선원은 그 달빛 돛을 단 진주 빛깔 마법의 배를 타고 다시는 네게로 오지 않을 거야. 황금 부인도 이제 네게 금으로 된 하프를 켜주지 않을 거고, 노로도 이제 곧 너와 만나지 않게 될 테지.

어른이 되려면 벌금을 내야만 해, 폴. 요정 나라를 뒤에 남겨두고 떠나야만 한단다."

어빙 할머니가 놀림과 나무람이 반씩 섞인 투로 말했다.

"두 사람은 여전히 못 알아들을 쓸데없는 말만 하고 있군."

앤은 진지한 표정으로 고개를 저었다.

"어머나, 그렇지 않아요. 우리는 너무 어른스러워졌고, 그건 몹시 아쉬운 일이에요. '말이란 우리의 생각을 감추기 위해 주어진 것'[1]임을 일단 알고 나면 세상은 절반도 재미가 없으니까요."

어빙 할머니는 정색하고 말했다.

"그렇지 않아. 말은 우리의 생각을 주고받기 위해 주어진 거지."

할머니는 탈레랑의 말은 들어본 적도 없었고, 날카로운 경구도 결코 이해하지 못했다.

앤은 빛나는 8월의 한창때 가운데 2주일을 '메아리집'에서 지내며 평화로운 나날을 보냈다. 그곳에 머무는 동안 우연히 앤은 시어도라 딕스와 느긋하게 교제하며 몇 년째 결정적인 구혼을 하지 않고 있던 루도빅 스피드를 독촉하는 일을 거들게 되었는데, 그것은 앤의 이웃들에 관한 다른 이야기[2]에 씌어 있다. 어빙 부부의 나이 많은 친구 아널드 셔먼이 그 무렵 방문해 함께 지내며 즐거

---

[1] 프랑스 혁명기와 나폴레옹 집권기를 거쳐 왕성복고기까지 활약하며 능수능란한 언변을 자랑했던 프랑스의 정치가이자 외교관, 탈레랑(1754~1838)이 한 말.
[2] 루시 모드 몽고메리, 《애번리 연대기》.

움을 더해주었다.

앤이 말했다.

"참으로 멋지게 보냈어요. 나는 힘을 잔뜩 얻은 거인이 된 기분이 들어요. 앞으로 겨우 2주일 뒤면 킹스포트로, 레드먼드와 패티의 집으로 돌아가요. 패티의 집은 정말 사랑스러운 곳이에요, 미스 라벤더. 나는 마치 내 집을 두 채나 가지고 있는 것 같아요…… 하나는 그린게이블즈고 또 하나는 패티의 집이에요. 대체 여름은 어디로 가버렸을까요? 그 봄날 저녁, 메이플라워를 꺾어 들고 돌아온 지 하루도 채 지나지 않은 것 같은데. 어린 시절에는 여름의 한쪽 끝에서 다른 쪽 끝이 보이지가 않았어요. 끝없이 이어지는 계절처럼 내 앞에 펼쳐져 있었죠. 지금은 그저 '한 뼘일 뿐, 또 하나의 이야기일 뿐'[3]이에요."

미스 라벤더가 조용히 물었다.

"앤, 길버트하고는 여전히 친밀한 친구 사이예요?"

"길버트가 제 친구라는 사실에는 변함이 없어요, 미스 라벤더."

미스 라벤더는 고개를 저었다.

"어딘가 달라진 게 느껴져요, 앤. 실례되는 말인 줄 알지만 물을게요. 혹시 싸우기라도 했나요?"

"아니에요, 다만 길버트가 우정 이상의 것을 바라는데 나는 그것을 줄 수 없을 뿐이죠."

"그게 확실해요, 앤?"

"확실하고말고요."

"정말 안타까운 일이네요."

---

[3] 영국의 시인 프랜시스 퀄스(1592~1644)의 시 〈시간〉의 첫 행에서 시간을 표현한 구절.

"어째서 모두들 내가 길버트와 결혼해야만 한다고 여기는지 모르겠어요."

앤은 토라졌다.

"그건 두 사람이 서로의 반쪽이자 배필로 태어났기 때문이에요. 그 때문이죠. 앤, 그렇게 기를 쓰며 부정할 것 없어요. 그게 사실이니까요."

조너스 등장

필리파로부터 편지가 왔다.

8월 20일
프로스펙트곶에서

끝에 E자가 붙은 사랑하는 앤에게

죽을힘을 다해 눈꺼풀을 들어올리며 이 편지를 쓰고 있단다. 올여름 네게 소식 전하지 못한 거 정말 미안해. 하지만 다른 사람들한테도 마찬가지야. 답장을 써야 할 편지가 산더미처럼 쌓여 있어. 그러니까 내 마음의 허리끈을 단단히 졸라매고 열심히 괭이질을 해야만 하겠어. 여러 가지 비유를 뒤섞어 써서 미안해. 내가 지금 엄청 졸려서 이런다.

어젯밤 친척인 에밀리 아주머니와 함께 이웃집을 방문했어. 우리 말고도 손님이 몇 사람 더 있었는데, 가엾게도 그 손님들은 돌아가자마자 그 이웃집 부인과 세 딸들의 가혹한 험담의 제물이 되었지. 에밀리 아주머니와 나도 그 집 문을 닫고 나선 순간부터 그들의 도마 위에 올라갔을 게 뻔해.

집에 돌아갔더니 릴리 부인이 지금 말한 그 집에 고용되어 있는 소년이 성홍열에 걸려 앓아누웠다고 가르쳐주더구나. 릴리 부인은 꼭 적재적소에 그런 말을 해서 사람을 기분 좋게 해주는 탁월한 재주가 있는 사람이야.

나는 성홍열이 정말 무서워. 그 생각을 하다 보니 침대에 누워서도 잠이 안 와서 이리저리 뒤척이다가 잠깐 잠들었는가 하면 무서운 꿈을 꾸었지. 그러다가 3시에 잠을 깨어보니 열이 막 나고 목구멍도 따끔거리고 머리가 깨질 듯이 아팠어. 틀림없이 성홍열에 걸린 것 같았어. 나는 덜컥 겁이 나서 침대에서 일어나서 에밀리 아주머니의 《의료독본》을 찾아 증세를 읽어보았지. 그랬더니 앤, 나에게 그 증상이 모조리 나타나고 있었어. 더 나쁠 수 없다는 것을 안 그날 밤 나는 침대로 돌아와 팽이처럼 푹 잠들고 말았지. 물론 어째서 팽이가 다른 어떤 것보다도 훨씬 깊이 잠드는지 나로서는 알 수 없지만.

그런데 오늘 아침이 되어 보니 거뜬히 나았단다. 그러니까 성홍열에 걸렸을 리 없지 않겠니? 어젯밤에 감염되었다면 증세가 그렇게 빨리 나타났을 리 없지. 낮이었다면 그런 생각을 할 수 있었겠지만 한밤중인 새벽 3시에는 도저히 논리적으로 생각할 수가 없었어.

내가 프로스펙트곶에서 뭘 하고 있을까 궁금하겠지. 여름 한 달을 바닷가에서 지내는 걸 늘 좋아하는데, 아버지가 프로스펙트곶에 있는 아버지 육촌동생 에밀리 아주머니의 '고급 하숙'에 가라고 강력히 주장해서 2주 전에 여느 때와 다름없이 이곳에 온 거야. 그리고 언제나와 마찬가지로 마크 밀러 아저씨가 역까지 마중 나와서 낡은 마차와 아저씨의 이른바 '호기로운 말'로 나를 에밀리 아주머니네 하숙까지 태워다주었어. 아저씨는 참으로 인상 좋은 노인이야. 내게 핑크색 박하사탕을 한 움큼 주었지. 나에게 박하사탕은 언제나 뭔가 신성한 것처럼 여겨져. 어릴 때, 할머니가 늘 교회에서 박하사탕을 주셨기 때문인가 봐. 언젠가 한번 박하사탕 냄새에 대해 "이것이 신성한 냄새예요?" 하고 물은 적이 있었지.

그런데 나는 마크 아저씨가 준 박하사탕은 먹고 싶지 않았어. 아저씨가 주머니 속에서 사탕을 꺼내줬는데 그 속에 누렇게 녹슨 못이며 다른 잡동사니가 같이 뒤섞여 있었거든. 하지만 다정한 아저씨 마음을 다치게 하고 싶지 않아 적당한 때를 보아 박하사탕을 하나씩 하나씩 길에 살짝 떨어뜨려서 버렸지.

마지막 하나까지 없어졌을 때 마크 아저씨는 걱정스레 말했어.

"그 사탕을 그렇게 한꺼번에 몽땅 드시면 안 됩니다, 필 아가씨. 반드시 배 앓이를 할 거예요."

에밀리 아주머니네 집에 하숙하는 사람은 나 말고 다섯밖에 없어―나이 지긋한 숙녀분들 넷과 젊은 남자 하나.

식탁에서 내 오른쪽 옆자리가 릴리 부인. 이 부인은 자기의 온갖 통증과 고통과 병에 대해 상세히 말하는 일에 몸서리나는 기쁨을 느끼는 부류의 사람이지. 어쩌다 누가 어디가 아프다는 말만 꺼냈다 하면 바로 고개를 끄덕이며, "아, 그게 어떤 것인지 내가 너무 잘 알아요."라는 말을 해. 그다음에 이어지는 것이 끝없이 늘어놓는 상세한 증세지.

조너스가 얘기해줬는데, 언젠가 릴리 부인에게 들리는 곳에서 보행실조에 대한 이야기를 했다가, 자기가 너무 잘 알고 있다면서 한참을 말하는 것을 들어야 했대. 그 병으로 10년이나 고생을 하다가 어느 뜨내기 의사 덕분에 나았다는 거야.

조너스가 누구냐고? 잠깐만 기다려, 앤 셜리. 때가 되면 다 얘기해줄 테니까. 이 사람은 존경할 만한 연로하신 여성분들과 함께 묶어서는 안 돼.

그리고 식탁 왼쪽 옆자리는 피니 부인이야. 늘 비탄에 잠긴 듯한 목소리로 말하는 분이지. 금방이라도 울음을 터뜨리지 않을까 마음이 조마조마하단다. 피니 부인을 보고 있으면 인생은 그야말로 눈물의 골짜기이며, 소리 내어 웃는 것은 물론 미소를 머금는 일조차도 정말 비난받아 마땅한 경박하기 짝이 없는 행동이라는 인상을 받지. 나에 대해 제임시나 아주머니보다 더 나쁘게 생각하고 있는데, 제임시나 아주머니는 그런 마음을 속죄하는 심정으로 날 열심히 귀여워해주지만 이 부인은 그렇게 하지도 않아.

미스 마리아 그림스비는 내 대각선 건너편에 앉아. 여기에 온 첫날 내가 미스 마리아에게, 좀 비가 올 것 같은 날씨네요, 하고 말했더니 미스 마리아가 웃더구나. 역에서 여기까지 오는 길이 참 예쁘더라고요, 이렇게 말했더니 이번에도 또 웃었어. 아직도 모기가 몇 마리 남아 있는 것 같아요, 했을 때도 미스 마리아는 또 웃었지. 프로스펙트곶은 언제나 변함없이 아름다워요, 하니까 이번에도 웃지 않겠니? 만일 내가 "우리 아버지는 목매달아 자살했고, 어머니는 독약을 마셔 자살했고, 오빠는 형무소에 들어가 있고, 나는 폐병 말기 환자랍니다."라는 말을 했더라도 미스 마리아는 웃을 사람이야. 그렇게 타고나서 본인도 어찌지 못해. 하지만 슬프고 끔찍한 일이 아닐 수 없지.

네 번째 노부인은 그랜트 부인이야. 이분은 다정한 노부인이지. 하지만 누구에 관해서든 항상 칭찬만 해서 이분하고 이야기 나누는 것은 조금도 재미가 없어.

자, 이제 드디어 조너스 차례야, 앤.

여기에 온 첫날 식탁에서 나와 마주 보고 앉은 한 젊은이가 있었는데, 마치 갓난아기 시절부터 알고 지낸 사이라도 되는 것처럼 나를 보고 싱긋 웃었어. 마크 아저씨가 말해줘서 나는 그 사람이 조너스(요나) 블레이크라는 이름을 가진 세인트컬럼바에서 온 신학생으로, 여름 동안 프로스펙트곶 교회의 목회 활동을 맡았다는 것 등을 알 수 있었어.

조너스는 참으로 못생긴 젊은이야. 정말이지 이토록 못생긴 젊은이는 이제까지 본 적도 없어. 몸집은 크고, 다리는 터무니없이 길고 관절은 꼭 헐거운 듯이 보이지. 머리카락은 누르스름한데 볼품없이 축 늘어져 있고 눈은 초록색인 데다, 입은 크고 귀는 또…… 하지만 되도록 조너스의 귀에 대해서는 생각하지 않으려 해.

하지만 목소리는 좋아. 눈을 감고 목소리만 듣고 있으면 이 사람은 아주 멋있어. 게다가 정말 훌륭한 성품과 아름다운 영혼의 소유자란다.

우리는 금방 친해졌어. 물론 조너스가 레드먼드 졸업생이라는 것이 우리가 친해지는 연결고리가 되어주었지. 우리는 함께 낚시를 하거나 뱃놀이를 하러 나가거나 달밤의 모래톱을 산책하곤 한단다. 달빛에 보면 그리 못생기지 않았고, 아, 정말 멋있었어. 조너스로부터 멋스러움이 마구 뿜어나오는 것 같았지.

숙녀분들은—그랜트 부인 말고는—조너스를 좋게 생각하지 않아. 잘 웃고 농담을 잘하는 데다 자기들하고 있는 것보다 경박한 나와 함께 있기를 좋아하기 때문이지.

어찌 된 일인지 나는, 조너스가 나를 경박하다고 여기지 않았으면 좋겠어, 앤. 이상하지? 조너스라는 이름에다 누런 머리카락을 가진, 이제껏 듣도 보도 못한 인물이 나를 어떻게 생각할까 하는 일에 내가 어째서 이토록 마음을 쓰는 걸까?

지난 일요일, 조너스는 마을 교회에서 설교를 했어. 물론 나도 갔었지. 하지만 조너스가 설교한다는 건 상상이 되지 않았어. 조너스가 목사라는 사실—또는 이제부터 목사가 되려 한다는 사실—도 나로서는 터무니없는 농담으로밖에 생각되지 않아.

어쨌든 조너스는 설교를 했단다. 설교를 시작한 지 10분쯤 되었을 무렵 나는 너무나도 자신이 작고 하찮게 느껴져 내가 아예 눈에 보이지 않겠구나 생각했지. 조너스는 여자에 대해서는 한마디도 하지 않았을 뿐만 아니라 내 쪽을 본 것도 아니었어. 하지만 나는 그때 그 자리에서 내가 얼마나 한심하리만큼 경박스럽고 속이 좁고 변덕이 심한 사람이며, 조너스가 이상적으로 여기는 여자와는 까마득히 거리가 있을지 깨닫게 되었지. 그녀는 당당하고 의지가 강하고 기품 있는 여자라야 해. 조너스는 참으로 진지하고 부드러우면서 진실했지. 목사로서 모든 것을 갖추고 있었어. 그처럼 영감이 번뜩이는 눈, 주일이 아닌 날에는 아무렇게나 흘러내리는 머리카락으로 가려진 저 지적인 이마를 가진 조너스를 어째서 못생겼다고 여겼을까, 라고 생각했지(하지만 실제로 못생겼단다!).

그 설교는 너무도 훌륭해서 영원히 듣고 또 듣고 싶었지만 아주 비참한 기분이 든 것도 사실이야. 아, 내가 너 같으면 얼마나 좋을까 하는 생각이 들었지 뭐니, 앤.

집으로 돌아오는 길에 조너스가 뒤따라와서 내게 여느 때와 마찬가지로 쾌활하게 싱긋 웃어 보였어. 하지만 싱긋 웃더라도 나는 이제 두 번 다시 속지 않아. 나는 진정한 조너스를 보고 말았으니까. 과연 조너스가 필의 참모습을 보게 될 날도 올까 생각했지. 진짜 필은 아직 아무도—앤, 심지어 너조차도—본 적이 없단다.

"조너스." 하고 나는 그를 불렀어. (블레이크 씨라고 부르는 것을 그 순간 잊어버렸지 뭐야. 너무하지 않았니? 하지만 그런 건 아무래도 상관없는 때가 있잖아.)

그리고 말했어.

"조너스, 당신은 목사가 되기 위해 태어났어요. 다른 어떤 일도 당신에게 맞지 않아요."

그러자 조너스는 진지한 목소리로 말했어.

"그래요, 맞지 않죠. 오랫동안 뭔가 다른 일을 하려고 애써 보았었죠. 목사는 되고 싶지 않았으니까요. 하지만 마침내 이거야말로 내게 주어진 일이라는 것을 깨닫게 되었어요. 그렇기에 하느님의 도움으로 이 일을 계속할 생각이죠."

조너스의 목소리는 낮고 경건했어. 나는 조너스라면 그 일을 훌륭하고 숭고하게 잘 해나가리라 생각했지. 그리고 타고난 소질과 훈련으로 조너스를 도울 수 있는 여성은 정말 행복할 거라 여겼어.

그 부인은 변덕스러운 바람이 불 때마다 이리저리 날리는 깃털 같은 존재는 아닐 거야. 언제나 어느 모자를 쓰면 좋을지를 잘 알고 있을 테고, 어쩌면 모자는 한 개밖에 가지고 있지 않을지도 몰라. 목사란 결코 돈이 많지 않으니까. 하지만 모자가 하나밖에 없든 심지어 하나도 없든 조금도 개의치 않을 거야. 조너스가 있으니까.

앤 셜리, 설마 내가 블레이크 씨와 사랑에 빠졌다느니 하는 말을 하거나, 넌지시 비추거나, 생각이라도 하면 용서하지 않을 거야. 내가 어떻게 머리카락이 축 늘어지고 가난하고 못생긴…… 조너스라는 이름의 신학생을 좋아할 수 있겠니? 마크 아저씨가 입버릇처럼 하는 말처럼, '그런 일은 있을 리 없고, 무엇보다 상상도 할 수 없는 일'이야.

그럼 잘 자.

필로부터

추신. 그런 일은 있을 리 없어. 그런데 인정하기는 두렵지만 아무래도 사실인 것 같아. 나는 행복하면서도 비참하고 겁이 나. 조너스가 나 같은 사람을 도저히 좋아하게 될 수 없음을 알기 때문이지. 내가 목사의 아내에 어울리는 사람이 될 수 있다고 여기니, 앤? 솔선해서 기도 모임을 열 수 있는 사람이 될 수 있을 것 같아?

P.G.

꿈속의 왕자 등장

"집 안과 밖 가운데 어디가 더 나은지 비교하고 있는 참이에요."

앤은 패티의 집 창문으로 공원의 푸른 소나무를 바라보고 있었다.

"오늘 오후는 다행히 아무것도 하지 않고 빈둥빈둥할 수 있어요, 짐시 아주머니. 난롯불이 기분 좋게 타오르고 맛있는 러싯 사과가 그릇에 한가득 담겨 있고, 고양이 세 마리가 사이좋게 가르랑거리고 초록빛 코의 더없이 훌륭한 도자기 개 두 마리가 있는 이 안에서 지낼까요? 아니면 잿빛 숲이 손짓하고 잿빛 물결이 항구의 바위에 와서 부딪는 공원으로 갈까요?"

제임시나 아주머니는 뜨개질바늘로 조지프의 누런 귀를 간질이면서 말했다.

"내가 너만큼 젊다면, 나는 공원을 택하겠구나."

앤이 놀랐다.

"아주머니는 누구에게도 지지 않을 만큼 젊다고 하신 것 같은데요?"

"마음은 그렇지. 하지만 다리는 너희처럼 젊지 못하다는 걸 인정해야 해. 아마 조금만 걸어도 후들후들 떨릴 게다. 나가서 신선한 공기를 마시고 오너라, 앤. 요즘 네 얼굴빛이 안 좋아."

앤은 들떠서 말했다.

"그럼 공원에 가볼게요. 오늘은 길들여진 동물처럼 집 안에서 소박한 기쁨에 젖을 기분이 아니에요. 혼자 자유롭게 야생의 기쁨을 느껴보고 싶어요. 공원은 텅 비어 있을 거예요. 모두 미식축구 시합에 갔을 테니까요."

"너는 왜 안 갔니?"

"'저를 부르는 사람이 아무도 없었습죠, 나리.' 어쨌든 댄 레인저 말고는요. 솔직히 댄 레인저하고는 어디고 함께 가고 싶지 않아요. 하지만 그 작고 여린 마음에 굳이 상처 주고 싶지는 않아서 오늘은 피곤해서 시합을 보러 갈 상태가 전혀 아니라고 말했죠. 그래도 괜찮아요. 어차피 오늘은 축구를 보고 싶은 마음이 없으니까요."

제임시나 아주머니가 근심 어린 얼굴로 되풀이해서 말했다.

"가서 신선한 공기를 마시고 오너라. 우산은 꼭 가져가고. 틀림없이 비가 올 테니까. 내 다리의 류머티즘이 도져서 알거든."

"류머티즘은 노인들만 걸리는 거잖아요, 아주머니."

"아니다, 다리의 류머티즘은 누구나 걸릴 수 있어. 노인만 걸리는 류머티즘은 마음의 류머티즘이지. 고맙게도 나하고는 인연이 없지만. 마음의 류머티즘에 걸리면 자기 관을 고르러 갈 때가 된 거야."

11월이었다. 진홍빛 저녁놀, 떠나가는 철새, 바다의 깊고 슬픈 성가, 마지막 열정이 느껴지는 솔바람의 계절이었다. 앤은 공원 소나무 사이를 누비며 오솔길을 천천히 걸어가, 앤의 표현을 빌리면 영혼에 낀 안개를 거세게 휘몰아치는 바람에 저 멀리 날려 보냈다. 영혼의 안개에 시달리는 것은 앤에게는 좀처럼 없는 일이었다. 그러나 3학년이 되어 레드먼드로 돌아온 뒤 어쩐지 인생은 전처럼 한 점 구름도 없이 빛나는 투명함으로 앤의 영혼을 비춰주지 않았다.

패티의 집 생활은 겉보기로는 이제까지와 변함없이 일이며 공부며 오락의 주기가 되풀이되고 있었다. 금요일 저녁이면 난롯불이 타고 있는 큰 거실에 방문자가 북적이며 끝없이 우스갯소리며 웃음소리가 울려 퍼지고 제임시나 아주머니는 그런 모두를 웃는 얼굴로 말없이 지켜보았다.

필리파의 편지에 나왔던 '조너스'도 자주 찾아왔다. 세인트컬럼바에서 아침 일찍 기차로 달려왔다가 늦은 밤 기차로 돌아갔다. 그는 패티의 집 모든 사람에게 인기 있었다.

물론 제임시나 아주머니는 고개를 저으며 신학생도 옛날 같지 않다면서 말했다.

"정말 좋은 사람이야, 필. 하지만 목사란 좀 더 무게 있고 위엄 있게 행동해야 한단다."

필리파가 말했다.

"남자는 늘 웃으면서 크리스천일 수는 없나요?"

그러자 제임시나 아주머니가 나무라듯 말했다.

"그냥 평범한 남자라면 그래도 괜찮고말고. 내 말은 목사를 뜻하는 거야, 필. 그러니 너도 그렇게 블레이크 씨를 장난삼아 대해서는 못써."

필리파가 발끈하며 항의했다.

"장난처럼 대하는 거 아니에요."

필리파의 이 말을 앤 말고는 아무도 믿어주지 않았다. 다른 사람은 모두 필리파가 언제나처럼 재밋거리로 조너스를 대한다 여겨 그런 태도는 좋지 않다고 대놓고 말했다.

스텔라는 엄격하게 말했다.

"블레이크 씨는 앨릭이나 앨런조와 같은 사람이 아니야, 필. 그는 무슨 일이든 진심으로 받아들일 사람이야. 너 그러다 그 사람에게 상처를 주게 될 거야."

"정말로 내가 조너스에게 상처를 줄 수 있다고 여기니? 그럴 수 있다고 나도 믿고 싶어."

"필리파 고든! 네가 그토록 매정한 사람일 줄은 몰랐어. 남자에게 상처를 주고 싶다니, 어떻게 그런 말을!"

"나는 그렇게 말하지 않았어, 스텔라. 내 말을 잘 들어줘. 나는 내가 상처를 줄 수 있다고 믿고 싶다고 했어. 내게 그렇게 할 만한 힘이 있는지 그걸 알고 싶은 거야."

"나는 너라는 사람을 모르겠어, 필. 너는 일부러 그 사람 마음을 가지고 놀고 있잖아. 앞으로 어떻게 하겠다는 생각도 없으면서."

필리파는 침착하게 대답했다.

"할 수만 있다면 그 사람이 나에게 청혼을 하게 만들 생각이야."

스텔라는 단념했다.

"네게는 정말 두 손 두 발 다 들었어."

길버트도 금요일 밤에 이따금 찾아왔다. 언제나 유쾌함을 잃지 않으면서, 실없는 우스갯소리며 재치 있는 입담이 난무하는 가운데에서 훌륭하게 제 몫을 하고 있었다. 앤에 대해서는 특별히 가까이 다가오지도 그렇다고 피하지도 않았다. 얼굴이 마주치게 되었을 때에는 방금 새로 알게 된 사람을 대하듯 쾌활하고 정중한 태도로 얘기를 나누었다. 옛날의 우정은 흔적도 없이 사라져버렸다. 앤은 그것을 예리하게 느낄 수 있었지만, 한편으로는 길버트가 앤에 대한 실망을 그처럼 깡그리 이겨낸 것은 아주 고맙고 기쁜 일이라고 자신에게 되뇌었다.

앤은 과수원에서의 그 4월 어느 날 저녁 길버트의 마음에 쓰라린 상처를 준 일을 결코 잊을 수 없었다. 그 상처가 오래도록 낫지 않는 게 아닐까 진심으로 두려워했었다. 그러나 그런 걱정을 할 필요가 없었음을 알았다. 남자들을 죽음에 이르게 하고 벌레에게 파먹히는 운명으로 내모는 것들이 물론 있었지만, 그 가운데 하나가 사랑은 아니었다. 길버트가 실연의 상처로 곧 죽을 일이 없는 것은 분명하며 그는 인생을 즐기고 있었으며 야심과 열의가 넘쳤다. 어떤 여성이 아름답지만 쌀쌀맞았다고 해서 절망에 빠져 허우적댈 틈 따위는 없었다. 길버트와 필리파가 연달아 주고받는 실없는 농담을 들으며, 앤은 자신이 길버트를 도저히 좋아할 수 없을 거라고 말했을 때 보았던 그의 눈빛은 단순히 자기의 상상이 만들어낸 것이 아니었을까 하는 의심마저 들었다.

길버트가 나간 빈자리에 발을 들여놓고 싶어 안달 난 사람들이 없는 것은 아니었지만, 앤은 전처럼 두려워하거나 치욕스러워하지 않으면서 정중히 그들을 거절했다. 진짜 '꿈속의 왕자'가 나타나지 않는다면 대용품은 필요 없다. 바람이 세차게 휘몰아치는 그 흐린 날의 공원에서 앤은 단호히 스스로에게 그렇게 되뇌었다.

갑자기 제임시나 아주머니의 예언대로 비가 요란한 소리를 내며 억수같이 퍼붓기 시작했다. 화들짝 놀라 앤은 우산을 펴 들고 서둘러 언덕길을 내려왔다. 항구의 큰길로 나왔을 때, 강한 돌풍이 몰아쳐 눈 깜짝할 사이에 우산이 벌렁 뒤집히고 말았다. 앤은 필사적으로 우산에 매달렸다.

그때였다. 가까이에서 낯선 목소리가 들렸다.

"실례합니다만…… 제 우산을 같이 쓰시겠습니까?"

앤은 얼굴을 들었다. 키가 헌칠하고 잘생겼으며 기품 있는 용모……우수에 찬 짙고 그윽한 눈동자……감미롭게 감싸는 따뜻한 목소리…… 그렇다, 앤이 그토록 꿈꾸던 주인공, 그 사람이 현실에 나타나 앤의 눈앞에 서 있었던 것이다. 주문 제작을 했다 하더라도 이보다 더 앤의 이상과 똑같을 수는 없을 정도였다.

앤은 어쩔 줄 몰라 하며 말했다.

"고맙습니다."

낯선 사람이 말했다.

"저 곳에 있는 정자로 서둘러 가는 게 좋을 것 같군요. 저기라면 이 소나기가 지나갈 때까지 비를 피할 수 있을 겁니다. 이렇게 심하게 퍼붓는 것을 보니 그리 오래 내리지는 않을 테니까요."

그 말은 아주 평범했지만, 오, 그 말투와 음색! 그리고 얼굴에 띤 미소! 앤은 가슴이 두근두근 방망이질하는 야릇함을 느꼈다.

두 사람은 허둥지둥 정자로 뛰어 들어가 숨을 헐떡이며 그 고맙고 안락한 지붕 아래 앉았다. 앤은 웃으며 자신을 배반한 우산을 치켜들었다.

그러고는 유쾌한 목소리로 말했다.

"우산이 뒤집혔을 때 나는 무생물이 얼마나 무정한가를 깨달았어요."

빗방울이 윤기 흐르는 앤의 머리카락에 맺혀 반짝이고 있었고, 흐트러진 곱슬머리 몇 가닥이 목이며 이마 언저리에 동그랗게 감겨 있었다. 뺨은 발그레하게 물들고 커다란 눈은 별처럼 반짝였다. 상대는 황홀한 얼굴로 앤을 내려다보았다. 그 뚫어지게 바라보는 눈길 아래에서 앤은 자기도 모르게 얼굴이 붉어지는 것을 스스로 느꼈다.

이 사람은 누구일까? 어머나, 외투의 옷깃에 레드먼드의 하양과 빨강 리본이 달려 있지 않은가? 앤은 신입생 말고는 레드먼드의 모든 학생을 적어도 얼굴은 다 알고 있다고 생각했었다. 그러나 이 세련된 젊은이가 신입생일 리는 없었다.

젊은이는 앤이 달고 있는 리본 빛깔을 보고 싱긋 웃으며 말했다.

"우리는 동문인 듯하군요. 그 배지가 소개하는 수고를 덜어주겠는데요. 나는 로열 가드너입니다. 그쪽은 지난번 학술연구회에서 테니슨에 대한 논문을 발표한 미스 셜리 아닙니까?"

앤은 솔직히 말했다.

"네, 맞아요. 하지만 나는 그쪽을 전혀 모르겠어요. 저, 몇 학년이시죠?"

"아직은 어느 학년에도 속해 있지 않습니다. 2년 전 레드먼드에서 2학년까지 마치고 그 뒤 줄곧 유럽에 가 있었죠. 이제 문학부를 마치기 위해 돌아온 겁니다."

"나도 지금 3학년이에요."

상대는 그 멋진 눈에 무한한 의미를 담아 말했다.

"그럼 우리는 동문인 동시에 동기인 셈이군요. 지난 2년 동안 견딘 고난의 세월이 아깝지 않게 느껴지네요."

비는 조금도 멎지 않고 한 시간쯤 줄곧 쏟아졌다. 하지만 그것이 못내 짧게만 느껴졌다. 구름이 걷히고 파리한 11월 햇빛이 항구며 소나무에 비스듬히 비쳤을 때, 앤과 로열 가드너는 나란히 집으로 돌아갔다. 패티의 집에 닿을 무렵, 그는 나중에 집에 방문해도 되겠냐고 물었고 앤은 그것을 허락했다.

앤은 뺨이 화끈거리고 손가락 끝까지 빨개져서 집 안으로 들어갔다. 러스티는 앤의 무릎으로 기어올라 얼굴을 핥으려 했으나 무심한 반응만 돌아올 뿐이었다. 낭만적인 두근거림에 온통 마음을 빼앗긴 앤에게는 그날 찢어진 귀의 고양이에게 관심을 줄 만한 여유가 없었다.

그날 밤, 패티의 집으로 미스 셜리에게 선물 꾸러미가 배달되었다. 상자에 든 것은 호화스러운 장미꽃 열두 송이였다. 필리파는 상자에서 떨어진 카드를 얼른 집어 들어 이름과 그 뒤에 적힌 시적인 인용구를 읽었다.

"로열 가드너라고! 어머나, 앤, 네가 로이 가드너와 아는 사이인 줄은 몰랐어!"

앤이 당황하여 설명했다.

"오늘 오후 비가 쏟아졌을 때 공원에서 우연히 만났어. 내 우산이 뒤집혀버렸을 때 그 사람이 나타나서 우산을 씌워주었어."

필리파는 호기심에 타오르는 눈으로 앤을 빤히 보았다.

"오! 고작 그런 평범한 일로 로열 가드너가 센티멘털한 시를 곁들여 장미꽃을 열두 송이나 보내왔단 말이니? 그리고 너는 또 왜 그 카드를 보고 세상에 보기 드문 사랑스러운 장밋빛으로 뺨이 물든 거니? 앤, 그 대답이 네 얼굴에 다 씌어 있어."

"그런 말도 안 되는 소리 하지 마, 필. 그런데 너는 가드너 씨를 알고 있니?"

"그 사람 누이동생 두 명을 만난 적이 있어. 그래서 그 사람에 대해서 이야기는 들었지. 킹스포트에서는 웬만한 사람이면 누구나 다 그 사람을 알아. 가드너 집안은 노바스코샤의 파란 코 중에서도 본토박이인 데다 엄청난 부자야. 로이는 매우 잘생겼고 머리가 좋지.

2년 전 어머니 건강이 나빠져서 대학을 그만두고 어머니를 모시고 함께 유럽으로 가야만 했다고 들었어. 아버지는 이미 돌아가셨어. 공부를 단념해야만 해서 몹시 낙담했을 텐데도 주변 사람들 말로는 조금도 그런 내색을 하지 않았대. 피이-파이-포-펌.[1] 앤, 로맨스의 향기가 물씬 풍기는구나. 부러울 만도 하지만, 그렇지는 않아. 결국 로이 가드너도 조너스는 아니니까."

"실없는 소리 좀 그만해!"

앤은 새침하게 그렇게 쏘아붙였지만 그날 밤 오래도록 잠을 이루지 못했다. 자고 싶지도 않았다. 눈을 뜨고 하는 공상이 꿈나라의 어떤 환상보다도 더 매

---

[1] 〈잭과 콩나무〉라는 옛날이야기에 나오는 거인이 사람의 냄새를 맡았을 때 입버릇처럼 외치는 일종의 독특한 감탄사.

혹적이었다. 마침내 왕자가 나타난 것일까? 앤의 마음속까지 들여다보듯이 그 윽하게 그녀의 눈을 바라보던 그 아름답고 짙은 눈동자를 떠올리며, 앤은 틀림없다는 느낌이 강하게 들었다.

크리스틴 등장

패티의 집 아가씨들은 외출 준비를 하고 있었다. 3학년생들이 해마다 2월이면 4학년생을 위해 여는 파티에 가기 위해서였다. 앤은 하늘색 방 거울에 비친 자기 모습을 만족스러운 눈으로 바라보았다. 오늘은 특별히 아름다운 드레스를 입고 있었다. 원래는 얇은 시폰이 겹쳐진 아무 장식 없는 크림색 비단의 평범한 드레스였다. 그런데 필리파가 크리스마스 휴가 때 집으로 가지고 가 시폰에 자잘한 장미꽃봉오리를 한가득 수놓겠다고 한사코 고집을 부렸던 것이다. 필리파의 정교한 자수 솜씨 덕분에 그것은 온 레드먼드 아가씨들에게 부러움의 대상이 될 만한 의상이 되었다. 파리에서 주문한 옷을 입은 앨리 분조차도, 앤이 옷자락을 끌며 레드먼드의 중앙 층계를 올라갈 때, 그 장미꽃봉오리 무늬가 수 놓인 작품을 부러워하는 눈길로 바라볼 정도였다.

앤은 머리에 꽂은 흰 난초를 살펴보고 있었다. 로이 가드너가 앤에게 보내온 꽃으로, 레드먼드의 어느 아가씨도 그날 밤 흰 난초를 꽂지 않을 것을 앤은 알고 있었다.

그때 필리파가 들어오더니 눈을 크게 뜨며 감탄했다.

"앤, 오늘 밤은 틀림없이 네가 가장 돋보이고 아름다울 거야. 열 밤 가운데 아홉 밤은 내가 너보다 빛나지만, 너는 꼭 열 번째 밤에 갑자기 한번에 꽃망울이 활짝 핀 듯 나를 초라하게 만든단 말이야. 그렇게 하는 비결이 대체 뭐야?"

"옷 때문이야, 필. 옷이 날개라고 하잖니?"

"그렇지 않아. 네가 갑자기 아름다워 보였던 저번 날 밤엔 린드 부인이 만들어준 낡은 파랑 플란넬 옷을 입고 있었잖아? 설사 로이가 아직 네게 마음을 빼앗기지 않았다 하더라도 오늘 밤에는 반드시 항복하고 말 거야. 하지만 너에게 난초는 어울리지 않는 것 같아. 정말이야. 시샘해서 하는 말이 아니야. 난초는 네 꽃이 아니라는 생각이 들어. 너무 이국적이고……너무 열대 지방 분위기고…… 어딘지 거만해 보인다고 해야 하나? 아무튼 그건 굳이 달지 않는 게 좋겠어."

"응, 그게 낫겠어. 사실은 나도 난초를 좋아하지 않아. 나한테는 어울리지 않는다고 생각해. 로이도 그렇게 자주 보내주는 건 아니야. 내가 가까이할 수 있는 꽃을 좋아한다는 걸 아니까. 난초는 어쩌다 만나러 가야 하는 그런 꽃인 것 같아."

"오늘 밤 쓰라고 조너스는 핑크빛 장미꽃봉오리를 보내주었어. 하지만…… 오늘 밤에 오지는 않아. 빈민가에서 기도 모임을 이끌어야 한대! 오고 싶지 않은 게 아닐까. 앤, 조너스는 나라는 사람한테 조금도 관심이 없는 게 아닐까? 이대로 속앓이를 하다 말라 죽어버려야 할지, 아니면 계속 살아서 문학사 학위라도 받아 분별심 있고 유익한 사람이 될지 결정을 못 하고 있는 참이야."

"너는 도저히 후자의 사람은 될 수 없을 테니, 말라 죽는 길밖에 없겠네."

"너 매정한 사람이구나!"

"요 바보 같은 필! 조너스가 너를 사랑한다는 것을 뻔히 알면서."

"하지만…… 한 번도 내게 그런 말을 하지 않는걸. 그렇다고 그 말을 내 편에서 끌어낼 수는 없잖아. 눈에는 드러나 있어. 그것은 인정해. 하지만 '그대 오직 눈으로만 내게 말할지어다'를 믿고 혼수로 가져갈 냅킨에 수를 놓거나 식탁보 가장자리에 레이스 장식을 뜨고 있을 수는 없어. 그런 일은 정말로 약혼한 다음이 아니면 시작하고 싶지 않아. 자칫하면 운명의 여신에게 장난을 쳐보라고 유혹하는 것이나 다름없을 테니까."

"블레이크 씨는 네게 결혼해달라고 말하는 걸 망설이고 있는 거야, 필. 가난하니까 네가 이제까지 지내온 것과 같은 생활을 하게 해줄 수 없기 때문에. 그게 마음에 걸려 실은 진작에 했을 말을 여태껏 못 하고 있다는 걸 너도 알잖니?"

"나도 그렇게 생각해."

필리파는 서글픈 듯 동의하더니 갑자기 기운을 차리고 덧붙였다.

"좋아. 조너스가 구혼하지 않는다면 내가 하겠어. 그러면 돼. 이제 걱정하지 않겠어. 그러고 보니 길버트 블라이드는 언제나 크리스틴 스튜어트와 함께 다니더라. 알고 있니?"

앤은 작은 금목걸이를 목에 감고 고리를 걸려던 참이었는데, 갑자기 잘 잠기지가 않았다. 이 고리가 어디가 잘못된 것일까…… 아니면 내 손가락이 어떻게 된 것일까?

앤은 아무렇지 않은 척 대답했다.

"몰라. 크리스틴 스튜어트가 누구지?"

"로널드 스튜어트의 누이동생이야. 올겨울 킹스포트에 음악공부 하러 와 있어. 니는 아직 못 봤는데 퍽 예쁘고 길버트가 푹 빠져 있다는 소문이야. 네가 길버트 구혼을 거절했을 때 사실 엄청 분개했었어, 앤. 하지만 네게는 로이 가드너가 나타날 운명이었던 거지. 이제 와서야 알았어. 역시 네가 옳았어."

앤이 결국 로이 가드너와 결혼할 것이라는 식으로 친구들이 말하면 앤은 언제나 얼굴이 새빨개졌으나, 이 순간만큼은 그렇지 않았다. 갑자기 모든 것이 아무 재미도, 흥미도 없는 듯 여겨졌다. 필리파의 수다는 하찮았고 파티도 시시해져버렸다. 앤은 애꿎은 러스티의 귀를 툭 건드렸다.

"그 쿠션에서 얼른 내려와, 이 고양이 녀석! 어째서 그렇게 매번 침대에 기어 올라와 있는 거지?"

앤은 난초를 집어 들고 아래층으로 내려갔다. 아래층에서는 제임시나 아주머니가 난롯불 앞에 코트를 한 줄로 죽 걸어놓고 따뜻하게 덥히는 중이었다. 로이 가드너는 앤을 기다리며 세라캣에게 장난을 치고 있었다. 세라캣은 로이가 못마땅한 듯 언제나 그에게 등을 돌리곤 했지만 패티의 집에 사는 다른 사람은 모두 그를 좋아했다. 언제나 빈틈없이 예의 바른 태도와 듣기 좋은 목소리로 붙임성 있게 이야기하는 것에 반해서 제임시나 아주머니는 가드너 씨처럼 훌륭한 젊은이는 본 일이 없으며 앤은 참으로 운 좋은 아가씨라고 말했다. 그런 말을 들으면 앤은 뒷걸음치고 싶은 기분이었다. 로이의 구애는 확실히 아가씨 마음을 더없이 행복하게 할 만큼 낭만적이었지만 그래도 앤은 제임시나 아주머니나 친구들이 모든 일을 이미 결정된 수순인 양 대하지 않으면 좋겠다고 생각했다.

로이가 앤에게 외투를 입혀주며 시적인 찬사를 속삭였을 때에도 앤은 뺨이 붉어지거나 가슴이 두근거리는 것을 느끼지 못했다. 로이는 레드먼드로 걸어가는 동안 앤이 평소보다 말이 없다는 인상을 받았다. 앤이 여학생 탈의실에 외투를 벗어놓고 나왔을 때까지도 낯빛이 좀 파리한 듯싶었으나 두 사람이 파티장으로 들어선 순간 갑자기 앤의 얼굴이 환하게 빛나기 시작했다. 앤은 더없이 쾌활하고 명랑한 표정으로 로이를 바라보았다. 로이도 필리파가 말하는 이른바 '그 검은 벨벳 같은 그윽한 미소'로 앤의 표정에 답했다.

그러나 앤은 로이를 코앞에 두고도 그가 전혀 눈에 들어오지 않았다. 방 건너편 종려나무 밑에서 길버트가 아마도 크리스틴 스튜어트로 추정되는 아가씨와 이야기를 나누며 서 있는 것을 날카롭게 의식하고 있었던 것이다.

그 아가씨는 매우 아름다웠으며 중년에는 제법 풍채 좋게 살이 붙을 듯한 당당한 몸매였다. 큰 키에 커다랗고 짙은 파란색 눈, 매끄러운 상아 같은 살결과 윤기 흐르는 짙은 머릿결.

'그녀는 내가 언제나 바라던 그런 외모구나.'

앤은 비참해졌다.

'옅은 장밋빛이 도는 살결…… 별처럼 빛나는 보랏빛 눈망울…… 새까맣고 윤기 어린 머릿결…… 그래, 내가 꿈꾸었던 모든 것을 갖추고 있어. 이름이 코딜리아 피츠제럴드가 아닌 게 이상할 정도야! 하지만 몸매는 나만큼 좋지 않고 코는 확실히 내가 나아.'

이 결론으로 앤은 얼마쯤 위로를 받았다.

고백

그해 겨울의 끝자락에 3월은 유순한 새끼 양처럼 살며시 다가와 상쾌한 황금빛 나날을 안겨주었다. 그러한 한낮 뒤에는 싸늘한 핑크빛 황혼이 길게 이어지다 이윽고 차디찬 달빛이 다스리는 요정 나라로 사라져버렸다.

패티의 집 아가씨들에게 4월에 있을 시험은 부담감으로 어두운 그림자를 던지고 있었다. 저마다 열심히 공부했고 필리파까지도 평소의 그녀답지 않게 교과서와 필기에 매달렸다.

필리파는 다부지게 말했다.

"나 수학 성적 잘 받아서 존슨 장학금을 받을 생각이야. 그리스어 장학금이라면 더 수월하게 탈 수 있지만, 조너스에게 내가 머리가 엄청 좋다는 것을 반드시 보여주고 싶어서 수학으로 도전하려는 거야."

앤이 말했다.

"조너스는 네 곱슬머리 밑에 있는 두뇌보다도 너의 커다란 갈색 눈과 살짝 입꼬리가 올라간 그 미소를 더 좋아할걸."

그러자 제임시나 아주머니가 말했다.

"내가 젊었을 때는 여자가 수학에 대해 알고 있는 것은 숙녀답지 못하다고 여겼단다. 하지만 시대가 달라졌으니까. 꼭 좋은 쪽으로 달라졌는지는 잘 모르겠지만. 그런데 필은 요리는 할 줄 아니?"

"아뇨, 생강 쿠키 말고는 이제까지 음식을 만들어본 적 없어요. 그 생강 쿠키도 실패였어요. 한가운데는 납작하게 꺼지고 가장자리는 제멋대로 부풀어버렸어요. 어떤 모양이었는지 알겠죠? 하지만 아주머니, 만약 제가 수학 장학금을 탈 수 있는 머리로 마음먹고 열심히 요리를 배운다면 요리도 충분히 잘하지 않을까요?"

그러자 제임시나 아주머니는 신중하게 대답했다.

"그럴지도 모르지. 하지만 나는 여성의 고등교육을 깎아내리려는 게 아니야. 내 딸도 문학사니까. 게다가 요리도 할 줄 알지. 대학교수가 수학을 가르치기 전에 내가 먼저 요리를 가르쳐주었단다."

3월 중순 무렵 미스 패티 스포퍼드로부터 편지가 왔는데, 미스 마리아와 둘이 앞으로 1년 더 외국에서 지내기로 했음을 알려왔다.

편지에는 다음과 같이 씌어 있었다.

그러니 패티의 집을 내년 겨울까지 더 써도 좋아요. 마리아와 나는 이집트를 얼른 한 바퀴 돌 생각입니다. 죽기 전에 스핑크스를 꼭 한번 보았으면 해서지요.

프리실라가 웃었다.

"그 두 할머니가 '이집트를 얼른 한 바퀴 도는' 광경을 생각해 봐. 스핑크스를 올려다보며 뜨개질을 할까?"

스텔라도 따라 웃으며 말했다.

"앞으로 1년 더 이 집을 써도 된다니 정말 기뻐. 그분들이 돌아오면 어쩌나 걱정했거든. 그렇게 되면 이 즐겁고 아담한 보금자리를 잃고, 둥지 없는 병아리가 된 우리는 또다시 하숙집이라는 냉혹한 세상에 내던져질 테니까."

필리파가 친구의 말이 끝나기 무섭게 책을 옆으로 내던지며 말했다.

"나는 공원으로 슬렁슬렁 산책을 다녀와야겠어. 내가 80살이 되었을 때 틀림없이 오늘 밤 산책 가기를 잘했다고 여길 테니까."

앤이 물었다.

"그게 무슨 뜻이야?"

"따라와봐. 그러면 가르쳐줄게."

두 사람은 천천히 걸으며 3월 해 질 녘이 펼쳐내는 갖가지 신비와 마법을 바라보았다. 말할 수 없이 고요하고 평온한 그 시간은 위대하고 경이로웠다. 깊은 생각에 잠긴 듯한 순결한 침묵에 둘러싸여 있었다. 하지만 귀뿐만 아니라 마음을 열고 귀 기울이면 정적을 깨고 무수한 은구슬 소리가 들려왔다. 두 사람이 정처 없이 걸어가는 소나무 그늘 아래 긴 오솔길은 그대로 진홍빛 겨울 저녁놀이 타오르는 하늘로 이어질 듯했다.

"나, 쓸 줄만 알면 지금이라도 집으로 돌아가 시를 쓰겠는데."

필리파는 활짝 트인 곳에서 멈춰 섰다. 장밋빛 노을이 푸릇푸릇한 소나무 우듬지를 차츰차츰 물들이고 있었다.

"여기는 어쩌면 이토록 멋있을까. 깊고 하얀 정적에 휩싸여 있는 이 어두컴컴한 숲의 나무들은 언제나 사색에 잠겨 있는 것 같아."

앤이 나직이 중얼거렸다.

"'숲은 하느님의 최초의 사원이었노라.'[1] 이런 곳에서는 경건한 숭배의 마음

---

[1] 미국 시인·언론인 윌리엄 컬린 브라이언트(1794~1878)의 시 〈숲의 찬가〉에서 따옴.

이 일지 않을 수가 없어. 나는 변함없는 소나무 사이를 거닐 때는 언제나 하느님을 가까이에서 느끼곤 하지."

느닷없이 필리파가 털어놓았다.

"앤, 나는 이 세상에서 가장 행복한 사람이야."

앤은 침착하게 이 말을 이어받았다.

"그럼 드디어 블레이크 씨가 청혼했나 보구나."

"맞아. 그가 내게 청혼하는 동안 나는 재채기를 세 번이나 했어. 너무했지 뭐야. 조너스의 말이 채 끝나기도 전에 '네, 할게요.'라고 대답해버렸단다. 조너스의 마음이 바뀌어서 말하던 중간에 그만두기라도 하면 큰일이라고 여겼거든. 나는 정신 차릴 수 없을 만큼 행복해. 조너스가 청혼하기 전까지는 조너스가 나 같은 경박한 사람을 좋아하게 되리라고는 진심으로 믿기 어려웠으니까."

앤은 진지하게 말했다.

"필, 너는 경박하지 않아. 너의 가벼워 보이는 겉모습 깊숙이에 착하고 성실하고 고운 마음이 숨어 있어. 너는 어째서 그것을 그토록 감추는 거야?"

"그러지 않고는 못 견디겠어서 그래, 앤 여왕님. 네 말대로 나는 마음이 경박하지는 않아. 하지만 그 마음 위에는 경박스러운 껍질이 있어 벗겨버릴 수가 없단다. 포이저 부인이 말했듯이 내가 다시 알을 깨고 나와서 다른 사람이 되지 않는 한 이 모습을 절대로 벗어던질 수는 없을걸.

하지만 조너스는 진정한 나를 알고 있고 변덕스러운 겉모습까지 포함한 내 모든 것을 사랑해. 그리고 나도 조너스를 사랑해. 조너스를 사랑한다는 사실을 스스로 깨달았을 때만큼 놀란 적은 태어나서 처음이야. 못생긴 사람과 사랑에 빠지는 일은 있을 수 없다고 생각했으니까.

내가 스스로 결단을 내려 단 한 사람의 연인을 택하다니! 더욱이 조너스라는 이름을 가진 사람을 말이야! 그렇지만 난 조라고 부를 생각이야. 짧고 어감이 좋은 이름이야. 앨런조였다면 줄여서 부를 애칭도 없지만"

"앨릭과 앨런조는 어떻게 되는 거지?"

"아, 크리스마스에 두 사람에게 어느 쪽과도 결혼할 수 없다고 말했어. 어떻게 한때 그런 생각을 했었나 이제 와서 돌이켜보니 너무 우스워. 그래도 두 사람이 너무도 슬퍼해서 나까지 엉엉 울어버리고 말았단다.

하지만 내가 결혼할 수 있는 사람은 이 세상에 단 한 사람뿐임을 알았어. 처음으로 나 혼자 결심했는데, 생각보다 참 간단했어. 이토록 분명한 확신을 가질 수 있고, 더구나 그 확신이 누군가에 의해 주어진 것이 아니라 나 스스로 얻었음을 안다는 것은 참으로 기쁜 일이야."

"앞으로도 이대로 이어갈 수 있다고 생각하니?"

"나 혼자 결심하는 거? 그건 알 수 없지만 조가 훌륭한 규칙을 만들어주었지. 망설여질 적에는 내가 80살이 되었을 때도 틀림없이 그렇게 했으면 좋았을 거라고 여겨질 일을 하래. 아무튼 조는 결단이 빠른 사람이니 괜찮을 거고, 어차피 한집에 사공이 너무 많은 것도 곤란하지 않겠니?"

"아버지와 어머니는 뭐라고 하실까?"

"아버지는 별말씀 없으실 거야. 내가 하는 일은 뭐든지 옳다고 생각하시니까. 하지만 어머니는 물론 할 말이 많겠지. 아, 어머니의 혀는 코와 마찬가지로 천생 번 집안 혀라서 말이야. 그래도 결국 다 잘될 거야."

"블레이크 씨와 결혼하면 이제까지 누렸던 여러 가지를 단념해야겠구나, 필."

"조가 있으니까 괜찮아. 다른 것은 없어도 돼. 내년 6월에 결혼할 생각이야. 조는 올봄에 세인트컬럼바를 졸업하거든. 그리고 나서 빈민가인 패터슨 거리의 조그만 교회에 부임할 예정이야. 생각 좀 해 봐, 내가 빈민가에 가다니! 하지만 조와 함께라면 빈민가라도, 그린란드의 빙산이라도 기꺼이 가겠어."

앤은 어린 소나무를 쓰다듬으며 말했다.

"들었니? 돈 많은 남자가 아니면 절대로 결혼하지 않겠다고 한 저 아가씨가 하는 말을!"

"오, 내 청춘의 어리석음을 들춰내지 말아줘. 부자였던 때와 마찬가지로 명랑하게 지낼 테니까. 두고 봐. 요리며 옷을 고쳐 만드는 방법도 배울 거야. 장보기는 패티의 집에 와서 이미 배웠고 여름 내내 주일학교에서 아이들을 가르친 적도 있어. 제임시나 아주머니는 내가 조와 결혼하게 되면 조의 경력을 물거품으로 만들어버릴 거라고 했어.

절대 그렇게 하지는 않아. 나에게 분별력이나 냉철한 이성은 부족할지 몰라도 내게는 그보다 더 좋은 게 있지. 다른 사람이 나를 좋아하게 만드는 요령을 알고 있어. 볼링브로크 기도 모임에서 혀짤배기소리로 언제나 간증하는 남자가 있는데, 그가 말했었지. '전깃불처럼(처럼) 강하게 빛나지 않더라도 촛불처럼 빛나라.' 나는 조의 작은 촛불이 되겠어."

"필, 너는 정말 못 말리겠다니까. 어쨌든 너를 너무너무 좋아하다 보니 오히려 멋있고 가벼운 축하 인사 같은 건 나오지 않아. 하지만 나는 진심으로 너의 행복을 기뻐하고 있어."

"알고 있어. 너의 그 큰 잿빛 눈에 진정한 우정이 넘치고 있는걸, 앤. 머지않아 나노 똑같은 눈으로 너를 바라보게 뇌셌시. 너는 로이와 결혼할 시시, 앤?"

"필리파, '청혼받기도 전에 거절했다'던 유명한 베티 백스터에 대한 이야기를 들어본 적 있니? 나는 그 유명한 숙녀를 따라하느라 누구한테 청혼도 받기 전에 거절하거나 승낙한다고 설레발칠 생각은 없어."

필리파는 거침없이 말했다.

"로이가 네게 빠져 있다는 것은 온 레드먼드가 다 알아. 너도 로이를 사랑하지, 앤?"

"그……그렇다고 생각해."

앤은 마지못해 인정했다. 그런 일을 털어놓을 때에는 얼굴을 붉히는 게 마땅하리라 느꼈지만 그렇지 않았다. 그와 반대로 앤이 있는 데서 누군가가 길버트 블라이드와 크리스틴 스튜어트에 대해 말할 때는 언제나 새빨개졌다. 길버트 블라이드와 크리스틴 스튜어트는 자신과 아무 관계도 없다. 전혀 없다. 그러나 앤은 자기가 얼굴 붉히는 까닭에 대해 분석하는 것을 단념했다.

로이에 대해서는, 물론 그를 사랑하고 있다…… 열렬히. 그러지 않을 수 없잖은가? 로이는 내 이상형인데. 그 찬란한 짙은 눈과 호소력 있는 목소리에 어찌 저항할 수 있겠는가? 레드먼드 여학생들 절반은 나를 정신없이 부러워하지 않는가? 게다가 내 생일에 제비꽃 한 상자에 곁들여 얼마나 아름다운 소네트[2]를 보내주었던가!

앤은 그것을 한 줄도 빠짐없이 외워버렸다. 연인에게 주는 것치고는 꽤 잘 쓴 시였다. 키츠나 셰익스피어 수준에는 이를 수 없지만—앤은 그것도 판단할 수 없을 만큼 맹목적인 사랑에 빠져 있지는 않았다—그래도 잡지에 보낸다면 실리기에 손색없는 수준이었다. 더욱이 앤에게 바쳐진 시다. '라우라'나 '베아트리체' 또는 '아테네의 아가씨'[3]에게 바치는 것이 아니라 오직 나 앤 셜리를 위한 선물이다. 시적 운율에 맞추어 당신의 눈동자는 새벽하늘의 샛별이라느니, 당신 뺨의 붉은 빛은 솟아오르는 해돋이에서 훔쳐온 것이라느니, 당신 입술은

---

2) 복잡한 운(韻)과 세련된 기교를 사용한 14행의 짧은 시로 이루어진 서양 시가. 13세기에 이탈리아에서 발생해 단테와 페트라르카에 의해 완성되었으며, 셰익스피어·밀턴 등의 작품이 유명함.
3) 각각 차례로 이탈리아 서정시인 페트라르카의 시집 《칸초니에레》의 뮤즈, 영국 극작가 셰익스피어의 《헛소동》의 등장인물, 그리고 영국 시인 바이런의 동명의 이야기시 제목이자 시적 대상.

낙원의 장미꽃보다도 붉다느니 하며 노래한 시를 받는다는 것은 가슴 떨릴 만큼 낭만적이다. 길버트라면 앤의 눈썹을 찬양하여 소네트를 쓰는 일은 생각조차도 못 할 텐데.

그렇지만 길버트와는 우스갯소리를 주고받을 수 있다. 앤이 언제인가 로이에게 우스운 이야기를 해준 적이 있었는데 로이는 그 이야기가 왜 재미있는지 이해하지 못해 갸우뚱했다. 앤은 그 똑같은 이야기를 길버트와 단둘이 있을 때 하면서 깔깔대고 웃었던 일을 떠올렸다. 그리고 유머 감각이 없는 사람과 함께 살아간다는 것은 길게 보았을 때 결국 따분한 인생이 되지 않을까 불안스럽게 고민했다. 그러나 우수에 찬 신비스러운 남자 주인공에게 유머까지 이해해주기를 바라는 게 더 우스운 일 아닐까? 그것은 애초에 앞뒤가 맞지 않는 이야기다.

6월의 황혼

"언제나 6월만 있는 세상에 산다면 어떨까요?"

앤은 해 질 녘 과수원 향기와 활짝 핀 꽃 사이를 빠져나와 현관 앞 층계에 다다라 이렇게 말했다.

거기에는 마릴라와 린드 부인이 앉아 뜨개질을 하면서 그날 다녀온 애토사 코츠 부인의 장례식에 대해 이야기하고 있었다. 도라는 두 사람 사이에 앉아 부지런히 공부를 하고 있었고, 데이비는 풀밭에 꼼짝도 하지 않고 앉아 있었는데 한쪽 볼에 폭 파인 보조개를 빼고는 온통 울적한 표정이었다.

마릴라가 한숨을 내쉬며 말했다.

"그렇게 된다면 싫증 나겠지."

"그렇겠죠. 하지만 지금으로서는 오늘처럼 아름다운 날만 계속된다면 당분간 싫증 나지 않을 듯싶어요. 누구나 6월을 좋아해요. 그런데 우리 데이비는 이 꽃의 계절에 어째서 음침한 11월 같은 얼굴을 하고 있지?"

어린 비관주의자가 대답했다.

"나는 사는 것이 아주 지겨워졌어."

"10살인데? 아이고, 이를 어째."

데이비는 무서운 표정으로 항의했다.

"나는 지금 장난하는 게 아니야. 나는 의……의……의기소침하단 말이야."

그는 고심 끝에 이 어려운 말을 내뱉었다.

앤은 데이비 옆에 가서 앉으며 물었다.

"무슨 일로?"

"왜냐하면 홈즈 선생님이 병이 나서 새로 온 여자 선생님이 월요일까지 풀어오라며 산수 문제를 열 개나 내줬거든. 그걸 하려면 내일 온종일 걸려. 토요일에 아무것도 못 하고 공부만 해야 한다는 건 너무해. 밀티 볼터는 하지 않겠다고 하지만, 마릴라 아줌마는 해야만 한대. 나는 카슨 선생님이 조금도 좋지 않아."

린드 부인이 엄하게 나무랐다.

"선생님을 그렇게 말하면 못써, 데이비 키스. 카슨 선생님은 아주 신중하고 훌륭한 아가씨야. 조금도 실없는 데가 없는 분이지."

앤이 웃으며 말했다.

"그렇게 말하면 사람이 그리 매력적일 것 같지 않군요. 나는 조금 실없는 사람이 좋은데.

하지만 데이비, 누나가 보기에는 카슨 선생님이 네가 생각하는 것보다는 좋은 분이지 싶어. 어젯밤 기도 모임에서 봤는데, 아주 고지식하기만 한 사람의 눈 같지는 않았어. 자, 데이비, 힘을 내. '내일은 또 내일의 해가 뜨는' 법이니까. 내가 아는 만큼 문제풀이를 도와줄게. 이 빛과 어둠 사이의 아름다운 시간을 산수 걱정 하느라 낭비하면 아깝잖아."

데이비는 갑자기 힘이 솟았다.

"응, 알았어. 누나가 도와주면 금방 끝날 거니까 밀티랑 낚시질하러 갈 수 있어.

애토사 할머니 장례식이 오늘이 아니라 내일이었으면 좋았을걸. 밀티가 그러는데 애토사 할머니는 틀림없이 관 속에서 일어나 앉아 할머니가 묻히는 것을 보러 온 사람들에게 싫은 소리를 할 거라고 밀티 어머니가 말했대. 그래서 나도 가보고 싶었거든. 하지만 그런 일은 일어나지 않았다고 마릴라 아줌마가 말했어."

린드 부인은 엄숙한 태도로 말했다.

"가엾은 애토사도 관 속에서는 온화하게 누워 있더구나. 그 사람이 그렇게 편안한 얼굴을 하고 있는 것을 본 건 처음이었어, 정말이지.

그래, 그 사람을 위해 운 사람은 그리 없었어. 가엾은 사람이지. 아마 엘리샤 라이트네 집에서는 그 사람이 없어져 한시름 놓고 있을걸. 그렇다고 그 사람들을 뭐라고 할 수도 없지."

앤은 두려움에 몸을 떨었다.

"이 세상을 떠나는데 누구 한 사람 슬퍼해주는 사람도 없이 세상과 작별해야 한다는 건, 끔찍스러운 일이라고 생각해요."

"부모 말고는 가엾은 애토사를 아껴준 사람이 아무도 없었던 건 확실해. 남편 되는 사람도 좋아하지 않았으니까."

린드 부인은 딱 잘라 말하고 덧붙였다.

"애토사는 그 남자의 네 번째 아내였어. 남편이라는 사람은 말하자면 습관적으로 결혼했다고 할까? 애토사와 결혼하고 겨우 2, 3년밖에 못 살았어. 의사는 소화불량으로 죽었다고 했지만, 나는 그 사람이 애토사의 혀 때문에 죽은 게 틀림없다고 믿고 있어.

정말이지, 불쌍한 애토사는 이웃 사람들 일은 하나에서 열까지 속속들이 알고 있었지만, 자신에 대해서는 그리 알지 못했단다. 어쨌든 그 사람도 갔구나.

이다음에 흥미있을 만한 일은 다이애나 결혼식이지 않겠니?"

"다이애나가 결혼한다고 생각하면 우습기도 하고 무서워지기도 해요."

앤은 한숨지으며 두 무릎을 끌어안고 '도깨비숲' 나무들 사이로 다이애나의 방에 반짝이는 불빛을 바라보았다.

린드 부인이 힘주어 말했다.

"다이애나가 저렇게 좋은 짝을 만났는데 어째서 무섭다는 건지 나로서는 모르겠구나. 프레드 라이트는 번듯한 농장을 가지고 있고 모범적인 젊은이야."

앤은 미소 지었다.

"확실히 프레드는 옛날에 다이애나가 결혼 상대로 원했던 거칠고 늠름하고, 위험한 매력이 있는 젊은이는 아니에요. 프레드는 더없이 착한 사람이죠."

"그게 마땅하지. 너는 다이애가 위험한 남자와 결혼했으면 좋겠니? 아니면 네가 그런 사람과 결혼하고 싶다는 말이냐?"

"어머나, 그런 게 아니에요. 저도 위험한 사람과 결혼하고 싶지는 않아요. 그래도 그럴 마음만 있으면 얼마든지 위험해질 수도 있지만, 굳이 그러지 않는 사람이면 좋을 것 같아요. 프레드는 사람이 속없이 마냥 착하기만 하잖아요."

마릴라가 꾸짖었다.

"너도 어서 철 좀 들었으면 좋겠구나."

마릴라의 말투는 좀 씁쓰레했다. 마릴라는 앤이 길버트 블라이드를 거절했음을 알고 몹시 실망했기 때문이었다. 한동안 이 소문으로 애번리가 온통 들끓었는데, 그 일이 어떻게 새어나갔는지는 모를 일이었다. 어쩌면 찰리 슬론이 지레짐작한 뒤 그 일을 사실이라고 떠들었을지도 모르며, 다이애나가 프레드에게만 살짝 말한 비밀을 프레드가 경솔하게 퍼뜨린 것인지도 모른다.

어쨌든 그 일은 애번리에 자자하게 퍼졌다. 블라이드 부인은 더 이상 공적으로든 사적으로든 앤에게, 요즘 길버트로부터 소식이 있느냐고 묻지 않고 싸늘하게 목례만 하고 지나쳐버린다. 앤은 마음이 젊고 쾌활한 길버트 어머니를 늘 좋아했기에 이 일이 내심 슬펐다. 마릴라는 아무 말도 하지 않았지만 린드 부인은 짜증이 날 만큼 자주 앤에게 빈정거리거나 핀잔을 주었다. 그러다가 무디 스퍼전 맥퍼슨의 어머니로부터 앤에게 돈 많고 잘생기고 모든 것을 다 갖춘 훌륭한 '숭배자'가 생겼다는 새로운 소문을 들었다. 그 뒤 린드 부인은 입을 다물었지만, 여전히 마음 깊은 곳에서는 앤이 길버트의 구혼을 받아들였더라면 좋았으리라 여기며 아쉬워했다.

부(富)란 정말 좋은 것이다. 그러나 현실적인 린드 부인마저도 돈이 전부라는 생각은 하지 않았다. 앤이 길버트보다 그 잘생긴 미지의 남자를 더 '마음에 들어한다'면 더 이상 할 말은 없었다. 하지만 린드 부인은 앤이 돈 때문에 결혼하는 과오을 저지르는 게 아닐까 몹시 걱정스러웠다. 앤을 너무나도 잘 알고 있는 마릴라는 그 점은 걱정하지 않았다. 그러나 우주만물의 계획에 뭔가 살짝 착오가 생긴 게 아닐까 하는 느낌을 품고 있었다.

린드 부인은 어두운 표정을 지으며 혼잣말을 했다.

"모든 일은 순리대로 풀리기 마련이야. 때로는 일어날 리 없는 일들이 일어나는 수도 있지만. 앤도 그런 경우가 아닐까 하는 생각이 들어. 하느님이 나서시지 않는다면 말이야."

부인은 한숨을 내쉬었다. 왠지 하느님이 나서지 않을 거라 생각했고 그렇다고 자기가 나설 용기도 없었다.

앤은 천천히 '드리아스의 샘'으로 내려와 커다란 자작나무 아래 풀고사리가 자라난 곳에 몸을 웅크리고 앉았다. 여러 여름을 지나는 동안 숱한 날들을 길버트와 둘이서 여기에 앉아 있었다. 이번 방학에도 길버트는 신문사 사무실에서 일을 하느라 애번리에 오지 않았고 그가 없는 애번리는 아주 지루하고 심심했다. 길버트는 앤에게 단 한 통의 편지도 보내지 않았으며, 앤은 오지도 않는 편지를 기다렸다.

로이로부터는 일주일에 두 번 꼬박꼬박 편지가 왔다. 그의 편지는 회고록이나 전기에 포함되었다면 더없이 좋을 듯한 훌륭한 글이었다. 그것을 읽노라면 앤은 전보다 더 로이를 깊이 사랑하고 있는 듯 여겨졌다. 그러나 로이의 편지를 받아들 때는 단 한 번도 갑자기 고통을 느낄 만큼 가슴이 쿵쾅대는 일이 없었는데, 어느 날 하이럼 슬론 부인이 길버트의 반듯한 필체로 받는 사람 이름을 검은 잉크로 적은 봉투를 앤에게 건네주었을 때에는 그렇지 않았다. 앤은 서둘러 집으로 돌아와 동쪽 자기 방에서 정신없이 겉봉을 뜯었다. 그러나 타자기로 친 대학의 어떤 동아리 모임에 대한 보고에 지나지 않았다. 내용은 '오직 그것뿐 다른 것은 없었다.'[1] 앤은 죄 없는 편지를 방 저쪽으로 집어 던지고 토라진 마음에 책상 앞에 앉아 로이에게 전보다 더욱 다정한 편지를 쓰기 시작했다.

다이애나의 결혼식은 앞으로 닷새 뒤였다. 결혼식을 앞둔 '언덕의 과수원'에서는 굽고 삶고 찌고 술을 빚으며 축제 분위기가 한껏 고조되어 있었다. 그야말로 성대한 전통 혼례를 올리기로 되어 있었기 때문이다. 물론 앤은 12살 때 서로가 주고받은 맹세에 따라 신부의 들러리가 되기로 했으며 길버트도 신랑의 들러리가 되기 위해 킹스포트에서 오기로 되어 있었다.

앤은 갖가지 준비를 하느라 들떠 있었지만 그 속마음은 희미한 아픔을 끊임없이 느꼈다. 아마 소중한 옛 친구를 잃게 되는 탓이리라. 다이애나가 꾸밀 새

---

[1] 미국 작가 에드거 앨런 포(1809~1849)의 시 〈큰 까마귀〉에서 따옴.

가정은 그린게이블즈에서 2마일이나 떨어져 있으므로 두 사람이 전처럼 언제나 함께하는 것은 이제 더 이상 바랄 수 없었다.

앤은 얼굴을 들어 다이애나의 방에서 새어 나오는 불빛을 바라보며 여러 해 동안 저 불빛이 자기에게 얼마나 큰 등불이 되어주었던가 생각했다. 그러나 이제 곧 저 불빛이 여름 어스름 속에서 반짝이는 일도 없게 된다. 굵은 눈물방울이 앤의 잿빛 눈에 가득 고였다.

"아, 정말 싫어. 기어코 어른이 되어…… 결혼을 하고…… 모든 게 달라져야만 한다는 게!"

다이애나의 결혼식

"역시 장미다운 장미는 핑크빛뿐이야."

앤은 '언덕의 과수원' 서쪽 방에서 다이애나의 꽃다발을 흰 리본으로 예쁘게 매고 있었다.

"핑크빛 장미는 사랑과 성실이라는 뜻을 지닌 꽃이니까."

다이애나는 하얀 웨딩드레스 차림으로 방 한가운데에서 요모조모 살펴보며 잔뜩 긴장한 태도로 서 있었다. 곱슬곱슬한 검은 머리는 안개 같은 웨딩 베일에 덮여 있었다. 몇 해 전 했던 낭만적인 맹세에 따라 앤이 그 베일을 씌워주었다.

앤이 웃으며 말했다.

"무척 아름답구나. 네가 결혼해서 우리가 어쩔 수 없이 따로따로 떨어져 살게 될 거라며 펑펑 울었던 그 옛날, 내가 그렸던 모습과 모든 게 아주 똑같아.

너는 '옅은 안개처럼 고운 베일'을 쓴 내 상상 속 신부 그대로야, 다이애나. 그리고 나는 네 들러리. 아, 그러나 안타깝도다! 나는 부푼 소매 드레스를 입고 있지 않네. 물론 이 짧은 레이스 소매가 더 아름답지만 말이야. 또 그날과는 달리 내 가슴도 찢어지게 아프지 않고 프레드를 진심으로 미워하고 있지도 않아."

다이애나가 항의했다.

"우리는 정말로 헤어지는 게 아니야. 내가 멀리 가버리는 것도 아니니까. 이제까지와 마찬가지로 앞으로도 우리의 우정은 변하지 않을 거야. 우리는 언제나 그 옛날에 맺은 우정의 '맹세'를 꿋꿋이 지켜왔잖아."

"그래, 우리는 그 맹세를 굳건히 지켜왔어. 우리의 우정은 아름다웠지, 다이애나. 한 번도 말다툼이나 차가운 태도나 심술궂은 말로 우리 우정에 흠집을 낸 적이 없었어. 언제까지나 그렇게 지내고 싶어.

하지만 이제부터는 모든 게 전과 똑같을 수는 없을 거야. 너에게는 다른 중요한 일들이 생길 테고, 나는 그 바깥에 있을 수밖에 없으니까.

린드 아주머니 말대로 '세상사란 그런 것'이겠지. 린드 아주머니가 각별히 아끼던, 가느다란 줄무늬를 넣어서 짠 침대보를 네게 주셨지? 내가 결혼할 때, 나에게도 한 장 주시겠다고 했어."

다이애나는 한탄했다.

"네가 결혼할 때는 내가 들러리를 서주지 못한다는 게 너무 슬퍼."

"내년 6월에 필이 블레이크 씨와 결혼할 때도 내가 들러리가 되기로 했어. 하지만 들러리는 그때까지만 하고 끝이야. '들러리를 세 번 서면 신부가 될 수 없다'는 옛말이 있잖니?"

앤은 창을 통해 한창 핀 꽃송이들로 핑크빛과 흰빛이 어우러진 과수원을 내다보았다.

"목사님이 왔어, 다이애나."

다이애나는 갑자기 낯빛이 새하얘지며 떨기 시작했다.

"오, 앤…… 어쩌면 좋아…… 나 너무 떨려…… 끝까지 해낼 수 없을 것 같아…… 앤, 나 틀림없이 기절하고 말 거야."

"기절하기만 해 봐, 빗물받이통 속으로 끌어다 풍덩 빠뜨려버릴 테니까."

앤은 장난스레 생글생글 웃으며 겁을 주었다.

"힘내, 다이애나. 결혼이 그렇게 두려운 것일 리가 없잖아. 그토록 많은 사람들이 결혼식을 끝내고도 무사히 살아 있잖니. 내가 얼마나 침착한지 봐. 그리고 용기를 내는 거야."

"네 차례가 되어봐, 미스 앤. 어머, 앤, 아버지가 2층으로 올라오시나 봐. 꽃다발을 이리 줘. 베일이 제대로 되어 있니? 나 얼굴 너무 창백하지 않아?"

"아니, 아주 예쁘기만 한걸. 나의 소중한 다이애나, 마지막으로 작별 키스를 해줘. 다시는 다이애나 배리의 키스를 받는 일이 없을 테니까."

"그 대신 다이애나 라이트가 많이 해줄 거야. 자, 마지막 키스. 어머니가 불러, 어서 가자."

그 무렵 유행한 간결한 전통 의식에 따라 앤은 길버트의 팔에 손을 얹고 응접실로 내려왔다. 두 사람은 킹스포트에서 헤어진 뒤 '언덕의 과수원' 2층 층계 위에서 처음으로 만났다. 길버트가 그날에야 도착했기 때문이다.

길버트는 정중하게 악수했다. 아주 건강한 모습이었지만, 앤이 금방 받은 인상으로는, 좀 야윈 것 같았다. 얼굴빛이 파리하지는 않았다. 탐스럽게 반짝이는 머리에 오롱조롱 핀 은방울꽃을 꽂고 부드러운 흰 드레스를 차려입은 앤이 어스름한 복도를 지나 그에게 가까이 다가갔을 때 그의 뺨이 붉게 물들었다. 그들이 사람들로 가득 찬 응접실에 나란히 들어가자 감탄의 속삭임이 온 방 안에 넘쳤다.

린드 부인이 감격한 목소리로 마릴라에게 소곤거렸다.

"어쩌면 저토록 잘 어울리는 한 쌍일까요."

프레드가 몹시 빨개진 얼굴로 천천히 혼자 들어오고, 이윽고 다이애나가 아버지의 팔에 매달려 사뿐히 들어왔다. 다이애나는 기절하지 않았고 예식을 방해하는 난처한 일도 일어나지 않았다. 예식에 이어 떠들썩한 축하연이 벌어져 저녁 늦게야 프레드와 다이애나는 달빛을 받으며 그들의 새 보금자리로 마차를 몰아 떠났고 길버트는 앤을 그린게이블즈로 바래다주었다.

그날 저녁 익숙한 사람들 틈에서 유쾌하게 웃고 떠드는 동안 두 사람 사이에서는 친밀했던 마음이 얼마쯤 돌아와 있었다. 오, 이 정답게 거닐던 친숙한 길을 다시 길버트와 걷는 것은 얼마나 즐거운 일인가!

너무도 고요한 밤이었기에, 귀를 기울이면 활짝 핀 장미의 속삭임, 데이지의 웃음소리, 풀의 노랫소리 등 수많은 다정한 목소리가 모두 뒤섞여 들려올 것 같았다. 눈에 익은 밭에 내리는 아름다운 달빛이 온 세상을 환히 비추고 있었다.

'반짝이는 윤슬의 호수'에 걸린 다리를 건너자 길버트가 물었다.
"집으로 들어가기 전에 '연인의 오솔길'을 좀 걷지 않을래?"

호수에는 달그림자가 물에 빠진 큰 황금빛 꽃송이처럼 잠겨 있었다.

앤은 수줍게 끄덕였다. 그날 밤 '연인의 오솔길'은 마치 요정 나라에 있는 호젓한 길 같았다. 달빛이 자아내는 은빛의 황홀경 속에서 마법이라도 걸린 듯 어슴푸레하게 빛나는 신비로운 곳이 되어 있었다. 한때 '연인의 오솔길'을 이처럼 길버트와 산책하는 것이 몹시 위험했던 일도 있었다. 그러나 지금은 로이와 크리스틴 덕분에 아주 안전했다.

앤은 길버트와 즐겁게 이야기하면서도 크리스틴을 자꾸만 생각하고 있는 자신을 깨달았다. 킹스포트를 떠나기 전에 크리스틴을 몇 번 만났으며, 앤도 크리스틴도 서로 상냥하게 대했다. 두 사람은 실로 다정한 사이였다. 그럼에도 불구하고 두 사람 사이는 우정으로까지 무르익지 못했다. 확실히 크리스틴은 '닮은꼴 영혼'은 아니었다.

길버트가 물었다.

"여름 내내 애번리에 있을 생각이니?"

"아니, 다음 주에 동쪽의 밸리로드에 가기로 했어. 에스더 헤이손이 자기 대신 7월과 8월에 아이들을 가르쳐달래. 그 학교에는 여름학기도 있는데, 에스더가 건강이 좋지 않아서 내가 임시교사로 가는 거야.

한편으로는 싫지 않아. 왜냐하면 요즘 애번리에서 지내면서 이방인이 된 기분이 들거든. 그렇게 생각하면 슬프지만……부정할 수 없는 사실이야.

지난 2년 사이에 큰 소년 소녀로…… 아니, 젊은 남녀로 자란 아이들을 보면 정말 놀라울 정도야. 내가 가르치던 학생들 중 절반은 거의 어른이 되었어. 그 아이들이 전에 길버트와 우리 친구들이 함께 어울리곤 하던 장소에 있는 것을 보면 내가 무척 나이 든 기분이 들어."

앤은 웃으며 한숨을 내쉬었다. 자신이 아주 나이가 많이 들어 원숙하고 현명한 여인이 된 기분을 느낀다……는 것은 거꾸로 그녀가 아직 어리다는 것을 뜻했다. 앤은 인생을 장밋빛 희망과 환상을 통해 어렴풋이 바라볼 수 있었고, 이제는 떠나가 영영 사라져버린 말할 수 없는 어떤 것이 존재하고 있었던, 그 그립고 즐거운 시절로 돌아가고 싶다고 마음속으로 간절히 생각했다. 지금은 다 어디로 가버렸는가…… 그 광채, 그 꿈은?

"'그렇게 세상은 시시각각 변해가도다.'[1]"

길버트는 좀 딴생각에 빠진 듯 기계적으로 시구절을 인용했다.

크리스틴을 떠올리고 있는 게 아닐까 앤은 잠시 생각했다.

오, 이제 애번리는 정말 쓸쓸해지고 말 것이다…… 다이애나가 가버렸으니!

---

1) 미국 언론인 엘런 맥케이 허친슨(1851경–1933)의 시 제목이자 시구절.

어떤 로맨스

밸리로드역에서 기차를 내린 앤은 누군가 마중 나와 있지 않을까 하는 생각에 주위를 둘러보았다. 앤은 재닛 스위트라는 사람의 집에서 하숙을 하기로 되어 있었는데, 에스더의 편지로 상상해본 그 부인과 조금이나마 들어맞을 만한 사람은 보이지 않았다.

눈에 들어온 사람이라곤 가득 쌓인 우편물 자루에 둘러싸인 채 짐마차에 앉아 있는 꽤 나이 들어 보이는 여자뿐이었다. 몸무게가 적어도 2백 파운드(약 90킬로그램)는 될 듯이 풍만했다. 얼굴은 추분 무렵의 보름달처럼 동그랗고 붉으며 살에 파묻혀 눈코가 제대로 보이지도 않을 정도였다. 10년 전 유행한 디자인으로 만들어진, 몸에 딱 붙는 검정 캐시미어 원피스를 입고 노란 나비 리본 장식이 달린 먼지투성이 검은 밀짚모자를 썼으며 팔꿈치까지 오는 손가락 없는 빛바랜 검정 레이스 장갑을 끼고 있었다.

그녀가 활기차게 앤에게 채찍을 흔들어 보였다.

"여기예요, 여기. 밸리로드 학교에 새로 온 선생님 맞으시죠?"

"네."

"그럴 줄 알았어요. 밸리로드는 예쁜 선생님으로 유명하거든요. 밀러스빌은 선생님들이 못생긴 것으로 유명하지만.

오늘 아침 재닛 스위트가 선생님을 모시러 좀 가줄 수 없겠느냐고 부탁해서 내가 말했죠.

'되고말고요. 그 선생님이 좀 비좁은 것을 참아주기만 한다면 얼마든지요. 내 마차는 우편물 자루만 싣기에도 좀 작은 데다 나는 토머스보다도 덩치가 크잖아요!'

잠깐만 기다려주세요, 선생님. 이 자루를 조금 옮겨서 어떻게든 끼여 앉을 자리를 만들어줄 테니까요. 재닛 집까지 2마일(약 3.2킬로미터)밖에 안 돼요. 선생님 집은 재닛네 옆집에 고용되어 있는 남자애가 이따 밤에 가지러 올 거예요. 아, 나는 스키너예요. 어밀리아 스키너."

마침내 끼여 앉을 자리가 마련되어 마차에 훌쩍 올라타며 앤은 혼자 우스운 듯 미소 지었다.

"자, 어서 가자, 검정 암말아!"

스키너 부인은 통통하게 살찐 손에 고삐를 힘껏 잡았다.

"우편물을 배달하러 가는 것은 이번이 처음이에요. 토머스가 오늘은 순무를 캐러 갔음 하면서 나한테 자기 대신 배달을 좀 해달라기에 뱃속에 얼른 뭣 좀 집어넣고 후딱 나왔죠. 나름 이런 일도 좋아해요. 물론 좀 지루하지만요. 앉아서 이런저런 생각을 할 때도 있지만, 아무 생각도 안 하고 그냥 앉아 있을 때도 있어요.

자, 가자, 암말아. 집에 빨랑 가고 싶어요. 내가 없으면 토머스가 엄청 외로워하거든요. 우리는 결혼한 지 아직 얼마 안 됐거든요."

앤은 예의 바르게 말했다.

"그러셨어요?"

"겨우 한 달 됐죠. 하기야 토머스가 구혼을 한 지는 퍽 오래되었지만요. 정말이지 낭만적이었어요."

앤은 로맨스와 스키너 부인을 함께 떠올리려 했으나 아무리 해도 헛일이었다.

앤은 또다시 물었다.

"그러셨어요?"

"그랬어요. 나를 쫓아다니던 다른 사람이 또 있었죠. 어서 가자, 말아. 남편이 죽은 뒤 너무 오랜 시간 혼자 살아와서 사람들도 내 재혼을 단념하고 말았는데, 우리 딸이―아, 우리 딸도 선생님처럼 학교 선생인데요―서부로 가르치러 가고 나서는 정말로 쓸쓸해져서 도저히 못 견디겠더라고요.

그러는 동안에 토머스가 찾아오게 됐고, 또 다른 한 남자도 나타났죠. 다른 남자 이름은 윌리엄 오베다이아 시먼이에요. 오랫동안 나는 어느 쪽을 택할까 갈팡질팡 마음을 정하지 못했는데, 두 사람은 계속 나를 찾아왔고 나는 계속 망설였죠. 하기야 윌리엄 오베다이아는 돈이 많아요. 좋은 저택이 있고 살림도 넉넉해서 결혼 상대로 그만한 사람이 없었죠. 어서 가자, 검정 암말아."

"어째서 그분에게 가지 않았죠?"

스키너 부인은 진지하게 대답했다.

"그건 그 사람이 나를 사랑하지 않았기 때문이죠."

앤은 눈을 크게 뜨고 스키너 부인 쪽을 보았으나, 부인의 얼굴에 신소리를 하고 있다는 기색은 조금도 없었다. 스키너 부인은 자신의 결혼 이야기에 우스꽝스러운 부분이 있다고 전혀 생각하지 않는 모양이었다.

"윌리엄 오베다이아는 3년을 홀아비로 사는 동안 누이동생이 살림을 맡아서 해줬어요. 그런데 그 누이동생이 결혼을 하면서 그저 누군가 살림을 해줄 사람이 필요했던 거예요. 사실 잘 관리할 만한 가치가 있는 훌륭한 집이죠. 어서 가자, 암말아.

 그에 비해 토머스 쪽은 가난하고 집도 겉보기에는 좀 멀끔해 보여도, 날씨만 궂었다 하면 비가 새는 집이에요. 하지만 나는 토머스를 사랑했고 윌리엄 오베다이아한테는 전혀 마음이 없었어요. 그래서 스스로를 설득했죠. '세라 크로'라고 내 이름을 부르며 말했어요—죽은 첫 남편의 성이 크로예요—'원한다면 돈 많은 남자와 결혼해도 되지만 행복해질 수는 없어. 사람은 조금이라도 애정이 있지 않으면 결코 함께 살아갈 수 없거든. 그러니 토머스와 결혼해. 토머스는 너를 사랑하고, 너도 토머스를 사랑하고 있으니까. 사랑 없이는 안 돼.'

 그래서 토머스에게 '당신으로 정했다'고 말했어요. 결혼 준비를 하는 동안 나는 윌리엄 오베다이아의 집 앞으로 지나다닐 용기가 나지 않았어요. 으리으리한 집을 보고 또다시 마음이 흔들리기 시작하면 곤란하다고 여겼거든요. 지금은 전혀 그런 생각은 들지 않고 토머스와 아주 행복하게 살고 있어요. 어서 가자, 암말아."

 앤이 또 물어보았다.

"윌리엄 오베다이아는 뭐라고 했나요?"

"소란을 조금 떨기는 떨었어요. 하지만 지금 윌리엄은 밀러스빌의 혼자 사는 말라깽이 여자를 만나고 있는데 아마 그 여자가 곧 승낙할 것 같아요. 첫 부인보다 나은 아내가 될 테죠.

 윌리엄은 첫 번째 부인과 결혼하고 싶지 않았지만 아버지가 원해서 청혼했었어요. 여자가 틀림없이 싫다고 거절하리라 생각했었거든요. 그런데 웬걸요. 상대편이 승낙해버린 거예요. 그러니 하는 수 없었죠. 자, 어서 가자, 암말아.

 부인은 살림 솜씨는 좋았지만 부척 인색했어요. 18년이나 똑같은 모자를 쓰다가 새 모자를 하나 샀는데 윌리엄이 길에서 마주치고도 자기 아내인 줄 몰랐다더군요. 어서 가자, 검정 암말아.

 나도 하마터면 큰일 날 뻔했죠. 부자하고 결혼했더라면 가엾은 내 사촌 동생 제인 앤처럼 아주 비참해졌을 테니까요. 제인 앤은 조금도 좋아하지 않는 부자 남자와 결혼해서 끔찍한 생활을 하고 있어요. 지난주에는 나를 찾아와 말하더군요.

 '세라 스키너, 나는 언니가 부러워. 지금의 내 남편하고 큰 집에서 사느니보다 내가 좋아하는 사람과 길가의 조그마한 움막에 사는 편이 나아.'

 제인 앤의 남편은 그리 나쁜 사람은 아니지만, 기온이 90도(약 섭씨 30도)가 넘는데 꾸역꾸역 털가죽 외투를 입을 만큼 성질이 비뚤어진 사람이죠. 뭐든지 시키려면 그 반대되는 일을 하라고 구슬러서 하게 만드는 수밖에 없답니다. 어쨌든 아무리 잘해보려 해도 그만한 애정이 없으니 살아도 사는 게 아니죠.

 저기 아래쪽에 보이는 것이 재닛의 집이에요. 재닛은 '길섶집'이라고 불러요. 풍경이 아주 그림 같죠? 오는 내내 우편물 자루 사이에 끼어 앉아 있었으니 내리면 시원할 거예요."

 앤은 진심으로 말했다.

 "그렇겠군요. 하지만 덕분에 재밌는 얘기도 듣고 아주 즐거운 드라이브를 했어요."

 스키너 부인은 기분이 꽤 좋은 모양이었다.

 "아이고, 말도 안 돼! 토머스에게 선생님이 한 말을 이야기해줘야겠네요. 내가 칭찬받으면 토머스는 언제나 아주 기뻐하거든요. 어서 가자, 암말아.

 자, 다 왔어요. 학교 일이 잘되도록 빌게요, 선생님. 재닛의 집 뒤쪽 늪지대를 지나면 학교로 가는 지름길이 있는데, 그 길로 다니려면 조심해야 해요. 일단 그 시커먼 진창에 발이 한번 잘못 빠졌다가는 그대로 빨려 들어가 애덤 파머

네 젖소처럼 심판의 날까지 다시는 모습도 보이지 않고 목소리도 들리지 않게 되는 수가 있거든요. 어서 가자, 검정 암말아."

앤이 필리파에게

앤 셜리로부터
필리파 고든에게

사랑하는 필, 좀 더 빨리 소식을 전했어야 했는데 미안해. 나는 다시 시골 '학교 선생'으로 밸리로드에 취직해서 '길섶집'이라는 미스 재닛 스위트의 집에 하숙하고 있어. 재닛은 퍽 다정한 사람이고 아주 미인이야. 키는 크지만 너무 크지는 않고, 체구는 탄탄한데, 살찌는 것에 있어서도 낭비는 하지 않는다고 할 만한 검소함이 몸에 밴 사람이란다.

하나로 묶은 곱슬곱슬하고 부드러운 갈색 머리카락에는 흰머리가 희끗희끗 섞여 있고, 장밋빛 뺨을 한 얼굴은 아주 쾌활한 데다, 크고 다정한 눈은 물망초처럼 새파래. 게다가 소화불량 같은 것은 전혀 아랑곳하지 않고 오직 기름진 음식을 실컷 먹이고 싶어하는 유쾌한 옛날식 요리사 가운데 한 사람이야.

나는 재닛이 좋고 재닛도 나를 좋아해. 재닛이 나를 좋아하는 것은 아마도 어려서 잃은 앤이라는 여동생이 있었다는 게 주된 이유인 것 같아.

내가 이 집에 도착하자 재닛은 기분 좋게 말했지.

"정말 잘 와줬어요. 어머나, 내가 생각했던 모습과 딴판이네요. 틀림없이 머리 색깔이 검은 분일 거라 생각했거든요. 내 여동생 앤이 검은 머리였어서요. 그런데 선생님은 빨강머리네요!"

그 말을 듣고 처음 몇 분 동안은 기대했던 바와는 달리 재닛을 좋아하게 될 수 없다고 생각했어. 하지만 빨강머리라는 말을 한 것만으로 사람을 싫어할 만큼 사람이 꽉 막혀서는 안 된다고 마음을 돌렸지. 아마도 '적갈색'이라는 말이 재닛이 알고 있는 어휘 가운데에는 없었는지도 모르잖니.

'길섶집'은 아주 멋진 곳이야. 아담한 하얀 집이고, 큰길에서 잘 보이지 않게 쏙 들어가 있는 상쾌한 우묵땅에 있어. 큰길과 집 사이에는 과수원과 정원이 한데 어울려 있고, 현관 앞 오솔길은 대합 조개껍질로 가두리가 꾸며져 있어. 입구에는 담쟁이덩굴이 얽혀 있고 지붕에는 이끼가 덮여 있어.

내 방은 응접실에서 떨어져 있는 말끔한 방인데 침대만으로도 꽉 찰 만큼 아담하단다. 내 침대 머리맡에는 시인 로버트 번스[1]가 커다란 수양버들이 그늘을 드리운 하일랜드의 메리의 무덤가에 서 있는 그림이 걸렸는데, 로버트의 얼굴이 너무나 슬퍼 보여. 내가 안 좋은 꿈을 꾸는 것도 큰 무리가 아니야. 오죽 하면 여기 온 첫날 밤에는 웃고 싶어도 웃지 못하는 꿈을 다 꾸었지 뭐니.

응접실은 자그마하면서 잘 정돈되어 있는데 하나뿐인 창문이 큰 버드나무 때문에 그늘져서 마치 어두컴컴한 초록빛 동굴 속에 있는 기분이야. 의자등받이에는 멋진 덮개가 덮여 있고 바닥에는 화려한 깔개가 깔려 있어. 책이며

---

[1] 1759~1796. 스코틀랜드의 서정 시인. 1786년 봄 친구 집에서 보모로 일하던 메리 켐벨을 처음 만나 서로 결혼 약속까지 했고 그만의 '하일랜드의 메리'라 불렀다. 그런데 메리가 그해 가을 죽자 번스는 몹시 슬퍼하여 시 몇 편을 메리에게 바침.

카드는 둥근 테이블 위에 가지런히 진열되어 있고 벽난로 위에는 말린 풀을 넣은 꽃병이 여러 개 놓여 있어. 꽃병 사이사이에는 관뚜껑 명찰이라는, 사람 기분을 아주 유쾌하게 해주는 물건이 장식품처럼 놓여 있지. 모두 다섯 개인데, 재닛의 아버지와 어머니, 오빠와 여동생 앤, 그리고 전에 여기서 죽은 고용인의 것이래! 만일 이곳에서 지내는 동안 내가 행여 미치기라도 한다면 그 원인이 오직 이 명찰에 있음을 '부디 이 문서로써 알지어다.'

하지만 전체적으로 좋은 곳이어서 마음에 쏙 든다고 재닛에게 말했더니 재닛은 나를 아주 좋아하게 됐어. 그전에 에스더가 이렇게 햇빛이 들어오지 않으면 비위생적이고 깃털이불을 덮고 자는 것은 싫다고 불평을 해서 재닛은 불쌍한 에스더를 아주 싫어해.

나는 폭신한 깃털이불이라면 좋아서 사족을 못 쓰는데 말이야. 깃털이 많으면 많을수록 더욱더 좋아. 그리고 재닛은 내가 잘 먹는 것을 보면 마음이 놓인대. 재닛은 나도 헤이손 선생님 같지 않을까 걱정했었대. 헤이손 선생님은 아침 식사로 과일과 맹물 말고는 아무것도 먹으려 하지 않고 자기에게도 튀김 요리를 끊게 하려고 했다더라고. 에스더는 좋은 사람이지만 앞뒤 안 가리고 유행을 좇기는 해. 아무래도 상상력이 모자라고 소화불량이 있다는 점이 문제일 거야.

재닛은 내게 젊은 남자분들이 찾아오면 응접실을 써도 좋다고 말해주었어. 찾아와줄 남자가 그리 많은 곳은 아닌데 말이야. 밸리로드에서 젊은 남자라고는 이웃집 고용인밖에 보지 못했어. 그 고용인은 샘 톨리버라는 소년인데 키가 엄청나게 크고, 축 늘어진 엷은 색 머리를 가졌어. 며칠 전 밤에 찾아와서는 재닛과 내가 현관문 근처에서 수를 놓고 있는데 그 옆 울타리 위에 한 시간이나 앉아 있었단다. 그 사이에 한 말은 "박하사탕을 먹으세요, 아가씨!

박하가 감기에 참 잘 들어요." 하고 "오늘 밤에는 정말이지 이 언저리에 웬 잡초가 엄청 자랐네요."라는 것뿐이었어.

여기서도 연애 사건이 진행 중이야. 나이 지긋한 사람의 로맨스에 휘말리는 게 내 운명인가 봐. 어빙 부부는 자기들이 결혼할 수 있었던 게 내 덕분이라 하고, 카모디의 스티븐 클라크 부인은 내가 나서지 않았더라도 누군가 다른 사람이 말할 게 뻔한 일을 내가 했을 뿐인데도 나한테 무척 고마워했거든. 다만 루도빅 스피드만큼은 만일 내가 그 사람과 시어도라 딕스를 도와주지 않았더라면 여전히 느긋하게 교제만 하며 그 이상 진전은 없었을 거라고 생각하지만.

현재 나는 단순한 방관자에 지나지 않아. 한번 사태가 진전되도록 도우려다가 도리어 끔찍하게 망쳐버리고 말았어. 그래서 다시는 끼어들지 않기로 했어. 그 이야기는 만나면 다 해줄게.

차 한잔

앤이 밸리로드에 머무르고 맞은 첫 목요일 밤, 재닛이 앤에게 교회 기도 모임에 함께 가자고 했다. 그 기도 모임에 갈 때 재닛은 마치 한 떨기 장미꽃처럼 활짝 피어났다. 알뜰한 재닛이 용케도 허용했다고 여겨질 만큼 러플 장식이 화려하고 팬지가 흐드러지게 핀 것처럼 수 놓인 연하늘색 모슬린 드레스를 입었다. 그리고 핑크빛 장미와 타조 깃털 세 개가 달린 흰 밀짚모자를 썼다.

앤은 상당히 놀랐다. 나중에야 재닛이 이런 옷차림을 한 동기가 인류사에서 에덴동산만큼이나 오래된 것임을 앤은 알게 되었다.

밸리로드 기도 모임은 주로 여성들이 모이는 자리였다. 참석한 사람은 여성이 서른두 명이었고, 조금 큰 소년 둘과 목사 말고는 남자는 단 한 사람이었다. 앤은 이 남자를 유심히 살펴보았다. 그는 그다지 잘생기거나 젊지 않았으며 기품이 있는 것도 아니었다. 다리가 눈에 띄게 길었으며—그 때문에 의자 밑에 똬리를 틀듯 넣어 두어야만 할 정도였다—게다가 등은 구부정했다. 손이 크고 머리는 손질되어 있지 않았으며 콧수염도 가지런하지 않았다. 하지만 앤은 그의 인상이 좋다고 생각했다. 친절하고 정직하며 인정 있는 얼굴이라는 점 말고도 다른 뭔가가 있었다. 그것이 무엇인지 앤은 딱히 꼬집어 말할 수 없었다.

마침내 앤은 이 남자는 모진 고생을 꿋꿋하게 견뎌온 사람이며 얼굴에 그것이 나타나 있는 거라는 결론에 이르렀다. 그 표정에는 긍정적인 인내력이라고도 할 만한 것이 있었으며 화형을 당해도 꿈지럭거릴 지경이 되기 전까지는 유쾌한 얼굴을 보이려는 마음이 드러나 있었다.

기도 모임이 끝나자 이 남자가 재닛에게로 다가와 물었다.

"댁까지 바래다 드려도 되겠습니까, 재닛?"

재닛은 그에게 팔짱을 꼈다. 처음으로 에스코트를 받는 16살 된 소녀처럼 새침하면서도 수줍어했다고 나중에 패티의 집 아가씨들에게 앤은 말해주었다.

재닛은 굳어져서 말했다.

"셜리 선생님, 더글러스 씨를 소개할게요."

더글러스 씨가 고개를 끄덕였다.

"기도 모임에서 댁을 찬찬히 바라보고 있었어요, 아가씨. 참 멋진 아가씨라고 생각했습니다."

다른 사람으로부터 이런 식의 말을 들었다면 앤은 백에 아흔아홉 번은 무척 불쾌했을 것이다. 그러나 더글러스 씨의 말투에서 앤은 진심 어린 기분 좋은 칭찬을 해준다는 느낌을 받았다. 앤은 감사의 마음을 담아 더글러스 씨에게 방긋 웃고 일부러 두 사람에게서 살짝 떨어져 달빛 비치는 길을 천천히 뒤따라 걸어갔다.

재닛에게 구혼자가 있었구나! 앤은 자기 일처럼 기뻐했다. 재닛은 분명 모범적인 아내가 될 것이다. 명랑하고 검소하며 너그러운 데다 요리에 있어서는 새닛과 어깨를 겨룰 사람이 없을 정도다. 재닛을 언제까지나 독신녀로 내버려두는 것은 대자연의 태만이다.

다음 날 재닛이 설명했다.

"존 더글러스가 앤과 함께 그의 어머니를 만나러 와주었으면 좋겠다고 하더군요. 존의 어머니는 몸져누워 있은 지 오래돼서 집 밖으로 전혀 나오지 못하세요. 하지만 손님을 무척 좋아하죠. 우리 집에 새로 하숙하는 분이 들어오면 언제나 만나고 싶어한답니다. 오늘 밤 같이 가겠어요?"

그러나 그날 오후 더글러스 씨가 어머니를 대신해서 찾아와 토요일 저녁 차를 함께 들러 와달라고 초대했다.

두 사람이 집을 나설 때 앤이 물었다.

"어머나, 어째서 그 예쁜 팬지 드레스를 입지 않았죠?"

더운 날이었다. 가엾게도 재닛은 들뜨기도 한 데다, 무거운 검정 캐시미어 옷까지 입어 흡사 산 채로 불에 구워지고 있는 듯한 모습이었다.

"더글러스 부인이 그 옷을 무척 품위 없고 오늘 같은 자리에 어울리지 않는다고 여기지 않을까 해서요. 물론 존은 그 옷을 좋아하지만요."

재닛은 뒷말을 아쉬운 듯 덧붙였다.

더글러스 씨의 오랜 저택은 '길섶집'에서 반 마일 떨어진, 바람이 많이 불어오는 언덕마루에 있었다. 집 자체는 워낙 크고 쾌적하였으며, 오랜 세월을 견뎌낸 위엄을 갖추었고 단풍나무숲과 과수원에 둘러싸여 있었다. 집 뒤에 말쑥한 큰 헛간들이 있었고 하나같이 더글러스 집안의 풍족함을 그대로 말해주었다. 더글러스 씨의 얼굴에 나타난 인내력이 무엇을 뜻하든 빚과 빚쟁이에 시달린 흔적을 의미하지는 않는다고 앤은 생각했다.

존 더글러스는 문 앞에서 두 사람을 정중히 맞아 거실로 안내했다. 거실에는 그의 어머니가 여왕처럼 팔걸이의자에 도도하게 앉아 있었다.

앤은 더글러스 씨의 모습으로 미루어 더글러스 노부인도 키가 크고 여위었으리라 생각하고 있었다. 그러나 노부인은 자그마한 몸매로 부드러운 뺨은 복숭아색이며 다정한 눈은 호수처럼 파랗고 앙증맞은 입은 갓난아기의 입 같았다. 근사한 아름다운 검정 비단옷을 입고 어깨에는 포근포근한 하얀 숄을 두르고 머리 꼭대기에 모아 묶은 눈처럼 흰 머리칼에 우아한 레이스 모자를 얹은 모습이 마치 할머니 인형 같았다.

노부인은 다정한 목소리로 말했다.

"별일 없죠, 재닛? 이렇게 또 만날 수 있어 반가워요."

노부인은 볼에 입맞춤을 받기 위해 나이는 들었지만 귀엽고 작은 얼굴을 들었다.

"이분은 새로 온 학교 선생님이군요? 잘 와줬어요. 내 아들이 아가씨에 대해 너무 칭찬이 대단해서 샘이 조금 났었죠. 재닛은 엄청 질투하겠군요."

재닛은 부끄러워 얼굴이 붉어졌다. 앤이 뭔가 공손하고 평범한 인사말을 하고 모두가 자리에 앉아 이야기를 시작했다. 하지만 이야기가 매끄럽게 진행되지 않았다. 더글러스 부인만 전혀 불편한 기색 없이 얘기를 자연스레 이어갈 뿐 다른 사람들은 모두 어딘지 편안하지 않아 보여서, 평소 대화에 어려움을 느끼지 않는 앤에게조차 그 자리에서의 대화는 쉽지 않았다. 부인은 재닛을 곁에 앉히고 이따금 그 손을 쓰다듬었다. 재닛은 그 흉한 옷을 입고 견딜 수 없이 거북스러워하면서도 미소를 짓고 앉아 있었으나 존 더글러스는 조금도 웃지 않았다.

차가 마련된 식탁에서 더글러스 부인은 재닛에게 차를 따라 달라고 우아하게 부탁했다. 재닛은 얼굴이 더 새빨개졌지만 어쨌든 부인의 요청대로 했다. 앤은 이 식탁의 광경을 스텔라에게 다음과 같이 썼다.

우리는 차가운 우설, 닭고기, 딸기 설탕절임, 레몬파이, 타르트, 초콜릿 케이크, 건포도 쿠키, 파운드케이크, 과일 케이크를 배 터지도록 먹었어. 그 밖에 다른 음식 두세 가지와 파이가 하나 더 있었지. (캐러멜 파이였던 것 같아.) 내가 평소의 두 배나 먹어버린 뒤에도 더글러스 부인은 한숨을 내쉬며 내 식욕을 돋울 만한 게 아무것도 없었던 것 같다고 말하는 거야.

노부인은 상냥하게 덧붙였지.

"재닛의 요리 덕분에 다른 집 음식은 아무것도 입에 맞지 않는 게 아닐까요? 밸리로드에서는 음식 솜씨로 재닛과 겨룰 사람이 아무도 없죠. 파이를 한 조각 더 들어요, 미스 셜리. 통 뭘 들지를 않는군요."

스텔라, 나는 우설 한 접시, 닭고기 한 접시, 비스킷 세 조각, 설탕절임을 접시에 수북이, 파이 한 조각, 타르트 한 개, 네모난 초콜릿 케이크 하나, 이만큼을 이미 먹은 상태였어!

차를 마시고 나자 더글러스 부인은 선한 미소를 지으며 존에게 '귀여운 재닛'을 뜰로 데리고 나가 장미꽃을 꺾어주라고 한 다음 애처로운 목소리로 부탁했다.

"두 사람이 밖에 나가 있는 동안 미스 셜리는 나와 함께 있어주겠죠? 그렇게 해줄 거죠?"

그러고는 한숨을 지으며 팔걸이의자에 앉았다.

"나는 몸이 아주 허약한 늙은이예요, 미스 셜리. 20년이 넘도록 말할 수 없는 괴로움을 겪어왔죠. 20년이라는 모진 세월 동안 한 발 한 발 죽음을 향해 참 질기게도 걸어왔으니까요."

"정말 안되셨어요!"

앤은 동정심을 나타내려 했으나 결과는 얼빠진 소리를 한 것 같은 느낌만 들 뿐이었다.

더글러스 부인은 가라앉은 목소리로 말을 이었다.

"이대로 아침을 맞이하지 못하는 게 아닐까 주위에 걱정을 끼친 밤이 한두 번이 아니었어요. 내가 얼마나 비참하게 살아왔는지 아무도 몰라요. 그건 나밖에 모르죠.

이제 살 날이 그리 길지 않아요. 언제나 끝나려나 싶은 내 여행도 곧 끝날 거예요, 미스 셜리.

존이 이 어미가 없어진 뒤 좋은 아내의 내조를 받는다 생각하면 정말 마음이 놓여요. 미스 셜리."

앤은 진심으로 말했다.

"재닛은 좋은 분이에요."

"좋은 사람이죠! 성격도 좋고, 게다가 살림도 나무랄 데 없이 잘하죠. 나는 그렇지 못했어요. 건강이 허락되지 않았으니까요.

존이 현명한 선택을 해줘서 정말 고맙게 여겨요. 존이 행복해지길 바라고 있고 틀림없이 그렇게 될 거예요. 저 아이는 하나뿐인 내 아들이에요. 저 아이의 행복은 내 마음에 중요한 문제예요."

"그렇겠죠."

앤은 또다시 얼빠진 대답을 했다. 태어나서 처음으로 앤은 바보가 되었다. 그러면서도 그 까닭을 도무지 알 수 없었다. 다정히 손을 쓰다듬어주며 부드럽고 상냥하게 웃는 천사 같은 이 노부인에게 앤은 할 말을 찾아내지 못했다.

앤과 재닛이 돌아가겠다고 하자 더글러스 부인은 애정을 듬뿍 담아 말했다.

"또 와줘요, 재닛. 더 자주 와줘요. 하긴 머지않아 존이 재닛을 데려다가 여기서 언제까지나 함께 있게 될 테지만요."

어머니가 말하는 동안 앤은 무심코 존 더글러스를 흘끗 보고 깜짝 놀랐다.

그는 참을 수 있는 마지막 단계에 이를 때까지 고문을 당하고 몸부림치는 죄수 같은 표정을 짓고 있었다. 틀림없이 어디가 아픈 것 같다고 여겨 앤은 얼굴 붉히고 있는 재닛을 독촉하여 돌아왔다.

큰길을 걸으며 재닛이 물었다.

"존의 어머니는 정말 다정한 분이시죠?"

존 더글러스가 그런 표정을 지었던 것이 영 마음에 걸려 그 생각에 빠져 있던 앤은 건성으로 대답했다.

"그러게요……."

재닛이 정말 안됐다는 듯이 말했다.

"그분은 무척 고생하며 살아왔어요. 무서운 발작을 일으키곤 하거든요. 그래서 존은 언제나 걱정하죠. 어머니가 갑자기 발작을 일으켰을 때 하녀 말고 아무도 곁에 없으면 큰일이니까요. 그래서 늘 마음 놓고 집을 비우지 못해요."

20년 세월의 길

 그런 일이 있은 지 사흘 뒤, 앤이 학교에서 돌아와보니 재닛은 눈이 빨개지도록 울고 있었다. 재닛에게 눈물이란 너무나도 어울리지 않아 앤은 그 모습을 본 순간 정말 놀랐다.
 앤은 걱정스럽게 소리쳤다.
"어머나, 왜 그러세요?"
"나는……나는 오늘로 마흔 살이 됐어요."
 재닛은 흐느꼈다.
 앤은 웃음을 참으며 위로했다.
"어제도 마흔 살에 아주 가까웠는데 아무렇지 않았잖아요?"
"하지만……하지만……."
 재닛은 울음소리를 꿀꺽 삼켰다.
"존 더글러스는 절대로 내게 결혼하자는 말을 하지 않을 거예요."
 앤은 자신 없는 투로 말했다.
"어머나, 그렇지 않을 거예요. 그분에게 시간을 조금 드려봐요, 재닛."
"시간이라고요? 그에게는 20년이나 시간이 있었어요. 얼마나 시간이 더 필요하다는 거죠?"

그 목소리에는 말로는 표현할 수 없는 냉소가 담겨 있었다.

"그럼 존 더글러스 씨가 20년 동안이나 재닛을 만나러 왔었다는 건가요?"

"그래요. 그러면서도 그는 결혼에 대해서는 전혀 말하지 않았어요. 이 나이가 되었으니 이제 희망이 없어요. 지금까지 이 일에 대해 아무에게도 말한 적이 없지만, 이제는 누군가에게 이야기라도 하지 않으면 미쳐버릴 것 같아요.

존 더글러스는 20년 전부터 나와 만나기 시작했는데 그때는 우리 어머니도 살아 계실 때였죠. 자주 찾아오는 일이 얼마간 계속되면서 나는 혼수를 생각해서 퀼트며 이것저것 만들기 시작했지만, 그 사람은 결혼에 대해서는 한마디도 하지 않고 그저 만나러만 올 뿐이었어요. 나로서는 할 수 있는 일이 없었어요. 우리가 그런 식으로 만난 지 8년이 지났을 때 어머니가 돌아가셨어요. 내가 이렇게 세상에 혼자 남겨진 것을 보면 이번에야말로 그 사람이 말을 꺼내겠지 생각했어요. 그 사람은 정말로 따뜻하게 위로해주었고, 할 수 있는 모든 일을 해주었지만 결혼하자는 말만은 하지 않았어요. 그리고 그 뒤로 지금까지 줄곧 그대로 이어지고 있는 셈이에요.

사람들은 나 때문이라고들 말해요. 그 사람의 어머니가 많이 편찮으시니까, 병구완하기 싫은 제가 청혼을 안 받아주고 버틴다는 거예요. 아, 나는 존의 어머니 수발이라면 '얼마든지' 들어드리고 싶어요! 하지만 다른 사람들이 뭐라고 생각하든 내버려두고 있어요. 남의 동정을 받기보다는 차라리 욕을 먹는 편이 나으니까요!

존이 내게 결혼하자는 말을 하지 않다니, 이보다 더 굴욕적인 일이 또 있을까요? 어째서 청혼을 하지 않는 걸까요? 그 까닭만이라도 안다면 이렇게까지 답답하지 않겠어요."

"아마 그분 어머니가 아들을 어떤 사람과도 결혼시키고 싶어하지 않는 것 아닐까요."

"아니에요, 결혼시키고 싶어해요. 당신이 눈을 감기 전에 존이 안정되게 사는 모습을 보고 싶다고 몇 번이나 내게 말했어요. 존에게도 언제나 그런 뜻을 넌지시 비추곤 해요! 앤도 요전에 들었죠? 나는 쥐구멍이라도 있으면 들어가고 싶을 정도였어요."

"나로서는 이해가 안 돼요."

앤은 어찌해야 할지 알 수 없었다. 루도빅 스피드가 생각났지만 이번 일과 비슷한 상황이 아니었다. 존 더글러스는 루도빅 같은 유형의 사람이 아니다.

앤은 단호하게 말했다.

"좀 더 의연한 태도를 보여야 해요, 재닛. 어째서 좀 더 오래전에 그분을 버리지 않았죠?"

재닛은 슬픈 목소리로 말했다.

"그렇게 할 수 없었어요. 왜냐하면 앤, 나는 존을 무척 사랑해요. 그저 와주기만 해도 전혀 오지 않는 것보다 나은걸요. 어차피 그 사람 말고는 좋아하는 사람이 없으니까요."

"하지만 그렇게 했으면 그분이 남자답게 말을 꺼낼 기회를 주었을지도 모르잖아요?"

"아니에요. 그런 일은 없었을 거라고 생각해요. 어떻든 시험해보는 게 무서웠어요. 제가 더 이상 찾아오지 말라고 하면 그 사람이 그 말을 진심으로 받아들이고 가버릴까 걱정되었어요. 겁쟁이 같지만 어쩔 수 없어요."

"어머나, 어쩔 수 없다니요, 그렇지 않아요. 아직도 얼마든지 시험해볼 수 있어요. 단호한 태도를 보여줘요. 그처럼 우유부단하게 꾸물거리는 남자는 이제 더 이상 참을 수 없다는 것을 그분에게 보여줄 필요가 있어요. 내가 옆에 있다가 거들게요."

재닛은 자신 없게 말했다.

"어떻게 해야 할지 모르겠어요. 내게 그런 배짱이 있는지 어떤지. 너무나도 오랫동안 내버려두었으니까요. 하지만 한번 생각해볼게요."

앤은 존 더글러스에게 실망했다. 그에게 꽤 호감을 가지고 있었으므로 20년 동안이나 여자의 마음을 농락할 남자라고는 생각지도 못했다. 확실히 벌을 줘서 혼을 내줄 필요가 있었다. 그리고 같은 여자로서 복수심에 불타는 앤은 그 과정을 보게 되면 내심 즐길 것 같다는 기분도 들었다.

이튿날 저녁, 기도 모임에 갈 때 재닛이 자신의 의지를 보여줄 생각이라고 말하자 앤은 기뻤다.

"나도 더 이상 내 자존심을 짓밟히지 않겠다는 것을 존 더글러스에게 보여주겠어요."

앤은 힘차게 손을 맞잡으며 격려했다.

"대찬성이에요."

기도 모임이 끝나자 존 더글러스는 늘 그렇듯 재닛의 곁으로 다가와 언제나처럼 집까지 바래다주겠다고 말했다.

재닛은 결연히 말했다.

"아니, 괜찮아요. 집으로 돌아가는 길은 나도 잘 알고 있으니까요. 40년이나 다닌 길이니 당연하잖아요? 아무 걱정 마세요, 더글러스 씨."

그 말투는 냉정하고 단호했다.

앤은 존 더글러스를 유심히 살펴보았는데, 밝은 달빛 속에서 지난번처럼 고문당하는 죄수의 표정이 또다시 얼굴에 떠올랐다. 그는 한마디도 하지 않고 확 돌아서더니 큰길을 성큼성큼 걸어갔다.

"잠깐만! 잠깐만 기다리세요!"

앤은 어리둥절하여 쳐다보는 사람들도 아랑곳하지 않고 큰 소리로 부르며 존을 다급히 쫓아갔다.

"더글러스 씨, 잠깐만! 돌아와주세요!"

존 더글러스는 멈춰 섰으나 되돌아오지는 않았다. 앤은 큰길을 뛰어가 그의 팔을 잡아끌다시피 하여 재닛에게로 데려왔다.

앤은 간절히 부탁했다.

"그냥 가시면 안 돼요. 모두 오해예요, 더글러스 씨…… 모두 내 탓이에요. 내가 재닛에게 그렇게 시켰어요. 재닛은 싫다고 했는데 내가 억지로 시킨 거예요…… 하지만 이제는 완전히 괜찮아졌죠, 재닛?"

재닛은 한마디도 하지 않고 그의 팔을 잡더니 걸어갔다. 앤은 얌전히 그들의 뒤를 따라 집에 돌아오자 살그머니 뒷문으로 들어갔다.

재닛이 빈정거렸다.

"앤은 정말 나를 잘도 거들어줬네요."

앤은 반성하는 투로 말했다.

"하는 수 없었어요, 재닛. 마치 사람 죽이는 것을 곁에 서서 구경하는 듯했으니까요. 더글러스 씨를 뒤쫓아가지 않을 도리가 없었어요."

"아, 나도 앤이 그렇게 해줘서 다행이라고 생각했어요. 존 더글러스가 등을 돌리고 가버리는 걸 봤을 때, 내 삶에 남아 있는 얼마 안 되는 기쁨이며 행복이 그 사람과 함께 남김없이 사라져버리는 것 같았거든. 정말로 비참했어요."

"왜 그랬냐고 더글러스 씨가 묻던가요?"

재닛은 활기 없이 대답했다.

"아니요. 그 일에 대해서는 한마디도 꺼내지 않았어요."

잔혹한 거짓말

앤은 그 뒤에도 뭔가 변화가 일어나지 않으려나 하는 미미한 희망을 품고 있었지만 아무 일도 일어나지 않았다. 존 더글러스는 이제까지 20년 동안 해왔던 대로 재닛을 드라이브를 데려가거나 기도 모임이 끝나면 집까지 바래다주며 앞으로 또 20년 동안 꾸역꾸역 그대로 계속해나갈 듯싶었다.

여름 무더위가 한풀 꺾였다. 앤은 학교에서 아이들을 가르치고 편지를 쓰고 공부도 조금 했다. 학교와 '길섶집'을 오가는 길은 즐거웠다. 앤은 언제나 늪지대를 지나곤 했다. 그곳은 아름다웠다. 푸르디푸른 이끼에 덮인 흙무더기 진흙 땅은 촉촉하고 부드러웠다. 은빛 시냇물이 그 가운데로 구불구불 흐르고 굳건히 서 있는 가문비나무 굵은 가지에는 잿빛이 도는 녹색 이끼가 붙어 있으며, 밑동에는 온갖 아기자기한 식물이 자라고 있었다.

그런데도 앤은 밸리로드의 생활이 좀 단조롭게 느껴졌다. 그러다 한 가지 기분 전환이 된 사건이 일어났다.

앤은 축 늘어진 엷은 색 머리칼의 박하사탕 예찬론자인 새뮤얼을 그가 찾아왔던 어느 저녁 이후로 어쩌다 큰길에서 마주칠 때 말고는 만나지 못했었다. 그런데 8월 어느 날 밤, 그가 현관 옆 통나무 벤치에 점잔을 빼며 앉아 있었다. 온갖 헝겊으로 여기저기 기운 바지에 팔꿈치가 해진 파란 데님 셔츠를 입고 너덜너덜한 밀짚모자를 쓴, 평소 일할 때 입는 옷차림이었다. 그는 앤 쪽을 제법 엄숙하게 흘끗거리며 줄곧 지푸라기를 질겅질겅 씹고 있었다. 앤은 한숨을 내쉬며 책을 옆에 내려놓고 수놓고 있던 냅킨을 집어들었다. 샘과 이야기를 나눈다는 것은 생각조차 하지 않았다.

한참 동안 아무 말도 없더니 샘이 불쑥 이야기했다.

"나는 저기를 그만두려 합니다."

그는 밑도 끝도 없이 말을 꺼내더니 이웃집 쪽을 가리키며 지푸라기를 흔들었다.

앤은 공손히 받아주었다.

"어머나, 그래요?"

"그렇습니다."

"그럼 다음에는 어디로 가시죠?"

"글쎄요. 나는 내 집을 가져볼까 합니다. 밀러스빌에 내게 맞는 집이 한 채 있어요. 하지만 그것을 빌리게 되면 아내가 있어야지요."

앤은 건성으로 답했다.

"그렇겠군요."

"그렇습니다."

또 오랫동안 침묵이 흘렀다.

한참 뒤 샘은 지푸라기를 입에서 꺼내며 물었다.

"그쪽이 나한테 와주지 않겠습니까?"

"뭐, 뭐, 뭐라고요?"

앤은 깜짝 놀랐다.

"그쪽이 나한테 와줄 생각 없냐고요."

가엾은 앤은 가까스로 되물었다.

"그건…… '결혼'하자는 말인가요?"

"그렇습니다."

앤은 어이가 없어서 외쳤다.

"어머나, 우린 서로 아는 사이도 아니잖아요."

"하지만 우리가 결혼하면 아는 사이가 되는 거죠."

앤은 남아 있는 위엄을 그러모아 의연히 말했다.

"샘하고 결혼하는 일은 절대로 없을 거예요."

샘이 설득하려는 듯이 말했다.

"나 정도 남자면 꽤 괜찮을 텐데요. 나는 부지런한 일꾼이고 은행에 돈도 좀 저축해 두었으니까요."

"그런 말 다시는 내게 하지 말아요. 그런데 대체 어떻게 그런 생각을 하게 되었죠?"

앤의 유머가 노여움을 이겨내게 했다. 잘 생각해보면 그저 황당한 상황일 뿐 아닌가.

"그쪽이 예쁘장하게 생겼고 걸음걸이가 기운이 차니까요. 나는 게으른 여자는 싫습니다. 잘 한번 생각해봐 주십시오. 얼마동안은 내 마음이 달라지지 않을 테니까요. 이제 그만 가봐야겠습니다. 소젖을 짜야 되거든요."

청혼에 대한 앤의 환상은 지난 몇 해 사이 너무나도 많은 시달림을 받아왔으므로 그 기대는 거의 남아 있지 않았다. 그 때문에 마음 깊은 곳에서 아픔을 전혀 느끼지 않고 진심으로 웃을 수 있었다. 그날 밤 앤은 재넛에게 가엾은 샘의 흉내를 내보이며 둘이서 실컷 웃었다.

앤이 밸리로드에 머무르는 것도 거의 끝나갈 무렵의 어느 날 오후, 앨릭 워드가 급한 볼일로 재닛을 찾아 '길섶집'으로 말을 몰고 왔다.

"얼른 더글러스 씨네로 와주십시오. 이제 드디어 더글러스 노부인이 정말로 죽을 것 같아요. 20년이나 죽는시늉만 해왔지만요."

재닛은 모자를 가지러 뛰어갔다. 앤은 더글러스 부인이 여느 때보다도 병세가 나쁘냐고 물어보았다.

앨릭은 진지한 얼굴로 말했다.

"여느 때보다 엄청 심각하지는 않습니다. 그래서 중태라는 생각이 드는 거지요. 다른 때 같으면 마구 고함치며 온 집 안을 뒤집어놓는데 이번에는 조용히 누운 채 말도 하지 않으니까요. 그 노부인이 입을 다물었을 때에는 몸이 엄청 안 좋은 거죠."

앤은 호기심에 이끌려 물어보았다.

"앨릭은 더글러스 부인을 좋아하지 않는 거예요?"

앨릭은 알쏭달쏭한 대답을 했다.

"나는 고양이가 고양이다우면 좋아합니다. 사람 탈을 쓴 고양이는 싫어해요."

재닛은 저녁때 돌아왔다.

"존의 어머니는 끝내 돌아가셨어요."

그리고 피곤한 목소리로 덧붙였다.

"내가 그곳에 간 뒤 곧 돌아가셨어요. 내게 딱 한마디를 했지요…… '이렇게 되면 이제 네가 드디어 존과 결혼을 하겠구나.' 이 말을 듣고 나는 가슴을 도려내는 아픔을 느꼈어요, 앤. 존을 낳으신 어머니까지도 내가 어머니 때문에 그 사람과 결혼하고 싶어하지 않는다고 여기다니요! 나는 한마디도 할 수 없었어요…… 그 자리에는 다른 여자들도 있었죠. 존이 거기에 없는 게 다행이라 여겼어요."

재닛은 서글프게 흐느끼기 시작했다. 앤은 재닛을 위로하려고 따끈한 생강차를 타주었다. 나중에 생강이 아니라 후추를 넣은 것을 깨달았지만 재닛은 알아차리지 못했다.

장례가 끝난 다음 날 저녁 재닛과 앤은 지는 해를 바라보며 현관문 앞 계단에 조용히 앉아 있었다. 바람은 소나무숲에서 잠들고 불길한 번갯불이 북쪽 하늘에서 소리도 내지 않고 번뜩였다. 검정 옷을 입고 너무 울어 눈과 코가 빨개진 재닛은 아주 볼품없는 모습이었다. 두 사람은 별다른 말을 하지 않았다. 재닛에게서 앤의 위로를 바라지 않는 기색을 엿볼 수 있었기 때문이었다. 재닛은 그저 마음이 시키는 대로 비참한 기분에 잠겨 있고 싶었던 것이다.

갑자기 대문 걸쇠가 벗겨지는 소리가 나더니 존 더글러스가 성큼성큼 뜰로 들어왔다. 그는 제라늄 꽃밭을 넘어 두 사람을 향해 똑바로 걸어왔다. 재닛이 일어섰다. 앤도 일어섰다. 앤은 키가 큰 아가씨인 데다 흰옷을 입고 있었지만 존 더글러스의 눈에는 보이지 않았다.

"재닛, 나와 결혼해주겠소?

마치 20년 동안이나 그 말을 하고 싶어 견딜 수 없었기에 당장 말하지 않으면 큰일이라도 날 것처럼 단숨에 쏟아냈다.

울어서 퉁퉁 부은 재닛의 얼굴은 더 이상 빨개질 수가 없어서 보기 흉한 보랏빛을 띠기 시작했다.

재닛은 무거운 목소리로 물었다.

"어째서 좀 더 빨리 그 말을 하지 않았죠?"

"그럴 수 없었소. 하지 않겠다고 약속을 해야만 했거든요…… 어머니가 약속하게 했어요. 19년 전에 어머니가 심한 발작을 일으킨 적이 있는데, 그때는 모두들 살아나지 못할 거라고 예상했지요. 어머니는 자기가 살아 있는 동안에는 당신에게 청혼하지 않겠다고 약속해달라고 내게 애원했었소.

비록 우리 모두가 어머니의 앞날이 이미 길지 않다고 생각할 때이기는 했지만 나는 그런 약속을 하고 싶진 않았소…… 의사는 여섯 달밖에 버티지 못할 거라고 했을 정도였지만 말이오. 하지만 병으로 괴로운 가운데에서도 어머니가 무릎 꿇고 부탁해서 하는 수 없이 약속했소."

재닛이 외쳤다.

"나의 어디가 어머니 마음에 들지 않았나요?"

"아무것도 없소…… 아무것도. 자신이 살아 있는 동안은 집에 다른 여자는— 어떤 여자든 간에—들이고 싶지 않았던 것뿐이오.

약속하지 않으면 곧바로 그 자리에서 죽어버리겠다고, 그렇게 되면 네가 어미를 죽인 셈이라는 말을 듣고는 어쩔 수 없이 약속했지요. 그때부터 줄곧 어머니는 나를 얽어매왔소. 물론 나도 어머니 앞에 무릎을 꿇고 제발 그 약속을 풀어달라고 애원해본 적도 있어요."

재닛은 목멘 소리로 말했다.

"어째서 그 말을 내게 해주지 않았죠? 내가 알기라도 했더라면! 어째서 내게 전혀 말해주지 않았어요?"

"아무에게도 말하지 않겠다는 약속도 시켰기 때문이오. 어머니는 성경에 손을 얹고 맹세하게 했소, 재닛. 설마 이렇게 오래갈 줄 알았다면 나는 그런 약속은 하지 않았을 거요.

재닛, 지난 19년 동안 내가 얼마나 괴로웠는지 모를 거요. 당신을 괴롭혀온 것은 알고 있소. 그래도 나와 결혼해주겠죠, 재닛? 아, 재닛, 결혼해주지 않겠소? 이제서야 이 말을 할 수 있게 되었기에 맨 먼저 달려온 것이오."

더글러스의 목소리는 쉬어 있었다.

멍하니 서 있던 앤은 그제야 비로소 제정신이 들어 자기는 이 자리에 볼일이 없다는 것을 알아차렸다. 앤은 살그머니 그 자리를 피해 이튿날 아침까지 재닛과 마주치지 않았다.

다음 날 아침이 되어 재닛에게 나머지 부분을 전해 들었다.

앤이 외쳤다.

"뭐 그런 고약하고 끈질기고 위선적인 할망구가 다 있어요!"

재닛이 진지하게 나무랐다.

"쉿! 이젠 돌아가신 분이에요. 돌아가시지 않았다면 모르지만…… 이제는 돌아가셨으니까요. 그러니 망자에 대해 나쁘게 말하지 말아요. 마침내 나도 행복해졌어요, 앤. 자초지종을 알기만 했더라면 이토록 오래 기다렸다 해도 아무렇지 않았을 거예요."

"결혼식은 언제 올리죠?"

"다음 달에요. 물론 아주 조용히 할 거예요. 틀림없이 지독한 소문이 나겠죠. 어머니라는 방해꾼이 없어지자마자 내가 존을 재촉했다고들 할 거예요. 존은 사실대로 사람들에게 알리겠다고 했지만 내가 말렸어요.

'그건 안 돼요, 존. 뭐니 뭐니 해도 그분은 당신 어머니시니까, 이번 일은 우리 가슴속에만 간직하고 어머니의 추억에 굳이 오점을 남기지 않도록 해요. 사실을 알게 된 이상 남들이 뭐라든 괜찮아요. 아무렇지도 않아요. 그 일을 돌아가신 분과 함께 묻어버려요.'

그렇게 말하고 존을 달래서 내 의견에 찬성하도록 했어요."

앤은 좀 억울한 투로 말했다.

"재닛은 정말 나 같은 사람은 도저히 흉내 낼 수 없을 만큼 너그럽군요."

재닛은 자애로운 얼굴로 말했다.

"나만 한 나이가 되면 여러 가지 일에 대해 달리 느끼게 돼요. 그게 우리가 나이를 먹으며 배워가는 것 가운데 하나죠—사람을 용서한다는 것 말이에요. 스무 살 때보다 마흔 살 때면 더 쉬워지는 법이죠."

레드먼드의 마지막 해

"자, 또다시 돌아왔구나. 경주를 할 준비가 된 늠름한 남자처럼 얼굴이 보기 좋게 햇볕에 그을리고 기운이 넘치는 모습으로 말이야."

필리파는 옷가방 위에 걸터앉아 기쁜 듯 가슴을 쫙 펴고 숨을 내쉬었다.

"이 정든 패티의 집과…… 아주머니와…… 고양이들을 다시 보게 되니 정말 행복하지 않니? 러스티 쟤는 남은 한쪽 귀마저 잃어버린 것 아니야?"

앤은 자기 트렁크에서 짐을 꺼내면서 변함없이 러스티를 두둔하고 나섰다.

"러스티는 귀가 두 쪽 다 없어지면 이 세상에서 가장 착한 고양이가 될걸."

한편 러스티는 반가워서 기뻐 날뛰며 환영하는 몸짓으로 앤의 무릎 가까이에서 연신 뒹굴고 있었다.

필리파가 당당하게 물었다.

"우리가 돌아와서 좋죠, 아주머니?"

"좋고말고. 하지만 우선 짐부터 다 정리해주었으면 좋겠구나."

제임시나 아주머니는 수다스럽게 웃고 떠드느라 정신없는 네 아가씨 주변에 어지럽게 흩어져 있는 트렁크와 옷가방을 심란한 얼굴로 둘러보았다.

"이야기는 나중에 해도 되잖니. '일이 먼저, 노는 것은 그다음'이라는 것이 내 처녀 시절의 좌우명이었지."

"오, 우리 세대는 그 신념을 거꾸로 바꿨어요. '우리' 좌우명은 '놀 만큼 놀아라, 일은 그다음에 해치워라'예요. 먼저 실컷 놀고 나면 그만큼 일의 능률이 더 오르거든요."

제임시나 아주머니는 조지프와 뜨갯감을 집어 들며 기숙사 사감들의 여왕에 어울리는 우아한 태도로 어쩔 수 없다며 단념하는 표정으로 말했다.

"필, 목사님과 결혼할 생각이라면 '해치워라' 같은 말은 쓰지 말아야 해."

필리파가 한탄했다.

"어째서죠? 아, 어째서 목사의 아내는 거드름 피우고 점잖은 척하는 말만 써야 하는 건지 모르겠어요. 나는 절대 그렇게 하지 않겠어요. 패터슨 거리에서는 모두 속어를 써요. 내 말은, '은유적인' 표현 말이에요. 그러니까 만일 나도 그렇게 하지 않으면 꼴사납게 으스댄다는 말을 듣게 될 거라고요."

점심 바구니에서 먹다 남은 음식을 꺼내 세라캣에게 주며 프리실라가 물었다.

"집안 어른들에게 그 이야기를 했니?"

필리파는 고개를 끄덕였다.

"그래, 어땠어?"

"오, 어머니는 미친 듯이 격분했지. 하지만 나는 아랑곳하지 않고 내 소신을 굽히지 않았어. 이제까지 어떤 일에든 한 번도 주장을 내세운 적이 없었던 나, 필리파 고든이 말이야. 그런데 아버지는 의외로 훨씬 침착하셨어. 아버지의 아버지가 목사님이어서 성직자 앞에서는 마음이 좀 약해지는 편이시지.

어머니가 좀 가라앉은 뒤에 조를 마운트홀리로 초대했어. 그랬더니 두 분 다 조를 아주 마음에 들어 하셨지. 하지만 어머니는 말끝마다, 나는 이 아이에게 이런 것을 바랐었느니 어쩌니 하는 소리를 붙이지 않겠니? 아, 나의 이번 방학은 꼭 꽃길이었다고 할 수 없었어. 하지만…… 내가 기어코 이겨서 조는 내 것이 됐단다. 결국엔 다 잘된 셈이야."

제임시나 아주머니가 핀잔을 주듯이 말했다.

"너한테는 그렇겠지."

필리파가 재빨리 반격했다.

"조에게도 그래요. 아주머니는 조를 계속 동정하는군요. 왜 그러시죠? 모두 조를 부러워해도 좋을 거라고 나는 생각해요. 조는 뛰어난 두뇌와 미모, 그리고 순정까지 겸비한 '나'를 얻게 되니까요."

제임시나 아주머니는 고개를 절레절레 저으며 참을성 있게 말했다.

"우리는 네 말을 어떻게 받아들이면 되는지 알고 있으니 괜찮지만, 다른 사람 앞에서는 그런 말 하지 않는 편이 좋아. 어떻게들 생각하겠니?"

"어머나, 나는 남이 어떻게 생각하는지는 알고 싶지 않아요. 다른 사람이 보는 눈으로 자신을 보고 싶지 않은걸요. 그렇게 하면 거의 늘 마음이 불안할 거예요. 아무리 번스라도 그 기도만큼은 진지했었다고 믿어지지 않아요.[1]"

제임시나 아주머니는 솔직하게 인정했다.

"확실히 우리는 마음에도 없는 기도를 하는 경우가 있지. 자기 마음을 정직하게 들여다보면 알 수 있어. 다만 그런 기도는 높은 곳까지 이르지 않을 거야.

나도 옛날에 어떤 사람을 용서할 수 있게 해달라고 기도한 적이 있었지만, 나중에 생각해보니 사실은 그 여자를 용서할 마음이 없었다는 것을 알게 되었단다. 가까스로 그것을 깨닫자, 그런 기도를 할 필요 없이 그제야 그 사람을 용서하고 싶다는 마음이 들었어."

---

1) 로버트 번스의 시 〈머릿니에게 : 교회에서 어느 숙녀분의 모자에 앉아있는 한 마리를 보고〉의 마지막 8연에 '다른 이들이 보는 눈으로 우리 자신을 보게 하옵소서'라는 구절이 있음.

스텔라가 말했다.

"숙모님이 그토록 오랫동안 누군가를 용서하지 못했다는 건 상상도 못 하겠어요."

"전에는 그랬었지. 하지만 원한을 품는다는 것은 나이를 먹다 보면 하찮은 일로 여겨진단다."

"원한 이야기가 나와서 생각났는데……."

이렇게 말을 꺼내고 앤은 존과 재닛에 대한 이야기를 했다.

필리파가 재촉했다.

"그럼 이번에는 네가 편지로 은근히 비추었던 그 낭만적인 장면을 이야기해 줘."

앤은 열정적으로 새뮤얼의 청혼을 흉내 내 보였다.

아가씨들은 폭소를 터뜨렸고 제임시나 아주머니도 빙그레 웃었다.

"자기 구혼자를 도마 위에 올려놓고 웃음거리로 삼는 것은 좋은 취미가 아니야."

아주머니는 나무라고는 이내 덧붙였다.

"하지만 나도 언제나 그렇게 했었지."

필리파가 졸랐다.

"아주머니의 구혼자들에 대한 이야기를 해주세요, 아주머니. 예전에 아주 많았겠죠?"

"많았을 거라는 과거형으로 말하지 말아라. 지금도 있으니까. 고향에 요 얼마 동안 내게 추파를 던지는 늙은 홀아비가 셋이나 있지. 너희들 같은 젊은이들만이 이 세상 로맨스를 독차지하고 있다고 생각해서는 안 돼."

"홀아비니 추파니 하는 건 그리 낭만적으로 들리지 않아요, 아주머니."

"그렇기는 해. 하지만 젊은 사람이라고 다 낭만적이라고 할 수는 없어. 내 구혼자 가운데에도 확실히 그렇지 않은 사람이 몇 명 있었으니까. 가엾은 그 사람들을 나는 언제나 함부로 비웃곤 했단다.

짐 엘우드라는 사람이 있었는데…… 이 사람은 늘 마음이 딴 데 가 있어 주위에서 어떤 일이 일어나는지 알아차리지 못했지. 분명 내가 거절을 했는데도 1년이 넘도록 그 사실을 깨닫지 못했으니까. 짐은 결혼한 뒤 어느 날 밤, 썰매에 아내를 태우고 교회로 가다가 자기 아내가 떨어져버렸는데도 그걸 알아차리지 못한 일도 있었단다.

그리고 댄 윈스턴이 있었지. 너무 아는 게 많은 사람이었어. 이 세상에 대한 건 모르는 것이 없었고 저세상에 대한 것도 거의 알고 있던 사람이라 어떤 것을 물어도 척척 답을 내놓았지. '최후 심판의 날은 언제일까요?'라고 물었다 하더라도 말이다.

밀턴 에드워즈는 정말로 좋은 사람이어서 나도 마음을 열었지만 끝내 결혼은 하지 않았어. 우선은 우스갯소리를 듣고도 일주일이 걸려서야 겨우 알아듣는다는 이유도 있었지만, 또 한 가지 이유는 밀턴이 내게 청혼하지 않았기 때문이지.

허레이쇼 리브는 내 구혼자 가운데 가장 재미있는 사람이었는데, 이 사람은 이야기를 너무 심하게 꾸며대서 뭐가 진실인지 알 수 없었어. 거짓말을 하는 건지, 아니면 상상력이 뻗어가는 대로 다 말하는 것인지 나로서는 도무지 알 수가 없었지."

"그럼 다른 숭배자들은 어떤 사람이었죠, 아주머니?"

"자, 자, 이제 그만 가서 짐을 풀도록 해라."

제임시나 아주머니는 뜨개질바늘을 집는다는 게 실수로 조지프를 들어서는 모두에게 흔들어 보였다.

"다른 사람들은 너무 좋은 사람들이어서 웃음거리로 삼고 싶지 않아. 나는 그 추억을 더럽히고 싶지 않구나. 참, 네 방에 꽃 상자가 와 있다, 앤. 한 시간쯤 전에 왔더구나."

첫 주가 지난 뒤 패티의 집 아가씨들은 공부에 열중하고 있었다. 이것이 레드먼드 대학 마지막 학년이며 졸업할 때 어떻게든 영예를 쟁취해야만 하기 때문이었다. 앤은 문학에 전념했고, 프리실라는 고전학에 몰두했으며, 필리파는 수학에 매달렸다. 때로는 몹시 지쳤고 어떤 날은 낙심했으며 간혹 이렇게 공부하는 것이 과연 무슨 소용인가, 라는 생각을 하기도 했다.

스텔라는 11월 어느 비 오는 날 밤, 앤의 하늘색 방으로 슬며시 찾아갔다. 앤은 꾸깃꾸깃해진 원고지 더미 속에 파묻혀 옆에 놓인 램프의 불빛이 방바닥에 만들어낸 작은 동그라미 속에 앉아 있었다.

"대체 뭘 하는 거야?"

"옛날 '이야기 클럽' 때 썼던 글들을 다시 읽어보고 있었어. 뭔가 기운을 북돋아주면서도 날 취하게 해주는 게 필요했거든.

너무 정신없이 공부했더니 머리도 멍해지고 세상이 온통 우울하게만 보이지 않겠니. 그래서 방에 올라와 트렁크를 뒤져 이걸 찾아낸 거야. 모두 눈물과 비극에 절어 있는데 그만큼 또 눈물 날 정도로 웃겨."

"나도 지금 몹시 우울해서 실의에 빠져 있어."

스텔라는 소파에 털썩 몸을 던졌다.

"아무리 발버둥 쳐도 쓸 만한 생각이 전혀 떠오르지 않아. 내 생각 자체가 낡아빠진 것 같아. 모두 전에 생각했던 적 있는 것들뿐이야. 살아 있다 한들 무슨 소용이 있을까, 앤?"

"스텔라, 그런 기분이 드는 건 머리가 너무 혹사당한 데다, 날씨까지 거들고 있기 때문이야. 하루 종일 죽을힘을 다해 공부한 뒤 이렇게 비가 억수같이 퍼붓는 밤이면 마크 태플리[2]가 아니고서야 누구라도 짓눌려 짜부라져버리고 말걸. 그래도 인생은 살 보람이 있다는 걸 너도 알고 있잖아."

"아, 그야 그렇겠지. 하지만 지금은 나 자신을 납득시킬 수가 없어."

앤은 먼 곳을 바라보며 도취된 듯 말했다.

"이제까지 이 세상에 살았고 열심히 일해온 위대하고 숭고한 사람들을 생각해봐. 그런 사람들 뒤에 태어나서 그들이 획득한 것과 그들의 가르침을 이어받는 건 행운이 아닐까? 그리고 지금도 우리와 같은 시대에 살고 있는 수많은 위인들을 생각해봐. 그 사람들의 감화를 받을 수 있다는 것만으로도 살 보람이 있지 않니?

그리고 미래에 나타날 훌륭한 인물은 또 어떻고? 그 사람들을 위해 조금이나마 길을 닦아주는 것은…… 단 한 걸음이나마 그 사람들의 길을 편하게 닦아주는 것도 보람 있는 일 아닐까?"

"아, 앤, 내 머리는 네 말에 동의하지만 내 마음은 여전히 우울하고 무감각해. 나는 비 내리는 밤에는 언제나 뭔가 우중충하고 답답한 기분이 들어."

"나는 어떤 날 밤에는 비가 좋을 때가 있어…… 침대에 누워 비가 후두둑후두둑 지붕을 때리는 소리를 듣거나, 빗줄기가 바람에 날리며 소나무를 훑는 소리를 들으면 좋거든."

"나도 비가 지붕 위에 머물러준다면 좋아. 하지만 늘 그래주지는 않는다는 게 문제지."

---

[2] 영국 빅토리아 시대 작가 찰스 디킨스(1812~1870)의 소설 《마틴 처즐윗의 인생과 모험》에 나오는 마냥 밝은 성격의 등장인물.

지난여름 낡은 농가에서 끔찍한 밤을 보낸 적이 있어. 지붕이 새는 바람에 비가 뚝뚝 내 침대로 떨어졌지. 그런 판국에 낭만이고 뭐고가 어디 있겠니? 자다 말고 일어나 그 칙칙한 밤에 서둘러 빗방울이 떨어지지 않는 곳을 찾아 침대를 질질 끌어서 옮겨야만 했는데, 그 침대가 튼튼한 구식 침대여서 무게가 1톤은 나가는 거 같더라.

게다가 밤새도록 뚝뚝 후둑후둑 하는 빗방울 소리로 한숨도 못 자고 신경이 곤두서버렸어. 깜깜한 밤에 아무것도 깔지 않은 맨바닥에 떨어지는 굵은 물방울이 얼마나 음산한 소리를 내는지 너는 절대로 모를 거야. 마치 유령의 발소리 같기도 하고 아무튼 그런 무서운 것이 마구 떠오르는 소리야. 왜 웃지, 앤?"

"이 이야기 말야, 필이라면 죽이는 이야기라고 할 거야…… 여러 가지 의미에서. 왜냐하면 여기 나오는 등장인물들이 하나같이 다 죽어버리거든. 어쩌면 여주인공은 죄다 눈부시리만큼 아름다운지…… 그녀들에게 입힌 옷은 또 어떻고! 비단에…… 새틴에…… 벨벳에…… 보석…… 레이스…… 그런 것 말고는 걸치지를 않아. 여기 제인 앤드루스의 작품이 하나 있는데, 그 여주인공은 작은 진주로 테를 두른 흰 새틴 잠옷을 입고 잔대."

"그다음을 읽어줘. 인생에 웃음이 있는 한 살 가치가 있을지도 모르지."

"여기에 내가 쓴 게 있어. 내 주인공은 '머리끝부터 발끝까지 장식한 커다란 다이아몬드들을 찬란하게 반짝이며' 무도회에서 신나게 즐기고 있지. 하지만 아름다움이나 호화스러운 옷차림이 무슨 소용 있겠니? '영화의 길은 오직 무덤에 이를 뿐'[3]이니 모두 살해되거나 실연의 상처로 비탄에 잠겨 죽어버리고 마는데 그 운명에서 달아날 방법은 없어."

---

3) 영국 시인 토머스 그레이(1716~1771)의 시 〈시골 묘지에서 쓴 만가〉에서 따옴.

"네 작품을 몇 개 읽게 해줘."

"자, 이게 내 걸작이야. 이 유쾌한 제목을 좀 봐…… 〈나의 무덤들〉이란다. 이걸 쓰면서 나는 눈물을 줄줄 흘렸고, 이걸 읽어주었을 때 다른 아이들도 폭포수처럼 눈물을 쏟아냈지. 제인 앤드루스는 그 주에 손수건을 빨랫감으로 너무 많이 내놨다고 어머니에게 호되게 야단맞았을 정도였어.

어떤 감리교회 목사 부인의 방랑을 그린 가슴 아픈 이야기야. 그 부인을 왜 감리교파로 했느냐면 정처 없이 떠돌아다니는 설정이 필요하기 때문이었어. 부인은 안타깝게도 이사 가는 곳마다 아이를 잃고 묻어야만 했어. 아이는 모두 아홉이었는데, 뉴펀들랜드에서 밴쿠버에 이르기까지 무덤이 멀리 따로따로 떨어져 있지.

나는 아이들을 묘사하고, 저마다 죽는 마지막 장면을 그리고, 그 묘석과 묘비명도 구체적으로 썼어. 아홉 아이를 모두 장사 지낼 생각이었지만 여덟 명까지 쓰고 났더니 끔찍한 장면을 위한 내 상상력이 바닥이 나서 아홉 번째 아이는 끔찍한 장애를 갖게 된 채 살아남는 걸로 했단다."

스텔라는 〈나의 무덤들〉을 읽으며 그 비극적 문장 사이사이에 소리 내어 웃었고, 러스티는 그때까지 밖에서 돌아다니느라 몹시 피곤한지 제인 앤드루스의 소설 원고에 올라앉아 동그랗게 옹그리고 잠들어 있었다. 그 소설은 나병환자 마을로 간호하러 갔던 15살 된 아름다운 소녀의 이야기로, 물론 마지막에는 어김없이 자신도 그 저주할 병에 걸려 죽고 말았다.

앤은 다른 원고들을 건듯건듯 훑어보는 와중에 애번리 초등학교 시절 '이야기 클럽' 회원들이 가문비나무 아래며 시냇가의 풀고사리 속에 앉아 소설을 썼던 일을 떠올리고 있었다. 얼마나 즐거운 나날이었던가! 그 그리운 여름 햇빛이며 즐거움이 되살아왔다. 고대 그리스의 찬란한 영화도, 로마제국의 장대한 성취도 이 '이야기 클럽'의 우스꽝스럽고 눈물 넘치는 이야기가 자아내는 마법에는 당할 수 없었다.

원고 가운데에서 앤은 포장지 뒤에 깨알처럼 쓴 한 편의 작품을 발견했다. 이 이야기를 썼던 때와 장소를 생각해내자 앤의 잿빛 눈에 웃음이 떠올랐다. 그것은 앤이 토리 가도의 콥 자매네 오리집 지붕을 뚫고 그 속에 몸이 끼어 오도 가도 못한 날 쓴 단편이었다.

앤은 그것을 대충 훑어본 뒤 다시 찬찬히 읽기 시작했다. 그것은 정원에 핀 과꽃이며 스위트피, 라일락 덤불로 날아온 야생 카나리아, 그리고 그 꽃밭을 지키는 정령이 주고받는 소소한 대화를 쓴 것이었다.

다 읽고 나서 앤은 멍하니 허공을 바라보았다.

스텔라가 가버린 뒤 꾸깃꾸깃해진 원고를 펴며 결심한 듯 말했다.

"좋아, 한번 해 보겠어."

가드너 부인과 그 딸들

"아주머니 앞으로 인도 우표가 붙은 편지가 와 있어요, 짐시 아주머니. 스텔라에게는 세 통, 프리실라에게는 두 통. 이 두툼한 것은 조가 내게 보낸 것이고. 너한테는 온 게 없어, 앤. 회보 한 통 말고는."

필리파가 아무렇게나 내던진 얇은 편지를 집어들었을 때 앤의 뺨이 느닷없이 확 붉어진 것을 누구도 알아차리지 못했다.

2, 3분 뒤 문득 얼굴을 든 필리파의 눈에 비친 것은 완전히 딴 세상에 가 있는 듯한 앤이었다.

"앤, 무슨 좋은 일이 있는데 그래?"

"《젊은이의 벗》에서 2주 전 내가 보낸 단편을 채택해주었어."

앤은 마치 자신의 글이 채택되는 것이 익숙한 일인 듯 말하려 애썼지만 잘 되지 않았다.

"앤 셜리! 멋지잖아! 뭐였는데? 언제 실린대? 돈도 보내왔니?"

"응, 10달러 수표를 보내왔어. 그리고 내 작품을 좀 더 보내주기 바란다는 편집장이 쓴 편지도 동봉되었어. 물론 질릴 만큼 보내주고말고. 이번에 보낸 건 내 트렁크 속에서 찾아낸 옛 작품이었어. 그걸 다시 손질해서 보냈는데…… 특별한 줄거리가 없는 것이어서 채택되리라고는 생각도 못 했어."

앤은 〈애버릴의 속죄〉에 대한 쓰디쓴 경험이 떠올랐다.

필리파가 제안했다.

"그 10달러로 뭘 할 생각이니, 앤? 모두 시내로 나가서 신나게 취해보는 게 어때?"

앤은 들떠서 말했다.

"뭔가 한바탕 시끌벅적 노는 데 쓸 생각이야. 아무튼 이건 더러운 돈이 아니니까…… 그 불쾌한 우량 베이킹파우더 때 받은 수표하고는 달라. 그 돈은 유용한 데 쓰려고 옷을 샀는데 입을 때마다 마음이 언짢았어."

프리실라가 말했다.

"생각 좀 해 봐. '패티의 집'에 진짜 살아 있는 작가가 있어."

제임시나 아주머니가 심각한 표정으로 말했다.

"그건 아주 무거운 책임이지."

프리실라도 아주머니 못지않게 엄숙히 말했다.

"정말 그래요. 작가란 길들일 수 없는 황소 같은 존재죠. 언제 어떻게 날뛰기 시작할지 어찌 알겠어요? 앤이 우리를 모델로 삼아 글을 쓸지도 몰라요."

그러자 제임시나 아주머니가 주의를 주었다.

"내 말은 글 쓰는 능력을 가지고 있고 또 그것을 사용해 출판을 하는 데는 매우 무거운 책임이 따른다는 거야. 앤도 그걸 알았으면 해. 내 딸도 외국으로 가기 전에는 창작을 했었지만 지금은 좀 더 고실한 이상에 헌신하고 있지.

그 아이는 언제나, 자신의 좌우명은 '내 장례식에서 읽어 부끄러운 것은 단 한 줄도 쓰지 않는다.'라고 말하곤 했는데, 앤, 너도 문학을 할 생각이라면 이걸 네 좌우명으로 삼는 게 좋을 거야. 하기야……."

제임시나 아주머니는 이해할 수 없다는 얼굴로 덧붙였다.

"그 말을 할 때면 엘리자베스는 언제나 웃었지, 그것도 아주 큰 소리로. 그런 아이가 용케도 선교사가 될 결심을 했구나 생각했지. 그렇게 되어준 데 대해 감사하고는 있지만—그렇게 되어 주기를 기도했으니까—그래도……선교사가 되지 않았으면 하는 것이 나의 솔직한 바람이기는 했어."

말을 마친 제임시나 아주머니는 이 들뜬 아가씨들이 어째서 웃는 것일까 생각했다.

그날 하루 종일 앤의 눈은 빛나고 있었다. 문학에 대한 꿈이 다시금 가슴에 싹트고 자라기 시작한 것이다. 환희로 뛰는 마음은 로이와 함께 제니 쿠퍼가 주최한 하이킹 파티를 가서도 가라앉을 줄 몰랐다. 바로 앞에 길버트와 크리스틴이 걸어가는 모습을 봐도 그 별빛 같은 희망의 광채는 엷어지지 않았다. 그렇다고 새삼 크리스틴의 걸음걸이가 참으로 우아하지 못하다는 것을 알아차리지 못할 만큼 세상과 동떨어진 도취 상태에 있었던 것은 아니었다.

'하지만 길버트는 틀림없이 크리스틴의 얼굴만 보고 있겠지. 남자들이란 정말.'

앤은 마음속으로 조소했다.

로이가 물었다.

"토요일 오후에 집에 있을 건가요?"

"네."

"어머니와 누이들이 앤을 찾아가겠다고 합니다."

뭔가 전율과도 같은 것이 앤의 몸속에 찌르르 흘렀다. 그러나 기분 좋은 종류의 전율은 아니었다. 이제까지 앤은 한 번도 로이의 가족을 만난 일이 없었다. 앤은 로이가 한 말의 심각성이 느껴졌다. 그리고 더 이상 돌이킬 수 없다는 생각으로 왠지 모르게 마음이 서늘해졌다.

앤은 무미건조하게 말했다.
"뵙게 될 생각을 하니 기뻐요."

그러나 정말로 기쁜 것일까 앤은 고민했다. 물론 좋아해야 하는 게 마땅하다. 하지만 일종의 시련이라고도 할 수 있지 않겠는가? 가드너 집안사람들이 아들이자 오빠가 '푹 빠져 있는 여성'을 어떻게 보고 있는가에 대한 소문이 앤의 귀에도 들려왔기 때문이다.

이 방문을 성사시키기 위해 로이가 그 가족들에게 틀림없이 어떤 압력을 행사했을 터이다. 앤은 자신이 심판대에 올라앉게 되었음을 알았다. 그들이 이 방문을 결정한 것이 과연 마음 내켜서인지 아니면 마지못해서인지는 모르지만, 아무튼 앤을 대단한 자기네 가문의 일족으로 받아들일 가능성이 있음을 나타내는 일이라는 것은 앤도 알 수 있었다.

앤은 냉정하게 생각했다.
'그냥 나답게 행동하자. 좋은 인상을 주려고 애쓰지 않겠어.'

그래도 토요일 오후에는 어떤 옷을 입으면 좋을까, 머리는 이제까지보다도 높이 빗어 올리는 새로운 스타일이 어울릴까 하는 것 등이 고민되었다. 그러다 보니 앤은 하이킹을 마음껏 즐길 수 없었다. 밤이 될 무렵 앤은 토요일에 갈색 시폰 드레스를 입고, 머리는 낮게 빗어 올리기로 결정했다.

금요일 오후에는 패티의 집의 어느 아가씨도 수업이 없었다. 스텔라는 이 기회를 이용하여 학술연구회에 발표할 논문을 쓰려고 거실 구석 탁자에 앉아 바닥에 이것저것 메모한 쪽지며 원고들을 지저분하게 흩뜨려놓고 있었다. 스텔라는 한 장을 완성할 때마다 그것을 내던지지 않으면 아무것도 쓸 수 없다고 늘 말해왔다.

플란넬 블라우스에 모직 스커트 차림의 앤은 바람 속을 산책하고 온 터라 머리카락이 바람에 날려 헝클어진 채로 방 한가운데에 주저앉아 창사골(暢思骨)[1]을 손에 들고 세라캣을 놀리고 있었다. 조지프와 러스티는 두 마리 다 앤의 무릎에 올라앉아 동그랗게 웅크리고 있었다.

맛있는 자두 냄새가 온 집 안에 감돌았다. 프리실라가 부엌에서 요리를 하고 있었기 때문이다. 이윽고 큼직한 앞치마로 몸을 감싼 프리실라가 코에 밀가루를 묻히고 나타나 아이싱을 막 바른 초콜릿 케이크를 제임시나 아주머니에게 보여주었다.

바로 그때 문을 두드리는 소리가 들렸다. 그것에 주의를 기울였던 사람은 필리파뿐이었다. 그녀는 얼른 뛰어나가 문을 열었다. 아침에 산 모자를 모자 가게 소년이 배달하러 왔으리라 여겼기 때문이었다. 그런데 문 앞에 서 있는 사람은 가드너 부인과 그 딸들이었다.

앤은 가까스로 일어서며 화가 난 고양이 두 마리를 무릎에서 떨쳐버리고 저도 모르게 새뼈를 오른손에서 왼손으로 옮겨 쥐었다. 부엌으로 돌아가려면 그 방을 가로질러 가야만 했으므로 프리실라는 갈팡질팡하며 난롯가의 소파 쿠션 밑에 초콜릿 케이크를 정신없이 처박아 넣고 2층으로 뛰어 올라가버렸다. 스텔라는 스텔라대로 미친 사람처럼 원고를 그러모으기 시작했다.

허둥대지 않고 차분히 있는 사람은 제임시나 아주머니와 필리파뿐이었다. 이 두 사람 덕분에 모두들―앤까지도―곧 침착함을 되찾고 앉을 수 있었다. 프리실라는 앞치마를 벗은 다음 코에 묻은 밀가루를 닦아내고 내려왔으며, 스텔라는 자기가 있는 구석 자리를 그런대로 정리했고, 필리파는 쉴 새 없이 재치 있는 이야기를 하여 그 자리를 위기 상황에서 구해냈다.

---

[1] 새의 가슴뼈 앞에 있는 Y자형 뼈. 새요리를 먹을 때 이 뼈의 양끝을 둘이서 잡아당겨 긴 쪽을 가진 사람의 소원이 이루어진다고 해서 영어로는 wishbone이라고도 함.

가드너 부인은 키가 크고 날씬한 미인으로 훌륭한 옷을 입었으며 조금 체면상 꾸민 듯한 다정함이 보였다. 맏딸인 에일라인 가드너는 가드너 부인의 젊은 모습에서 다정함만 쏙 뺀 것 같았다. 그녀는 친절하게 보이려 애썼지만 오만하고 젠체하는 태도가 되어 나와버렸다. 막내딸인 도라시 가드너는 호리호리한 몸매의 쾌활한 말괄량이 아가씨였다. 앤은 도라시가 로이와 제일 친한 여동생임을 알고 있어 호의를 가졌다. 장난기 가득한 엷은 갈색 눈 대신 꿈꾸는 듯한 검은 눈이었다면 로이와 똑같았을 것이다.

분위기가 얼마쯤 거북스러운 것과 좀 난처한 사건 두 가지를 빼면 도라시와 필리파 덕분에 이 만남은 순조롭게 진행되었다. 자리에서 밀려난 러스티와 조지프는 느닷없이 서로 술래잡기를 시작하여 가드너 부인의 비단옷 무릎 위에 미친 듯이 뛰어 올라갔다가 무시무시한 기세로 뛰어 내려왔다. 가드너 부인은 손잡이 달린 코안경을 들어올려 나는 듯이 재빠른 두 마리의 고양이를, 이제까지 고양이라는 것을 본 적 없는 듯 찬찬히 바라보았다. 앤은 좀 초조한 웃음을 삼키며 열심히 사과했다.

가드너 부인은 가벼운 놀라움이 담긴 말투로 침착하게 물었다.

"아가씨는 고양이를 좋아하나요?"

앤은 러스티에게 애정을 품고 있었지만 특별히 고양이를 좋아하는 편은 아니었다. 그러나 가드너 부인의 말투가 귀에 거슬렸다. 그리고 엉뚱하게도 존 블라이드 부인이 고양이를 아주 좋아하여 남편이 허락하는 한 많은 고양이를 기른다는 사실이 생각났다.

앤은 짓궂게 물었다.

"귀여운 동물이지 않나요?"

가드너 부인은 쌀쌀맞게 말했다.

"나는 고양이를 좋아하지 않아요."

그러자 도라시가 말했다.

"나는 아주 좋아해요. 정말 도도하고 제멋대로잖아요. 개는 너무 착하고 배려심이 많아요. 그래서 오히려 마음이 편치 않아요. 하지만 고양이는 신통할 만큼 인간적이에요."

"깜찍한 도자기 개가 두 마리 있군요. 자세히 좀 봐도 될까요?"

이렇게 말하고 에일라인은 방을 가로질러 갔는데, 그 때문에 무의식중에 또 다른 사건이 일어나게 되었다. 매고그를 집어든 에일라인이 프리실라가 초콜릿 케이크를 감춰둔 쿠션 위에 앉은 것이다. 프리실라와 앤은 어쩔 줄 몰라하며 얼굴을 마주 보았으나 어떻게도 할 수 없었다. 에일라인은 돌아갈 때까지 그 쿠션 위에 앉은 채 도자기 개에 대한 이야기를 했다.

나가기 전에 도라시는 뒤에 잠깐 남아 앤의 손을 꼭 잡고 친근하게 속삭였다.

"우리는 아주 잘 지내리라는 것을 나는 알아요. 로이 오빠가 앤 이야기를 빠짐없이 모조리 해주었어요. 가엾게도 로이가 이런저런 이야기를 할 수 있는 사람은 나 한 사람뿐이에요. 아무도 어머니나 에일라인 언니에게는 마음속에 있는 말을 털어놓지 못해요.

친한 친구들끼리 이렇게 한집에 살면 정말 재미있겠어요! 나도 이따금 와서 함께 시간을 보내도 될까요?"

"얼마든지 오고 싶을 때 오세요."

앤은 진심으로 그렇게 대답하고 로이의 누이 가운데 한 사람만이라도 마음이 가는 사람이 있어 다행이라고 생각했다. 앤이 에일라인을 좋아할 수 없는 것은 확실했으며 에일라인 역시 앤을 마음에 들어 할 성싶지 않았다. 혹시 가드너 부인의 마음을 얻을 수 있을지는 모르겠지만. 아무튼 시련이 끝났을 때 앤은 후유 안도의 숨을 내쉬었다.

"혀끝과 펜끝에서 나오는 온갖 말 가운데

가장 슬픈 말은, 이랬으면 좋았을 것을! 이로다.'[2]"

프리실라는 쿠션을 집어 들며 비극적인 말투로 시를 인용하고 나서 덧붙였다.

"이 케이크야말로 눌러서 납작궁이가 되었네. 쿠션도 엉망이 되었어. 앞으로 나한테 금요일이 불길한 날이 아니라는 말은 다시는 하지 말아줘."

제임시나 아주머니가 말했다.

"토요일에 온다는 전갈을 보낸 사람이 금요일에 오는 것은 상식 밖의 일이야."

필리파가 말했다.

"틀림없이 로이가 착각했을 거예요. 그 사람은 앤과 이야기할 때면 무슨 말을 하는지 자기도 잘 모를걸요. 그나저나 앤은 어디 갔죠?"

앤은 2층에 올라가 있었다. 묘하게 울고 싶은 심정이었으나 우는 대신 웃기 시작했다. 러스티와 조지프는 정말 도저히 못 말릴 녀석들이야. 그리고 그래, 도라시는 귀여운 아가씨였어.

---

2) 노예해방을 지지한 미국의 퀘이커교도 시인 존 그린리프 휘티어(1807~1892)의 시 〈모드 뮬러〉에서 따옴.

학사 학위

"나 죽고 싶어. 그럴 수 없다면 내일 밤이 되어 있으면 좋겠어."

필리파가 신음했다.

앤은 침착하게 말했다.

"네가 오래 살기만 하면 그 두 가지 소원은 다 이룰 수 있어."

"너는 태연하게 있을 수 있겠지. 철학을 잘하니까. 하지만 나는 그렇지 못해. 그래서 내일 무서운 시험을 생각하면 오그라들고 말아. 만일 떨어지면 조가 뭐라고 할까?"

"떨어지지 않아. 오늘 그리스어는 어땠니?"

"모르겠어. 어쩌면 잘 썼을지도 모르고, 또 어쩌면 너무 끔찍이 못 써서 지금쯤 호메로스가 무덤 속에서 탄식하고 있을지도 몰라. 하도 오랫동안 공책을 붙들고 씨름하느라, 이제 아무것도 생각할 수가 없어. 이 '시험 집행'이 모두 끝나면 이 가련한 필이 얼마나 고마워하겠니?"

"시험 집행이라고? 그런 말은 들어본 적 없어."

"어머나, 나도 다른 사람과 마찬가지로 새로운 말을 만들 권리가 있지 않겠니?"

"말은 만드는 게 아니야. 저절로 생기는 거지."

"아무렴 어때. 내게는 희미하게나마 보여. 저 앞쪽에 펼쳐진 잔잔한 바다, 거기에는 시험이라는 거친 파도가 밀려오지 않아. 얘들아…… 우리 레드먼드 생활도 이제 끝난다는 게 실감 나니?"

앤이 슬픈 듯 대답했다.

"믿어지지 않아. 프리실라와 내가 레드먼드 신입생 무리 가운데 망망대해 위의 섬처럼 있던 게 바로 어제 일 같은걸. 그런데 지금은 마지막 시험을 치고 있는 4학년생이라니."

필리파가 《오셀로》의 대사를 흉내 내서 말했다.

"강하고 현명하며 존귀하신 4학년생들이여, 우리가 처음 레드먼드에 왔을 때보다 정말로 조금이라도 현명해졌다고 생각하는가?"

제임시나 아주머니가 자못 엄하게 나무랐다.

"그렇게 여겨지지 않는 행동도 이따금 하지."

그러나 필이 애교를 부렸다.

"오, 짐시 아주머니. 아주머니가 어머니 역할을 해주시며 세 번의 겨울을 나는 동안 우리 대체로 꽤 좋은 딸들 아니었나요?"

"그래, 너희들처럼 사랑스럽고 다정하고 착한 네 명의 아가씨가 나란히 대학을 졸업한 것은 지금까지 없던 일일 거야."

제임시나 아주머니는 칭찬해야 할 때는 아낌없이 칭찬했다.

"하지만 아직 너희들의 분별력을 믿을 수 없어. 물론 그것을 기대하는 게 아직은 무리겠지. 옳고 그름을 분별하는 능력은 경험을 통해 배우는 거니까. 대학 공부에서 그것을 배울 수는 없어. 너희들은 4년 동안 대학에 다녔고 나는 대학에 간 일이 없지만, 내가 너희들보다 훨씬 더 많은 것을 알고 있단다, 아가씨들."

스텔라가 다시 인용했다.

"세상에는 규칙대로만 되지 않는 일이 많고, 대학에서 얻을 수 없는 지식이 산더미 같으며, 학교에 다녀도 배울 수 없는 여러 일들이 잔뜩 있노라."

제임시나 아주머니가 따져 물었다.

"너희들은 레드먼드에서 지금은 쓰지도 않는 죽은 언어나 기하라든가, 그런 하잘것없는 말 말고 뭔가 배운 게 있니?"

앤이 항의했다.

"네, 그럼요. 확실히 배운 게 있다고 생각해요, 아주머니."

이번에는 필리파가 말했다.

"우리는 지난번 학술연구회에서 우들리 교수님이 한 말씀이 진실임을 배웠어요. 교수님은 이렇게 말했죠.

'유머는 인생의 향연에서 가장 풍미 있는 향신료다. 실수를 저지르면 웃어넘기되 거기에서 배워라. 자신의 고생을 웃음거리로 삼되 거기서 용기를 얻어라. 곤경을 겪으면 웃되 그것을 이겨내라.' 이것은 배울 가치가 충분히 있지 않나요, 짐시 아주머니?"

"그럼, 있지, 필. 웃을 일에는 웃고 웃어서는 안 되는 일에는 웃지 않는 법을 배웠을 때 너희들은 지혜와 분별력을 얻은 거란다."

프리실라가 나직이 속삭였다.

"너는 레드먼드 생활에서 무엇을 얻었지, 앤?"

앤이 천천히 말했다.

"나는 말이야, 조그만 장애물은 모두 웃어넘길 일에 지나지 않고 큰 장애물은 더 큰 승리를 미리 알려주는 전조임을 실제로 배웠다고 생각해. 결국 이 배움이야말로 레드먼드가 나에게 준 거라고 생각해."

프리실라가 말했다,

"레드먼드가 나를 위해 어떤 일을 해주었는지를 말하려면 우들리 교수님 말씀을 또 인용해야만 해. 우들리 교수님이 이런 연설을 한 것을 기억할 거야.

'우리에게 그것을 볼 눈이 있고 그것을 사랑할 마음이 있으며 그것을 그러모을 손이 있기만 하면, 우리가 이 세상에서 얻어갈 것은 참으로 많다. 남자에게서든 여자에게서든, 예술에서든 문학에서든 기뻐하고 감사할 일이 곳곳에 얼마든지 있다.'

나는 레드먼드가 이 사실을 조금이나마 알게 해줬다고 생각해, 앤."

제임시나 아주머니가 말했다.

"너희들이 말하는 것으로 미루어 보자면 결국—타고난 깜냥만 있으면—20년 동안 살아가면서 배울 것을 대학 4년에 다 배울 수 있다는 거구나. 자, 그 말을 들으니 나도 고등교육을 인정할 마음이 생기는구나. 이제까지는 좀 못마땅하게 생각했었다만."

"하지만 타고난 깜냥이 없는 사람은 어떻게 하죠, 짐시 아주머니?"

"타고난 깜냥이 없는 사람은 어차피 아무것도 배우지 못해, 대학에서건 인생에서건. 비록 백 살까지 산다 하더라도 태어났을 때와 다름없이 아무것도 모를 테지.

그것은 딱하게도 그 사람들이 운이 나쁜 거지 그 사람들 잘못이라고는 할 수 없단다. 깜냥을 조금이라도 타고난 사람은 마땅히 하느님께 감사해야만 해."

필리파가 부탁했다.

"그 타고난 깜냥이란 어떤 것인지 설명해주시겠어요?"

"아니, 그것은 안 하련다. 깜냥이 있는 사람은 그것이 어떤 것인지 알 테고, 없는 사람은 아무리 가르쳐줘도 모를 테니 설명할 필요가 없지."

바쁜 나날이 쏜살같이 지나 시험도 끝이 났다. 앤은 문학에서, 프리실라는 고전학에서, 필리파는 수학에서 최우등을 받았으며 스텔라는 모든 과목에서 고르게 좋은 성적을 거두었다. 이윽고 졸업식이 다가왔다.

"옛날 같으면 내 인생에 오래도록 잊지 못할 기념비적인 사건이라고 했을 거야."

앤은 그렇게 말하면서 로이가 보내준 상자에서 제비꽃을 꺼내 물끄러미 바라보았다. 물론 앤은 그것을 달고 갈 생각이었지만 눈은 탁자 위에 놓인 또 하나의 상자 쪽으로 가고 있었다.

그 상자에는 은방울꽃이 한가득 들어 있었다. 애번리에 6월이 찾아오면 그린게이블즈 뜰에 피는 은방울꽃처럼 싱그럽고 향기가 좋았다. 그 상자 옆에는 길버트 블라이드의 카드가 놓여 있었다. 길버트가 무슨 이유로 오늘을 위해 꽃을 보내왔을까 앤은 의아했다.

올겨울 앤은 길버트를 아주 이따금씩밖에 보지 못했다. 크리스마스 휴가가 지나고 단 한 번 금요일 밤에 패티의 집에 왔을 뿐 다른 곳에서도 두 사람은 거의 만나지 못했다. 길버트가 최우등과 쿠퍼 장학금을 목표로 맹렬하게 공부하느라 레드먼드의 사교적인 모임에 거의 끼지 않는 것을 앤은 알고 있었다.

반면 앤은 매우 떠들썩한 겨울을 보냈다. 가드너 집안사람들과 자주 만났으며, 그러다 보니 도라시와 아주 친해졌다. 대학 친구들은 앤이 머지않아 로이와의 약혼을 발표할 거라고 기대하고 있었다. 앤 자신도 기다렸다. 그런데도 앤은 졸업식장을 향해 패티의 집을 나서기 바로 전에 로이의 제비꽃을 옆으로 던져놓고 그 대신 길버트의 은방울꽃을 달았다. 어째서 그랬는지 스스로도 설명할 수 없었다.

몇 해 동안 꿈꿔온 오랜 바람이 이루어지는 지금 그리운 애번리의 기억이며 꿈이며 우정 쪽이 왠지 모르게 자신에게 더 어울리는 것처럼 느껴졌다. 앤과 길버트는 언젠가 문학부 졸업생으로서 학사모를 쓰고 졸업가운을 입을 날을 즐겁게 그려본 적이 있었다. 그 경사스러운 날이 마침내 다가왔다. 거기에는 로이의 제비꽃이 차지할 자리는 없었다. 일찍이 소꿉친구와 서로 나누었던 어릴 적 꿈이 열매를 맺는 이날 그 소중한 친구의 꽃만이 그 자리에 어울리는 것으로 여겨졌다.

이날은 몇 해 동안 앤에게 손짓해왔으며 앤을 서서히 이끌어왔다. 그런데 드디어 그날이 왔을 때, 오직 한 가지만이 또렷한 기억으로 영원히 앤의 마음속에 남았다. 그것은 위엄 있는 레드먼드의 학장이 졸업증서를 주며 앤을 문학사라고 부른 그 숨 막히는 순간도 아니고, 앤의 은방울꽃을 보았을 때 길버트의 눈에 언뜻 스쳐간 광채도 아니었으며, 또 단상의 앤 곁을 지나갈 때 로이가 보낸 당혹하고 상처받은 눈길도 아니었다. 에일라인 가드너의 거만스러운 축하 인사도 아니고 도라시의 열렬한 축하의 말도 아니었다. 그것은 앤이 오랫동안 꿈꾸어왔던 날을 망쳐버린, 무어라 설명할 수 없는 기묘한 마음의 통증이었다. 그 마음의 통증은 희미하긴 하지만 지워지지 않는 쓸쓸함을 남겼다.

그날 밤 문학부 졸업생들의 졸업을 축하하는 댄스파티가 열렸다. 앤은 드레스를 갈아입자 자주 걸던 진주 목걸이를 밀어놓고 크리스마스 날 그린게이블즈로 배달된 조그만 상자를 트렁크에서 꺼냈다. 실 같은 금사슬에 조그만 핑크빛 에나멜 하트가 펜던트로 달려 있는 목걸이였다.

함께 온 카드에 다음과 같이 쓰여 있었다.

　　행복을 빌어. 옛 친구 길버트.

앤은 이 에나멜 하트를 본 순간, 길버트가 앤을 '홍당무'라 부른 뒤 핑크색의 하트 모양 사탕으로 화해하려다가 실패한 그 어린 시절의 치명적인 날의 추억이 다시 떠올라 웃으며 길버트에게 고맙다는 편지를 써 보냈다. 그러나 아직껏 한 번도 그것을 목에 걸어본 적은 없었다. 오늘 저녁 앤은 꿈꾸는 듯한 미소를 띠며 하얀 목에 그 목걸이를 걸었다.

앤은 필리파와 함께 레드먼드로 걸어갔다. 아무 말 없이 걸어가는 앤 옆에서 필리파는 여러 가지 이야기를 재잘거렸다.

그러다가 문득 필리파가 말을 꺼냈다.

"오늘 들었는데, 졸업식이 끝나는 대로 길버트 블라이드와 크리스틴 스튜어트의 약혼이 발표된대. 너는 그 일에 대해 뭔가 들은 거 있니?"

"아니."

필리파는 가볍게 말했다.

"정말인 것 같아."

앤은 아무 대꾸도 하지 않았다. 어둠 속에서 얼굴이 붉게 타오르는 듯했다. 앤은 옷깃 안쪽으로 살그머니 손을 넣어 금사슬을 움켜잡았다. 세게 힘을 주어 한 번 비튼 것만으로도 사슬은 뚝 끊어졌고, 앤은 그것을 주머니에 쑤셔 넣었다. 두 손이 바들바들 떨리고, 눈이 시큰해져왔다.

그러나 그날 밤 모두들 들떠서 떠들어대는 가운데에서도 가장 활발한 것은 앤이었으며, 길버트가 춤을 청하자 약속이 이미 다 찼다며 아쉬워하는 낯빛도 없이 단칼에 거절했다. 그 뒤 패티의 집에 돌아와 타다 남은 난롯불 앞에서 다른 아가씨들과 함께 몸을 녹이며 비단같이 고운 얼굴에서 초봄의 쌀쌀한 기운을 쫓아버리고 있을 때에도 그날 있었던 일을 앤만큼 신나게 얘기한 사람은 없었다.

난롯불을 꺼뜨릴까 봐 자지 않고 있던 제임시나 아주머니가 말했다.

"오늘 저녁 너희들이 나간 뒤에 무디 스퍼전 맥퍼슨이 찾아왔더구나. 졸업생 댄스파티가 있는 줄 몰랐대. 그 아이는 잘 때 머리 둘레에 고무 밴드를 둘러서 귀가 튀어나오지 않도록 해야겠더라. 내 구혼자 가운데 그렇게 한 사람이 있었는데, 퍽 좋아졌지. 그런 말을 꺼낸 것은 나였고 그 사람은 내 충고에 따랐지만, 그런 말을 한 나를 결코 용서하지는 않았단다."

프리실라가 하품하며 말했다.

"무디 스퍼전은 아주 진지한 젊은이예요. 그 사람의 관심은 자기 귀보다 더 중대한 일에 쏠려 있어요. 목사가 될 생각이거든요."

"그래, 하느님은 사람의 귀가 어떻게 생겼든 신경 쓰시지 않을 테니까."

제임시나 아주머니는 무게 있게 말하고 무디 스퍼전에 대한 더 이상의 비평을 거두었다. 아주머니는 비록 햇병아리 목사에 지나지 않더라도 성직자에 대해서는 나름대로 경의를 품고 있었다.

거짓 사랑

"좀 상상해봐…… 다음 주 이맘때에는 애번리로 돌아가 있는 거야…… 생각만 해도 기뻐!"

앤은 트렁크 위로 몸을 구부려 린드 부인이 빌려준 퀼트 이불을 넣으며 이어서 말했다.

"하지만 상상해봐…… 다음 주 이맘때면 나는 영원히 패티의 집을 떠나는 거야…… 생각하기도 싫어!"

필리파는 앤의 말에 뒤이어 말했다.

"우리의 웃음소리가 망령이 되어 미스 패티와 미스 마리아의 꿈속에 울려 퍼질까."

미스 패티와 미스 마리아는 사람이 살 수 있는 지구 구석구석을 대부분 돌아다닌 끝에 바야흐로 귀향길에 올랐다.

미스 패티로부터 편지가 왔었다.

우리는 5월 둘째 주에 패티의 집으로 돌아가요. 카르나크 신전[1]을 보고 온

---

1) 나일강 상류 기슭에 있는 고대 테베의 유적.

뒤라 패티의 집이 좀 작게 여겨질지도 모르겠지만 나는 원래부터 사는 곳으로 큰 장소는 그리 좋아하지 않았어요.

게다가 집으로 돌아가는 것은 감사한 일이에요. 늘그막에 여행을 나서면 앞날이 얼마 안 남았다는 생각으로 무리하기 쉽고 이 버릇은 어느 틈엔가 나도 모르게 심해지는 법이지요. 마리아는 앞으로 집에 가만히 틀어박혀 있을 수 없게 될 것 같아 걱정이에요.

"나는 다음에 오는 사람들을 위해 여기에 내 공상과 꿈을 곱게 접어 넣어 축복하겠어."

앤은 아쉬운 듯 하늘색 방을 둘러보았다. 이 아름다운 연하늘색 방에서 앤은 참으로 행복한 3년을 보냈다. 그 창가에서 무릎 꿇고 기도했으며 그 창문으로 몸을 내밀어 소나무 뒤로 뉘엿뉘엿 넘어가는 저녁 해를 바라보았다. 가을비가 부슬부슬 창문을 두드리는 소리를 들었고 봄이면 그 창턱에 와서 살며시 앉는 지빠귀를 즐거운 마음으로 맞아주었다.

앤은 오랜 과거의 꿈이 그 방을 맴돌며 떠나지 않는 것이 아닐까, 비록 만져볼 수도 없고 눈에 보이지 않아도 틀림없이 존재하는 그 어떤 것, 즉 자기의 일부가—몸은 그 희로애락을 줄곧 지켜봐온 방을 떠나더라도—목소리를 간직한 추억으로 아련하게 뒤에 남지 않을까 생각했다.

필리파가 말했다.

"사람이 꿈을 꾸고 슬퍼도 하고 기뻐도 하며 생활하는 방은 그 주인과 함께 그 수많은 과정들을 함께하면서, 그 사람과 떼려야 뗄 수 없는 사이가 되어 방 또한 독자적인 인격을 가지게 되는 게 아닐까? 지금부터 50년이 지난 뒤 내가 이 방에 들어오더라도 이 방은 내게 '앤, 앤' 하고 다정하게 말을 걸 것 같아. 정말이지 우리가 여기서 얼마나 즐겁게 지냈니! 수다 떨며 우스갯소리도 하고 장난치고 사이좋게 소란도 피웠지!

아, 어떡해. 나는 6월이면 조와 결혼해. 말할 수 없이 행복할 거라는 건 나도 알아. 하지만 지금 심정으로는 이 아름다운 레드먼드 생활이 영원히 이어졌으면 좋겠어."

"그게 이치에 맞지 않는 건 알지만 나도 그래. 앞으로 어떤 심오한 기쁨이 우리를 반겨줄지 모르지만 여기서 지낸 즐겁고 자유로운 생활은 두 번 다시 할 수 없을 거야. 이 시절은 영원히 지나가버린 거야, 필."

여전히 그 특권이 주어진 고양이가 어슬렁거리며 방으로 들어왔다.

필리파가 물었다.

"러스티는 어떻게 할 생각이니?"

러스티의 뒤를 따라 들어온 제임시나 아주머니가 말했다.

"러스티는 조지프와 세라캣과 함께 내가 데리고 돌아가마. 모처럼 함께 살도록 길들여진 것들을 따로 떼어놓을 수는 없으니까. 길들여진다는 건 고양이에게나 사람에게나 그리 쉬운 일이 아니지."

앤은 서운한 듯 말했다.

"러스티와 헤어지는 게 몹시 슬퍼요. 하지만 그린게이블즈로 데려갈 수 없는 건 알아요. 마릴라는 고양이를 아주 싫어하고 데이비는 못 살게 굴어서 죽여버리고 말 테니까요. 게다가 제가 집에 그리 오래 있게 될 것 같지 않아요. 서머사이드 고등학교에서 교장으로 와주지 않겠느냐는 제안을 받았거든요."

필리파가 의아해서 물었다.

"승낙할 생각이니?"

"아, 아직 결정하지 않았어."

앤은 어쩔 줄 몰라하며 얼굴을 붉혔다.

필리파는 알았다는 얼굴로 고개를 끄덕였다. 로이한테서 결혼에 대한 뭔가 말이 있을 때까지 앤이 섣불리 계획을 세울 수 없는 건 당연했다. 로이는 머지않아 곧 말을 꺼낼 것이다. 그것은 의심할 여지가 없는 일이었으며, 또 로이가 "승낙해 주겠습니까?" 하면 앤이 "네." 하고 대답할 것도 확실한 일이었다.

앤 자신은 잔물결 하나 일지 않는 침착한 태도로 흘러가는 상황을 무심히 지켜보고 있었다. 그녀는 로이를 깊이 사랑하고 있다. 물론 꿈꾸던 사랑과 꼭 들어맞는 것은 아니다. 그러나 무슨 일이든 간에 자기 상상 그대로인 것이 인생에서 얼마나 있을까? 앤은 조금은 가라앉은 기분으로 스스로에게 물었다. 이 또한 어린 시절에 다이아몬드에 대한 환상이 깨진 순간 맛보았던 환멸이 되풀이되는 것이다. 보랏빛의 찬란함인 줄만 알았던 다이아몬드가 실은 차가운 돌에 지나지 않음을 알았던 그때와 똑같았다. '이건 내가 생각했던 다이아몬드가 아니었다'고 앤은 말했었다. 그래도 로이는 어쨌거나 좋은 사람이다. 함께 사랑하며 행복하게 지낼 수 있을 것이다. 콕 짚어 말할 수는 없으나 어떤 중요한 삶의 묘미가 빠져 있는 느낌은 들지만.

그날 저녁, 로이가 찾아와 앤에게 공원으로 산책을 가지 않겠느냐고 했을 때 패티의 집 사람들 모두 로이가 무슨 말을 하러 왔는지 이미 알고 있었다. 또 앤이 어떤 대답을 할 것인가도 짐작하고 있었다. 아니, 안다고 생각하고 있었다.

제임시나 아주머니가 말했다.

"앤은 정말 운이 좋은 아가씨야."

스텔라는 어깨를 으쓱해 보이며 말했다.

"아마도 그렇겠죠. 로이는 확실히 좋은 사람이에요. 하지만 가민히 들여다보면 알맹이는 아무것도 없어요."

제임시나 아주머니가 나무랐다.

"그런 말을 하면 마치 시샘하는 듯이 들려, 스텔라 메이너드."

스텔라는 태연했다.

"그렇게 들리겠죠…… 하지만 시샘해서 하는 말이 아니에요. 나는 앤을 너무 좋아하고 로이에게도 호의를 가지고 있어요. 모두들 앤과 로이는 완벽한 한 쌍이라고 말하고 가드너 부인조차 지금은 앤의 매력을 인정하고 있으니까요. 결국 하늘이 맺어준 배필같이 보이지만, 과연 정말 그럴까, 라는 생각을 자꾸 하게 돼요. 잘 한번 생각해봐 주세요, 숙모님."

로이는 비 오는 날 앤을 처음 만났던 항구의 조그만 정자에서 앤에게 청혼을 했다. 앤은 로이가 그 장소를 선택한 것이 아주 낭만적이라고 생각했다. 게다가 청혼의 말도 루비 길리스의 한 구혼자가 했다는 것처럼,《예의범절 대백과사전》의 '구혼 및 결혼'란에서 베껴온 듯 화려했다. 전체적으로 무엇 하나 흠잡을 데 없이 완벽했고 또 로이는 진지했다. 로이가 진심으로 말하고 있음은 의심할 나위가 없었다. 엉뚱한 음으로 교향곡을 망쳐버리는 일도 없었다. 앤은 자신의 머리끝부터 발끝까지 찌릿찌릿하는 기쁨을 느껴야 마땅하다고 생각했다. 그러나 그렇지 않았다. 무서우리만큼 침착했다. 로이가 입을 다물고 대답을 기다릴 단계가 되자 앤은 자신의 운명을 결정하는 "네."라는 말을 하려고 입을 열었다.

그런데 그때…… 앤은 마치 절벽 끝에서 비틀비틀 뒷걸음질 치듯 자신이 떨고 있는 것을 깨달았다. 눈이 아찔해질 정도의 섬광 같은 짧은 순간에 지금까지 전 인생을 통해 배운 모든 것을 뛰어넘는 무언가를 깨닫는 때가 있는데, 그런 순간이 앤을 덮친 것이다. 앤은 로이의 손에서 자기 손을 잡아 뺐다.

앤은 격정적으로 외쳤다.

"나, 난 당신하고 결혼할 수 없어요…… 못 해요…… 할 수 없어요."

로이는 얼굴에 핏기가 가시며 좀 얼빠진 표정마저 지었다. 지금까지—무리도 아니지만—아무런 문제 없다고 믿고 있었던 것이다.

로이는 말을 더듬거렸다.

"그게 무슨 소리죠?"

앤은 필사적으로 되풀이했다.

"로이와는 결혼할 수 없다는 말이에요. 할 수 있다고 생각했었는데…… 하지만 할 수 없어요."

로이는 냉정을 조금 되찾았다.

"어째서요?"

"왜냐하면…… 결혼할 만큼 좋아하지 않으니까요."

로이의 얼굴에 붉은빛이 어렸다.

그는 묻고 싶지 않은 것을 질문하듯 천천히 되물었다.

"그럼 앤은 지난 2년 동안 나를 가지고 논 거였어요?"

"아니, 아니, 그렇지 않아요."

가엾은 앤은 숨이 막힐 것만 같았다. 오, 이 마음을 어떻게 설명할 수 있겠는가? 설명할 도리가 없었다. 도저히 할 수 없는 일도 있는 법이다.

"로이를 사랑한다고 생각했어요…… 진심으로 그렇게 생각했어요…… 하지만 지금, 바로 이 순간 그렇지 않다는 것을 깨달았어요."

로이는 원망스러운 눈빛으로 힘주어 말했다.

"앤은 내 인생을 엉망으로 만들어버렸어요."

앤은 화끈거리는 뺨과 따끔대는 눈을 느끼며 기어드는 목소리로 사과했다.

"미안해요."

로이는 홱 돌아서서 한참 동안 바다를 노려보았다. 앤에게로 돌아섰을 때는 또다시 창백한 얼굴이 되어 있었다.

"희망이 전혀 없는 건가요?"

앤은 말없이 고개를 끄덕였다.

로이가 말했다.

"그럼…… 잘 가요. 나로서는 이해할 수 없어요. 앤이 내가 믿고 있던 그런 사람이 아니라는 게 도무지 믿어지지 않으니까. 하지만 비난해서 뭐 하겠어요. 당신은 내 유일한 사랑이었어요. 그동안 보여줬던 우정 고마워요. 안녕, 앤."

"안녕."

앤의 목소리는 떨렸다.

로이가 가버리자 앤은 오랫동안 정자 안에 앉은 채 항구의 무정한 안개가 바다에서 육지 쪽으로 스멀스멀 다가오는 것을 바라보았다. 그야말로 앤에게는 굴욕과 자책과 부끄러움으로 뒤엉킨 순간이었으며 그 모든 감정이 파도처럼 앤을 덮쳐 왔다. 그러면서도 그 밑바닥에는 다시 자유를 되찾았다는 묘한 해방감이 숨어 있었다.

앤은 저녁 어스름을 틈타 몰래 패티의 집에 숨어 들어가 자기 방으로 살금살금 들어갔다. 그러나 들어가 보니 필리파가 창가 자리에 앉아 기다리고 있었다.

그 뒤에 이어서 일어날 일들을 깨닫고 앤이 새빨개진 얼굴로 말했다.

"잠깐 기다려. 내 말이 다 끝날 때까지 기다려줘, 필. 로이가 내게 청혼했어…… 하지만 난 거절했어."

"거절? 거절을 했다고?"

필리파가 어이없다는 표정을 지었다.

"응."

"앤 셜리, 너 제정신이니?"

앤은 힘없이 대답했다.

"그런 것 같아. 아, 필, 날 나무라지 마. 너는 몰라."

"모르고말고. 너는 2년 동안이나 모든 면에서 로이가 너에게 그렇게 마음을 주도록 해놓고…… 이제 와서 거절했다니! 그렇다면 너는 그 사람을 농락한 셈이야. 앤, 네가 그런 짓을 할 줄은 생각지도 못했어."

"그 사람을 농락한 게 아니야. 마지막 순간까지 나는 그 사람을 사랑한다고 생각했어. 그랬는데…… 막상 그 순간이 닥치니까 비로소 깨달은 거야. 그 사람하고는 결혼할 수 없다는 걸."

필리파는 잔인하게 말했다.

"그렇다면 너는 돈 때문에 그 사람과 결혼할 생각이었는데 막판에 양심이 고개를 들어 그렇게 하지 못한 거니?"

"그건 아니야. 그 사람의 돈에 대해서는 생각해본 적도 없어. 로이한테도 분명히 설명할 수 없었는데 너한테도 역시 마찬가지야."

필리파는 몹시 격분했다.

"어쨌든 넌 로이한테 너무 심한 짓을 했어. 그 사람은 잘생기고 똑똑하고 돈 많고 성격도 좋아. 그 이상 뭘 바라는 거니?"

"나는 나와 같은 세계에 속해 있는 사람을 원해. 그 사람은 그렇지 않아. 처음에는 로이의 잘생긴 외모와 낭만적인 찬사에 반해버렸어. 그러다가 그 사람이 내가 이상형으로 생각하는 짙은 눈동자의 연인에 딱 들어맞았기에 사랑하는 게 당연하다고 믿어버린 거야."

"자기 마음을 알지 못한다는 점에 대해서는 나도 할 말이 없지만, 그래도 네가 더 심해."

앤은 항의했다.

"난 내 마음을 알고 있어. 난처한 것은 그 마음이 변한다는 점이고, 변할 때마다 다시 처음부터 그 마음을 알아가기 시작해야 한다는 점이야."

"그럼 지금 너에게 무슨 말을 해도 소용없겠구나."

"응, 아무 말 할 필요 없어, 필. 나는 부끄러워서 죽을 것 같아. 지금까지 쌓아온 모든 것을 망치고 말았어. 레드먼드 시절을 생각할 때마다 수치스러운 오늘의 기억을 떠올리지 않을 수 없게 되었으니. 로이는 날 경멸하고 있어…… 필 너도 그렇고…… 나 또한 나 자신이 경멸스러워."

필리파는 마음이 좀 누그러졌다.

"가엾어라. 자, 이리 와, 내가 위로해줄게. 내게는 너를 야단칠 자격이 없어. 나도 조를 만나지 않았다면 앨릭이나 앨런조와 결혼했을 테니까.

오, 앤, 현실 세계에서는 모든 일들이 뒤얽히고 헝클어지나 봐. 소설에 쓰인 것처럼 깔끔하고 정연하지가 않아."

"내가 살아 있는 한 두 번 다시 그 어떤 사람으로부터도 청혼 같은 건 받고 싶지 않아."

딱한 앤은 스스로도 그 생각이 진심이라고 믿으면서 흐느꼈다.

결혼식의 모습들

앤은 그린게이블즈로 돌아온 뒤 2, 3주일 동안은 인생이 기쁨의 절정에서 비참한 내리막길로 곤두박질쳤다는 기분에 사로잡혀 있었다. 첫째로 패티의 집에서 친구들과 떠들썩하게 지냈던 즐거운 날들이 그리웠다. 매해 겨울 화려한 꿈을 그려왔는데 지금은 그 모든 꿈이 헛되이 먼지가 되어 쌓여 있을 뿐이었다. 자기혐오에 빠진 지금의 심리 상태에서는 아무 꿈도 그려볼 수 없었다. 그러는 동안 앤이 깨달은 것은 꿈을 품은 고독은 찬란했지만 꿈이 없는 고독은 아무런 매력이 없다는 사실이었다.

공원 정자에서 로이와 괴롭게 헤어진 뒤로 앤은 두 번 다시 그를 만나지 않았다. 그런데 앤이 킹스포트를 떠나기 전에 도라시가 그녀를 만나러 왔다.

"앤이 로이 오빠와 결혼하지 않는다니 정말 섭섭해요. 앤과 가족이 되기를 바랐거든요. 하지만 앤이 옳았어요. 오빠와 결혼하면 죽을 정도로 따분할 거예요.

나는 로이를 사랑하고, 로이는 나에게 아주 다정한 오빠예요. 하지만 재미있는 사람은 아니죠. 재미있는 척하지만 사실은 아니랍니다."

앤이 슬픈 듯 물었다.

"이 일로 우리의 우정에 금이 가지는 않겠죠, 도라시?"

"그야 물론이에요. 앤처럼 좋은 사람을 어떻게 잃을 수 있겠어요? 가족이 될 수 없다면 친구로라도 머물러달라고 할 생각이에요. 그리고 오빠 일로 마음 쓰지 말아요. 물론 로이는 지금 무척 비참한 심정이에요…… 나는 거의 날마다 쏟아내는 로이의 하소연을 들어줘야만 하죠…… 하지만 머지않아 털고 일어날 거예요. 언제나 그러니까요."

"어머나…… 언제나라고요? 그럼 전에도 그런 적이 있다는 말인가요?"

앤의 말투가 조금 달라져 있었다.

"네, 있었어요. 전에 두 번 있었죠. 그때도 로이는 내게 정신없이 이야기했었어요. 그때는 정확히 말해 로이가 거절을 당한 건 아니었어요…… 다만 그들은 다른 사람과 약혼을 발표했을 뿐이었죠.

물론 앤을 만났을 때 로이는 이제까지는 진정한 사랑을 한 적이 없다, 전에는 들뜬 풋사랑에 지나지 않았다, 라고 내게 말을 하기는 했어요. 그래도 너무 걱정할 필요는 없다고 생각해요."

앤은 더 이상 걱정하지 않기로 했다. 안도감과 억울함이 한꺼번에 뒤범벅된 기분이 들기도 했다. 로이는 앤만이 이제까지 사랑한 단 한 사람이라고 분명히 말했다. 아마 로이는 스스로도 그렇게 믿고 있었을 것이다. 어쨌든 하마터면 속을 뻔했지만, 로이의 인생을 망친 건 아니라는 생각이 들자 앤은 마음이 편해졌다. 세상에는 다른 여신들도 있을 테니, 도라시의 말로 미루어 로이는 어딘가 또 다른 신전을 찾아가 숭배할 것이다. 그럼에도 인생의 몇몇 환상이 또다시 깨지는 경험을 하자 앤은 인생이 더욱더 황량해진 것 같은 느낌이 들었다.

그린게이블즈로 돌아온 날 저녁 앤은 슬픈 얼굴로 지붕 밑 동쪽 방에서 내려왔다.

"그린게이블즈를 오랫동안 지켜준 '눈의 여왕'은 어떻게 되었죠, 마릴라?"

"아, 그것 때문에 네가 실망할 거라고 생각했었다. 나도 마음이 안 좋았으니까. 그 나무는 내가 어렸을 때부터 거기 있었거든. 지난 3월 폭풍으로 쓰러져버렸단다. 속이 다 썩었더구나."

앤이 슬프게 말했다.

"'눈의 여왕'이 없으니까 너무 쓸쓸해요. 지붕 밑 동쪽 방도 그 나무가 없으니 이제 내 방 같지 않아요. 창문으로 바깥을 내다볼 때마다 '아, 그 나무는 없어져버렸어.' 하고 생각하게 되겠죠. 그리고 그린게이블즈에 돌아왔을 때 다이애나가 기다려주지 않은 것도 이번이 처음이고요."

린드 부인이 의미심장하게 말했다.

"다이애나는 지금 그 밖에도 해야 할 일이 많단다."

"자, 애번리 소식을 모두 들려주세요."

입구 층계에 앉은 앤의 머리에 저녁 햇빛이 아름다운 황금 빗발처럼 쏟아져 내렸다.

린드 부인이 말했다.

"네게 편지로 이미 알린 것 말고는 별 소식이 없어. 지난주에 사이먼 플레처의 다리가 부러진 소식은 아직 듣지 못했겠구나. 그 식구들에게는 잘된 일이었지. 하고 싶어도 사이먼이 옆에 붙어 있는 한 할 수 없었던 일을 산더미처럼 해치우고 있단다. 아무튼 성질이 괴팍한 영감이니까."

마릴라가 끼어들었다.

"그 영감이 태어난 집안 자체가 워낙에 사람 성질을 돋우는 사람뿐이잖아요."

"아, 맞아요! 그 사람의 어머니는 언제나 기도 모임 때 일어나 자기 아이들 결점을 늘어놓고 아이들을 위해 기도해달라고 부탁하곤 했죠. 그렇게 하면 할수록 아이들은 화가 나서 더욱더 비뚤어지기만 하는데도."

마릴라가 생각났다는 듯이 말했다.

"레이철, 아직 제인에 대해 앤에게 이야기하지 않았어요."

린드 부인은 코웃음을 치고는 그리 내키지 않는 듯이 얘기하기 시작했다.

"아, 제인. 그래, 제인 앤드루스가 서부에서 돌아왔단다. 지난주였지. 위니펙의 억만장자와 결혼을 하기로 되어 있다는구나. 앤드루스 부인이 벌써 여기저기 떠들어대며 다니고 있어 모르는 사람이 없지."

앤은 진심으로 말했다.

"그리운 제인…… 정말 잘됐어요. 그 아이는 인생의 멋진 선물을 누릴 자격이 있는걸요."

"아, 나는 제인을 나쁘게 말한 건 아니야. 그 아이도 좋은 아가씨고말고. 하지만 억만장자에게 어울리는 아이는 아니야. 게다가 그 상대는 부자라는 점을 빼면 특별히 내세울 만한 게 하나도 없는 사람일 테니까.

앤드루스 부인은 그 남자가 영국 사람이고 광산으로 재산을 모았다고 하지만 두고 봐라, 그 사람은 틀림없이 양키로 밝혀질 게야.

돈은 확실히 있는 모양이더구나. 제인에게 보석으로 선물 공세를 해댄 걸 보면. 약혼반지는 알이 많이 박힌 다이아몬드 반지인데 어찌나 큰지 통통하게 살찐 제인의 손 위에 얹혀 있으니 꼭 고약처럼 보이더라."

린드 부인은 아무리 애를 써도 빈정대는 말투가 되고 말았다. 그 못생기고 지루하기 짝이 없는 제인 앤드루스가 억만장자와 약혼했다는데, 앤은 부자든 가난뱅이든 간에 아직 누구와도 짝이 되어 있지 않잖은가. 더욱이 앤드루스 부인은 정말 밉살스러울 만큼 와서 자랑을 늘어놓고 갔다.

마릴라가 말했다.

"길버트 블라이드는 대학에서 대체 무슨 일이 있었던 게냐? 지난주에 돌아왔는데 보니 얼굴빛이 너무도 나쁘고 여위어서 못 알아볼 뻔했어."

"올겨울 길버트는 정말 열심히 공부했어요. 고전학에서 우등상을 받고 쿠퍼 장학금을 탔잖아요. 그 장학금은 5년 동안 아무도 탄 사람이 없었대요! 너무 무리를 해서 몸이 좀 쇠약해진 걸 거예요. 우리들 모두 조금씩 지쳤어요."

"아무튼 너는 문학사인데 제인은 앞으로도 그렇게 될 가능성은 없겠지."

린드 부인은 침울한 와중에 은근히 만족스러움을 나타냈다.

2, 3일 지난 어느 날, 앤이 제인을 만나러 갔으나 제인은 샬럿타운에 가서 집에 없었다.

앤드루스 부인이 거들먹거리며 말했다.

"바느질거리 맡길 것이 있거든. 지금의 제인으로서는 애번리 같은 촌구석 재봉사에게 일을 맡길 수 없으니까."

앤이 말했다.

"제인에게 아주 좋은 일이 있다고 들었어요."

"그렇단다. 제인은 크게 성공했어. 비록 학사는 아니지만 말이야."

앤드루스 부인은 새침하게 고개를 치켜들며 덧붙였다.

"잉글리스 씨는 대단한 재산가야. 두 사람은 신혼여행으로 유럽에 가기로 되어 있지. 돌아오면 위니펙에 있는 대리석으로 된 웅장한 저택에서 살 거란다.

제인에게도 한 가지 고민거리는 있어. 요리를 그렇게 잘하는데 남편 될 사람이 제인 손에 물 한 방울 못 묻히게 해서 음식을 할 기회가 없게 생겼대. 그 사람은 엄청 부자여서 요리는 요리사를 고용해서 시킨다나. 요리사 말고도 하녀가 둘, 마부 하나, 그리고 집안일을 할 하인을 따로 쓰기로 되어 있다더구나.

그런데 너는 어떠냐, 앤? 대학까지 다녔는데도 결혼한다는 말이 전혀 없으니."

앤은 웃었다.

"그래요, 아무래도 이대로 노처녀가 되려나 봐요. 마음에 드는 사람이 좀처럼 나타나지 않아서요."

이것은 앤으로서는 나름대로 좀 심술궂은 말투였다. 비록 노처녀가 된다 해도 결혼할 기회가 없었기 때문이 아니라는 걸 앤드루스 부인이 알 수 있게 하기 위해 일부러 그렇게 말한 것이다.

그러나 앤드루스 부인은 재빨리 반격을 가했다.

"그래, 너무 까다로운 아가씨는 결국 기회를 놓쳐서 노처녀 신세가 되는 법이지. 그러고 보니 길버트 블라이드가 미스 스튜어트인가 하는 아가씨하고 약혼했다는 것은 어찌 된 일이냐? 찰리 슬론이 그러던데, 아주 미인이라더구나. 그게 정말이니?"

앤은 스파르타인이 된 양 엄격하게 감정을 억눌러 차분히 말했다.

"길버트가 미스 스튜어트와 약혼한 것이 정말인지 어떤지는 모르지만, 미스 스튜어트가 무척 아름다운 것은 사실이에요."

"우리는 모두 너와 길버트가 결혼하리라고 생각했었지. 앤, 정신 차리지 않으면 남자친구들이 모두 손가락 사이로 다 빠져나가버릴 게다."

앤은 앤드루스 부인과의 결투를 그만두기로 했다. 가느다란 쌍날칼 한 자루를 쥐고 전투용 도끼를 마구잡이로 휘두르는 적을 막을 수는 없는 노릇이다.

앤은 도도하게 일어났다.

"제인이 없으니 오늘 아침에는 이만 돌아가야겠네요. 제인이 있을 때 다시 찾아올게요."

앤드루스 부인은 야단스럽게 말했다.

"그래, 그렇게 해라. 제인은 조금도 뽐내지 않으니까. 옛날 친구들과는 이제까지 사귀어온 대로 인연을 이어갈 생각이야. 널 만나면 무척 반가워할 거야."

제인의 억만장자는 5월 마지막 날에 도착해 눈부실 만큼 호화롭게 치장한 제인을 데리고 떠났다. 린드 부인은 잉글리스 씨가 왜소하고 비썩 마른 40대로 흰머리가 듬성듬성 섞여 있는 것을 보고 고소한 만족감을 맛보았다. 잉글리스 씨의 결점을 파헤치는 데 사정을 봐줄 마음은 처음부터 없었던 것이다.

린드 부인은 웃음기 없이 말했다.

"저런 사람을 봐줄 수 있을 정도로 꾸미려면 전 재산을 털어넣어야겠구나, 정말이지."

앤이 제인에게 의리를 지키며 말했다.

"친절하고 좋은 사람 같았어요. 게다가 제인을 몹시 소중히 여기는 게 틀림없어요."

"흥!"

린드 부인은 코웃음을 칠 뿐이었다.

그다음 주에는 필리파 고든의 결혼식이었으므로 앤은 들러리가 되기 위해 볼링브로크로 갔다. 필리파는 우아하고 아름다운 요정 같은 신부였으며 조너스 목사는 행복으로 빛나 아무도 그를 못생겼다고 여기는 사람이 없을 정도였다.

"우리는 에반젤린[1]의 나라로 신혼여행을 갔다가 돌아와서 패터슨 거리에 자리 잡을 거야. 어머니는 불평이 많아. 하다못해 조가 그보다는 나은 곳에 교회를 갖게 되면 좋겠다는 거야. 하지만 그가 있어준다면 황량한 빈민가인 패터슨 거리도 내게는 장미의 화원과 마찬가지야. 오, 앤, 나는 너무나도 행복해서

---

[1] 미국 시인 헨리 워즈워스 롱펠로(1807~1882)가 쓴 서사시 〈에반젤린 : 아카디아의 전설〉의 여주인공.

가슴이 아플 정도야."

앤은 언제나 친구의 행복을 자기 일처럼 기뻐했다. 그러나 사람은 자기 몫의 행복은 하나도 없는 곳에서 남의 행복에만 에워싸여 있으면 조금은 쓸쓸해지기도 하는 법이다. 그런 마음은 애번리에 돌아와서도 마찬가지였다. 그곳에서는 다이애나가 첫아기를 자기 옆에 눕혀놓았을 때 여자에게 찾아드는 숭고한 기쁨으로 빛나고 있었다. 파리한 얼굴을 한 어린 어머니 다이애나한테서 이제까지 그녀에게 느껴보지 못한 어떤 거룩함마저 느낄 수 있었다.

눈망울이 환희로 가득한 이 파리한 여인이 지나가버린 초등학교 시절에 자신과 함께 놀았던 검은 곱슬머리와 장밋빛 뺨의 그 다이애나란 말인가? 그런 다이애나를 보며 앤은 자신이 그 과거의 세월에 속할 뿐 현재와는 아무런 연관도 없는 것 같은 묘한 외로움을 느꼈다.

다이애나가 자랑스럽게 말했다.

"정말 예쁜 아기지?"

조그맣고 통통한 갓난아기는 우스꽝스러우리만큼 프레드를 닮았다. 동글동글한 얼굴이며 발그레한 것이 똑같았다. 앤은 예쁘다는 말에 긍정하는 건 자신의 양심에 비추어 차마 할 수 없었기에 귀엽게 생겨서 뽀뽀해주고 싶어지는 사랑스러운 아기라고 진심으로 말했다.

"나는 이 아이가 태어나기 전에는 딸을 낳고 싶었단다. 앤이라고 이름 붙일 수 있게 말이야. 하지만 이렇게 작은 프레드가 태어난 이상 백만 명의 여자아이와도 바꾸고 싶지 않아. 귀여운 나의 아들, 이 아기면 돼. 그 무엇과도 바꿀 수 없는 아기야."

앨런 부인이 기쁜 듯이 인용했다.

"'갓난아기는 모두가 가장 귀엽고 가장 소중한 아이'지요. 만일 작은 앤이 태어났다 하더라도 다이애나는 같은 생각을 했을 거예요."

앨런 부인은 목사님이 다른 교회로 전임되어 간 뒤 처음으로 애번리에 와 있었다. 옛날과 다름없이 쾌활하고 다정했다. 부인의 옛 친구들은 정신없이 기뻐하며 환영했다. 지금의 목사 부인도 존경할 만한 사람이지만 '닮은꼴 영혼'이라고는 할 수 없었다.

"이 아기가 말을 할 만한 나이가 될 때까지 어떻게 기다리지?"

다이애나는 한숨을 폭 내쉬었다.

"이 아이가 '엄마' 하는 걸 얼른 듣고 싶어 못 견디겠어. 그리고 엄마에 대한 이 아이의 첫 번째 기억은 멋진 것으로 만들어줄 생각이야. 내게 떠오르는 우리 어머니의 첫 기억은 내가 뭔가 잘못을 저질러서 뺨을 맞은 일이야. 맞을 만한 짓을 틀림없이 했을 것이고 어머니는 언제나 좋은 어머니였기 때문에 나는 어머니를 너무너무 사랑해. 하지만 어머니에 대한 첫 추억이 좀 더 좋았더라면 하는 아쉬움이 들곤 해."

앨런 부인이 말했다.

"나는 어머니의 추억이 단 하나밖에 없지만, 그것은 내 모든 추억 가운데 가장 아름다운 것이에요.

내가 5살 때인 어느 날, 두 언니를 따라 학교에 가도 좋다는 허락을 받고 학교에 갔어요. 학교가 끝나자 언니들은 저마다 자기 친구들끼리 집으로 돌아갔어요. 둘 다 다른 언니가 나를 데리고 있는 줄 알았대요.

그런데 나는 쉬는 시간에 함께 놀던 작은 여자아이를 따라가 학교 가까이에 있는 그 아이 집에서 진흙 장난을 하며 놀았어요. 우리가 한창 재미있게 노는데 작은언니가 숨을 헐떡이며 몹시 화가 나서 나를 찾으러 왔더군요.

'이 말썽꾸러기야!' 하고 소리치며 언니는 싫다며 떼를 쓰는 내 손을 움켜잡고 질질 끌다시피해서 데려갔어요.

'얼른 집에 가야 해. 안 그러면 혼나! 엄마가 엄청 화나셨단 말이야. 넌 분명 회초리로 맞을 거야.'

나는 그때까지 한 번도 회초리로 맞은 적이 없어서 걱정과 두려움으로 작은 가슴이 콩닥콩닥 방망이질 쳤어요. 그리고 집으로 걸어가던 그때만큼 비참한 마음이 들었던 것은 태어나서 처음이었죠.

결코 나쁜 짓을 할 생각은 아니었어요. 페미 캐머런이 자기 집에 가서 같이 놀자고 했고, 아무 말 안 하고 가버리면 나쁘다는 것을 나는 미처 몰랐으니까요. 그런데도 그것 때문에 매를 맞을 거라는 이야기였어요.

집에 도착하자 언니는 나를 부엌으로 끌고 들어갔죠. 부엌의 불 옆에는 어머니가 저녁 어스름 속에 앉아 있었어요. 불쌍한 내 작은 다리는 덜덜 떨려서 서 있을 수 없을 정도였지요.

그러자 어머니는……어머니는 한마디도 야단치거나 무서운 말을 하지 않고 다만 나를 번쩍 안아 올려 입 맞추고 가슴에 꼭 끌어안더니 '네가 길을 잃어버린 줄 알고 너무너무 걱정했단다.' 하고 다정하게 말했어요.

나를 내려다보는 어머니의 눈이 사랑으로 빛나는 것을 알 수 있었어요. 어머니는 내가 한 짓을 야단치거나 비난하지 않고…… 다만 허락 없이 다시는 다른 사람 집에 가서는 안 된다고 타일렀을 뿐이었어요.

그 얼마 뒤 어머니는 세상을 떠났어요. 이것이 어머니에 대한 단 하나의 추억이에요. 아름다운 추억이죠?"

앤은 이제까지보다도 더한 쓸쓸함을 느끼며 '자작나무길'과 '윌로미어'를 지나 집으로 돌아갔다. 이 길은 몇 달 동안이나 걸은 적이 없었다. 진한 보랏빛 꽃이 흐드러지게 피어 있는 밤이었다. 바람결에 꽃내음이 가득 피어오르고 있었다. 너무 강렬해 숨이 막힐 듯한 나머지 '이제 그만!'이라고 소리치고 싶을 정도였다. 그것은 마치 금방이라도 넘칠 것 같은 잔을 받았을 때 어쩔 줄 몰라 쩔쩔매는 것과 비슷했다. 앤의 기억 속에서 오솔길의 자작나무는 요정 같아 보이는 어린나무였는데 어느샌가 큰 나무로 자라 있었다. 모든 것이 다 달라져버렸다.

여름이 지나고 애번리를 떠나 다시 일을 시작하게 되면 기뻐하고 있을 것 같다고 앤은 생각했다. 그렇게 되면 인생이 이토록 공허하게 느껴지지는 않을 것이다.

"'나는 세상에 나가보았다. 세상은 이미
옛 낭만의 옷을 입고 있지 않았다.'[2]"

시구절을 읊조리고 나서 앤은 한숨을 쉬었다. 그리고 이 세상에서 낭만이 사라져버렸다고 노래하는 낭만적인 글로 큰 위로를 받았다.

---

2) 윌리엄 컬린 브라이언트의 시 〈개울〉에서 따옴.

묵시록

 어빙 가족이 여름을 지내기 위해 '메아리집'에 돌아왔으므로 앤은 거기서 7월의 3주일 동안을 즐겁게 보냈다. 옛날의 미스 라벤더인 어빙 부인은 조금도 달라지지 않았다. 샤를로타 4세는 이제 어엿한 숙녀가 되어 있었지만 지금도 여전히 앤을 숭배하고 있었다.
 샤를로타 4세는 솔직히 털어놓았다.
 "셜리 아가씨, 제가 눈 씻고 찾아봐도 보스턴에서도 아가씨한테 댈 만한 사람은 하나도 못 봤어요."
 폴도 이제 16살로 어른이 다 되어 있었다. 그의 밤색 곱슬머리는 이제 다갈색을 띠었고 말쑥하게 깎여 있었으며, 그는 이제 요정보다는 미식축구에 더 흥미를 느꼈다. 그러나 폴과 그의 옛 친구였던 선생님 사이를 묶어주는 유대는 그대로 이어지고 있었다. 아무리 세월이 흘러도 '닮은꼴 영혼'이라는 사실만은 변함이 없었다.
 앤이 그린게이블즈로 돌아온 것은 7월의 어느 날, 비가 내릴 듯한 황량하고 쓸쓸한 밤이었다. 이따금 세인트로렌스만을 지나가곤 하는 격렬한 여름 태풍이 바다를 거칠게 흔들고 있었다. 앤이 집으로 들어섰을 때 첫 빗방울이 창문을 때렸다.

마릴라가 물었다.

"지금 너를 바래다준 것은 폴이었니? 오늘 밤 여기서 자고 가라고 하지 그랬니? 날씨가 이렇게 험악한데."

"큰 비가 퍼붓기 전에 '메아리집'에 도착할 거예요. 폴이 돌아가고 싶어했어요. 아, 아주 즐겁게 보내고 왔어요. 하지만 이렇게 집에 돌아오니 더 기뻐요. '동쪽을 보아도 서쪽을 보아도, 역시 집이 최고'니까요. 어머나, 데이비, 너 그 사이에 키가 또 큰 거니?"

데이비가 자랑했다.

"누나가 없는 동안 1인치(약 2.5센티미터)나 컸어. 나도 이제 밀티 볼터를 따라잡았어. 그래서 기분이 좋아. 이제 자기가 더 크다고 밀티가 큰소리치는 걸 더는 듣지 않아도 돼. 저, 누나, 길버트 형이 죽게 되어버렸다는 걸 누나도 알아?"

앤은 아무 말 하지 못하고 그 자리에 못 박힌 듯이 서서 데이비를 뚫어져라 응시했다. 얼굴이 너무 새파랗게 질렸으므로 마릴라는 앤이 기절하는 게 아닐까 생각했다.

린드 부인이 화내며 말했다.

"데이비, 잠자코 있어. 앤, 그런 얼굴 하지 마라. 제발 그런 얼굴 하지 말라니까! 이렇게 불쑥 알리려던 게 아니었는데."

"그게…… 정말……인가요?"

놀란 앤에게서는 쇳소리가 났다. 그것은 앤의 목소리라고 할 수 없었다.

"길버트는 몹시 위독해. 네가 '메아리집'으로 떠난 바로 뒤에 길버트는 장티푸스에 걸렸지. 아무 소식도 못 들었니?"

"못 들었어요."

"처음부터 아주 증상이 심각했다더구나. 몸이 너무 쇠약해져 있다고 의사 선생님이 말해서 그 집에서는 간호사를 두는 등 최선을 다하고 있단다. 그런 얼굴 하지 말래도, 앤. 목숨이 있는 한 희망이 있으니까."

데이비가 다시 끼어들어 말했다.

"해리슨 아저씨가 아까 저녁때 여기 와서 도저히 가망이 없다고 말하던걸."

비록 늙고 약해지고 피로한 상태였지만, 마릴라는 무서운 얼굴로 일어서더니 데이비를 부엌에서 쫓아냈다.

린드 부인은 파리해진 앤을 늙은 팔로 다정하게 끌어안았다.

"제발 부탁이니, 그런 얼굴 하지 마라, 얘야. 나는 아직 단념하지 않았어. 그럼, 벌써 포기하긴 이르고말고. 다행히 길버트는 블라이드 집안의 체력을 타고났으니까."

앤은 린드 부인의 팔을 가만히 풀고 아무것도 눈에 들어오지 않는 듯 부엌을 가로질러 계단을 올라 자기가 쓰던 방으로 갔다. 그러고는 눈을 멍하니 뜬 채 창가에 무릎을 꿇고 앉았다. 창밖은 어두웠고 바람에 떨고 있는 밭에 비가 세게 내리쳤다. '도깨비숲'은 폭풍에 몸을 비트는 큰 나무들의 울부짖음으로 가득 찼으며 공기는 아득히 먼 바닷가를 향해 밀려온 큰 파도가 부서지는 천둥 같은 소리로 떨리고 있었다.

그리고 길버트가 죽어가고 있었다!

성경에 신이 그 섭리를 계시한 묵시록이 있듯 누구의 생애에나 묵시록이 있다. 앤도 폭풍과 어둠 속에서 뜬눈으로 지새운 그 고뇌에 찬 밤에 자신의 묵시록을 읽었다. 나는 길버트를 사랑하고 있었다…… 이제까지 줄곧 사랑해온 것이다! 그것을 비로소 깨달았다. 앤은 자신의 오른손을 잘라내버릴 수 없는 것과 마찬가지로 자신의 생애에서 고통을 느끼지 않고 길버트를 밀어내버릴 수 없음을 알았다.

그러나 이 깨달음은 너무 늦었다…… 길버트가 세상을 떠나는 마지막 자리에 함께 있음으로써 괴로움 속에서나마 위로받을 수 있는 기회조차 허락되기엔 이미 늦었다. 자기가 그토록 눈이 멀지 않았었다면—그토록 어리석지 않았더라면—지금 곧바로 길버트 곁으로 달려갈 수 있었을 텐데. 그러나 앤이 자기를 사랑하고 있다는 것을 길버트는 결코 모를 것이다…… 앤이 사랑하지 않는다고 여긴 채 이 세상을 떠나가고 말 것이다. 오, 내 앞에 도사리고 있는 공허하고 캄캄한 세월! 어떻게 저 세월을 살아낼 수 있단 말인가…… 도저히 살아낼 수 없다!

앤은 두려움에 떨면서 창가에 웅크리고 앉아 행복하고 젊디젊은 생애에 처음으로 자신도 죽고 싶다고 생각했다. 만일 길버트가 한마디 말도 남기지 않고, 또는 어떤 그리움의 흔적이나 전하는 말 하나 남기지 않고 떠나가버린다면 나는 살 수 있을까. 길버트 없이는 아무런 가치도 없다. 나는 길버트의 일부이고 길버트는 나의 일부인 것이다. 고통의 절정에서 앤은 그 사실에 대해 더 이상 의심하지 않았다.

길버트는 크리스틴 스튜어트를 사랑하고 있지 않다…… 이제까지 한 번도 사랑한 적이 없다. 아, 길버트와 내가 어떤 운명의 끈으로 묶여 있는지 몰랐던 나는 얼마나 바보였던가. 로이 가드너에게 느낀, 우쭐하여 들뜬 마음을 사랑이라고 생각하다니. 그리하여 죄를 저지른 자가 처벌을 받으며 그 대가를 치르듯 나 또한 지금 나의 어리석음에 대한 대가를 치러야만 한다.

린드 부인과 마릴라는 자러 들어가기 전에 몰래 앤의 방문 앞에서 귀를 기울여보았지만 불안한 침묵만을 확인하고 서로에게 말없이 고개를 저어 보인 다음 각자의 방으로 갔다. 폭풍은 밤새도록 미친 듯 날뛰더니 새벽이 되어서야 가라앉았다. 앤은 어둠의 끝자락에 떠오르는 한 줄기 신비한 빛을 바라보았다.

조금 뒤 동쪽 언덕마루가 떠오르는 아침 햇빛을 받아 루비처럼 영롱하게 물들었다. 두둥실 홀로 떠오른 구름은 지평선에서 크고 부드러운 흰 덩어리를 이루었으며, 하늘은 파란색과 은빛으로 빛났다. 고요함이 온 세상에 자욱이 퍼졌다.

앤은 조용히 일어나 발소리를 죽여 아래층으로 내려갔다. 비에 씻긴 상쾌한 바람이 뒤뜰로 나간 앤의 파리한 얼굴을 쓰다듬고 지나가 메마르고 충혈된 눈을 식혀주었다. 마치 춤추는 듯 명랑한 휘파람 소리가 오솔길에서 들려왔다. 다음 순간 퍼시피크 부트의 모습이 나타났다.

앤의 몸에서 갑자기 힘이 빠졌다. 만일 낮은 버드나무 가지를 붙잡지 않았다면 앤은 쓰러질 뻔했다. 퍼시피크는 조지 플레처네 일꾼이며 조지 플레처는 블라이드네 옆집에 살고 있다. 플레처 부인은 길버트의 고모였다. 퍼시피크라면 어쩌면……어쩌면…… 길버트에 대한 소식을 알고 있을지 모른다.

퍼시피크는 휘파람을 불며 힘차게 황톳길을 성큼성큼 걸어왔다. 그에게는 앤이 보이지 않았다. 앤은 세 번이나 퍼시피크를 부르려 했으나 헛일이었다. 그가 하마터면 지나쳐버리려고 했을 때 앤은 떨리는 입술로 겨우 "퍼시피크!"라고 불렀다.

퍼시피크는 이를 드러내보이며 쾌활하게 웃고 아침 인사를 했다.

앤은 들릴락 말락 한 목소리로 물었다.

"퍼시피크, 지금 조지 플레처 씨네에서 오는 길이에요?"

퍼시피크는 상냥하게 말했다.

"그렇습니다. 어젯밤 제 아버지가 아프다는 전갈을 받았지만 폭풍이 너무 심해서 갈 수가 있어야죠. 그래서 오늘 아침 일찍 나온 겁니다. 지름길로 가느라 숲을 가로질러 가는 중이에요."

"오늘 아침 길버트 블라이드가 좀 어떤지 들었어요?"

너무 절박한 나머지 앤은 곧바로 물었다. 최악의 대답을 듣는다 해도 이처럼 견딜 수 없는 불안감에 시달리기보다는 그나마 나을 성싶었다.

"다행히 나아졌습니다. 어젯밤 고비를 겨우 넘겼죠. 의사 선생님이 이제 곧 나을 거라고 했습니다. 하지만 정말 위험했어요! 그 도련님은 대학에서 몸을 망쳐버렸어요. 그럼 전 이만 가보겠습니다. 우리 집 노인네가 절 엄청 기다리고 있을 테니까요."

퍼시피크는 이내 휘파람을 불며 걷기 시작했다. 그의 뒷모습을 바라보는 앤의 눈에서 차오르는 기쁨의 눈물이 지난밤 내내 긴장과 괴로움으로 몸부림치던 마음을 몰아내버렸다. 퍼시피크는 너무나도 여위고 몹시 너덜너덜한 차림이었으며 아주 못생긴 젊은이였다. 그러나 앤의 눈에는 그가 산 위에서 좋은 소식을 가져다주는 천사 못지않게 아름다워 보였다. 살아 있는 한 앤은 퍼시피크의 검은 눈과 햇볕에 그을린 둥근 얼굴을 볼 때마다 애도의 슬픔을 대신할 기쁨의 기름[1]'을 가져다준 그 순간을 따뜻하게 떠올리지 않을 수 없을 것이다.

퍼시피크의 쾌활한 휘파람 소리가 멀어져 이윽고 저 멀리 '연인의 오솔길'의 단풍나무 밑에서 아예 들리지 않게 되어버린 뒤까지도 앤은 버드나무 아래에 우두커니 서서 크나큰 두려움이 사라졌을 때 가슴을 파고드는 인생의 감미로움을 맛보고 있었다. 그날 아침은 황홀하도록 아름다운 안개와 햇살이 찰랑거리는 한 잔의 백포도주 같았다. 앤이 서 있는 한구석에 수정 같은 이슬을 머금은 장미꽃이 활짝 피기 시작하여 앤에게 놀라움과 기쁨을 안겨주었다. 머리 위 큰 나무에서 재잘거리는 새의 노래는 앤의 기분과 완벽한 화음을 이루었다.

---

1) 《신약성서》〈이사야서〉 61장 3절 참조.

오랜 진리의 책, 성경의 한 구절이 앤의 입을 통해 흘러나왔다.

"'저녁에는 울음이 깃들일지라도 아침에는 기쁨이 오리로다.'[2]"

---

2) 《구약성서》 〈시편〉 30편 5절.

사랑이 삶의 모래시계를 손에 쥐다[1]

길버트가 포치 모퉁이를 돌아 불쑥 나타났다.

"오늘 오후에는 옛날처럼 9월의 숲을 지나 '향료가 나는 언덕을 넘어'[2] 산책을 하자고 부르러 왔어. 헤스터 그레이의 정원을 찾아가보지 않을래?"

무릎 위에 하나 가득 얇고 보드라운 녹색 옷감을 올려놓고 돌층계 위에 앉아 있던 앤은 좀 난처한 듯이 얼굴을 들었다.

앤은 주저하며 말했다.

"아, 가고 싶지만 못 가, 길버트. 오늘 저녁에 앨리스 펜핼로의 결혼식에 가기로 되어 있거든. 그 전에 이 옷을 좀 손질해야 해. 그리고 손질을 마쳤을 때에는 갈 준비를 해야 해서 지금은 못 갈 거 같아. 미안해, 길버트. 무척 가고 싶은데 말이야."

길버트는 별로 실망하는 기색도 없이 물었다.

"그럼 내일 오후라면 갈 수 있겠니?"

"응, 내일은 괜찮을 거야."

---

1) 앨프리드 테니슨의 시 〈록슬리 홀〉의 시구, '사랑이 삶의 모래시계를 손에 쥐었다'에서 따옴.
2) 영국 회중교회 목사 아이작 와츠(1674~1748)가 작곡한 찬송가 "고난에 빠진 어여쁜 이 누구인가?" 가사에서 따옴.

"그렇다면 나는 서둘러 집으로 돌아가서 내일 할 일을 해치워야겠군. 흠, 앨리스 펜핼로가 오늘 저녁 결혼한다고? 올여름에 앤은 세 번이나 결혼식에 참석하는구나. 필의 결혼식, 앨리스의 결혼식, 그리고 제인의 결혼식. 나를 결혼식에 초대하지 않다니, 제인을 용서하지 않겠어."

"꼭 초대해야만 할 앤드루스 집안 친척이 엄청나게 많았다는 걸 생각해보면 제인을 나무랄 수도 없어. 그 사람들도 집에 다 들어갈 수 없었을 정도였으니까.

나는 제인의 어렸을 적 소꿉친구라는 명분으로 특별히 초대됐을 뿐이야……적어도 제인 생각으로는 그랬지. 제인의 어머니가 나를 부른 건 제인의 멋지고 호화스러운 모습을 보여주고 싶었기 때문이었을 테지만."

"제인이 다이아몬드를 너무 많이 달고 있어서 어디서부터 어디까지가 다이아몬드고, 어디서부터가 제인인지 알 수 없을 정도였다는 게 정말이야?"

앤은 웃었다.

"꽤 많았던 건 사실이야. 다이아몬드, 흰 새틴, 얇은 비단 망사, 레이스, 장미꽃, 오렌지 꽃들로 단정하고 조그만 제인이 폭 파묻혀버릴 것 같았지. 하지만 제인은 무척 행복해 보였어. 잉글리스 씨도, 그리고 제인의 어머니는 말할 것도 없었고."

길버트가 하늘하늘한 프릴 장식을 내려다보며 물었다.

"오늘 저녁에 입고 갈 옷이야?"

"응, 예쁘지? 머리에는 앵초꽃을 꽂을 생각이야. 지금 '도깨비숲'에 잔뜩 피어 있어."

문득 길버트는 앤의 환영을 보았다. 하늘하늘한 초록색 옷을 입고 순결한 팔과 목을 드러내고 물결치는 빨강머리에서 하얀 꽃이 별처럼 반짝이고 있는 모습이었다. 이 환영에 길버트는 저도 모르게 숨을 삼켰다. 그러나 아무 일도 없었다는 듯한 얼굴로 가볍게 발길을 돌렸다.

"그럼 내일 다시 올게. 오늘 저녁 즐겁게 보내."

앤은 성큼성큼 걸어가는 길버트의 뒷모습을 다정한 눈길로 배웅했다. 길버트는 앤을 친숙하게 대했다. 정말 친숙하기만 했다. 어쩌면 좀 지나치게 친숙한 친구로만 대한다 싶었다. 회복된 뒤 길버트가 그린게이블즈를 자주 찾아오면서 두 사람 사이에 옛 우정이 새록새록 되살아나고 있었다.

그러나 앤은 이미 그것으로 만족할 수 없었다. 사랑의 장미꽃 앞에서는 활짝 핀 우정의 꽃송이마저 빛깔도 향기도 잃었다. 그리고 앤은 길버트가 지금 자기에게 느끼고 있는 것은 우정뿐인 것이 아닐까 자기도 모르게 초조해지기 시작했다. 평범한 나날만이 이어지는 가운데, 그 황홀한 기쁨에 젖었던 아침, 그토록 찬연하게 빛났던 확신도 희미해져버리고, 앤은 한번 저질러버린 자신의 실수를 돌이킬 수 없는 게 아닐까 하는 걱정과 두려움에 시달리고 있었다. 지금 길버트가 사랑하는 사람은 크리스틴일 수도 있었다. 이미 크리스틴과 약혼했을지도 모른다.

앤은 불확실한 희망은 모조리 마음에서 몰아내고 사랑 대신 일과 야망이 기다리는 미래를 받아들임으로써 만족하려고 무던히도 애썼다. 선생으로서 위대하다고는 할 수 없더라도 좋은 일을 할 수 있다. 게다가 앤의 단편들이 편집자들에게서 차츰 좋은 반응을 얻기 시작한 것도 앞으로 그녀가 문학 활동으로 성공할 희망을 주었다. 그러나……그러나…… 앤은 초록색 옷을 집어 들며 또다시 한숨을 내쉬었다.

길버트가 다음 날 오후 찾아가 보니, 앤은 엊저녁 결혼식의 피로도 보이지 않고 새벽 공기처럼 산뜻하고 별처럼 아름다운 모습으로 길버트를 기다리고 있었다. 앤은 초록빛 옷을 단정히 입고 있었다. 어제 결혼식에 입고 갔던 초록 옷이 아니라, 길버트가 레드먼드의 환영회에서 특히 마음에 든다고 말했던 예전의 그 옷이었다. 그 초록색은 앤의 머리 빛깔이며 별 같은 잿빛 눈, 아이리스처럼 여린 살결의 아름다움을 모두 돋보이게 해주었다.

숲속 오솔길의 나무 그늘을 걸으며 길버트는 곁눈질로 앤을 쳐다보고 이토록 사랑스러워 보인 적은 없다고 생각했다. 앤도 이따금 길버트를 곁눈질하며 앓고 난 뒤로 그는 완전히 어른이 된 것 같다고 생각했다. 마치 소년 시절은 영원히 사라진 것 같았다.

그날은 눈부시게 아름다웠고, 걸어가는 길도 아름다웠다. 두 사람이 헤스터 그레이의 정원에 닿아 낡은 벤치에 앉았을 때 앤은 벌써 목적지에 닿아버린 것을 아쉬워할 정도였다. 그러나 그 정원 또한 무척이나 사랑스러웠다. 다이애나와 제인과 프리실라와 앤, 네 사람이 함께 소풍을 나섰다가 그곳을 찾아냈던 먼 옛날의 행복했던 날과 다름없이 아름다웠다.

그때에는 수선화와 제비꽃이 흐드러지게 피어 있었는데, 지금은 미역취가 곳곳에 요정의 횃불을 밝히고 있고, 과꽃이 정원을 군데군데 파랗게 물들이고 있었다. 자작나무 골짜기에서 들려오는 시냇물 소리가 숲을 빠져나와 전과 다름없이 유혹해왔다. 부드러운 공기는 바다의 숨결로 가득 차 있었다. 건너편에는 여러 해 동안 여름 햇빛을 받아 은회색으로 바랜 울타리로 둘러싸인 밭이 있고, 기다랗게 이어진 언덕에는 스카프를 두른 양 가을 구름의 그림자가 드리워져 있었다. 살랑거리는 하늬바람과 함께 옛꿈이 되살아났다.

앤이 조용히 말했다.

"'꿈이 이루어지는 나라'가 저 작은 골짜기 너머 저기 보이는 푸른 이내 속에 있는 것 같아."

길버트가 물었다.

"앤, 너에게도 뭔가 이루지 못한 꿈이 있어?"

그 말투의 어떤 것이—패티의 집 과수원에서 있었던 그 비참한 저녁 이후로 듣지 못했던 어떤 것이—앤의 가슴을 몹시 고동치게 했다.

그러나 앤은 가볍게 받아넘겼다.

"물론이지. 누구나 그렇지 않을까. 꿈이 모두 실현되어 버리면 따분해지지 않겠어? 꿈꿀 일이 남아 있지 않으면 죽은 거나 마찬가지인걸. 저 나직이 가라앉는 해는 과꽃이며 고사리로부터 얼마나 좋은 향기를 들이마실까. 향기를 코로 들이마실 뿐만 아니라 눈으로도 볼 수 있으면 좋겠어. 아마 퍽 아름다울 거야."

길버트는 그런 수법으로 화제를 다른 곳으로 돌려버리거나 하지 않았다.

그는 천천히 입을 뗐다.

"내게도 한 가지 꿈이 있어. 결코 이루어질 것 같지 않다고 여겨진 순간이 몇 번이고 있었지만 나는 여전히 그 꿈을 계속 좇고 있어. 바로, 행복한 가정을 이루는 꿈이야. 벽난로에는 불이 타오르고, 고양이와 개가 있고, 친구들의 발소리가 들리고…… 그리고 앤, 그곳에는 앤, '네'가 있어."

앤은 뭔가 말하려 했으나 말이 나오지 않았다. 행복이 물결처럼 밀려왔다. 두려울 정도였다.

"내가 2년 전에 너에게 물은 적이 있었지, 앤? 오늘 다시 물으면 앤은 다른 대답을 해줄까?"

여전히 앤은 아무 말도 할 수가 없었다. 그 대신 앤은 눈을 들어 한동안 길버트의 눈을 뚫어지게 바라보았다. 앤의 눈동자에는 헤아릴 수 없는 세월 동안 사랑에 빠졌던 모든 사람의 눈 속에 반짝이던 사랑이 담겨 있었다. 이제 길버트에게 앤의 대답은 필요하지 않았다.

에덴동산의 어슬녘이 혹시 그럴 법하지 않을까라는 생각이 들게 하는, 아름다운 황혼이 찾아올 때까지 두 사람은 오래된 정원에서 꼼짝하지 않았다. 함께 이야기 나누고 돌이켜 볼 일들이―말하고, 행동하고, 듣고, 생각하고, 느끼고, 오해했던 일들이―너무나 많았다.

앤은 마치 자신이 로이 가드너를 사랑한다고 생각할 수밖에 없는 상황을 길버트에게 보여준 일이 없었던 것처럼 원망 섞인 투로 말했다.

"나는 네가 크리스틴 스튜어트를 사랑하는 줄로만 알았어."

길버트는 소년처럼 해맑게 웃었다.

"크리스틴은 고향에 약혼한 사람이 있어. 나는 그걸 알고 있었고 크리스틴도 내가 안다는 것을 알고 있었지. 크리스틴의 오빠가 졸업하면서 자기 누이동생이 다음 해 겨울에 음악을 공부하러 킹스포트에 오기로 되어 있는데, 아는 사람이 없어 무척 쓸쓸해할 테니 좀 보살펴줄 수 없겠느냐고 내게 부탁했었어. 나는 좋다고 했지. 게다가 만나보니 크리스틴이라는 사람 자체를 좋아하게 되었어. 그렇게 멋진 여자는 좀처럼 보기 드물 거야. 대학에서 우리가 서로 사랑하는 사이라는 소문이 나도는 것을 알았지만 나는 상관하지 않았어.

앤이 나를 도저히 사랑할 수 없다는 말을 한 뒤로는 어차피 될 대로 되라는 심정이었거든. 나는 앤 말고는 아무도 사랑한 적 없었고…… 절대 그 누구도 사랑할 수 없었어. 나는 초등학교 때 앤이 내 머리에다 석판을 내리쳐 깨뜨렸던 그날부터 줄곧 앤만을 사랑해왔어."

"이렇게 바보 같은 나를 어떻게 변함없이 사랑할 수 있었는지 이해가 안 돼."

길버트가 솔직히 털어놓았다.

"웬걸, 나도 단념하려고 했었지. 지금 앤이 말한 것처럼 생각해서가 아니라 가드너가 나타난 뒤로는 이제 내게 기회조차 없다고 생각했기 때문이었어. 그런데도 포기할 수 없었어. 그러니 앤이 로이와 결혼하리라 믿고 있었던 2년 동안, 그리고 남의 일에 참견하기 좋아하는 녀석들이 거의 매주마다 앤의 약혼이 임박했다고 퍼뜨리고 다니는 동안 내가 얼마나 괴로웠는지는 말로 다할 수 없어.

열이 내려 침대 위에 일어나 앉을 수 있게 된 그 고마운 날까지도 줄곧 그렇게 믿었었어. 그러다 필 고든으로부터 아니, 필 블레이크로부터 편지를 한 통 받았지. 필은 앤과 로이는 아무런 사이도 아니니 '다시 한번 도전해보라'고 용기를 주었어. 그 뒤 병세가 빠르게 호전되자 의사 선생님도 무척 놀랐어."

앤은 웃었다. 그리고 몸을 떨었다.

"나는 길버트가 죽어간다고 생각한 그날 밤을 절대로 잊을 수 없을 거야. 아, 나는 알게 됐어…… 그때에야 알았지…… 하지만 이미 늦었다고 생각했어."

"아냐, 그렇지 않아, 앤. 이것으로 모든 아픔을 충분히 보상받았어. 이 멋진 선물을 보내준 이 날을 우리 한평생 가장 아름다운 날로 소중히 간직하자."

앤이 다정하게 말했다.

"오늘은 우리의 행복이 새롭게 태어난 날이야. 나는 전부터 이 헤스터 그레이의 오래된 정원을 좋아했지만 지금은 전보다 훨씬 더 소중한 곳이 되었어."

길버트는 슬픈 듯 말했다.

"하지만 나는 앤을 오래 기다리게 해야 해. 의학 과정을 졸업하려면 3년이 걸릴 거고, 그때가 된다 해도 다이아몬드도 없고 대리석 홀하고는 거리가 멀어."

앤이 웃었다.

"나는 다이아몬드도 대리석 홀도 탐나지 않아. 내가 바라는 것은 너뿐이야. 수치심도 체면도 다 잊고 이런 말을 하는 건 필과 마찬가지네. 다이아몬드 반지며 대리석 홀도 좋은 건 사실이지만, 그런 게 없는 편이 '공상할 여지'가 더 많아. 그리고 기다리는 일쯤은 아무것도 아니야. 우리는 서로를 위해 기다리고 공부하고 일하며…… 그리고 꿈꾸면서 행복하게 지낼 수 있을 거야. 아, 이제부터 꾸는 꿈은 더욱 달콤할 거야."

길버트는 앤을 끌어당겨 키스했다. 두 사람은 사랑의 왕국의 새로운 왕과 여왕으로서 함께 왕관을 썼다. 이윽고 앤과 길버트는 일찍이 이토록 아름답게 핀 일이 없다고 여겨지는 수많은 꽃이 길섶에 자라난 구불구불한 오솔길을 걸어 희망과 추억의 바람이 살랑거리는 목장을 지나 저녁 어스름에 싸여 집으로 돌아왔다.